Un protecteur si séduisant

Sous l'identité d'une autre

B.J. DANIELS

Un protecteur si séduisant

Traduction française de
CHRISTINE BOYER

BLACK ROSE

HARLEQUIN

Collection : BLACK ROSE

Titre original :
ODD MAN OUT

Ce roman a déjà été publié en 2013

HARPERCOLLINS FRANCE
83-85, boulevard Vincent-Auriol, 75646 PARIS CEDEX 13
Service Lectrices — Tél. : 01 45 82 47 47 - www.harlequin.fr
ISBN 978-2-2804-5325-7 — ISSN 1950-2753

Composé et édité par HarperCollins France. Achevé d'imprimer en décembre 2020.
par CPI Black Print - Barcelone - Espagne
Dépôt légal : janvier 2021.

FSC www.fsc.org MIXTE Papier issu de sources responsables FSC® C108412

Pour limiter l'empreinte environnementale de ses livres, HarperCollins France s'engage à n'utiliser que du papier fabriqué à partir de bois provenant de forêts gérées durablement et de manière responsable.

Prologue

L'enterrement se déroulait sous une pluie battante et glacée. Dissimulé sous un bosquet de sapins, J.D. Garrison suivait la cérémonie depuis la colline enneigée qui surplombait le petit cimetière de Fir Ridge. A l'abri des regards, il observait la foule qui se pressait entre les tombes sous de gros nuages noirs.

Les années passant, il avait fini par oublier les rigueurs du climat du Montana. Tout en tirant sur son col, il observait le paysage familier, même s'il regrettait que ce soit la mort qui l'ait poussé à revenir sur les lieux de son enfance.

Malgré le déluge, la moitié du pays était venu rendre un dernier hommage à Max McCallahan. Des bribes de l'éloge funèbre parvinrent aux oreilles de J.D. Le portrait de l'ancien détective privé, donné par le pasteur, le fit sourire. Max devait se retourner dans sa tombe en entendant proférer de telles sornettes sur son compte. Pourquoi l'ecclésiastique ne se contentait-il pas de la simple vérité ? Max avait été une grande gueule d'Irlandais, fier de l'être. Il avait aimé faire la fête, partager des bières avec ses amis et il n'avait jamais refusé une bonne bagarre. Mais il avait aussi un côté doux, gentil, aimant, parce qu'une petite fille était entrée dans sa vie.

Comme le pasteur entamait une prière, J.D. chercha des yeux la petite fille en question — Denver McCallahan, la nièce de Max. Elle n'avait plus rien d'une enfant, à présent, mais sa fine silhouette lui donnait un air jeune et fragile.

Debout près de la pierre tombale et coiffée d'un chapeau noir qui dissimulait en partie ses longs cheveux auburn, elle semblait calme, presque en paix. J.D. n'était pas dupe de cette apparence. Max avait été la seule famille de Denver : elle n'aurait pas hésité à tuer pour lui. J.D. en était certain.

A la vue du grand jeune homme qui s'approcha de Denver pour lui enlacer les épaules, il serra les mâchoires. Ce jeune homme, il l'aurait reconnu n'importe où : ses cheveux blonds, son arrogance et son chapeau blanc qu'il tenait à la main. J.D. jura, surpris de sa réaction. Après tout, il était logique que Pete Williams, son vieil ami d'enfance, soutienne Denver dans cette épreuve.

Une femme d'une cinquantaine d'années le rejoignit au même moment dans sa retraite sous les arbres. Elle portait une vieille veste de chasse, qui avait sans aucun doute appartenu à Max, un jean et des bottes.

— Que je suis contente que tu sois là ! dit-elle en se jetant à son cou.

Il la serra contre lui et fut surpris de la sentir si forte. Max l'avait répété sa vie durant : Maggie était fiable, solide. Elle avait été son amie, son amante, sa confidente. Même s'ils ne s'étaient jamais mariés et avaient vécu chacun chez soi, Maggie avait été le grand amour de Max.

Elle s'écarta pour jeter un coup d'œil vers le cimetière. Les parapluies noirs se rapprochaient de la tombe, pareils à des vampires. Denver lança une rose rouge sur le cercueil de son oncle. Malgré la distance, J.D. réalisa à quel point elle avait changé depuis qu'il avait quitté le Montana. Beaucoup de choses avaient changé, se dit-il en la regardant aux côtés de Pete.

— Pourquoi restons-nous à l'écart ? demanda-t-il à Maggie.

— Max connaissait mon aversion pour les enterrements,

répondit-elle avec douceur. Et je préférais que Denver n'apprenne pas trop vite ton retour.

Il leva un sourcil surpris.

— Et pourquoi ?

— Avant que tu la revoies, je voulais te mettre au courant de quelque chose. Elle est en grand danger.

J.D. faillit éclater de rire. Depuis qu'ils étaient gosses, Denver McCallahan avait toujours méprisé le danger. Il admirait même son caractère passionné. Mais il n'eut pas besoin de réfléchir beaucoup pour deviner l'origine des inquiétudes de Maggie.

— C'est à cause des rumeurs ? Celles qui accusent Max d'avoir trempé dans des affaires louches ? Connaissant Denver, j'imagine qu'elle est déterminée à prouver l'innocence de son oncle et à le réhabiliter.

— Tu la connais bien. Et, dans la foulée, elle a l'intention de démasquer son meurtrier et de le présenter à la justice.

J.D. n'en était pas étonné le moins du monde.

— Et je suppose que tu comptes sur moi pour la protéger ? Tu ne mesures pas ce que tu me demandes, dit-il en secouant la tête.

Quand Maggie planta les yeux dans les siens, il fut surpris d'y voir briller une sourde colère.

— Je te demande bien davantage, J.D. J'aimerais que tu la tiennes à l'écart de Pete Williams.

— Tu plaisantes ! Pourquoi ferais-je une chose pareille ?

La pluie tombait plus fort, criblant l'épais tapis de neige à leurs pieds.

Maggie détourna la tête.

— J'ai découvert certaines choses sur Pete... Tu dois tout faire pour éloigner Denver de lui. C'est très important.

— Même si je le voulais, je ne le pourrais pas.

Voilà près de dix ans qu'il avait quitté la région et quand il était parti, tous deux n'étaient pas dans les meilleurs termes.

Maggie serra les pans de la veste contre elle.

— Denver sait que je n'ai jamais apprécié Pete, poursuivit-il. Elle ne m'écoutera pas.

Il reporta son attention sur le cimetière et regarda Denver appuyée contre Pete. A présent, tous deux se recueillaient seuls devant la tombe.

— Denny ne…

Il s'interrompit, surpris de la désigner par ce sobriquet dont il l'affublait lorsqu'ils étaient enfants.

— Denver n'acceptera jamais que je me mêle de sa vie, reprit-il.

— J.D., tu connais ses sentiments à ton égard.

— Elle a eu un béguin pour moi à seize ans, Maggie. Crois-moi, cela n'a pas duré.

Il se souvenait très bien de la colère de Denver lorsqu'ils s'étaient retrouvés à la tour de guet de Horse Butte et qu'il lui avait appris qu'il s'en allait. Son départ l'avait profondément blessée et il s'en était voulu de la faire souffrir. Il l'avait toujours considérée comme une petite sœur.

— Si quelqu'un peut avoir la moindre influence sur elle, c'est toi, répliqua Maggie.

— Je ne pense pas qu'un seul homme au monde puisse l'influencer de quelque manière que ce soit.

Dans le cimetière, la cérémonie s'achevait et les gens regagnaient leurs voitures. Il neigeait, à présent.

— Promets-moi seulement de faire tout ton possible pour la tenir à l'écart de Pete, insista Maggie. Sinon…

Comme elle tournait les talons pour s'éloigner, J.D. la retint par le bras.

— Attends ! Sinon quoi ? Qu'allais-tu dire ?

Il ne pouvait croire que Denver ait quoi que ce soit à craindre de Pete.

— Donne-moi une raison, une seule raison, de faire ça.

A sa grande surprise, il vit ses yeux se remplir de larmes et une profonde douleur prendre la place de la colère qui y brillait, un instant plus tôt.

— C'est Pete Williams qui a tué Max, J.D.

1

Denver laissa Pete l'entraîner hors du cimetière. De gros flocons de neige tombaient sur les pierres tombales. Mais elle ne sentait rien : ni le sol gelé sous ses pieds, ni le froid ambiant, ni la main de Pete sur son bras. Accablée de chagrin, elle avançait, tête basse.

Une femme d'une cinquantaine d'années, vêtue d'un long manteau mauve et d'un béret de laine, s'approcha d'elle.

— Denver McCallahan ? Je suis Sheila Walker de la *Tribune de Billings* et j'aimerais vous poser quelques questions, ajouta-t-elle en ouvrant son bloc-notes.

Pete enlaça Denver par les épaules.

— Mlle McCallahan vient d'enterrer son oncle. Ce n'est vraiment pas le moment.

Il tenta de passer son chemin mais la journaliste lui bloqua le passage, le regard rivé sur Denver.

— Le sort semble s'acharner sur vous, mademoiselle. Vos parents ont été assassinés et à présent votre oncle subit le même sort. Pensez-vous qu'il y ait un lien entre ces meurtres ? ajouta-t-elle en scrutant son visage.

Denver regarda son interlocutrice. Cette femme était-elle folle pour imaginer un lien quelconque entre ces drames ? A son tour, elle détailla la journaliste qui lui faisait face : son rouge à lèvres écarlate bavait et son béret avait glissé, dévoilant des boucles grises.

— Mes parents ont été tués il y a plus de vingt ans.

Denver avait du mal à respirer, ravagée par la douleur. Pete l'étreignit plus étroitement pour l'entraîner vers son pick-up.

Mais Sheila Walker leur emboîta le pas et poursuivit :

— D'après vous, qui a tué votre oncle ? L'auto-stoppeur recherché par la police est-il le coupable, à votre avis ?

Luttant contre les larmes qui brûlaient ses paupières, Denver secoua la tête.

— Je vous en prie. Je ne peux pas…

— Laissez-la tranquille, intervint Pete d'un ton menaçant.

Ils avaient atteint son véhicule et il ouvrit la portière pour l'aider à prendre place avant de s'installer au volant.

Mais la journaliste continuait, impitoyable.

— Les rumeurs qui courent à propos de votre oncle sont-elles fondées ?

Pete démarra, laissant Sheila Walker, seule dans la neige.

— Tu n'y crois pas, n'est-ce pas ?

J.D. regarda Pete s'éloigner avec Denver, à bord de l'élégant pick-up noir, puis reporta son attention sur Maggie. Celle-ci répéta sa question :

— Tu n'y crois pas, hein ?

— Que Pete ait assassiné Max ? Non, pas un instant.

Pete et lui avaient été amis autrefois et tous deux avaient toujours considéré Denver et Max comme des membres de leur famille.

A travers les flocons qui voltigeaient dans le vent, il observa, le cœur serré, les fossoyeurs qui recouvraient de terre le cercueil.

— Moi non plus, je ne voulais pas y croire, répliqua Maggie. Max aimait Pete. Il vous aimait tous les deux comme le frère qu'il a perdu.

— Alors, comment peux-tu soupçonner Pete de l'avoir assassiné ?

Elle prit une profonde inspiration.

— Le lendemain du meurtre de Max, Denver et Pete sont passés chez moi. Tu te souviens de la photo que Max avait prise de Pete, Denver et toi au bord du lac, le jour de son seizième anniversaire ?

J.D. hocha la tête. Cette fête avait eu lieu juste avant son départ. Il revoyait Denver dans la robe que Max lui avait offerte. Une robe bleue, de la même couleur que ses yeux.

— Oui, Maggie, je m'en souviens. Tu m'en avais donné un double.

Il l'avait même précieusement gardée, cette photo. Elle lui rappelait Pete et Denny, leur complicité d'autrefois, leurs jeux, leurs fous rires. Au souvenir de ce bonheur perdu depuis longtemps, il sentit son ventre se nouer.

— C'était la photo préférée de Max, reprit Maggie. Il la portait toujours sur lui, dans son portefeuille. Je l'y avais encore vue la veille de sa mort.

Elle s'interrompit et il comprit qu'elle luttait pour ne pas se laisser submerger par le chagrin.

— Lorsque j'ai pendu le manteau de Pete, cette photo est tombée de sa poche, poursuivit-elle.

— Pete en avait un exemplaire aussi, non ?

Elle hocha la tête.

— Mais j'avais écrit la date au dos de celle que j'avais donnée à Max. Et cette inscription y était toujours, j'ai reconnu mon écriture. Il s'agissait bien de celle qui se trouvait encore la veille dans le portefeuille de Max. Seulement… elle avait été déchirée. Quelqu'un t'avait découpé pour que tu n'y apparaisses plus, ajouta-t-elle en le regardant en face.

— Cela ne me semble pas suffisant pour accuser un homme d'assassinat.

— Je sais, d'autant que Pete avait un alibi. Le jour du meurtre, il était censé être à Missoula avec son groupe de musiciens. Seulement… j'ai appelé pour vérifier. Le Montana Country Club s'est bien produit dans cette ville, ce jour-là, mais quand j'ai décrit Pete à l'une des serveuses présentes au concert, elle ne se souvenait pas de l'avoir vu. Or, reconnais qu'il a un physique que les femmes remarquent, en général.

— Ces indices me paraissent très fragiles, Maggie, répliqua-t-il en tirant sur le col de son blouson.

Il avait perdu l'habitude du froid.

Mais Maggie s'obstinait.

— Pete ne se trouvait pas à Missoula, j'en mettrais ma main à couper.

Tout en l'escortant jusqu'à sa Land Rover, garée sur le bord de la route, J.D. secoua la tête.

— Tes soupçons n'ont aucun sens, dit-il. Pourquoi Pete aurait-il voulu tuer Max ?

— Max n'était mêlé à aucune histoire louche si c'est ta question. Mais il était indéniablement préoccupé, ces derniers temps.

— Par quoi ?

Avec un haussement d'épaules, elle ouvrit la portière de sa voiture.

— Si Pete apprend que je t'ai appelé ou que je le suspecte…

— Bon sang, Maggie, dis-moi pourquoi tu es si inquiète. Un vague pressentiment et une vieille photo déchirée ne me semblent pas suffisants pour justifier tes craintes.

Elle hocha la tête, luttant contre le chagrin et l'angoisse.

— Cette dernière semaine, Max avait… peur.

— Peur ?

J.D. avait du mal à imaginer le vieil homme ayant peur de quoi que ce soit ou de qui que ce soit.

Maggie s'installa au volant et enfonça les mains dans les poches de la vieille veste de Max.

— Il regardait tout le temps derrière lui. Il était obsédé par la mort et ne cessait de parler du meurtre de son frère.

Un frisson parcourut l'échine de J.D.

— Du père de Denny ?

Maggie opina.

— Il se sentait responsable du drame parce qu'il avait

encouragé Timothy à entrer dans la police. Il se reprochait la mort de son cadet.

— Mais quel rapport cette histoire a-t-elle avec Pete ? demanda J.D.

Elle secoua la tête comme pour chasser les souvenirs.

— Je n'en ai parlé à personne parce que je craignais la réaction de Pete, dit-elle dans un murmure. Mais lorsque Max est venu chez moi, la veille de sa mort, il était furieux. Je ne l'avais jamais vu comme ça. Il m'a dit qu'il devait arrêter Pete… avant que quelqu'un ne se fasse tuer.

— Je suis désolé de n'avoir pu faire taire cette journaliste, dit Pete tout en roulant vers West Yellowstone. Ça va ?

Denver hocha la tête. Son chapeau sur les genoux, elle regardait par la vitre la danse des flocons au milieu des sapins. Max était mort. Assassiné. Ce n'était pas possible. Mais le pire était les rumeurs qui couraient sur son oncle. Luttant contre le chagrin, elle se tourna vers son compagnon.

— Tu sais, cette femme avait raison… Les gens disent que Max était impliqué dans des histoires louches, qu'il était tombé dans l'illégalité.

— Denver, pourquoi écoutes-tu ces ragots ? lança Pete avec colère. Tu connaissais Max mieux que personne. Si ton oncle avait un défaut, c'était d'être trop honnête.

Cela, elle le savait bien sûr. Denver ne croyait pas à ces rumeurs. Ce n'était pas ça, le problème. Elle ne supportait pas que le nom de Max soit traîné dans la boue. Surtout, elle sentait que tous ces racontars étaient liés au changement de comportement de Max au cours des dernières semaines. Il était devenu méfiant, secret. Quelque chose le préoccupait. Denver avait l'intuition que si elle découvrait de quoi il s'agissait, elle démasquerait du même coup son assassin.

— Il est mort, Denver, reprit Pete comme s'il lisait dans

ses pensées. Même si nous en sommes l'un et l'autre anéantis, il est mort. Laisse-le tranquille.

Se concentrant sur le claquement régulier des essuie-glaces, elle ferma les paupières. Quoi qu'en pense Pete, il n'était pas question pour elle de se laisser paralyser par le chagrin. Elle avait la ferme intention d'agir.

Mais il poursuivit :

— Pourquoi ne passerais-tu pas la nuit chez moi au lieu de retourner au chalet ?

Denver ouvrit les yeux, tentée d'accepter. Depuis la mort de Max, de vieux cauchemars revenaient la hanter.

— Merci Pete, mais j'ai besoin de me retrouver chez moi.

Pete afficha une expression soucieuse.

— Cela ne me semble pas prudent. A cette époque de l'année, l'endroit est désert.

— Justement. J'adore le lac en hiver parce qu'il n'y a personne. Tout ira bien, ajouta-t-elle en posant la main sur son bras.

— Je préférerais que tu changes d'avis, grommela-t-il avec colère.

Elle se demanda s'il faisait allusion au fait qu'elle refuse de passer la nuit chez lui ou à son désir d'innocenter son oncle.

— Parfois, tu es plus têtue que…

— Que Max ?

— Oui, que Max.

Elle devina qu'il luttait contre des émotions douloureuses. Finalement, il alluma la radio. Le météorologue annonçait de nouvelles chutes de neige. Une chanson triste suivit le bulletin.

Pete prit la main de Denver.

— Je m'inquiète pour toi, voilà tout.

— Je sais.

Depuis toujours, elle éprouvait pour Pete une immense tendresse. Pete, Denver et J.D., « le trio infernal » comme les surnommait Max parce qu'ils ne cessaient de faire les quatre cents coups, avaient longtemps été inséparables. Pete et J.D. avaient été les grands frères qu'elle n'avait jamais eus. A présent, Pete était son meilleur ami. Il s'efforçait seulement de la protéger. Comme toujours !

Elle se reprocha de s'être disputée avec lui et l'observa à la dérobée. A trop le fréquenter, elle oubliait souvent à quel point il était séduisant. Grand et svelte, il était très bel homme avec ses yeux bleus et ses cheveux blonds. Et il savait se montrer charmant. Si seulement elle était tombée amoureuse de lui. Et non pas de J.D…

Une autre chanson succéda à la première. Denver vit Pete se tendre au volant et son propre cœur se serra : c'était la voix de J.D. sur les ondes.

— Numéro dix dans notre hit-parade, en progression de cinq places par rapport au classement de la semaine dernière, voici maintenant le dernier tube du grand, de l'incomparable, du célèbre J.D. Garrison, *Old Friends and Ennemies* !

Pete coupa le son.

— Quand je pense qu'il n'a même pas été fichu de venir à l'enterrement !

Un regain de tristesse et de déception submergea Denver. Dans sa folie, elle avait toujours été persuadée que J.D. reviendrait si elle ou Max avaient besoin de lui. Mais il n'était pas revenu.

— J'imagine qu'il ne lui est pas facile de tout laisser tomber sur-le-champ, s'entendit-elle répondre. Peut-être n'a-t-il pas eu ton message.

Pete la fusilla du regard.

— Tu prends toujours sa défense !

Elle détourna les yeux. Aimer J.D. avait toujours été un plaisir et une souffrance. Ce dernier, en effet, ne partageait pas ses sentiments. Il ne l'avait jamais vue que comme une gamine. Il ne l'avait jamais prise au sérieux, même quand elle lui avait offert son cœur. Au contraire, il s'était moqué d'elle, lui expliquant qu'il ne s'agissait que d'un béguin d'adolescente et que ça lui passerait.

Voilà neuf ans qu'il était parti mais son fantôme hantait toujours les rives du lac et son cœur. Elle entendait le rire de J.D. quand une brise passait dans les arbres, sentait sa main les soirs d'été quand elle s'allongeait sur le ponton au bord de l'eau. Elle n'avait jamais rencontré quelqu'un qui l'émeuve autant.

Et qu'elle déteste autant. Car elle le détestait, c'est sûr. Pour ne pas avoir assisté aux funérailles de Max, pour avoir brisé le cœur de la jeune fille qu'elle avait été, pour continuer à hanter ses pensées !

Il neigeait de plus en plus fort tandis qu'ils roulaient le long de Madison River. Une petite brume planait au-dessus de l'eau. Une superstition locale conseillait de klaxonner en passant sur le pont pour éloigner le mauvais sort. Pete refusait de se plier à ces croyances qu'il jugeait ridicules. Pas Denver ! Elle appuya sur le Klaxon, autant par superstition que par tradition. J.D., lui non plus, n'avait jamais emprunté le pont sans klaxonner.

La visibilité était si faible, qu'on ne distinguait qu'à peine le panneau indicateur de Madison. Elle jeta un coup d'œil dans le rétroviseur latéral et vit avec stupeur un énorme semi-remorque qui fonçait à tombeau ouvert droit sur eux.

— Pete ! cria-t-elle, le cœur serré. Pete !

Il regarda derrière lui et ses yeux s'écarquillèrent. Au dernier moment, le camion fit une embardée. Denver espéra qu'il allait les contourner mais elle comprit avec une terreur croissante qu'il était sur le point de les emboutir.

— Le c… ! rugit Pete.

Il freina de toutes ses forces. Le semi-remorque les évita de justesse et passa devant eux à toute vitesse.

Pete se gara sur une aire de repos, un peu plus loin. Denver tremblait de tous ses membres. Elle scruta les alentours, s'attendant à tout moment à voir surgir un autre véhicule qui les heurterait de plein fouet.

Les mains serrées sur le volant, Pete se tourna vers elle.

— Il a failli nous tuer, dit-il d'une voix blanche.

— Et il ne s'est même pas arrêté pour s'assurer que tout allait bien pour nous.

Avec un juron, Pete redémarra.

— Connais-tu ce camion ? s'enquit-elle.

Tout s'était passé si vite qu'elle n'avait pas eu la présence d'esprit de regarder la plaque d'immatriculation.

— Non. A mon avis, il s'agissait d'un type venu d'un autre Etat et qui ne s'était jamais retrouvé dans une tempête de neige.

Mais il observait la voie express comme s'il craignait, lui aussi, de revoir le semi-remorque. Denver comprit soudain qu'elle ne se sentirait pas en sécurité avant d'avoir regagné la ville.

Non, corrigea-t-elle. Elle ne se sentirait pas en sécurité avant que le meurtrier de Max ne soit arrêté.

2

Pete ralentit en arrivant aux abords de la ville. A première vue, West — comme les gens de la région surnommaient West Yellowstone — semblait abandonnée. Denver et lui descendirent la rue principale, bordée d'immenses monticules de neige, passèrent devant le Dairy Queen, le quartier des boutiques de T-shirts, des magasins de souvenirs et du studio de photographie de Denver. Un immense panneau publicitaire annonçait avec optimisme :

« BIENTÔT LE PRINTEMPS ! »

Mais les seuls signes annonciateurs des beaux jours étaient les torrents de neige fondue qui dévalaient le long des caniveaux. Les toits s'affaissaient encore sous l'épais tapis qui les recouvrait, les flocons tourbillonnaient dans le vent et le froid restait vif.

Les sports d'hiver étaient pourtant finis et le tourisme d'été ne débuterait qu'après le Memorial Day, fin mai. D'habitude, Denver appréciait cette saison qui lui permettait de profiter d'un peu de tranquillité. Mais, ce jour-là, la ville semblait faire écho à sa solitude et à sa tristesse.

Depuis qu'ils avaient échappé de justesse à un accident avec le semi-remorque, elle ne cessait de trembler. Pete s'arrêta devant une supérette et revint quelques instants plus tard avec deux grands gobelets de chocolat chaud.

— C'est beau, n'est-ce pas ? dit-il, désignant d'un geste

le vieux quartier enfoui sous la neige. J'adore cette époque de l'année.

Puis détournant les yeux de la rue, il les planta sur elle.

— Et toi, je t'aime.

— Pete, ne…

— Quand vas-tu cesser de le nier, Denver ? Je t'aime.

Comme elle tentait une nouvelle fois de protester, il posa un doigt sur ses lèvres, préférant qu'elle se taise.

— Je sais que tu ne m'aimes pas. En tout cas, pas assez pour m'épouser. Pas encore. Mais cela viendra.

Tandis qu'il démarrait, elle regarda son séduisant visage, souhaitant qu'il dise vrai. L'épouser serait sécurisant et Max n'avait jamais caché qu'il appréciait Pete pour cette raison.

Ils parvinrent bientôt devant une maison sur Faithful Street. Avec ses rondins rustiques, son toit métallisé et sa haie de pins, elle était typique des vieilles demeures de la région.

— Finissons-en, dit Pete en se garant devant chez Maggie.

A la fenêtre de l'hôtel Stage Coach, J.D. regardait danser les flocons de neige. Il se sentait agité et angoissé. Ce n'était pas si simple de revenir à West Yellowstone après toutes ces années. En réalité, le plus dur n'avait pas été d'affronter le froid, ni même d'assister aux funérailles de Max. Le plus dur était de revoir Denver…

Il fronça les sourcils, encore surpris par sa réaction, et s'approcha du bar pour se verser un fond de whisky.

Pendant toutes ces années, il avait gardé le souvenir d'une rouquine au visage parsemé de taches de rousseur, d'une fillette avec qui il jouait sur la plage et qu'il battait à plate couture au Monopoly. Bien sûr, même à l'époque, elle avait quelque chose qui la rendait spéciale à ses yeux. Une lueur dans le regard, une personnalité, une volonté de fer, qui le touchaient quelque part. Mais elle n'était alors qu'une gamine. Maintenant, il ne pouvait s'empêcher de s'interroger sur la femme qu'il avait aperçue au cimetière, sur la femme que Denver McCallahan était devenue. Que restait-il de la fille avec qui il avait partagé ses rêves, autrefois ?

De nouveau, il se posta à la fenêtre et, tout en sirotant son whisky, promena les yeux sur sa ville natale. C'était ici qu'il avait eu sa première guitare, achetée d'occasion. Dès qu'il s'était mis à la gratter, les accords d'une chanson avaient surgi dans sa tête. La musique avait toujours été présente dans sa vie. Il avait toujours su qu'il en ferait son métier, qu'il deviendrait chanteur. A cette époque, il était dévoré d'ambition.

Il contempla les vieux immeubles qui semblaient crouler sous la neige. C'était ici qu'il s'était produit sur scène pour la première fois. Ici qu'il avait eu envie d'enregistrer un album. Il avait toujours eu la certitude qu'il reviendrait un jour à West Yellowstone. Mais pas comme ça.

Neuf ans. Neuf ans de tournées épuisantes dans des bars enfumés et des bastringues, neuf ans à rouler sur des autoroutes interminables, neuf ans de nuits trop courtes dans des motels bon marché, neuf ans de crevaisons et de pannes de moteur. A force de ténacité, il avait réussi. Il ne se souvenait pas exactement quand il avait pris conscience qu'il ne s'agissait plus d'un rêve mais d'une réalité. J.D. Garrison était devenu une véritable star de la chanson ! Ses disques étaient toujours des tubes et se classaient en haut des hit-parades.

Depuis que son talent avait été reconnu, il avait composé quantité de chansons, enregistré de nombreux disques, organisé de multiples tournées. Et à présent, il voyageait à bord de voitures luxueuses, se produisait dans de véritables salles de concerts et dormait dans des hôtels dignes de ce nom.

Pourtant, malgré ses succès, il avait le sentiment de perdre pied, de dériver. Rien ne le rattachait plus à la vie. Quelques semaines plus tôt, il s'était réveillé dans une chambre inconnue et il avait oublié où il était. Lorsqu'il s'était regardé dans le miroir, il s'était rendu compte qu'il avait également oublié qui il était. Et maintenant, c'était pire : il avait perdu l'inspiration. La source s'était tarie.

J.D. passa les doigts sur la vitre couverte de buée. Les flocons de neige continuaient à voleter dans le vent.

— Denny, murmura-t-il.

Elle se démènerait pour retrouver l'assassin de Max, il en était certain. Mais, en attendant, il allait devoir la protéger et la tenir à distance de Pete en attendant d'en apprendre davantage sur ce dernier. Comment ? Il n'en savait rien.

En tout cas, il était sûr d'une chose. Il ferait tout pour elle.

Il avait hâte de s'immiscer entre eux deux. Mais était-ce parce qu'il pensait que Pete aurait pu changer au point d'être capable de tuer quelqu'un ? Ou simplement parce qu'il voulait lui enlever Denny ?

Il repensa à Denny telle qu'il l'avait aperçue au cimetière. Denver McCallahan était, sans l'ombre d'un doute, une femme qui valait la peine qu'on se batte pour elle. Et, à la place de Pete Williams, il se défendrait bec et ongles pour la garder.

Maggie rejoignit Pete et Denver sous la véranda. Elle était vêtue d'un jean délavé, d'une vieille chemise en flanelle qui avait sans doute appartenu à Max. Elle avait refusé d'assister aux obsèques, expliquant qu'elle préférait se souvenir de Max tel qu'il était de son vivant. Au sac d'épicerie qu'elle avait sous le bras, Denver comprit qu'elle revenait du supermarché.

Toutes deux s'embrassèrent avec chaleur et Denver en profita pour lui glisser à mi-voix :

— Je dois te parler.

Maggie tendit des bouteilles de vin à Pete et le pria de les apporter dans le salon où des amis étaient réunis pour une petite cérémonie d'adieu à Max.

Dès que Pete se fut éloigné, elle demanda à Denver :

— Quel est le problème ? Pete te met de nouveau la pression, c'est ça ?

Denver soupira. Maggie était toujours prête à incriminer Pete. Elle le critiquait sans cesse. Elle ne comprenait pas qu'il soit toujours musicien dans le groupe qu'il avait lancé avec J.D., le Montana Country Club, et n'ait jamais cherché à aller plus loin. « Il a autant de talent que J.D., répétait-elle à tout propos. Mais il lui manque la force intérieure de ce dernier. Derrière son sourire charmeur se cache un jeune homme déçu empli de colère et d'amertume. » Max et Maggie s'étaient souvent disputés à ce sujet.

Denver espérait que Maggie et Pete allaient dépasser leurs différends, surtout maintenant que Max était mort.

— Il ne s'agit pas de Pete mais de Max.

De nouveaux invités arrivaient. Denver savait que Max sympathisait facilement avec les gens, mais elle n'en revenait pas du nombre de personnes qui avaient parcouru parfois des centaines de kilomètres pour lui rendre un dernier hommage.

Maggie conseilla à Denver d'aller dans la cuisine, où le niveau de décibels était moindre, et de l'y attendre.

— D'accord. Cal Dalton est-il là ?

— Il est passé, tout à l'heure. Mais je me suis absentée, je viens de rentrer et je ne sais pas s'il est toujours là.

Comme la petite réception d'adieu se déroulait sur toute la journée, les gens ne cessaient d'aller et venir.

— Merci, je dois lui parler. Je reviens.

Denver se fraya un chemin à travers la foule des invités, s'arrêtant pour saluer certains, dire un mot à d'autres. Elle ne vit pas Cal. Revenue dans la cuisine, elle se posta à la fenêtre et regarda la neige tomber en pensant à Max.

Maggie ne tarda pas à la rejoindre.

— L'adjoint du shérif Cline a-t-il découvert de nouvelles pistes ?

— Non. Il est toujours persuadé que Max a été assassiné par un auto-stoppeur.

Le cadavre de Max avait été retrouvé sur l'ancienne décharge de la ville. D'après l'adjoint du shérif, Bill Cline,

Max avait été poignardé en plein cœur. Et il recherchait l'auto-stoppeur que Max avait invité à déjeuner ce jour-là.

Maggie s'assit devant la table, le regard sombre.

— Je ne peux pas croire que Max ait été tué par quelqu'un à qui il rendait service.

— Je suis certaine que cela n'a pas été le cas, rétorqua Denver.

Elle se mordilla les lèvres, guettant la réaction de Maggie.

— Et si l'assassinat était lié à une des enquêtes dont il s'était chargé ? reprit-elle. Peut-être à une vieille affaire.

— Tu ne penses quand même pas qu'il…

— Non, répliqua Denver, réprimant un frisson. Même Max avait renoncé à résoudre cette histoire.

Cette histoire, celle qui avait hanté Max pendant des années, c'était le meurtre des parents de Denver. Les tueurs n'avaient jamais été retrouvés.

— Tu sais, Maggie, mon cauchemar est revenu. Je ne dors plus.

— Oh ! chérie, dit Maggie en lui prenant les mains. C'est la mort de Max : cela a dû le raviver.

A l'époque du drame, Denver avait cinq ans. Pendant des mois elle avait été torturée par des images violentes, réminiscences de la scène dont elle avait été témoin. Ce jour-là, son père venait de finir son service et c'est en uniforme qu'il était entré dans une banque, avec elle. Mais, à l'intérieur, des braqueurs étaient en plein hold-up et son père s'était retrouvé nez à nez avec eux… Max était persuadé que les parents de Denver avaient été tués pour cette raison.

— Je pensais que Max avait peut-être fait allusion devant toi à une enquête, reprit Denver.

— Tu sais, il s'occupait surtout de fraudes à l'assurance, de divorces, de garde d'enfants, de vols… rien qui pousse les gens à en tuer d'autres.

— Et s'il était tombé au cours d'une enquête de routine

sur une affaire importante, du genre de celles dont il rêvait de se charger ?

Maggie sourit.

— J'aurais aimé que ce soit le cas, chérie. Mais tu connais ton oncle. Il aurait été incapable de garder cela pour lui. Il nous en aurait parlé.

Denver caressa la table du bout des doigts.

— Sauf s'il estimait que l'histoire était trop dangereuse, confidentielle ou…

Le mot « illégale » traversa son esprit. Maggie avait certainement entendu parler des rumeurs qui couraient sur Max.

— Le dernière fois qu'il m'a parlé d'un dossier, il filait un homme soupçonné par son épouse d'avoir une maîtresse, répondit Maggie. Je m'en souviens parce que Max sortait à des heures indues. Et j'avais fini par lui demander si *lui* n'entretenait pas une liaison.

— Et quelles ont été les conclusions de son enquête ?

— Il ne me l'a jamais dit.

Elle regarda au loin, le visage sombre avant d'ajouter :

— Cela dit, il s'est passé quelque chose. Peu avant… sa mort, il a rapporté du bureau des dossiers, de vieux dossiers. Et il les a brûlés.

Denver eut du mal à en croire ses oreilles.

— Comment ?

— Nous étions installés devant la cheminée. Il triait des affaires. Et je l'ai vu balancer ces chemises au feu.

— As-tu vu de quoi il s'agissait ?

Maggie fronça les sourcils.

— Je n'y prêtais pas beaucoup d'attention mais une page de journal est tombée d'une des chemises. Je me souviens que le papier était jauni. Il était certainement très vieux. Je pense que c'est pour ça que Max les détruisait.

— Mais cela ne lui ressemble pas ! Il ne jetait jamais rien.

— Oui, c'est vrai. En tout cas, il a mis un de ces dossiers de côté, sans doute pour le rapporter à son bureau.

— Il y a beaucoup trop de choses bizarres, Maggie. Son testament, par exemple. Il en avait rédigé un et avait dit qu'il l'avait déposé dans un endroit sûr. Enfin, je me demande ce qu'il considérait comme un « endroit sûr ». Sans doute la table de la cuisine.

Maggie se mit à rire, les yeux embués par les souvenirs.

— La police ne l'a retrouvé ni chez Max ni dans son bureau. Penses-tu qu'il aurait pu le laisser chez toi, dans ton chalet ?

— Je n'ai pas encore regardé, répondit Denver. Et le revolver de Max a disparu, lui aussi. L'adjoint du shérif Cline est persuadé que le tueur l'a pris quand il s'est emparé du portefeuille de Max. Mais tu sais comme moi que Max ne portait pratiquement jamais d'arme.

Maggie essuya les larmes qui perlaient à ses paupières.

— Max aurait offert de l'argent à cet auto-stoppeur s'il avait senti que cet homme en avait besoin, avant même qu'il ne le lui demande. Et sans doute lui aurait-il également donné sa chemise. Et sa voiture.

— C'est d'ailleurs ce qui m'intrigue, Maggie. Pourquoi ce type n'a-t-il pas volé la voiture de Max ? Les clés étaient dessus.

Denver se retourna et fut surprise de découvrir Pete sur le seuil de la cuisine. Elle se demanda depuis combien de temps il était là, à écouter.

— Je croyais que nous en avions déjà discuté, dit-il en la dévisageant avec colère. Tu vas cesser de t'intéresser à cette histoire et laisser Cline se charger de l'enquête.

Denver prit une profonde inspiration. Manifestement, elle n'avait pas été assez claire quand ils en avaient parlé.

— Je dois m'en mêler, Pete. Tu crois vraiment que le tueur va être arrêté alors que Cline n'examine même pas les dossiers sur lesquels travaillait Max ?

— Quels dossiers ? Allons, Denver. C'est l'auto-stoppeur qui l'a tué. Tu sais bien que Max avait tendance à ramasser n'importe qui.

Denver savait mieux que personne que Max ne cessait d'aider les gens qui avaient des ennuis. Il avait toujours eu un cœur d'or, songea-t-elle en tortillant le médaillon de sa mère, pendu à son cou.

— Non, cela n'a aucun sens. Maggie vient de m'apprendre qu'il avait brûlé de vieux dossiers juste avant d'être assassiné. Cela ne te semble pas bizarre ?

Pete passa la main dans ses cheveux, sans chercher à cacher son exaspération.

— Alors que comptes-tu faire ? Te mettre sur la piste du tueur toute seule ?

— Pete a raison, intervint Maggie. Max n'aurait pas voulu que tu t'impliques dans cette histoire. Manifestement, c'est dangereux. Tu ferais mieux de laisser la police s'en occuper.

Denver la considéra avec perplexité. Maggie ne se rangeait jamais du côté de Pete et elle avait souhaité que Denver devienne elle-même détective privée, qu'elle collabore avec Max. Ce dernier, en revanche, n'avait pas voulu en entendre parler. Il l'avait encouragée à se lancer dans la photographie, même s'il lui demandait parfois de l'aider en prenant des photos pour certaines enquêtes.

— Je ferais mieux d'aller m'occuper un peu de mes invités, déclara Maggie en passant devant Pete.

Elle quitta la pièce et la tension qui régnait dans la cuisine baissa d'un cran. Denver regarda par la fenêtre. La nuit tombait.

— Je suis désolé, dit Pete en traversant la pièce pour l'enlacer. Je sais que tu es bouleversée par la mort de Max. J'aimerais simplement t'éviter de nouvelles souffrances.

L'inquiétude manifeste dont il était la proie la surprit. S'il pensait que Max avait été tué par un étranger de passage, pourquoi aurait-il aussi peur pour elle ? Visiblement, il ne croyait pas plus qu'elle à cette thèse.

— Promets-moi que tu resteras en dehors de tout ça, murmura-t-il dans ses cheveux. Je voudrais t'aider à traverser cette épreuve, si tu m'y autorises.

Denver enfouit son visage au creux de son épaule. Dans ses bras, elle se sentait à l'abri, protégée. Peut-être Pete avait-il raison. Elle était photographe, pas détective privée. Mais sa détermination était intacte. Elle tenait à ce que le meurtrier de son oncle finisse derrière les barreaux. Elle le devait à Max. Et, depuis le temps qu'elle le côtoyait, elle avait appris à mener une enquête. Elle savait que cela pouvait être dangereux. Mais cela était plus supportable que l'idée de voir l'assassin de son oncle vivre en liberté.

— Je suis désolée, Pete, dit-elle en levant le nez. Je ne peux pas te promettre de rester dans mon coin. Je retrouverai le meurtrier de Max, même si je dois y laisser ma vie !

Manifestement déçu et en colère, Pete hocha la tête.

— Tu pourrais bien le payer de ta vie, oui.

Dans sa chambre d'hôtel, J.D. pensait à cela, lui aussi. Les paroles de Maggie l'avaient troublé et il craignait que la jeune femme ne soit en danger, et pas uniquement parce qu'elle était très proche de Pete, un possible tueur.

Cédant à une impulsion, il s'empara de son téléphone pour composer le numéro de Maggie. Une personne manifestement soûle lui répondit. Un instant plus tard, Maggie prenait à son tour l'appareil.

— Denny va bien ? demanda-t-il, en se sentant idiot de poser une telle question.

— Oui, répondit-elle. Elle est ici et Pete vient de s'en aller.

— Tant mieux. Je ne m'inquiète pas pour elle de toute façon. Pas pour le moment en tout cas…

Il raccrocha et s'empara de son blouson, s'efforçant de chasser le mauvais pressentiment dont il était la proie.

Que faire ? Ses possibilités étaient limitées. Confronter Pete avec les « indices » que Maggie lui avait donnés n'avait aucun sens. Pete nierait tout en bloc. Essayer de parler de Pete à Denver ? Maggie y avait renoncé pour deux bonnes raisons. D'une part, si Maggie lui confiait ses soupçons, Denver en déduirait qu'elle l'accusait par pure animosité à l'égard de Pete. De plus, il connaissait assez Denver pour savoir qu'elle se battrait jusqu'à la mort pour défendre un ami, et plus encore, un amant. Et il lui semblait évident que Pete et Denver étaient très proches. Si J.D. confiait ses inquiétudes à Denver, elle irait immédiatement trouver Pete pour lui poser la question en face.

J.D. tenta de se persuader que Pete ne ferait jamais le moindre mal à Denver. Le Pete qu'il avait connu autrefois en serait incapable. Et les éléments que Maggie avait réunis contre Pete lui semblaient faibles. Mais, manifestement, Maggie avait peur pour Denver : il ne pouvait écarter ses soupçons d'un haussement d'épaules. Si pour une raison inconnue, Pete avait effectivement tué Max, comment réagirait-il s'il apprenait que Denver le suspectait du crime ? J.D. refusait de faire courir le moindre risque à Denver. Et rester assis dans sa chambre d'hôtel ne lui apporterait certainement pas les réponses dont il avait besoin.

Seule dans la cuisine de Maggie, Denver regarda un long moment la neige tomber par la fenêtre. Elle pensait à Max. Depuis sa mort, le besoin de le venger l'obsédait, la distrayant presque de son chagrin. Mais pas ce soir. Ce soir, elle se sentait seule et terrifiée.

Quand elle était jeune, chaque fois qu'elle avait peur, elle se représentait J.D. volant à son secours. Elle se plaisait à s'imaginer ligotée sur des rails, par exemple, alors que le train arrivait. Et, au dernier moment, J.D. surgissait et la sauvait. Mais là, il ne s'agissait pas de rêvasseries d'adolescente. Max était mort. Pete n'était pas là. Et J.D. n'avait aucune chance d'apparaître pour lui prêter main-forte.

Dans la pièce voisine, la musique était assourdissante. Les amis de Max lui disaient au revoir à la mode irlandaise, avec des chants et de la danse. Aux clameurs qui s'engouffrèrent soudain dans la cuisine, Denver comprit que quelqu'un était entré. Elle crut d'abord que Pete était revenu.

Cal Dalton referma la porte et s'y adossa.

— J'ai entendu dire que vous me cherchiez.

Il semblait inquiet et elle se demanda aussitôt de quoi il avait peur. Il l'effrayait bien davantage qu'il n'avait de raison de la craindre. Il émanait de lui quelque chose de froid et de cruel. Agé d'une cinquantaine d'années, il traînait beaucoup dans les bars. Il avait la réputation d'être un homme à femmes et un alcoolique notoire. Il aimait la bagarre. Un mari jaloux lui avait même tiré dessus et, à en croire les ragots, Cal ne dédaignait pas d'exhiber sa cicatrice.

— J'essaie de découvrir sur quels dossiers Max travaillait, dit-elle.

Pour une raison qu'elle ignorait, Max s'était lié d'amitié avec Cal dans les semaines précédant sa mort et Denver était persuadée qu'elle tenait là la preuve qu'il était sur une affaire.

— Vous pensez que j'avais embauché votre oncle ? demanda Cal en se grattant la nuque. Pourquoi aurais-je eu besoin d'un privé ? Nous aimions trinquer ensemble, voilà tout.

— Ne vous a-t-il jamais parlé d'une enquête qu'il aurait menée ces derniers temps ? A moins qu'il ne vous ait chargé de certaines démarches pour lui ?

— Des démarches ?

Il secoua la tête. Puis ses yeux se promenèrent sur elle comme s'il prenait conscience pour la première fois qu'elle était une femme, et même une très belle femme.

— Dites-moi, vous avez bien grandi ! Vous n'avez plus rien d'une gamine, ajouta-t-il, lui donnant l'impression de la déshabiller du regard.

Elle comprit qu'elle avait commis une erreur.

— Bon, tant pis. Je suis désolée de vous avoir dérangé.

— Max parlait beaucoup de vous, reprit-il.

Cette éventualité lui parut totalement improbable.

— Excusez-moi mais je dois vous laisser. Pete m'attend.

Comme elle tentait de sortir, il lui bloqua le passage.

— Cela m'étonnerait. Je l'ai vu s'en aller.

Il était tout près d'elle, à présent. Elle sentait son haleine chargée de bière.

Pete ne serait pas parti sans lui dire au revoir, si ?

Cal posa les mains de part et d'autre de sa tête, la prenant au piège.

— J'ai bien peur que Pete ne vous ait abandonnée, mon chou, reprit-il en la reluquant avec une vulgarité qui lui donna la nausée. Mais moi, je suis là et j'aimerais bien un petit baiser.

— Non et je ne vous conseille pas de me toucher…

Il se rapprocha encore.

— J'adore les filles qui ont du caractère.

Comme il se penchait pour capturer ses lèvres, Denver tenta de lui échapper. Mais il l'attira brutalement à lui et prit sa bouche.

— Cela vous a plu ? demanda-t-il. J'embrasse mieux que cette tapette de Pete, non ?

Levant la main, elle le frappa avec une violence qui le fit reculer d'un pas.

Il se frotta la joue, le regard mauvais.

— Vous n'auriez pas dû faire ça. Je ne vous demandais qu'un baiser.

Il s'avançait vers elle d'un air menaçant. Pour se défendre, elle s'empara de la première chose qui lui tomba sous la main : un pot en terre cuite.

— Denver ?

Cal se retourna en entendant une voix derrière lui. Dans l'embrasure de la porte, Denver aperçut un vieil ami de Max, Taylor Reynolds.

— Que se passe-t-il ici ? demanda ce dernier en fronçant les sourcils.

Denver posa le pot et repoussa Cal pour se jeter dans les bras du nouveau venu.

— Tout va bien, lui dit Taylor en lui tapotant le dos d'un air embarrassé.

Vieux garçon, il n'avait pas l'habitude des émotions ni des contacts physiques.

— Toi, ajouta-t-il à l'adresse de Cal, je crois que tu ferais mieux de retourner dans le salon. Les copains t'attendent.

Denver entendit Cal quitter la pièce mais ne leva pas les yeux. Au lieu de quoi, elle fondit en larmes. Elle pleurait pour Max, sur elle-même.

— Calmez-vous, mon petit. Vous allez abîmer mon beau costume, plaisanta Taylor. Que s'est-il passé ? S'il vous importunait…

Elle s'écarta, tentant de reprendre la maîtrise d'elle-même.

— Cal était seulement fidèle à sa réputation.

Taylor lui offrit une chaise. Elle s'assit et prit les serviettes en papier qu'il lui tendait. Après s'être essuyé les yeux, elle prit une profonde inspiration et dévisagea l'homme qui lui faisait face. Max parlait beaucoup de ses copains de régiment mais elle n'en avait encore jamais rencontré. Taylor Reynolds était un homme manifestement puissant qui ressemblait un peu à Max. Mais, contrairement à son oncle, il s'exprimait avec douceur et timidité. Il s'était présenté dès qu'il avait entendu parler du meurtre de Max.

« Max m'a sauvé la vie quand nous étions à l'armée. Je lui suis redevable, avait-il dit à Maggie en tordant son chapeau entre ses mains. Si vous avez besoin de quelque chose, je suis descendu aux Trois Ours. »

Denver savait que Max et Taylor avaient été très proches. Elle avait tout de suite apprécié Taylor, et Maggie aussi.

— C'est dur mais nous allons tous nous entraider pour surmonter cette épreuve, reprit Taylor.

Il ne semblait pas savoir quoi faire de ses mains. Il finit par prendre un cure-dents pour jouer avec et les occuper.

— Qui l'a tué, à votre avis ? demanda Denver.

Le visage de Taylor s'assombrit.

— Un cinglé, cela ne peut être qu'un cinglé.

Un souvenir de Max remonta soudain à la mémoire de Denver. Elle le revoyait sur son bateau, au soleil. Elle entendait son rire.

Quand elle leva le nez, elle se rendit compte que Taylor lui parlait.

— Denver ?

Il l'observait avec inquiétude.

— Cette histoire vous anéantit, non ? Ménagez-vous et ne laissez pas la mort de Max devenir plus importante que votre propre existence.

Denver détourna les yeux. Le brouhaha dans le salon semblait étrange, déplacé au milieu du silence de la nuit.

Taylor lui tapota la main avant de la retirer vivement, comme gêné par sa propre audace.

Il se leva.

— L'ami Cal a assez bu. Je vais lui conseiller de rentrer chez lui afin qu'il ne revienne plus vous ennuyer.

— Merci, Taylor.

— Max va beaucoup nous manquer, ajouta-t-il en quittant la pièce.

Pendant un moment, Denver resta dans la cuisine à réfléchir à ce que venait de lui dire Taylor. Elle savait qu'il avait raison. Max aurait voulu qu'elle donne la priorité à sa propre vie. Et il aurait aimé qu'elle épouse Pete.

« Je veux être sûr qu'il y ait quelqu'un pour veiller sur toi quand je ne serai plus là pour le faire », lui avait-il dit, il n'y a pas si longtemps.

Elle ferma les paupières. Et maintenant, il n'était plus là. S'était-il douté qu'il serait assassiné ?

Elle eut soudain l'impression que l'air se raréfiait dans la cuisine. Elle prit son chapeau et sortit dans la nuit. Un vent glacé agitait les feuilles. En frissonnant, elle rabattit contre elle les pans de son manteau. Il ne neigeait plus.

Cal lui avait dit la vérité, comprit-elle soudain. Le pick-up de Pete n'était plus là.

— Ah, les hommes ! soupira-t-elle à mi-voix en se dirigeant vers sa propre voiture.

Pendant plusieurs jours, elle s'était répété que tout n'était qu'un leurre, que Max n'était pas vraiment mort. Maintenant, elle prenait conscience qu'il n'était réellement plus là. Une brusque douleur l'envahit, comme un coup dans le ventre. Toutes les valeurs qui l'animaient, elle les avait apprises de Max. Elle lui devait tout, sa vie. Et il était parti…

Sa Jeep était garée devant l'appartement de Pete, là où elle l'avait laissée avant les obsèques. Mais quand elle prit place dans son véhicule, le pick-up de Pete n'était nulle part en vue. Tout en démarrant, elle prit conscience de sa fatigue. La journée l'avait épuisée. Elle n'avait qu'une envie : regagner son chalet et dormir.

Mais comme elle passait devant le bureau de Max, elle s'interrogea une nouvelle fois sur les dossiers sur lesquels il travaillait. Cline avait très bien pu passer à côté de quelque chose. Il était tellement persuadé que le coupable était l'auto-stoppeur qu'il se désintéressait du reste.

Il lui fallait découvrir le meurtrier de Max, comprit-elle. Et rien ne l'arrêterait. Ni personne.

3

Parvenu devant une maison située à l'orée de la ville, Pete pénétra discrètement dans le jardin et contourna la vieille bâtisse. La neige crissait sous ses pas. D'ordinaire, il aimait la nuit et ses secrets. Mais, ce soir-là, il se sentait vulnérable. Il frappa à la porte arrière. Elle s'ouvrit en grinçant et une main le saisit par la manche pour le tirer à l'intérieur.

— Je vous avais dit de ne pas venir ici. C'est trop risqué.

Pete pénétra dans la pièce principale, faiblement éclairée.

— Je veux parler au patron, exigea-t-il.

L'homme titubait et Pete se rendit compte qu'il avait bu.

— Je tiens à lui parler, à m'adresser directement à lui. Maintenant ! Sinon, je m'en vais.

— Eh bien, partez ! C'est vous qui avez voulu participer à cette opération.

— Si je m'en vais, ce sera pour aller trouver les flics.

— Ce serait vraiment malin, répliqua le type en s'emparant d'une bouteille de whisky pour en avaler une longue gorgée. Cela dit, ce serait une bonne façon de rencontrer le patron. Il vous tuerait, brailla-t-il.

Pete regarda le feu dans la cheminée. Le peu qu'il savait sur le cerveau de l'affaire l'avait convaincu qu'il était dangereux.

— Bon, vous allez lui téléphoner, oui ou non ?

— Peut-être bien ! Mais si vous essayez de le donner aux flics, vous êtes mort. Ça, c'est certain !

L'homme se rendit d'un pas hasardeux dans la cuisine.

C'est là que se trouvait le combiné et Pete l'entendit composer un numéro. A mi-voix, il s'excusait, se justifiait. A la fin, il appela Pete et lui tendit l'appareil. Manifestement, le patron n'était pas content.

Au bout du fil, la voix synthétique lui lança :

— Qu'y a-t-il ? Un problème ?

— Ecoutez, Midnight, j'en ai assez de passer par ce clown, rétorqua-t-il en regardant à peine l'homme devant lui. J'aimerais un numéro où pouvoir vous joindre directement. Et, surtout, je voudrais savoir pourquoi quelqu'un a essayé de m'envoyer dans le décor, cet après-midi.

Midnight éclata de rire.

— Vous exigez beaucoup, non ?

Midnight. Le nom de code de son interlocuteur lui allait comme un gant. Pete le sentait aussi sombre et dangereux que la nuit.

— J'ai prouvé ma loyauté à votre petite organisation, non ?

Un long silence lui répondit. Midnight n'avait sans doute pas apprécié que Pete qualifie de « petite » son organisation.

— Et alors ?

— Et alors ? reprit Pete, en criant presque. Mais pourquoi avoir fait ça ? Vous auriez pu nous tuer !

Midnight reprit un ton sérieux.

— Oui, j'aurais pu. Mais je ne l'ai pas fait. Ce n'était pas le but. J'espère seulement que cet incident vous aura fait comprendre que vous deviez impérativement empêcher Denver de s'intéresser de trop près à la mort de Max McCallahan.

— J'en ai toujours été convaincu, répliqua Pete, devinant qu'il valait mieux jouer franc jeu avec un type comme Midnight. Mais Denver est décidée à démasquer le tueur de son oncle…

— Eh bien, arrangez-vous pour lui mettre des bâtons dans les roues. Vous m'avez dit que vous pouviez l'influencer, reprit Midnight. Je ne veux pas de problème.

— O.K. Je m'occupe de Denver, acquiesça Pete. Comme c'était convenu.

La voix de Midnight se teinta de fureur.

— Vous savez, il est toujours possible de revenir sur ce qui était convenu.

Pete savait que si quelqu'un modifiait les termes du contrat, ce serait Midnight et pas lui ! L'épisode sur la route le lui avait prouvé. Denver ne mesurait pas à quoi elle s'exposait en s'entêtant à retrouver le tueur de Max.

— Etes-vous certain que le dossier que je cherche n'était pas dans le bureau de Max ? reprit Midnight.

— Oui. Certain.

— Il est donc dans le chalet.

Pete résista à l'envie de lui dire d'aller voir par lui-même. Il savait, en effet, que Midnight avait suffisamment de sbires à son service pour effectuer le sale travail pendant qu'il discutait au téléphone, dissimulé derrière un synthétiseur. Pourquoi tenait-il tant à cacher sa voix ? Sans doute se connaissaient-ils. Cette probabilité le rendait nerveux.

— J'ai essayé de persuader Denver de dormir chez moi cette nuit pour pouvoir fouiller son chalet mais elle est déterminée à…

— Comment ? coupa Midnight avec un juron. Elle est au chalet ! Je ne tolérerai plus d'excuses. J'exige que vous fassiez ces recherches chez elle dès cette nuit. Vous m'entendez ? Dès cette nuit !

— Et comment faire si elle est là ?

— J'ai laissé une ordonnance à votre nom à la pharmacie.

— Vous ne voulez quand même pas que je la…

— Que vous la tuiez ? Non. Il s'agit d'un simple somnifère. Vous glisserez deux ou trois cachets dans son verre et elle dormira comme une souche. Si vous ne forcez pas la dose, elle n'en mourra pas. Allez tout de suite au chalet. Et je vous conseille de remettre la main sur ce dossier.

Pete sentit l'angoisse monter en lui.

— Vous croyez que c'est facile ? Max était très désordonné. Je vous l'ai déjà dit. En admettant que ce dossier existe, qui sait où il l'a caché ? Je ne suis pas certain de le trouver.

— Ce dossier existe. Et vous allez le trouver ! Vous comprenez bien que si Denver le déniche avant vous, vous serez obligé de la tuer.

Et si quelqu'un avait la capacité de retrouver ce dossier, c'était bien Denver, songea Pete. Elle nourrissait déjà des soupçons. Elle finirait forcément par découvrir ce qui se tramait, ce n'était plus qu'une question de temps.

— Je m'en occuperai cette nuit, acquiesça Pete.

— Vous avez intérêt, oui. Sinon, je demanderai à quelqu'un de s'en charger. Et lui parviendra à ses fins, sans se poser de question.

Pete s'apprêtait à raccrocher, mais Midnight ajouta :

— Ce n'est pas tout. Nous avons un autre problème qu'il faut régler au plus vite. Davey Matthews, le gamin qui passait son temps à traîner dans le bureau de Max. J'ai peur qu'il en sache trop.

— Un nouveau meurtre ne semble pas indispensable, objecta Pete, en tremblant presque.

— Peut-être... Je vous rappellerai plus tard, au chalet, et nous aviserons de la meilleure manière de faire taire ce Davey. Les adolescents sont souvent victimes d'accidents, vous savez. Maintenant, filez avant que la pharmacie ne ferme.

L'agence de détective de Max McCallahan était située au rez-de-chaussée d'un petit immeuble de deux étages sur Geyser Street. Un temps, Max avait habité dans le minuscule appartement au-dessus de ses bureaux. Pour ne pas faire jaser, il n'avait pas voulu déménager après s'être quasiment installé chez Maggie. A quoi bon ces précautions ? songea Denver avec amertume. De toute façon, les ragots allaient bon train, maintenant.

Un silence ouaté de neige épaisse planait dans la rue tandis qu'elle passa devant la vieille voiture de Max, garée au pied de l'agence. Voir la guimbarde de son oncle raviva son chagrin. Tout en marchant, elle se préparait à l'épreuve de se retrouver dans l'univers de Max avec son lot de souvenirs. Mais elle s'immobilisa soudain à la vue des empreintes de pas sur les marches enneigées du perron. Des empreintes dans les deux sens. Quelqu'un était déjà entré chez lui, ce soir. Et reparti.

L'estomac noué, Denver se demanda s'il ne serait pas plus sage de revenir le lendemain, quand il ferait jour. Mais elle se reprocha aussitôt son manque de courage. A la mort de ses parents, Max l'avait prise chez lui, à West Yellowstone. Il l'avait élevée et, grâce à lui, elle n'avait jamais manqué de rien. Pour Max, elle devait découvrir son meurtrier. Et si elle n'y parvenait pas, elle ne se sentirait plus jamais en sécurité.

Plus déterminée encore par le passage de l'intrus, elle gravit les marches du perron. Une plaque de cuivre annonçait « MCCALLAHAN, Détective privé ». Elle sortit la clé de sa poche.

Mais la porte était déjà ouverte. La pièce était plongée dans l'obscurité et, d'une main tremblante, Denver actionna l'interrupteur. Quand la lumière jaillit, elle ne put réprimer un cri. C'était pire que ce qu'elle aurait pu imaginer.

Les étagères avaient été renversées, les tiroirs de la commode retournés, leur contenu éparpillé. Les dossiers jonchaient le sol. Même les photos avaient été arrachées du mur et jetées au milieu des débris.

Le souffle coupé, Denver s'accrocha à l'embrasure de la porte. Pourquoi quelqu'un avait-il fait ça ? Qu'était venu chercher l'intrus ? Sans doute la même chose qu'elle. C'était une petite consolation. Peut-être y avait-il bien quelque chose à trouver. Ou y avait-il eu, en tout cas.

L'oreille tendue, elle regarda autour d'elle. Se pouvait-il que le type soit encore là ? Non, elle était seule. Il fallait maintenant réfléchir, agir intelligemment. Si Max travaillait sur une affaire sensible, explosive, où aurait-il caché les indices, les preuves qu'il aurait réussi à glaner ? Bonne question.

Max n'avait aucun sens de l'organisation. Ses dossiers étaient classés n'importe comment, certains par les noms de famille, d'autres par les prénoms ou même les surnoms. Un jour, il avait embauché une secrétaire à mi-temps pour mettre un peu d'ordre mais lorsque celle-ci était partie déjeuner, il n'avait pas réussi à mettre la main sur un dossier et avait tout mis sens dessus dessous. Dégoûtée, elle avait démissionné.

Denver se pencha pour ramasser des chemises cartonnées. Il lui faudrait des heures pour ranger ce bazar. Et elle devait envisager l'hypothèse que des éléments importants aient déjà été volés. Pire, elle était peut-être en train de détruire des indices qui auraient permis à l'adjoint du shérif de confondre le coupable, se dit-elle.

Elle se laissa tomber dans le fauteuil, plus certaine que jamais que Max avait laissé quelque chose qui lui permettrait de démasquer son assassin.

Mets-toi à la place de Max, se dit-elle une nouvelle fois.

Elle posa les pieds sur le bureau et s'allongea, les mains sur la nuque, imitant la pose préférée de Max lorsqu'il réfléchissait.

Où, Max ? Où aurais-tu laissé quelque chose qui aurait permis de confondre la personne que tu poursuivais ?

Elle regarda les ampoules au plafond. Max notait toujours tout. C'était sa façon de travailler sur une affaire. Parfois, il noircissait des pages de notes. D'autres fois, il griffonnait juste quelques mots. Si Max enquêtait, il y avait forcément des traces écrites quelque part.

Et le voleur était entré ici dans l'espoir de les retrouver. Forcément. Il s'agissait sans doute de la personne qui répandait de fausses rumeurs sur Max. Pour ternir sa réputation. Mais pourquoi se donner tant de mal alors que Cline était déjà convaincu que Max avait été tué par un auto-stoppeur ?

Perdue dans ses pensées, Denver sursauta. Un craquement venait de trouer le silence. Elle pensa d'abord qu'elle l'avait imaginé. Mais non, le bruit se répétait. Le plancher craquait au-dessus de sa tête, dans l'appartement de Max, à l'étage. Elle se pétrifia. Comment ne pas avoir pensé que le cambrioleur pouvait se trouver encore dans la maison ?

Avec prudence, elle se leva, retira ses bottes et avança sur la pointe des pieds jusqu'à l'escalier. Elle n'entendait plus rien, si ce n'est les battements précipités de son cœur. S'emparant du téléphone qui traînait par terre pour s'en servir comme d'une arme, elle en arracha le fil. Puis elle gravit silencieusement les marches.

Comme le bois craquait sous son poids, elle s'immobilisa, craignant d'aller plus loin. La peur la saisit. Que faisait-elle ? N'était-elle pas en train de risquer sa vie ? Surtout, elle aurait dû penser à appeler l'adjoint Cline *avant* de rendre le téléphone inutilisable. Au lieu de ça, elle se retrouvait sans défense. Max lui reprochait souvent de ne pas réfléchir avant d'agir.

Elle tendit l'oreille. La vieille bâtisse était silencieuse. Elle reprit son ascension, se forçant à rester calme. Mais elle en était incapable.

Parvenue à l'étage, elle poussa avec précaution la porte de l'appartement, brandissant l'appareil qu'elle tenait à la main, prête à frapper. Comme rien ne bougeait, elle actionna l'interrupteur. Elle s'attendait à découvrir l'appartement dans le même état que le bureau. Mais pas à ce qu'il soit entièrement détruit. Le matelas du lit avait été ouvert sur toute sa longueur et vidé, le fauteuil éventré, le contenu des placards était par terre. Le cambrioleur avait fait preuve d'une rage folle. Etait-ce parce qu'il n'avait pas trouvé ce qu'il était venu chercher ? Elle l'espérait.

Elle troqua le téléphone contre une lampe et se mit à respirer plus facilement. Un volet claquait contre le mur, ce qui expliquait sans doute les craquements qu'elle avait entendus de l'étage au-dessous. Il n'y avait personne. Juste le vent.

Denver souffla un instant. L'état du logement et du bureau

de Max confortait sa théorie : Max avait laissé des éléments qui pouvaient confondre le tueur. Elle devait absolument les retrouver avant l'assassin. En espérant qu'il ne soit pas trop tard.

Elle remarqua alors que la porte de la salle d'eau était entrebâillée. Elle s'y dirigea, tout en se demandant ce qu'elle raconterait à l'adjoint Cline. Elle était certaine qu'à la vue de l'appartement dévasté, il abandonnerait l'hypothèse de l'auto-stoppeur. Sur le seuil de la salle de bains, elle chercha l'interrupteur.

Soudain, des doigts glacés lui saisirent le poignet. Elle hurla de terreur et frappa avec violence son agresseur avec sa lampe. Elle l'entendit jurer. Comme il la lâchait, elle recula, cherchant frénétiquement à allumer.

La lumière jaillit et Denver cligna les yeux, éblouie. Puis elle se pétrifia, saisie de stupeur. Elle ne connaissait que trop bien l'homme assis sur le bord de la baignoire, la tête entre les mains.

J.D. Garrison.

Un instant, elle se demanda si elle ne rêvait pas.

Elle voulut s'asseoir sur la chaise qui se trouvait là mais, dans son trouble, elle la manqua et se retrouva par terre.

J.D. s'approcha et lui tendit une main secourable.

— Salut, Denny. Ça fait un bail…

4

Incapable d'esquisser un mouvement, Denver fixa l'homme qui se tenait au-dessus d'elle.

J.D., J.D. Garrison.

Après toutes ces années, il était là.

Elle avait imaginé leurs retrouvailles des milliers de fois, toujours en Technicolor, toujours avec le même scénario qu'elle déclinait à l'infini en l'agrémentant parfois de variantes. Tel John Wayne, il surgissait à cheval, plus beau et plus séduisant que jamais. Il la suppliait de lui pardonner de ne pas l'avoir emmenée neuf ans plus tôt et se jetait à ses pieds, lui promettant un amour éternel. Certaines fois, il lui jouait même des chansons romantiques avec sa guitare, mais elle l'envoyait promener, implacable.

Non, elle n'avait jamais imaginé le revoir ainsi.

Ignorant sa main tendue, elle se redressa toute seule et tapota ses vêtements, à la fois pour en retirer la poussière et pour se donner le temps de retrouver une contenance. J.D. était la dernière personne qu'elle s'attendait à voir dans la baignoire.

— Que fais-tu ici ? demanda-t-elle.

Il lui faisait toujours le même effet, constata-t-elle, atterrée. Son cœur battait la chamade, lui donnant de nouveau l'impression d'avoir seize ans. Rien n'avait donc changé. Elle en ressentit presque de la colère.

— Je suis, moi aussi, ravi de te revoir, répondit-il, un grand sourire aux lèvres.

Elle s'était répété au moins un million de fois ce qu'elle lui dirait si elle le revoyait un jour. Mais aucun mot ne revenait à sa mémoire. Il avait changé et n'était plus le jeune homme maigre et dégingandé dont elle avait gardé le souvenir. Une barbe touffue dissimulait aujourd'hui ses fossettes. Ses yeux gris semblaient plus sombres et voilés de tristesse.

Il se frottait la tête, là où elle l'avait frappé, et elle se sentit coupable.

— Ça va ? s'inquiéta-t-elle.

Il opina. Mais une grosse bosse apparaissait sur son front.

— Tu as de la ressource, dis-moi ! Je suis vraiment désolé de t'avoir fait peur.

A la vue de son sourire, elle sentit son cœur s'affoler un peu plus dans sa poitrine. Comme si elle avait besoin de cette contrariété supplémentaire !

— Tu es donc revenu, dit-elle. Mais je ne t'ai pas vu à l'enterrement de Max. J'espère que tu as une bonne excuse.

Il éclata de rire.

— J'avais peur que tu aies perdu ta charmante manière de t'exprimer, mais je vois que j'avais tort de m'inquiéter.

Elle remarqua les petites rides au coin de ses yeux. Il ne les avait pas, neuf ans plus tôt. Mais cela importait peu, de toute façon. Il la faisait fondre, comme toujours.

Très lasse, tout à coup, elle se détourna et se dirigea vers l'escalier. J.D. lui emboîta le pas.

— Tu ne veux pas entendre ma bonne excuse ? dit-il.

— Je suppose que tu étais trop occupé à enregistrer un nouvel album ou à te produire sur scène devant tes fans, dit-elle en remettant ses bottes.

Ses mots étaient teintés d'amertume et elle regretta de n'avoir pu tenir sa langue.

Machinalement, elle commença à ramasser les chemises cartonnées et les papiers qui jonchaient le sol.

— J'avais dit à Pete qu'il ne servait à rien de t'appeler.

— Pete m'a appelé ? demanda J.D. d'un air surpris.

— Ne me fais pas croire que tu n'as pas reçu son message.

— Denny, j'ai été désolé d'apprendre la mort de Max, souffla-t-il en s'approchant d'elle et en l'enlaçant tendrement. J'aurais voulu être à l'enterrement avec toi.

Elle haussa les épaules pour l'écarter.

— Je pensais que tu avais de l'affection pour Max. Je pensais que tu te souciais de…

Elle refoula les larmes qui lui brûlaient les paupières. Elle en avait assez versé à cause de J.D. Garrison. Il n'était pas question de pleurer devant lui.

— Je m'en soucie, dit-il en lui soulevant le menton pour planter les yeux dans les siens. J'ai sauté dans le premier avion. Mais rejoindre West Yellowstone à cette époque de l'année n'est pas simple. L'aéroport est fermé jusqu'au week-end du Memorial Day, je te rappelle. Mais je suis là, à présent, et c'est l'essentiel, ajouta-t-il avec un sourire gêné destiné à l'attendrir.

Elle détourna les yeux. Elle aurait aimé qu'il la prenne de nouveau dans ses bras et l'étreigne contre lui mais il ne le fit pas et elle recula.

— Je suis certaine que les journaux expliqueront en détail la semaine prochaine pourquoi il t'a été difficile de revenir pour les obsèques. Tu as sans doute été retardé par quelque hôtesse de l'air.

Depuis des années, les tabloïds racontaient avec moult détails les exploits amoureux de J.D. Garrison. Les femmes se succédaient dans sa vie à un rythme effrayant.

Serrant les mâchoires, il secoua la tête.

— Je suis surpris que tu lises ce genre de journaux et, plus encore, que tu croies ce qu'ils racontent. Allons, tu me connais, non ?

Le connaissait-elle ? Elle l'avait longtemps cru. Elle avait partagé ses rêves. Et bien davantage encore. Elle lui avait offert son cœur. Mais au garçon qui avait grandi avec elle, pas à cet inconnu, vêtu comme une gravure de mode.

— As-tu trouvé ce que tu étais venue chercher ? demanda-t-il en désignant la pièce mise à sac.

Il pensait sans doute détendre l'atmosphère avec un peu d'humour, mais n'avait aucune chance d'y parvenir, songea-t-elle.

— Max adorait qu'il règne un léger désordre dans son bureau. Tu l'as oublié ? Il prétendait qu'il ne retrouvait rien quand ses dossiers étaient rangés dans des tiroirs.

— Oui, je m'en souviens. Je vois que rien n'a changé. Sauf toi, ajouta-t-il en la regardant avec attention.

Elle leva instinctivement le menton.

— J'ai grandi, oui. Je ne suis plus une gamine.

— Je vois ça.

— Je suppose que tu ne comptes pas t'éterniser dans la région ? demanda-t-elle, tout en craignant sa réponse.

Il souleva un tiroir du bout de sa botte avant de le remettre en place avec soin.

— J'ai pris une chambre pour quelques jours à l'hôtel Stage Coach.

Elle opina. Dans quelques jours, il repartirait. Une vieille douleur étreignit son cœur. Qu'avait-elle espéré ?

— Pourquoi restes-tu ? Je croyais que l'enterrement de Max était la seule raison de ton retour ?

Elle tenait à clarifier les choses pour ne nourrir aucune illusion.

— Je suis revenu pour toi, Denny.

Elle leva la tête, et il sourit devant sa surprise.

— Je te connais, Denver. Et je sais ce que tu penses.

— Vraiment ?

S'il connaissait la teneur de ses pensées, il rougirait.

Mais quand elle croisa son regard, elle comprit avec un certain trouble qu'il savait effectivement ce qu'elle pensait. Ce fut elle qui rougit et se détourna.

— Je m'inquiète pour toi, continua-t-il avec douceur. Crois-tu que j'ignore ce que tu étais venue faire ici ce soir ? Tu cherches l'assassin de Max et si tu étais arrivée un peu plus tôt, tu serais sans doute tombée sur lui.

— Je suis assez grande pour veiller sur moi, répliqua-t-elle, levant de nouveau le menton, d'un air farouche.

Il sourit.

— Dans des circonstances normales, je n'en doute pas. Mais Max est mort, ajouta-t-il, redevenant sérieux. Et quelqu'un a mis son appartement et son bureau à sac avec une rage qui me terrifie. Tu es sans doute en danger.

En danger ? Le simple fait d'être près de J.D. Garrison la mettait en danger, songea-t-elle.

— Je dois y aller maintenant, déclara-t-elle.

Elle ne pouvait supporter l'idée de rester dans la même pièce que J.D. alors qu'elle mourait d'envie de le toucher, de se blottir contre lui.

— J'ai promis à Pete…

Le mensonge ne put franchir ses lèvres. De qui se moquait-elle ? Elle ne savait même pas où se trouvait Pete.

Une ombre passa sur le visage de J.D.

— Pete et toi êtes très proches, non ?

— Comme les doigts de la main.

Le voyant froncer les sourcils, elle ajouta avec perfidie :

— Tu as toi-même beaucoup d'amies à ce que j'ai entendu dire. Tu étais d'ailleurs fiancé à une starlette d'Hollywood, si ma mémoire est bonne ? Six mois à peine après avoir quitté le Montana. Cela n'a pas traîné, n'est-ce pas, Garrison ?

Il rit, d'un rire plein de gaieté qui lui rappela le J.D. d'autrefois.

— Je te retrouve enfin ! Tu m'appelais toujours Garrison quand tu étais furieuse contre moi. Cela me manquait presque.

— Je n'en doute pas un instant, rétorqua-t-elle en se dirigeant vers la porte.

Comme elle passait devant lui, il l'attrapa par le bras et planta les yeux dans les siens.

— Où vas-tu ?

— Pardon ? répliqua-t-elle tout en essayant de se libérer de son emprise.

— Regarde autour de toi, Denny. A ton avis, que cherchait le cambrioleur ?

— Comment le saurais-je ?

Si elle l'avait su, elle ne serait pas là à en discuter avec lui.

— Alors laisse-moi te poser une autre question : crois-tu qu'il ait trouvé ce qu'il cherchait ?

— Non, répondit-elle sans trop comprendre pourquoi elle en était persuadée.

— Alors, à sa place, où irais-tu fouiller, à présent ?

Bonne question. Qu'elle aurait pu se poser plus tôt. Mais revoir J.D. lui faisait perdre ses esprits.

Elle pâlit.

— Eh oui, poursuivit-il. Il va aller tout droit au chalet du lac parce qu'il se dit que, logiquement, le dossier qu'il cherche y a été mis à l'abri. Quand tu rentreras chez toi, tu as donc toutes les chances de tomber sur notre visiteur. A moins que tu aies prévu de ne pas dormir chez toi, ce soir ? ajouta-t-il en levant un sourcil interrogateur.

— Non, j'avais prévu de passer la nuit chez moi. Et seule, répliqua-t-elle.

Un petit sourire joua sur les lèvres de J.D.

— Je croyais que tu avais promis à Pete de…

Mon Dieu, comment allait-elle s'en sortir ?

— Je lui ai promis de… l'appeler en rentrant.

Il fit mine d'être content de l'apprendre.

— Eh bien, change ton programme et passe la nuit à l'hôtel. Je vais te réserver une chambre. Tu pourras téléphoner à Pete de là-bas.

Elle le regarda comme s'il perdait l'esprit.

— Et je laisserais mon chalet aux mains d'un cambrioleur ? Il n'en est pas question.

Personne ne la chasserait de chez elle, décida-t-elle. Et personne ne dirigerait sa vie, surtout pas J.D. Garrison.

Il poussa un long soupir.

— Alors je t'escorte jusque chez toi.

Comme elle commençait à protester, il la força au silence.

— Si je vois que tout va bien, je ne resterai pas.

Elle devina que cette concession lui était difficile. Malheureusement, J.D. avait raison. Il était probable que le cambrioleur s'attaquerait ensuite au chalet.

— Très bien, dit-elle en sortant de l'appartement.

— Je suis soulagé de constater que tu es moins têtue qu'autrefois.

Elle le fusilla du regard.

— Ne pousse pas le bouchon trop loin, Garrison.

Il éclata d'un rire sonore et lui montra le pick-up vert garé en bas de la rue.

— O.K., je te suis.

Denver s'installa au volant de sa Jeep et prit la direction du lac. Dans son rétroviseur, elle voyait les phares du pick-up derrière elle. J.D. était donc revenu. Comme dans ses rêves. N'était-ce pas stupéfiant ? Elle avait à la fois envie de rire et de pleurer.

Tout en suivant Denny, J.D. tentait de se persuader que le trouble profond dont il était la proie n'avait rien à voir avec elle. Mais il ne pouvait ignorer sa réaction en se retrouvant nez à nez avec la jeune femme. Ni celle qu'elle avait eue en le reconnaissant, songea-t-il avec une grimace. Denny n'était plus l'adolescente d'autrefois, folle amoureuse de lui. Elle n'éprouvait manifestement plus rien de la passion dont elle brûlait alors pour lui.

Il se moqua de lui-même. Il avait espéré que Denny

retomberait facilement sous son charme. Mais il se rendait compte qu'il avait pris ses désirs pour la réalité.

Tenir Denny à distance de Pete serait encore plus difficile qu'il ne l'avait pensé, vu les sentiments qu'elle éprouvait pour Pete. Et ceux qu'elle avait pour lui. S'efforçant d'oublier sa déception, il s'obligea à réfléchir aux problèmes plus immédiats. L'état de l'appartement et du bureau de Max l'avait convaincu que Denver était en danger. Mais ce n'était pas Pete qui l'inquiétait. Il le croyait incapable de mettre à sac une maison comme ça — et encore plus d'assassiner quelqu'un.

Comme ils approchaient du lac, J.D. comprit que la seule façon de protéger Denny était que le tueur de Max soit démasqué. Et vite.

Le chalet de Denny était éclairé.

Apparemment, le cambrioleur était déjà passé, se dit J.D. en suivant Denny sur le sentier enneigé.

S'y trouvait-il encore ?

Quand Denver ralentit, il devina qu'elle se posait la même question. Mais lorsque ses phares éclairèrent un véhicule garé devant chez elle, J.D. reconnut le pick-up de Pete.

— Il ne manquait plus que ça, grommela-t-il.

Denny sortit de sa Jeep pour venir à sa rencontre. Il baissa sa vitre.

— Pete est là, dit-elle. Tu n'as donc plus aucune raison de rester. Je suis en sécurité.

— Si cela ne t'ennuie pas, je préfère m'en assurer.

— Et c'est moi qui suis soi-disant obstinée, persifla-t-elle.

La lune jouait à cache-cache dans les nuages, drapant le lac d'une étrange lumière métallisée. J.D. inspira l'air glacé de la nuit. Il reconnut l'odeur des pins, de l'eau et… de fumée.

— Apparemment, Pete a allumé un feu. Il est chez toi comme chez lui, ajouta-t-il.

Elle fronça les sourcils. Visiblement, pensa-t-il, elle ne s'attendait pas à trouver Pete au chalet.

Au moment où ils entrèrent, des fragrances de menthe poivrée chatouillèrent les narines de J.D. Denny en parut, elle aussi, étonnée. Elle referma la porte. Dans le salon, d'immenses baies vitrées donnaient sur le lac. A gauche se trouvaient la cuisine, une salle de bains, un petit bureau et une lingerie. Max avait transformé cette dernière en chambre noire avant d'offrir le chalet à Denny, lui avait dit Maggie. A l'étage, il y avait deux chambres et une autre salle de bains.

J.D. fut heureux de voir que l'endroit n'avait pas changé. Et surtout de constater que le chalet n'avait pas été mis à sac. En fait, tout semblait normal. A l'exception peut-être de la paire de bottes devant la porte d'entrée.

J.D. ne savait pas très bien à quoi s'attendre mais pas à Pete sortant de la cuisine en chaussettes, une théière à la main.

— Surprise ! cria-t-il avant de s'interrompre à la vue de J.D.

— Surprise, répéta J.D.

Pete n'avait pas changé. Il avait encore ce visage de jeune premier que J.D. lui enviait depuis toujours. Il n'avait vraiment rien d'un assassin, avec son tablier ceint autour de sa taille et sa théière. Se sentant stupide de l'avoir soupçonné, J.D. tendit la main à son ancien meilleur ami.

— Comment vas-tu ?

Pete ne bougea pas. Une expression que J.D. fut incapable de décrypter passa sur ses traits. Il la dissimula très vite derrière un sourire.

— J.D. Garrison ! Dis-moi, cela fait un bail !

Du coin de l'œil, J.D. vit Denver froncer les sourcils.

— J'aurais sans doute dû préparer plus de thé, lui lança Pete.

Il y avait déjà deux tasses posées sur la table basse devant la cheminée. Et une rose rouge.

Comme c'est touchant !, songea J.D.

— Oui, je serai ravi de parler du bon vieux temps autour d'un thé, dit-il.

Pete ne parut pas emballé par sa proposition.

— Pas ce soir, intervint Denver. Comme tu vois, je suis entre de bonnes mains, J.D., ajouta-t-elle à mi-voix.

— Oui, tu as raison, répondit J.D., incapable de trouver un bon prétexte pour rester.

Lui révéler que Maggie soupçonnait Pete d'être un tueur ne semblait pas une bonne idée, dans l'immédiat. Et même si Pete était Jack l'Eventreur, il ne s'attaquerait pas à Denver alors que J.D. savait qu'il était là.

— Si tu n'as plus besoin de moi…

— Un baby-sitter me paraît amplement suffisant pour veiller sur moi, lâcha-t-elle en l'entraînant vers la sortie.

Mais il renâclait encore à la laisser seule avec Pete. Et ce n'était pas à cause des soupçons que nourrissait Maggie. Tandis qu'elle refermait la porte, il s'efforça de ne pas l'imaginer avec Pete devant le feu, de ne pas penser à la rose rouge sur la table basse.

Il resta un moment dans le noir, un peu perdu. Monter la garde devant la maison lui paraissait aussi ridicule que pathétique. Denny avait raison. Elle n'avait pas besoin de lui. Il regagna son pick-up et tenta de se souvenir de quelque chose d'important qu'il avait voulu faire un peu plus tôt dans le bureau de Max. Mais l'image de Pete et de Denver dans le salon le hantait. Etait-il jaloux ?

Tout en s'installant au volant, il secoua la tête. Jaloux, lui ? Sûrement pas !

Mais il ne pouvait sortir l'image de Denny de son esprit. Et encore moins celle de Pete en chaussette s'apprêtant à partager une théière en amoureux.

Il se rappela brutalement ce qui avait attiré son attention chez Max : une sorte de portefeuille coincé derrière un des vieux radiateurs de l'appartement. Il était en train de l'en extraire quand il avait entendu du bruit et cru que le cambrioleur revenait. Puis les événements s'étaient enchaînés. Il avait reçu une lampe sur la tête avant de s'écrouler dans la baignoire. Et lorsqu'il avait vu Denver… il avait oublié le reste.

Il se dirigea vers West Yellowstone et le bureau de Max, se promettant de revenir ensuite au chalet pour s'assurer que tout allait bien pour Denver. Mais tandis qu'il roulait, un air lancinant lui revint en tête. Avec un juron, il reconnut la chanson *Tea for Two*.

Quand Denver revint dans le salon, Pete posait la théière sur la table basse avec un air un peu coupable.

— Alors J.D. est donc finalement revenu ? demanda-t-il. Il t'a dit combien de temps il comptait rester ?

Denver était épuisée. Elle n'avait qu'une envie : se mettre au lit et dormir.

Mais Pete poursuivait :

— Je sais que tu as envie d'être tranquille. Je ne vais pas m'attarder. J'ai juste préparé du thé.

— Du thé ?

Pete s'assit sur le canapé et se mit en devoir de remplir les tasses. Tout en retirant son manteau et en le rangeant dans le placard, Denver réprima un sourire. La théière semblait minuscule et fragile dans les mains de Pete. Elle était prête à parier que c'était la première fois de sa vie qu'il préparait du thé.

— J'ai mélangé le thé épicé avec un autre qui m'a semblé bon, dit-il, confirmant ses soupçons.

D'où les fragrances de menthe poivrée, se dit-elle.

— Sans sucre pour moi, s'il te plaît, dit Denver, avec l'étrange sentiment de se trouver tout à coup en visite.

J.D. avait raison. Pete faisait comme chez lui. Elle remarqua que la porte de la lingerie était entrebâillée. Pourtant, elle l'avait fermée avant de quitter la maison. Qu'avait fait Pete avant son arrivée ? Avait-il fouillé le chalet de fond en comble pour s'assurer que le meurtrier de Max n'y était pas ? Elle aurait peut-être trouvé ça drôle si Pete n'était pas si déterminé à la tenir à l'écart de l'enquête.

— J'ai peur d'avoir sucré les deux tasses, dit-il en lui en tendant une. J'espère que cela n'a pas d'importance pour toi.

Elle n'eut pas le cœur de lui dire le contraire alors qu'il s'était donné tant de mal.

— Je t'ai cherché à la réunion d'adieu mais tu étais déjà parti, dit-elle en s'installant en face de lui.

Il sourit d'un air embarrassé.

— Je voulais venir ici et te faire la surprise. Je savais où Max cachait sa clé. Donc j'ai pu entrer sans problème.

Il était venu alors qu'elle lui avait bien précisé qu'elle avait envie de passer une soirée tranquille, seule chez elle, songea-t-elle, en proie à un léger ressentiment tout en remuant son thé à l'aide de sa petite cuillère. Elle n'avait aucune envie de le boire.

— Le thé te convient-il ? demanda Pete, légèrement tendu.

En vérité, elle n'y avait pas encore goûté.

— Très bon, merci, dit-elle en avalant une gorgée.

Le breuvage brûlant lui fit un peu oublier les épreuves de ces derniers jours. Max était mort. Elle devait apprendre à l'accepter. Si seulement elle parvenait à oublier le souvenir de l'appartement de Max mis à sac. Puis celui de J.D. ensuite. De J.D. lui souriant.

Comprenant que Pete attendait qu'elle boive son thé pour partir, elle prit une autre gorgée. Brisée de fatigue, elle mourait d'envie d'aller se coucher, d'en finir avec cette journée.

— Si je comprends bien, J.D. t'a suivie jusqu'au chalet ? demanda Pete.

En le voyant serrer les mâchoires, elle se souvint de l'animosité qu'elle avait sentie entre eux quand ils s'étaient retrouvés.

— Il est comme toi. Il s'inquiète pour moi.

— Vraiment ?

Le téléphone retentit. Pete proposa d'aller répondre mais,

trop contente d'avoir une excuse pour ne pas finir ce thé infect, Denver posa sa tasse sur la table basse et se leva.

Taylor était au bout du fil.

— Denver ?

Elle sourit. Il semblait toujours gêné et intimidé.

— Je repensais à la façon dont Cal vous avait ennuyée dans la soirée et j'étais soucieux. Tout va bien pour vous, maintenant, n'est-ce pas ?

Encore un autre homme à s'inquiéter pour elle. Ils ne pouvaient pas la laisser se reposer ?

— Tout va bien, merci, soupira Denver.

Par de nombreux côtés, Taylor lui rappelait Max.

— J'ai reconduit Cal chez lui, reprit-il. Mais je voulais être certain qu'il ne tenterait pas de vous rejoindre au chalet. Pas de problème ?

Denver songea au bureau saccagé de Max. Et à J.D. Mais elle préféra ne pas y faire allusion devant Pete.

— Aucun problème. Pete est avec moi.

— Parfait. Mais si vous avez besoin de quoi que ce soit…

— Je sais et je vous remercie de votre sollicitude.

Le téléphone à la main, elle retourna près de la table basse. Pete était reparti dans la cuisine pour laver la théière. Denver avait terriblement envie de monter se coucher mais il aurait été grossier de sa part de ne pas boire le thé qu'il avait préparé pour elle.

Elle s'empara de la tasse et la vida d'un trait. Quand elle la reposa, elle se rendit compte qu'elle s'était trompée et avait fini celle de Pete au lieu de la sienne. A la hâte, elle intervertit les deux. Lorsque Pete revint dans le salon, elle se dépêcha de lui tendre la tasse pleine.

— Qui appelait ? demanda-t-il.

— Taylor.

Pete sembla ennuyé.

— Que voulait-il ?

— Seulement s'assurer que j'allais bien.

Il fronça les sourcils.

— Apparemment, beaucoup d'hommes se soucient de ton bien-être.

Elle ne releva pas.

— Je crois que je vais monter me coucher, à présent, dit-elle en bâillant.

Pete regarda la tasse vide sur la table basse et sourit.

— Message reçu cinq sur cinq.

Il but son thé. A sa grimace, elle devina qu'il ne l'appréciait pas plus qu'elle.

— Je vais remettre une bûche ou deux dans le feu et m'assurer que les portes et fenêtres sont bien fermées avant de filer, dit-il.

Denver se dirigea vers l'escalier en colimaçon.

— Bonsoir, maman poule.

Pete parut triste de la voir s'en aller.

— Bonne nuit, Denver. Dors bien.

J.D. se gara devant les bureaux de Max. Il faisait nuit noire. Denver avait refermé la porte à clé mais grâce au cambrioleur, il n'eut qu'à donner un coup d'épaule pour l'ouvrir. Il grimpa les marches quatre à quatre pour rejoindre l'appartement de Max. Le souvenir de Denver au milieu du désordre le fit sourire. N'avait-il pas toujours su qu'elle deviendrait une femme belle et volontaire ? En tout cas, elle savait cogner, se dit-il en effleurant sa bosse.

Il se dirigea vers le vieux radiateur. Il y avait bien quelque chose derrière. Il y glissa la main pour tenter de l'extirper.

Comme il l'avait supposé, il s'agissait d'un portefeuille.

Quand il l'ouvrit, il resta un instant pétrifié à la vue de la photo de Max sur son permis de conduire. Comment ce portefeuille avait-il atterri là ? J.D. secoua la tête, se souvenant que Max pouvait se montrer très distrait.

Il vida son contenu sur le bureau. Il n'y trouva pas grand-chose : quelques tickets de caisse, des cartes de visite, un portrait récent de Denny, une photo jaunie d'elle avec ses parents, quarante dollars en liquide et une carte bleue.

J.D. considéra un moment le visage de Denny avant de regarder la photo où elle était avec ses parents. Elle avait dans les deux ans quand le cliché avait été pris. Son père, Timothy McCallahan, était en uniforme et tous trois avaient été immortalisés devant le commissariat de Billings. Timothy ressemblait beaucoup à Max, en plus jeune. La frimousse de Denny le fit sourire. Sa mère était son portrait craché avec les mêmes taches de rousseur, les mêmes cheveux auburn et les mêmes yeux bleus.

J.D. regarda cette petite famille heureuse, incapable d'accepter que quelqu'un ait pu tirer sur eux. Par miracle, la fillette avait échappé au massacre. Il voulait croire qu'elle aurait la même chance, cette fois-ci.

Il lui fallut un moment pour mesurer ce que signifiait la découverte de ce portefeuille. Maggie accusait Pete parce qu'elle supposait que Max était en possession de son portefeuille le jour où il avait été tué.

Mais si le portefeuille se trouvait déjà derrière le radiateur le jour du meurtre, alors Pete n'avait pas trouvé cette photo sur la scène du crime. Mais le fait que Pete ait eu ce cliché entre les mains rendait J.D. soupçonneux. Comment Pete avait-il eu cette photo ? Pourquoi l'avait-il prise ?

J.D. espérait que les tickets, les cartes de visite et les bouts de papier griffonnés le mettraient sur une piste, lui donneraient des indications sur l'assassin de Max. Il glissa le portefeuille dans sa poche. Denver pourrait peut-être l'éclairer.

En quittant l'appartement, il éteignit les lumières et referma la porte. Comme il sortait de la maison, il sentit un frisson lui parcourir l'échine.

Denver.

Un mauvais pressentiment s'empara de lui. Il devait aller la retrouver. Elle avait besoin de lui. Au moment où il traversait la rue, un mouvement dans l'obscurité attira son attention. Il se retourna mais trop tard. Surpris par un coup violent sur le crâne, il sombra dans l'inconscience.

5

Quand J.D. recouvra ses esprits, il avait froid et se sentait désorienté. Il promena les yeux autour de lui, étonné de se retrouver devant l'immeuble de Max. Et encore plus étonné d'être en vie. Il avait mal à la tête et ne se souvenait plus de rien. Sauf de Denny. Il se remémorait la lumière jouant dans ses cheveux, sa voix mélodieuse et… le coup qu'elle lui avait donné. Tout lui revenait.

Se frottant le crâne, il s'efforça de se lever. Mais une vague de nausée lui souleva l'estomac, l'obligeant à se rallonger. Où se trouvait Denny, à présent ? Etait-elle en danger ?

Comme il se remettait sur pied, des épisodes de la soirée lui revinrent à la mémoire. Il se rappelait avoir laissé Denver au chalet avec Pete, puis être passé chez Max, récupérer le portefeuille… Inquiet tout à coup, il enfonça les mains dans les poches de son manteau. Le portefeuille de Max avait disparu ! Il frissonna et jeta un œil inquiet autour de lui.

Mis à part son pick-up, garé un peu plus loin, la rue était déserte. Rien d'étonnant : il était presque 4 heures du matin. En tout cas, une chose était certaine. Enquêter sur le meurtre de Max se révélait plus dangereux qu'il ne l'avait pensé. Il devait d'autant plus protéger Denny. Etait-elle vraiment en sécurité ? Il devait en avoir le cœur net. Tout en se dirigeant vers le chalet, il cherchait un prétexte pour réveiller Denny et Pete à cette heure indue. Il avait beau se creuser la tête, il n'en trouvait pas. Il allait se ridiculiser comme jamais. Mais il ne pouvait pas faire autrement.

Denver rêvait. Elle venait d'entrer en sautillant dans la banque, devant ses parents. Elle chantonnait. Mais à la vue des gens allongés par terre, les paroles s'évanouirent et elle se pétrifia. Ce silence qui régnait dans l'agence… Ce policier qui gisait sur le sol… Quelque chose n'allait pas. Soudain, son père la prit par les épaules et l'écarta. Elle tomba, se retrouva sous le bureau du réceptionniste. Elle entendit sa mère hurler. Puis la pièce explosa.

La sonnerie du téléphone retentit dans la banque.

« Ne réponds pas », lui ordonna son père. Il était en uniforme et lui souriait. « Ne réponds pas, sauf si tu veux connaître la vérité. » Denver se redressa dans son lit. Elle était en nage. Pendant un moment, elle se demanda où elle se trouvait. Son rêve, la banque, le braquage… étaient encore présents. Puis elle recouvra peu à peu ses esprits. Le téléphone sonnait toujours, elle décrocha.

— Allô ?

Un silence sombre comme la nuit lui répondit. Elle se souvenait encore de son rêve. Il semblait si vivant, si vrai. Elle frissonna.

— Allô ? Il y a quelqu'un ?

— Denver McCallahan ? chuchota une voix.

Son cauchemar l'avait plongée dans un malaise sinistre. Elle s'efforça de se ressaisir.

— Oui ?

— J'ai des informations à vous communiquer sur votre oncle.

— Qui est à l'appareil ?

La voix lui semblait familière. Elle se redressa, se frottant le visage.

— Vous savez quelque chose sur le meurtre de Max ?

Dans ce cas, pourquoi n'en avez-vous pas parlé à l'adjoint du shérif Cline ? demanda-t-elle, persuadée qu'il s'agissait d'un mauvais plaisantin.

— Je vous expliquerai. Retrouvez-moi à la tour de guet de Horse Butte. Mais dépêchez-vous.

Elle était tout à fait réveillée à présent.

— Vous n'espérez pas que je me rende à une vieille tour abandonnée en pleine nuit ?

Elle avait déjà entendu cette voix, mais où ? Son interlocuteur semblait terrifié.

— Ecoutez, s'il découvre que je vous ai appelée, je suis mort. La tour de guet. Horse Butte. Dépêchez-vous. Je n'attendrai pas.

— Je vous en prie, dites-moi seulement…

Mais la voix avait déjà raccroché.

Denver regarda le récepteur qu'elle tenait à la main, puis le réveil posé sur sa table de chevet. 4 h 05. Elle raccrocha et s'habilla à la hâte de vêtements chauds. La peur qu'elle avait perçue dans les intonations de son interlocuteur l'avait convaincue qu'il savait qui avait assassiné Max. Cet espoir chassait tout le reste. S'il avait vraiment quelque chose à lui apprendre…

Elle ouvrit la porte de sa chambre mais comme elle descendait l'escalier, son cœur cessa brutalement de battre. Il y avait quelqu'un en bas. Elle s'immobilisa et tendit l'oreille, tentant d'identifier les bruits qui montaient du salon. Avec précaution, elle poursuivit sa descente et s'arrêta, les yeux écarquillés de surprise.

Le feu flambait dans la cheminée, répandant une douce chaleur dans la pièce. Profondément endormi sur le canapé, Pete Williams ronflait comme un sonneur.

Denver s'approcha de lui et le secoua gentiment. Il ne bougeait pas. Elle recommença, un peu plus fort. Il grogna et se remit à ronfler. Bon, elle avait essayé, se dit-elle en le recouvrant d'un plaid. De toute façon, il l'aurait empêchée de se rendre à ce mystérieux rendez-vous.

A la hâte, elle écrivit un mot : « Je vais à la tour de guet de Horse Butte » qu'elle laissa près de la tasse. Tenter de la protéger l'avait sans doute épuisé, se dit-elle en refermant la porte de la maison. Mais comme elle s'approchait de sa Jeep, un bras la saisit dans le noir. Avant qu'elle ne se mette à hurler, la voix de J.D. résonna dans la nuit.

— Du calme, ce n'est que moi.

— Que fais-tu ici ? s'écria Denver. Essayais-tu encore de me faire peur ? Je pensais que tu étais parti.

— Je suis revenu, répliqua-t-il avec un haussement d'épaules. J'avais le sentiment que tu avais besoin de moi.

Elle en fut touchée. A vrai dire, elle était même contente qu'il soit là. Mais elle ne voulait pas le reconnaître.

— Eh bien, tu t'es trompé, rétorqua-t-elle. Comme tu peux le constater, je vais très bien.

— Te voir partir seule à 4 heures du matin me prouve au contraire qu'il y a un problème, Denny. Que se passe-t-il ? Et où est Pete ? Son pick-up est là.

— Je n'ai pas le temps de discuter…

A l'intérieur du chalet, le téléphone se mit à sonner. Denver voulut s'élancer pour aller répondre au cas où son mystérieux correspondant aurait changé d'avis. Mais, à la troisième sonnerie, le silence retomba. Peut-être avait-il simplement voulu s'assurer qu'elle était bien partie.

Quand elle se retourna, J.D. était déjà dans la Jeep. Il lui sourit. Ah, ce sourire, cela faisait si longtemps qu'elle ne l'avait pas vu. Elle n'eut pas le cœur de lui demander de descendre. Et puis il était tard ; ce rendez-vous était un peu dangereux. Elle pourrait avoir besoin de lui à la tour de guet. Et ce serait de toute façon plus agréable d'y aller avec lui.

Elle s'installa au volant de la Jeep et tourna la clé de contact. Mais d'où avait bien pu appeler l'inconnu ? se demanda-t-elle en appuyant sur l'accélérateur. Il n'y avait pas de cabine près de la vieille tour. Il l'aurait appelée de chez lui ?

Denver haussa les épaules et passa les vitesses à vive allure. J.D. attacha sa ceinture.

— Peux-tu m'expliquer où nous allons si vite ?

— A la tour de guet.

— Vraiment ? répliqua-t-il, interloqué.

Elle comprit aussitôt la raison de son étonnement. Neuf ans plus tôt, c'est dans cette vieille tour qu'elle avait fait l'erreur de l'embrasser, le jour où il lui avait annoncé qu'il partait. Bêtement, elle avait cru le faire changer d'avis d'un simple baiser.

— Oui, mais je te promets que ce qui se passera là-bas n'aura rien à voir avec ce qui s'y est passé la dernière fois.

A sa grande surprise, il éclata de rire.

— Dommage.

Un peu embarrassée, elle resta silencieuse. Elle devinait qu'il l'observait. Mais quand, un instant plus tard, elle osa lui jeter un coup d'œil de biais, elle crut lire un certain regret dans ses yeux. Etait-ce possible ? se demanda-telle. Non, bien sûr. Et ce n'était pas parce qu'elle manquait de sommeil qu'elle devait rêver debout et prendre ses désirs pour la réalité. Elle sourit à l'intérieur d'elle-même et se concentra de nouveau sur la route.

— Tu ferais mieux de m'expliquer ce qui se passe, dit J.D.

Sans répondre, elle négocia un virage avec l'aisance de quelqu'un qui pratiquait ces routes depuis des années.

— Allons, Denny. Je suis sûr que tu as une bonne raison d'essayer de nous tuer. Mais je me sentirais mieux si je la connaissais avant l'accident.

Elle sourit.

— C'est toi qui as insisté pour venir avec moi.

— C'est vrai.

Elle regarda dans son rétroviseur. Il n'y avait pas de voiture derrière elle.

— J'ai reçu un coup de fil, il y a un quart d'heure. D'un homme, apparemment. Il prétendait savoir quelque chose au sujet du meurtre de Max. Il m'a demandé de le retrouver à la tour de guet.

J.D. poussa un soupir.

— Es-tu complètement folle ?

Folle ? Oui, un jour, elle avait été complètement folle. Folle amoureuse. Puis folle de douleur quand elle avait compris que J.D. était parti, qu'il l'avait quittée, que c'était fini. Alors rencontrer un éventuel assassin n'était rien, comparé à cela. Ou pas grand-chose.

— Je sais que pour toi, c'est sans doute stupide.

Il éclata de rire.

— Pas stupide. Suicidaire. Tu ne vois pas que c'est un piège ?

Denver se mordit la lèvre. Pourquoi cette éventualité lui semblait-elle maintenant si évidente ? Un frisson lui parcourut l'échine et la peur réapparut. Elle balaya du regard le paysage autour d'elle. La lune était cachée derrière les nuages, et l'obscurité était complète. Le paysage sous la neige accentuait l'impression de froid et de solitude.

— Si tu avais envie de tuer quelqu'un, tu ne lui donnerais pas rendez-vous dans une vieille tour abandonnée en pleine nuit ? reprit J.D.

— Non.

Le pare-brise était couvert de buée. Il fallait aérer. Mais comme elle descendait sa vitre, elle entendit un bruit de moteur.

— Qu'y a-t-il ? demanda J.D. en jetant un coup d'œil par-dessus son épaule.

— Je crois qu'on est suivis.

— Pas étonnant.

Sans ralentir, Denver se pencha pour prendre quelque chose sous son siège.

— Que fabriques-tu ? lui demanda J.D.

— Tu n'aurais pas d'arme sur toi, par hasard ?

— Je suis chanteur, Denny, pas cow-boy.

Elle chercha à tâtons le cric et s'en empara. Il pourrait se révéler utile. Elle le tendit à J.D. qui poussa un gémissement.

— Y a-t-il un moyen de t'empêcher d'aller au bout de ce délire ? demanda-t-il tandis qu'ils approchaient de la tour.

— Je ne le pense pas.

Denver considéra la route enneigée qui serpentait dans la montagne et accéléra. A la lumière des phares, plusieurs empreintes de pneus étaient visibles. Il était difficile d'en déduire quel véhicule avait emprunté en dernier cette voie et quand. Son correspondant anonyme n'aurait pas pu lui donner rendez-vous dans un endroit plus isolé.

Elle consulta sa montre. 4 h 20. Pourvu qu'elle n'arrive pas trop tard.

Un frisson glacé la parcourut. J.D. avait raison. C'était de la folie d'aller à ce rendez-vous. Elle baissa sa vitre pour écouter. Rien. Si quelqu'un les avait suivis, il avait disparu.

Au loin, le vent soulevait la neige qui tapissait le lac gelé. Sous le clair de lune, les rives étaient désertes.

Denver frissonna.

— Tu crois connaître le type qui t'a appelée ? demanda J.D.

Elle hocha la tête.

— Le tueur de Max n'est sans doute pas un inconnu non plus.

J.D. la dévisagea avec surprise.

— Tu crois ça ?

— Max a été poignardé. Cline pense qu'il ne se méfiait pas de l'auto-stoppeur et que c'est ce qui l'a perdu.

— Mais tu ne partages pas cet avis, reprit J.D.

— Non, je suis persuadée que Max connaissait le type qui l'a tué et lui faisait confiance.

Un instant, leurs yeux se croisèrent. Il lui parut encore plus séduisant que dans ses souvenirs.

— Et tu crains de connaître aussi cette personne et de lui faire autant confiance ? continua J.D.

Denver hocha la tête et ralentit.

— Je me demande si venir ici est une bonne idée.

J.D. se mit à rire.

— Je rêve ! Tu aurais pu te poser la question un peu plus tôt ! Qu'est-ce qui t'a pris d'accepter de venir ici au milieu de la nuit ? Seule, en plus ! En tout cas, il est trop tard pour appeler Cline. Et trop tard aussi pour faire demi-tour.

Vu l'étroitesse de la route, toute manœuvre était en effet impossible. Ils devaient forcément aller jusqu'au sommet.

— Et une fois là-haut, tu ne voudras pas t'en aller, insista J.D. Parce que tu crois vraiment que ton correspondant sait quelque chose, n'est-ce pas ?

Elle lui jeta un regard de biais.

— Tu me connais mieux que je ne l'imaginais.

— Oui et ce ne sera pas la première fois que nous faisons n'importe quoi tous les deux dans cette tour.

Elle lui sourit.

— En cas de problème, nous avons le cric, non ?

J.D. déglutit. Il avait fait beaucoup de folies au cours de sa vie mais aucune ne se comparait à celle-ci. Plus Denny s'approchait du haut de la montagne, plus il sentait son cœur se serrer. Et il devinait que derrière son calme apparent, elle était aussi terrifiée que lui. Ils s'apprêtaient à tomber dans un piège. C'était certain.

Pete jouait-il un rôle dans cette histoire ?

— Où m'as-tu dit que se trouvait Pete ?

— Sur mon canapé. Il dormait profondément.

Même s'il était ravi de l'apprendre, J.D. se demanda pourquoi Denver n'avait pas réveillé Pete en partant. Peut-être n'étaient-ils pas si proches que ça, après tout. C'était la seule explication possible, non ?

Il scruta Horse Butte. Et si quelqu'un qui connaissait réellement l'assassin de Max les y attendait ? Discrètement, il se tourna vers Denny. Ses beaux cheveux tombaient souplement sur ses épaules comme un voile. Il s'imagina en train d'y passer les mains.

Si Max n'était pas mort, songea-t-il, il ne serait jamais revenu à West Yellowstone et il n'aurait peut-être jamais revu Denny. Mais, de la même façon, s'ils démasquaient rapidement le tueur, il n'aurait plus aucune raison de rester à West, près de cette femme si attirante. Il devrait repartir sur les routes, faire son métier de chanteur solitaire. Cette vision lui fut soudain extrêmement douloureuse. Il ferma les yeux, pour penser à autre chose. En vain… Les images du passé revenaient à la surface. Il revoyait Denny près du lac, l'été, la beauté de ses traits et les rayons du soleil caressant sa peau bronzée. C'était un tableau magnifique. Il soupira doucement et rouvrit les paupières. Denver le dévisageait fixement.

— Tu n'as pas l'air bien. Je conduis si mal que ça ? demanda-t-elle en donnant un coup de volant pour éviter une pierre en travers de la route.

J.D. n'eut pas le temps de répondre. La Jeep dérapa sur le sol gelé, tout près du vide.

— Denny, cria J.D.

Il lui prit le bras au moment où elle pensait qu'ils allaient tomber dans l'abîme.

— Tu veux conduire ? demanda-t-elle, le souffle court.

— Je n'osais pas te le demander.

Denver stoppa le véhicule quelques mètres plus loin, à un embranchement. A gauche, se trouvait la tour ; à droite, un raccourci permettait de redescendre vers le lac.

— As-tu changé d'avis ? demanda J.D.

Elle secoua la tête et consulta sa montre. 4 h 30.

— J'espère qu'il n'est pas trop tard.

J.D. prit sa place au volant et jeta un regard inquiet à la tour qui se profilait devant eux. Il manœuvra pour se garer face à la montagne. De là, ils pourraient voir un véhicule arriver. Le vent soufflait par rafales ; il faisait nuit noire. Un silence gênant s'installa entre eux.

— Je suis désolé de ce qui s'est passé la dernière fois que nous sommes venus ici, murmura finalement J.D. d'une voix aussi embarrassée que neuf ans plus tôt.

— Ne t'en fais pas. Je n'étais qu'une gamine idiote. C'est du passé, tout ça. J'ai tourné la page.

Mais elle se souvenait parfaitement de la scène. J.D. lui annonçait qu'il s'en allait. Sur le moment, elle n'avait même pas compris ce qu'il lui disait parce qu'il lui caressait la joue. Son cœur battait très fort, elle avait envie de lui, de sa bouche, de ses bras. Et soudain, elle lui avait déclaré sa flamme. Elle lui avait juré qu'elle l'aimait et l'aimerait toujours. Puis, sur une impulsion, elle s'était hissée sur la pointe des pieds pour l'embrasser. Elle était folle de lui.

C'était il y a neuf ans et voilà qu'ils étaient de nouveau au pied de cette tour. Denver prit une profonde inspiration.

— J'ai toujours su que tu t'en irais un jour pour mener ta carrière. Mais j'imaginais bêtement que tu m'emmènerais avec toi.

— Je ne pouvais pas, Denny. Tu n'avais que seize ans. Max m'aurait tué. D'ailleurs, ajouta-t-il avec douceur, à l'époque, seule la musique m'importait. Et tu ne mesurais sans doute pas la portée de tes mots. Tu m'avais offert ton cœur…

— Inutile d'en reparler, l'interrompit-elle.

Elle s'était ridiculisée, elle n'avait pas envie qu'il lui rappelle qu'elle s'était jetée à son cou et qu'il l'avait repoussée.

— Qu'es-tu vraiment revenu faire ici ?

— J'aimerais bien le savoir, répondit-il en regardant la tour.

— Non, je voulais dire à West Yellowstone. Pourquoi es-tu revenu, J.D. ?

Elle se tourna vers lui. Elle avait cru qu'avec les années, tout serait différent. Mais ce n'était pas le cas. Elle n'était plus la gamine d'alors, mais elle était toujours amoureuse de lui. Maudit soit-il.

— Que fais-tu ici avec moi ? répéta-t-elle. Ne me dis pas que c'est parce que tu t'inquiètes pour moi.

J.D. sourit.

— Je suis ici parce que je ne peux pas te laisser courir seule après le meurtrier de Max.

Elle le regarda fixement.

— Cela signifie que tu as l'intention de m'aider ? Ou que tu vas tout faire pour m'en empêcher ?

— Si j'avais le choix, je préférerais te tenir à l'écart de cette histoire mais comme je sais que c'est impossible, je vais… t'aider.

Elle se reprocha aussitôt d'avoir été si soupçonneuse.

— Pourquoi veux-tu m'aider après toutes ces années ? reprit-elle.

— Disons que j'ai le sentiment que je le dois à Max.

Je le savais, se dit-elle. Il était là pour elle, en souvenir du passé et de ce qui les avait unis. Il lui faudrait donc protéger son cœur plus fort encore que neuf ans plus tôt. Il lui faudrait mettre de la distance.

— Pourquoi imagines-tu que j'ai besoin de ton aide ? lanca-t-elle.

Il se mit à rire. De ce rire merveilleux qu'elle connaissait si bien et qui la fit sourire malgré elle.

— Tu n'es vraiment pas comme les autres, Denny. La plupart des femmes seraient soulagées d'avoir de l'aide.

— Je ne suis sans doute pas la plupart des femmes.

Il planta les yeux dans les siens et soutint son regard.

— Non, en effet, Denny. Je commence à le comprendre.

Il prononçait son nom d'une façon intime et familière, comme autrefois. Emue, elle se tourna vers lui.

— Si tu parles sérieusement, alors c'est d'accord. Tu vas m'aider. Mais n'essaie pas de me raisonner, ni de me retenir, ni de me protéger de moi-même. N'y pense même pas, J.D.

Il sourit de nouveau.

— Tu es dure en affaires mais marché conclu, dit-il en lui tendant la main.

Elle la lui prit, un peu à contrecœur. C'était une main chaude et douce. Eprouverait-elle la même sensation dans ses bras, s'ils s'approchaient un peu plus l'un de l'autre ?

— Avec un peu de chance, toute cette histoire sera bientôt terminée, soupira-t-elle, tremblant encore d'avoir effleuré sa peau.

Si elle voulait que son cœur n'en sorte pas en miettes, elle devait l'espérer. Passer du temps avec J.D. Garrison s'avérait terriblement risqué.

J.D. ferma les yeux un instant. Il ne parvenait pas à croire qu'il venait d'accepter d'aider Denny à retrouver l'assassin de Max. Sans doute était-ce parce qu'il était fatigué et ému de leurs retrouvailles. Avait-il le choix, de toute façon ? C'était le seul moyen de rester près d'elle, sa seule chance de la protéger. Mais voulait-il seulement la sauver du danger qui guettait ? N'avait-il pas plutôt envie d'être avec elle, tout simplement ?

Certes, il souhaitait pour Denver que le tueur de Max soit vite rattrapé, mais il n'était pas mécontent de passer du temps avec elle, de découvrir ce qu'elle était devenue, après tout ce temps. Elle l'intriguait et l'attirait à la fois, comme aucune femme ne l'avait fait.

Dans la Jeep, le silence s'était installé. Devant eux, la tour se découpait sous le clair de lune, majestueuse. Il n'y avait pas un bruit alentour. Soudain, une lumière apparut et J.D. se redressa. C'étaient manifestement des phares, ceux d'un véhicule qui gravissait la montagne. Il se tourna vers Denny. Il aurait voulu la prendre dans ses bras mais au regard qu'elle lui lança, il comprit que ce serait une erreur. Elle ne lui faisait plus confiance, il le sentait.

— Même si ce rendez-nous ne donne rien, nous démasquerons l'assassin de Max, murmura-t-il. Ensemble.

Elle ne parut pas convaincue. Et il se demanda ce qu'il pourrait faire pour regagner sa confiance. Pour une raison qu'il ne parvenait pas à comprendre, il en avait envie plus que tout, plus que sa vie, plus que sa musique.

Tendu, il guetta les phares qui approchaient. Pouvait-il s'agir réellement de Pete ? Ce dernier était-il dangereux ? Bien sûr, il ne le croyait pas, mais, comme la voiture s'avançait vers eux, il sut qu'il ferait n'importe quoi pour protéger Denny. Qui que soit le tueur.

C'est alors qu'un second véhicule surgit, émergeant à toute allure du raccourci. Il fonça vers le premier et se mit en travers. Tout se passa très vite. Le conducteur de la voiture tenta de l'éviter et braqua le volant de toutes ses forces. Mais il dérapa sur le bitume rendu glissant par la neige, quitta la route et bascula dans le vide.

— Mon Dieu ! s'écria J.D.

Il sauta à bas de la Jeep et se précipita près du bord tandis que le deuxième véhicule s'éloignait dans la nuit. Reportant son attention vers le fond du ravin, il aperçut la carcasse disloquée de la voiture.

Près de lui, Denver s'écroula au même moment en sanglotant.

6

L'aube se levait et les premiers rayons du soleil inondaient la tour de guet de Horse Butte. Denver resserra sur elle le plaid râpé que J.D. avait trouvé dans le coffre. Il le lui avait tendrement posé sur les épaules, s'était approché d'elle et l'avait enlacée d'un geste réconfortant. Elle se sentait rassurée par sa présence à ses côtés. Son esprit était si confus. Elle ne se souvenait même plus du moment où il l'avait laissée pour aller à la cabine téléphonique de Rainbow Point et appeler l'adjoint du shérif Cline, ni de celui où il était revenu l'attendre avec elle. Mais la vision de la voiture forcée de quitter la route ne cessait de la hanter, comme un cauchemar. Elle la revoyait dégringoler au fond du ravin.

— Cela semble incroyable, dit Cline en regardant le bas de la montagne. Après une chute pareille, il aurait dû mourir. Ce gamin a eu une chance insensée ! Même s'il n'échappera pas aux ennuis avec la justice.

— Que voulez-vous dire ? s'enquit Denver.

— Il a volé cette voiture. Et il n'a pas de permis de conduire.

— Il a volé cette voiture ? répéta-t-elle.

— Disons qu'il l'a prise sur le parking d'Elkhorn Café en oubliant de prévenir le cuisinier du restaurant qu'il la lui empruntait ! Mais revenons à nos moutons, ajouta-t-il en sortant un carnet de sa poche. Vous n'avez pas trouvé bizarre qu'un adolescent de quinze ans vous appelle au milieu de la nuit pour vous demander de le retrouver ici ?

— Nous nous sommes déjà expliqués là-dessus, intervint J.D.

Cline l'ignora.

— Et vous prétendez ne pas l'avoir identifié avant de l'avoir vu ?

— Sa voix me disait quelque chose, elle ne m'était pas inconnue, répondit Denver. Mais ce n'est que lorsque je l'ai découvert dans la voiture accidentée…

Elle s'interrompit, se remémorant l'horreur de cette vision.

— Ce n'est qu'en reconnaissant Davey que j'ai compris que c'était lui qui m'avait appelée.

— Et plutôt que de me prévenir, vous avez préféré vous rendre ici toute seule, s'étonna Cline.

— Il m'avait dit qu'il n'attendrait pas. Je n'ai pensé à rien d'autre qu'y aller au plus vite. Vous n'auriez sans doute pas pu être là à temps, de toute façon.

Cline lui décocha un sourire froid.

— Vous auriez pu avoir la gentillesse de me laisser essayer.

Denver sautillait sur ses pieds, tentant de les réchauffer. A ses côtés, J.D. semblait de plus en plus pâle, comme si la scène dont il avait été témoin avait touché une corde sensible.

— Tout ce que je peux vous dire, insista-t-elle, est que quelqu'un a tenté d'assassiner Davey Matthews. L'autre voiture a surgi du raccourci et l'a forcé à quitter la route, le précipitant dans le vide.

— Pourquoi quelqu'un voudrait-il s'en prendre à un lycéen qui travaille le week-end comme plongeur à l'Elkhorn Café ? demanda Cline. A part le cuisinier à qui il a volé cette voiture, je ne vois pas bien qui pourrait avoir intérêt à le tuer.

Denver prit une profonde inspiration.

— Davey m'a dit au téléphone que si quelqu'un savait qu'il m'avait appelée, cette personne le tuerait.

— Et de qui s'agissait-il ?

Si seulement elle le savait ! Soudain, le froid lui parut plus glacial encore. Elle était fatiguée et n'avait aucune envie de discuter avec Cline du chauffard. A présent, Davey était dans le coma. Mais elle n'en savait pas plus que la veille, à l'enterrement de Max.

— Davey parlait de lui en disant « il », précisa-t-elle. En tout cas, il savait quelque chose et quelqu'un a tout fait pour l'empêcher de m'en parler.

Cline fronça les sourcils.

— Depuis combien de temps connaissez-vous Davey Matthews ?

Elle soupira.

— Je ne le connais pas vraiment. Il a vaguement travaillé pour mon oncle. Il rêvait de devenir détective privé et s'intéressait au groupe de musiciens. Mais Max l'encourageait plutôt à poursuivre ses études.

Elle revit Davey tel qu'elle en avait gardé le souvenir. Un adolescent aux grands yeux bruns et aux longs cheveux. Elle se reprocha de ne lui avoir jamais prêté beaucoup d'attention. Et maintenant, elle n'oublierait jamais la vision de son corps meurtri, quand elle l'avait trouvé avec J.D. au fond du ravin.

— Je n'avais pas vu Davey depuis des mois, reprit-elle.

— Quel groupe de musiciens ? Le Montana Country Club ? s'enquit Cline.

Denver hocha la tête, avant qu'un bruit de moteur n'attire son attention. Une énorme dépanneuse avait fait son apparition sur la route et s'approchait du vide. Un frisson parcourut Denver. Mais elle ne pouvait s'empêcher de suivre les mouvements de la dépanneuse qui déroulait son filon et hissait la voiture accidentée. La sinistre carcasse apparut à quelques mètres d'eux. Denver préféra détourner les yeux et reprit la discussion avec Cline :

— Davey ne cessait de tourner autour des musiciens, de poser des questions, d'emprunter leurs guitares, etc.

L'adjoint du shérif cessa de noter pour les regarder tour à tour.

— N'est-ce pas dans ce groupe que vous avez débuté, Garrison ?

— Si, Pete et J.D. ont fondé le Montana Country Club, répondit aussitôt Denver. Il y a une dizaine d'années. Pete en fait toujours partie. Mais plus J.D. bien sûr.

— Que s'est-il passé ? Y a-t-il eu une dispute entre eux deux à propos de quelque chose ? Ou de quelqu'un ? ajouta Cline en regardant Denver avec un petit sourire entendu.

— Pouvons-nous en finir avec ces questions ? Il fait froid, l'interrompit J.D.

Cline sourit de nouveau à Denver et se tourna vers J.D.

— Curieux que vous ayez choisi ce moment pour revenir. Qu'est-ce qui vous a poussé à retourner à West ?

— Des raisons personnelles, répliqua J.D. avec colère.

Cline leva un sourcil interrogateur.

— Et comment se fait-il que vous vous soyez retrouvé au milieu de cette histoire, cette nuit ?

— Je devais passer chez Denver et…

— A 4 heures du matin ?

— Je me faisais du souci pour elle, protesta J.D.

— Et vos craintes étaient fondées, apparemment, conclut Cline en refermant son bloc-notes.

— Quand pourrai-je aller voir Davey ? demanda Denver.

Cline la fusilla du regard.

— L'affaire est du ressort du bureau du shérif, à présent. De toute façon, à votre place, je n'espérerais pas trop que Davey vous apprenne quoi que ce soit sur la mort de votre oncle.

— Nous n'en saurons rien avant d'avoir posé la question à Davey, répliqua J.D.

— A condition qu'il soit en état de vous répondre, répondit Cline en remontant le col de son blouson. D'ici là, j'aimerais que vous signiez vos dépositions, tous les deux.

— Nous vous retrouvons à votre bureau, lui répondit J.D. d'un ton sec.

— J'y compte bien !

Une sonnerie stridente tira Pete du sommeil. Il émergea difficilement et se prit la tête entre les mains avant de promener les yeux autour de lui, surpris d'avoir dormi dans le salon de Denver plutôt que chez lui. De nouveau, le téléphone retentit et Pete se leva pour aller répondre, en se frottant le crâne. Il avait une terrible gueule de bois. Pourtant, la veille au soir, il n'avait bu que cet horrible thé...

— Allô ? articula-t-il péniblement.

— Vous avez tout fichu en l'air.

Pete reconnut la voix métallisée. C'était Midnight.

— Votre chère Denver pourrait être morte maintenant.

La panique s'empara de Pete.

— Denver ? Que lui est-il arrivé ?

Il se tourna vers l'escalier. Si elle avait été là, elle aurait répondu au téléphone. Elle était donc sortie.

— Où est Denver ? cria-t-il. Tout va bien pour elle ?

— Oui, oui. Mais qu'avez-vous fabriqué cette nuit ?

Pete se frotta le visage, s'efforçant de s'en souvenir. Les somnifères. Le thé. La discussion avec Denver. Il perçut le bruit d'une pièce qui tombait. Midnight l'appelait donc d'une cabine.

— Je crois que les tasses ont été interverties, avança-t-il timidement.

Midnight poussa un juron.

— Et comment cela est-il arrivé ?

Pete se sentait bien incapable de l'expliquer.

— Je n'en sais rien. Mais je vais rattraper le coup, je vous en donne ma parole.

— Votre parole ? rétorqua Midnight en riant. Vous perdrez la vie si vous ne la tenez pas.

— Je la tiendrai. Mais je n'ai pas compris. Pourquoi avez-vous dit que « Denver pourrait être morte » ?

— Regardez votre pick-up.

Pete s'approcha de la porte. Il eut du mal à déglutir.

— Il est couvert de boue.

Le bassin de West Yellowstone était sablonneux. Pas gadouilleux. Où avait-il pu rouler pour recouvrir de boue sa carrosserie ?

Midnight ricana.

— Vous ne vous rappelez pas être allé à Horse Butte, cette nuit ?

— Horse Butte ? répéta Pete en se frottant les tempes. Horse Butte ? En pleine nuit ?

Mais combien de somnifères avait-il avalés pour être à ce point dans le cirage ?

— J'aurais été incapable de conduire cette nuit, soupira-t-il.

Mais manifestement, son pick-up, lui, avait roulé.

— Je vous conseille de le laver avant que quelqu'un ne vous interroge sur cette boue, reprit Midnight.

Pete s'efforçait de recouvrer ses esprits. Sa vie en dépendait. Même dans son état, il le comprenait.

— Vous ne m'avez réveillé si tôt que pour me dire de nettoyer mon pick-up ?, demanda-t-il, d'une voix inquiète.

— La bonne question que vous devriez vous poser est : comment se fait-il que ce pick-up soit couvert de boue ?

Pete regarda son véhicule et répéta docilement :

— Comment se fait-il qu'il soit couvert de boue ?

Midnight se mit à rire.

— Vous le découvrirez bien assez tôt.

Et il raccrocha.

Pete considéra un moment le téléphone puis enfila ses bottes. Il se sentait nauséeux. Que diable s'était-il passé cette nuit ? Il avait l'intuition qu'il serait dangereux de l'apprendre. Comme il mettait son manteau, le téléphone retentit de nouveau. Pete se jeta sur l'appareil, espérant que, cette fois, ce soit Denver.

— Pete Williams ? s'enquit une voix inconnue.

— Oui, répondit-il, retenant son souffle.

— Ici, le central du shérif. L'adjoint Cline m'a demandé de vous dire que votre petite amie était en route pour nos bureaux avec J.D. Garrison et que vous feriez mieux de les y rejoindre.

— De quoi s'agit-il ? s'exclama Pete d'une voix sourde.

Pourquoi Denver et J.D. se rendaient-ils chez le shérif à cette heure matinale alors que la dernière fois qu'il l'avait vue, elle montait se coucher ?

— Il y a eu un accident cette nuit à Horse Butte.

Pete regarda son pick-up.

— A Horse Butte ? Il y a eu des blessés ?

— Je ne sais pas mais l'adjoint Cline pourra certainement vous renseigner.

— J'espère bien, dit-il avant de raccrocher brusquement.

Horse Butte. Que s'était-il passé cette nuit à Horse Butte ? s'interrogea-t-il. Perplexe, il s'avança vers la fenêtre. La Jeep de Denver avait disparu mais le pick-up de J.D. était garé devant la maison.

— Que diable se passe-t-il ? cria-t-il dans le chalet désert.

Il n'avait pas encore la réponse mais il était sûr d'une chose : il devait absolument laver son pick-up avant de se rendre chez le shérif.

Ils roulaient vers la ville et Denver jeta un œil discret à J.D. Il semblait conduire machinalement, perdu dans ses pensées. Cela tombait bien : elle n'avait aucune envie de parler. Les questions de Cline tournaient dans sa tête. Qui était vraiment Davey ? Que savait-il ? Etait-ce bien pour ça qu'on avait tenté de le tuer ? Elle essayait de réfléchir malgré le choc et de rassembler les quelques indices qu'elle possédait.

Quand J.D. se gara devant le commissariat, elle commençait à y voir un peu plus clair. Elle savait ce qu'elle allait faire.

Ils attendirent Cline dans son bureau. Au bout d'un bon moment, ce dernier entra en sirotant un gobelet de café.

— Pourquoi vous n'admettez pas que quelqu'un a empêché

Davey de me parler ? lui lança Denver avant même qu'il n'ait eu le temps de s'asseoir.

— Il y a des manières plus efficaces de faire taire quelqu'un définitivement, non ? Pourquoi organiser un accident quand il suffirait d'un bon vieux revolver ?

— Mais je vous l'ai dit, s'emporta Denver, l'autre véhicule a surgi du raccourci et lui a coupé la route. Davey n'avait pas le choix. Il était forcé de braquer à gauche. Tout cela était calculé.

— Elle a raison, renchérit J.D. Même un conducteur expérimenté aurait réagi de la même façon.

Avec un haussement d'épaules, Cline se mit à farfouiller dans des papiers.

— Pourquoi pas ? Mais on peut aussi voir les choses autrement. Davey Matthews se rendait à la vieille tour, sans doute avec l'intention d'extorquer de l'argent à Mlle McCallahan. Il venait de voler la voiture. Et il faisait sombre. Un autre véhicule est alors apparu sur la route devant lui. C'est normal qu'il ait paniqué.

— Mais rien ne prouve que Davey avait prévu de demander de l'argent à Denver, l'interrompit J.D.

— Rien ne nous dit non plus que l'autre véhicule ait voulu envoyer Davey dans le décor. Tout ce que nous savons est que Davey est un petit délinquant, un voleur de voiture et…

— Je sais ce que j'ai vu, coupa Denver.

Davey était venu pour lui dire qui avait tué son oncle, elle en était certaine. Et si Max avait eu assez confiance en Davey pour lui donner du travail, le gosse était fiable.

— J'ai été témoin d'une tentative de meurtre, ajouta-t-elle fermement.

Cline soutint son regard.

— Non, vous avez été témoin d'un malheureux accident. Mais après ce qu'il est arrivé à votre oncle, il est sans doute normal que vous commenciez à voir des tentatives de meurtre partout.

— Je ne suis pas parano, répliqua-t-elle, s'efforçant de maîtriser sa colère. Il était 4 heures du matin. Vous ne trouvez pas curieux qu'un véhicule se trouve à cet endroit en pleine nuit ?

Cline secoua la tête.

— Allez, vous êtes tous les deux de la région. Vous savez à quel point la tour de Horse Butte fascine les adolescents. Ils y organisent régulièrement des beuveries.

— Jamais en hiver ! riposta J.D. Et puis, il y a eu un accident. Pourquoi le responsable ne s'est-il pas arrêté ?

— Sans doute s'agissait-il d'un gamin qui n'était pas censé se trouver là et qui a eu peur d'avoir des ennuis.

Denver le regarda en face.

— Peut-être devrions-nous contacter le shérif de Bozeman pour lui demander son avis sur la question.

Cline poussa un long soupir. Il ne cherchait plus à cacher son agacement.

— Inutile de donner à cette histoire une importance qu'elle n'a pas. Vous étiez dans votre Jeep dans la nuit avec votre… ami. Peut-être étiez-vous occupés, tous les deux, et n'avez-vous pas prêté attention à ce qui se passait, si vous voyez ce que je veux dire, ma petite demoiselle.

Denver sentit la fureur empourprer ses joues.

— Vous pouvez m'appeler Denver ou mademoiselle mais je ne suis pas « votre petite demoiselle ». Et j'en ai assez de vos insinuations ridicules.

J.D. posa une main sur son épaule, comme pour la calmer, et se tourna vers Cline.

— J'aimerais vous dire un mot en privé, Cline.

— Monsieur l'adjoint du shérif Cline, rectifia celui-ci.

J.D. réprima un sourire et le suivit dans la pièce voisine, en prenant soin de fermer la porte derrière lui.

— Je voudrais revenir sur les événements de cette nuit.

Cline se frotta les mâchoires.

— J'ai déjà entendu votre récit.

J.D. hésita. Cline était-il juste un imbécile ou pouvait-on lui faire confiance ?

— Je ne vous ai pas tout raconté, Cline. Quand le véhicule a surgi du raccourci, je l'ai reconnu.

Les yeux de Cline s'éclairèrent.

— Pourquoi ne me l'avez-vous pas dit plus tôt ?

— Il s'agissait du pick-up noir de Pete Williams, continua J.D. Celui qu'il conduisait hier, en quittant le cimetière.

Cline se mit à jurer.

— Vous n'espérez quand même pas que je vais croire ça ? Je sais très bien que vous ne vous entendez pas tous les deux et je devine pourquoi, ajouta-t-il en regardant vers la porte, en direction de Denver. Mais vous n'allez pas vous servir de moi pour régler vos comptes, Garrison. Il y a beaucoup de pick-up noirs dans la région, vous savez…

J.D. secoua la tête.

— C'était celui de Pete. J'ai reconnu les phares spéciaux qu'il a mis sur le sien.

— Il y a sûrement d'autres pick-up qui en ont aussi. Et puis, je connais Pete Williams et sa famille.

— Vous connaissez également la mienne, répliqua J.D. avec colère. Si je comprends bien, vous n'allez pas enquêter à propos de ce que je viens de vous révéler ?

— Non, je n'ai aucune raison de le faire, rétorqua Cline en se dirigeant vers la porte. De toute façon, Pete Williams a un alibi en béton. Mlle McCallahan m'a assuré qu'il dormait dans son salon quand elle a quitté le chalet.

— Vous ne savez pas combien de temps il y a dormi, répliqua J.D. Vous le défendez envers et contre tout parce qu'il est votre cousin par alliance.

Cline se retourna, les yeux étincelant de fureur.

— Faites attention, Garrison. Vous n'avez rien d'une star ici. Vous êtes juste un ancien gamin du coin. Ne vous faites pas d'illusions.

L'adjoint sortit de la pièce et tomba nez à nez avec Denver.

Il attrapa un formulaire sur son bureau et le tendit à Denver, avant d'en donner un autre à J.D.

— Notez vos témoignages. Mais limitez-vous aux faits.

Tout en se rasseyant, J.D. croisa le regard de Denny.

— Que se passe-t-il ? murmura-t-elle.

— Je t'en parlerai, mais pas ici.

Quand il avait reconnu le pick-up à Horse Butte, il avait compris qu'il aurait dû la mettre en garde contre Pete, la veille. Pete Williams était un homme dangereux. Il en était certain.

Denver avait presque fini de rédiger sa déposition quand Pete arriva dans les bureaux du shérif. Il se précipita sur elle et la prit dans ses bras.

— Tu m'as donné la peur de ma vie, s'écria-t-il. Quand j'ai entendu ce qui s'était passé… Qu'es-tu allée faire à Horse Butte, bon sang ?

Elle se raidit devant ses reproches.

— Essayer de découvrir le meurtrier de Max. Qui t'en a parlé ? demanda-t-elle d'un ton sec.

— C'est le central qui l'a prévenu, l'interrompit Cline.

J.D. s'avança à son tour.

— Salut, Pete, lui dit-il froidement.

Denver vit quelque chose passer entre les deux hommes. L'expression de J.D. lui déplut.

— Puis-je vous dire un mot, Pete ? lança Cline.

Ils se rendirent dans la petite pièce voisine où l'adjoint s'était entretenu avec J.D. quelques minutes plus tôt. Les deux hommes fermèrent la porte derrière eux et Denver ne put entendre que des bribes de conversation. Ce fut surtout Cline qui parla et il s'arrangea pour le faire à mi-voix.

J.D. s'approcha de Denver.

— Cette nuit, au moment où nous sommes partis, le téléphone a sonné au chalet. Tu t'en souviens ? Penses-tu que la sonnerie aurait pu réveiller Pete ?

— Peut-être, répondit-elle prudemment.

— Aurait-il eu un moyen de savoir où tu allais ?

— Je lui avais laissé un mot. Pourquoi ?

— Denny, je crois savoir qui était au volant du véhicule qui a forcé Davey à quitter la route cette nuit.

Avant qu'il ne puisse en dire davantage, la porte se rouvrit. Pete et Cline réapparurent.

— Ne dis rien pour le moment, chuchota J.D.

Denver acquiesça silencieusement, mais elle était soucieuse. Pourquoi J.D. ne voulait-il pas parler devant Cline ? Peut-être ne faisait-il plus confiance à l'adjoint. Comme elle.

Cline prit leurs dépositions d'un air contrarié.

— Si j'ai d'autres questions à vous poser, je vous appellerai, dit-il en les raccompagnant tous les trois à la porte. En attendant, je garderai un œil sur vous, mademoiselle McCallahan, et sur votre ami.

Denver préféra ne pas relever la remarque désagréable de Cline. Elle s'approcha du bureau central et lui demanda :

— Avez-vous des nouvelles de l'état de santé de Davey Matthews ?

Avant que son interlocuteur ne puisse lui répondre, Cline s'interposa.

— J'espère que vous n'avez pas l'intention d'interférer dans le travail de la police comme votre oncle le faisait.

— Je veux simplement savoir si Davey va bien, rétorqua-t-elle d'un ton ferme.

— Faites attention, votre ami et vous. Ne vous mêlez pas de cette histoire, c'est un bon conseil que je vous donne.

— Cela ressemble plutôt à des menaces, rétorqua J.D.

Denver sentit la colère monter en elle. Cline allait trop loin.

— Je suppose que vous allez m'annoncer bientôt qu'en réalité, Max n'a pas été assassiné. Mais qu'il s'est poignardé tout seul. Qu'il s'agissait d'un suicide. Je pensais que vous aviez envie de résoudre cette affaire le plus vite possible.

Mais, apparemment, vous ne le pouvez pas. A moins que vous ne le souhaitiez pas.

— Surveillez vos propos, rugit Cline en lui prenant le bras. Si vous continuez à me calomnier, vous aurez des ennuis. Restez en dehors de mon enquête ou je vous jetterai en prison pour entrave au travail de la police. C'est compris ?

— Laissez-la, ordonna J.D. d'une voix glaciale.

Cline regarda J.D. et sourit d'un air mauvais à Denver.

— Votre ami vous a-t-il dit qui il pensait avoir vu à Horse Butte ?

J.D. serra les mâchoires.

— Cline…

— Il prétend avoir reconnu le véhicule qui a envoyé Davey Matthews dans le décor, poursuivit l'adjoint d'un ton triomphant. D'après lui, c'était celui de Pete Williams.

Denver se tourna vers J.D. d'un air effaré.

— Comment peux-tu dire ça ? Il faisait sombre et tout s'est passé si vite.

— Je suis sûr de moi, répliqua J.D. aussi calmement qu'il le pouvait.

— Tu te trompes ! l'interrompit Pete. Je ne suis pas allé à Horse Butte cette nuit. Je dormais comme une souche au chalet.

Denver les regarda tour à tour, ahurie.

— Il doit bien y avoir une autre explication.

— Ce n'est ni le moment ni le lieu d'en discuter, asséna J.D.

— C'est vrai, renchérit Pete. Denver a besoin de se reposer.

Denver planta ses yeux dans ceux de J.D.

— Pourquoi tu ne m'en as pas parlé cette nuit ?

— Tu étais déjà bouleversée… Denny, il y a certaines choses que je dois te dire, ajouta-t-il en prenant sa main.

— Tu ne vois pas qu'elle est exténuée ? s'écria Pete. Elle a besoin de se reposer. Nous parlerons de tes soupçons débiles plus tard.

Ouvrant la porte, il entraîna Denver à l'extérieur.

— Je vais très bien, répliqua-t-elle.

Elle était surprise de la peur qu'elle venait de voir briller dans les yeux de J.D., mais elle ne pouvait croire que Pete ait été dans la montagne, pendant la nuit. C'était impossible.

J.D. se précipita vers elle.

— Denny, je ne peux pas te laisser…

— Pas si vite, Garrison, intervint Cline, lui bloquant le passage. Vous n'allez nulle part. J'aimerais vous poser quelques questions supplémentaires.

J.D. le repoussa et s'approcha de Denny.

Mais Cline le prit par le bras.

— Si vous refusez de vous soumettre à mon interrogatoire, Garrison, je vous mets en garde à vue.

J.D. regarda la main de Cline sur son bras puis Denny qui s'éloignait avec Pete. Tous deux discutaient et semblaient contrariés. J.D. se tourna de nouveau vers Cline. Un rictus déformait sa bouche. L'adjoint aurait manifestement adoré le jeter en cellule.

— Allez-y, posez-moi vos questions.

— Garrison, je vous soupçonne d'être venu ici jouer les Rambo et de vouloir sauver la pauvre princesse en détresse, lança Cline. Prouvez-moi que je me trompe.

— Si vous me demandez si j'ai l'intention de protéger Denver par tous les moyens, la réponse est oui. Et je sais que vous m'avez retenu ici dans le seul but de m'empêcher de partir avec elle.

Cline le regarda un moment.

— Mettons deux ou trois choses au clair. Je fais ce que je veux dans cette ville. Et je ne vais pas me faire embêter par vous dans cette histoire. Dès que j'aurai retrouvé l'auto-stoppeur, l'enquête sera close.

— Vous voulez parier ? Le tueur n'est pas l'auto-stoppeur, dit J.D. en se levant. Il est toujours à West. Et si vous ne le croyez pas, vous feriez mieux d'aller jeter un œil dans le bureau de Max. Quelqu'un l'a mis à sac.

— Comment le savez-vous ?

J.D. posa les mains sur le bureau et se pencha vers l'adjoint.

— Vous avez un tueur en liberté dans cette ville ! Et vous feriez mieux de l'arrêter avant qu'il ne tue quelqu'un d'autre.

— Contentez-vous de jouer avec votre guitare, Garrison. Je sais ce que je fais et si vous vous mettez en travers de mon chemin…

J.D. tourna les talons et s'en alla, claquant la porte derrière lui.

Pete habitait au rez-de-chaussée d'un immeuble de deux étages au cœur de la ville. Aussitôt arrivé dans son appartement avec Denver, il lui proposa de quoi se restaurer. Mais elle n'avait pas vraiment faim et tous deux s'assirent à table, face à face. Pete rompit le désagréable silence qui s'était installé.

— Tu sais que tu aurais pu te faire tuer, cette nuit, Denver. Il est temps que tu cesses de jouer les détectives !

Denver brisa machinalement une tranche de pain qui traînait sur la table et en avala un morceau.

— Je n'ai pas envie d'en discuter, Pete, soupira-t-elle. Je voudrais te poser une question.

— A propos des insinuations ridicules de J.D. ? lança-t-il avec colère.

Sa réaction rendait la discussion encore plus difficile. Elle ne pouvait oublier le regard inquiet de J.D. au commissariat.

— Pourquoi J.D. prétendrait-il que tu étais à Horse Butte cette nuit si ce n'était pas le cas ?

— Je n'en sais rien. Sans doute y a-t-il un passif entre nous, un vieux conflit, dont je n'étais pas conscient.

— Mais pourquoi ? insista Denver.

— C'est ce que je ne comprends pas. Pourquoi m'attaquer ? Il a eu tout ce qu'il voulait dans la vie.

Denver ne pouvait le nier. Elle savait très bien à quel point J.D. avait eu envie de réussir dans la chanson. Sa carrière avait toujours été sa priorité. Il le lui avait bien fait comprendre, il y a neuf ans.

— Tu devais être vraiment très fatigué, cette nuit, dit-elle.

— Je dormais comme une souche. Pourquoi ne m'as-tu pas réveillé ? Aller seule là-bas… Enfin, tu n'étais pas seule…

— J'ai essayé de te secouer mais je n'y suis pas arrivée. Alors, je t'ai laissé un mot. Tu as dû le voir ce matin en te réveillant, quand Cline t'a appelé. Car c'est bien lui qui t'a téléphoné, non ?

Peter se frotta les tempes comme s'il avait la migraine. Il n'en pouvait plus des questions de Denver.

— As-tu oublié qui je suis ? s'exclama-t-il, les yeux brillants. Je suis ton meilleur ami, le garçon avec qui tu as grandi, celui qui t'aidait pour les problèmes d'algèbre, qui t'a appris à jouer de la guitare, qui a pris soin de toi quand J.D. Garrison t'a brisé le cœur.

Denver sentit les larmes monter en elle.

— Pete, je…

— Non, Denver, je n'étais pas à Horse Butte, cette nuit. Tu sais où j'étais. Sur ton canapé, profondément endormi. Au lieu de me soupçonner du pire, tu devrais plutôt te demander pourquoi J.D. est revenu dans la région après toutes ces années. Ce n'est pas à cause de Max. Il n'a même pas assisté à ses obsèques.

— A ce propos, l'interrompit Denver, je voulais te demander… J.D. a paru surpris quand je lui ai dit que tu l'avais appelé pour lui apprendre la mort de Max et lui préciser le jour de l'enterrement.

— D'où viennent ces soupçons, Denver ? lui répondit Pete avec colère. De toi ? Ou de J.D. ?

Elle fixa Pete droit dans les yeux et sentit grandir la douleur dans sa poitrine.

— Pourquoi J.D. mentirait-il ?

— Et pourquoi mentirais-je, moi ? Ecoute, Denver. Peut-être J.D. a-t-il mal vu ce qu'il croit avoir vu. Il y a sans doute une explication rationnelle à toute cette histoire.

Il consulta sa montre et eut un geste d'agacement.

— Voilà plus d'une heure que je devrais être en répétition avec les musiciens. Je file. Reste ici, repose-toi.

Tout en se dirigeant vers la porte, il s'empara de son Stetson accroché à la patère et se retourna. Denver caressait une petite tache sur son jean, évitant son regard.

— Si tu tiens un peu à moi, Denver, reste éloignée de J.D. Au moins pour toi. J.D. t'a fait du mal dans le passé. Il recommencera. Quant au meurtre de Max…

Elle leva les yeux vers lui. Leurs regards se croisèrent, se toisèrent.

— Continue de mener l'enquête et tu te feras tuer, lui lança-t-il.

Denver le dévisagea, mais il ne lui laissa pas le temps de répondre.

— Va te coucher. Je reviendrai plus tard te préparer à déjeuner.

Et il s'en alla en claquant la porte.

Denver se leva de table pour se précipiter à la fenêtre. Pete s'approchait de son pick-up : la veille au soir, lorsqu'il l'avait garé devant le chalet, le véhicule était sale. Alors que, maintenant, il était impeccable. Denver sentit son estomac se nouer. Quand Pete l'avait-il lavé ? Ce matin ? Avant de se rendre dans les bureaux du shérif ? Mais pourquoi ?

De nouveau, elle regarda son jean et la tache sur le tissu. C'était une tache de boue. Après être sortie de chez Cline, elle s'était heurtée par mégarde contre le pick-up de Pete. Où Pete avait-il pu aller pour que son pick-up soit couvert de boue, à ce point ? En tout cas, il avait jugé utile de le laver. Elle se tourna vers sa Jeep, elle-même couverte de boue, et sentit son sang se glacer dans ses veines. Pete n'avait pu ramasser toute cette boue qu'à Horse Butte.

— Rien ne me plaît dans cette histoire, déclara Maggie quand Denver lui téléphona pour lui raconter les événements.

Entendant qu'elle racontait à quelqu'un derrière elle que le bureau et l'appartement de Max avaient été mis à sac, Denver s'interdit de lui parler des accusations de J.D. vis-à-vis de Pete. Ni de ses propres doutes en se rendant compte que Pete avait lavé son pick-up.

— Dis-moi que tu n'es pas en train de tout répéter à Cline, chuchota Denver.

Maggie se mit à rire.

— Non, à Taylor. Il est là. Il s'inquiète autant que moi pour toi et pour cette histoire.

Taylor ? Denver fut étonnée de le savoir chez Maggie. Décidément, il tournait beaucoup autour d'elle depuis la mort de Max. Elle en ressentit une certaine colère mais se reprocha aussitôt sa réaction. Taylor protégeait Maggie parce qu'il avait été un vieil ami de Max et voulait la soutenir dans cette épreuve. Mais Maggie était aussi une belle femme. A moins d'être aveugle, Taylor l'avait forcément remarqué. Il avait même laissé entendre qu'il resterait plus longtemps en ville qu'il ne l'avait initialement prévu.

— Cela m'ennuie de me répéter, dit Maggie. Mais peut-être devrais-tu te tenir à l'écart de cette affaire. Et Taylor partage mon avis.

— Ne t'inquiète pas, Maggie. Je vais à Bozeman, cet après-midi. Avec un peu de chance, Davey sera sorti du coma. Et alors, dès demain, l'assassin pourrait être derrière les barreaux.

— Je l'espère, répondit Maggie d'un ton songeur. En attendant, sois prudente. Max serait malade s'il savait à quoi tu t'exposes. Et il m'en voudrait de te laisser faire. Peux-tu ne pas quitter un instant ?

Denver l'entendit dire au revoir à Taylor puis reprendre l'appareil.

— Je vais bientôt me rendre à Missoula, reprit Maggie.

J'y ai une amie dont la mère vient de mourir et j'ai promis de l'aider à vider la maison qu'elle veut vendre. Je préférerais que tu notes son numéro au cas où tu aurais besoin de me contacter.

— Un instant.

Denver promena les yeux autour d'elle, cherchant quelque chose pour écrire. Elle finit par prendre une feuille dans la corbeille à papier.

Après avoir raccroché, elle consulta sa montre, la montre que Pete lui avait offerte. Cela lui avait fait extrêmement plaisir.

« Je veux juste que tu saches que je pense à toi », lui avait dit Pete en la lui offrant.

Il revenait alors de Missoula, le lendemain du jour où Max avait été assassiné.

Elle se remémora tout ce que Pete avait fait pour elle ces dernières années. Elle songea au thé qu'il lui avait préparé la veille puis à la boue sur son pick-up. Il devait y avoir une explication à tout ça.

Parce que si elle ne pouvait se fier à Pete, à qui pouvait-elle se fier ?

7

Quoi qu'ait pu dire Pete, Denver n'avait aucune envie de dormir. Elle voulait parler à Davey Matthews. Aussi, elle prit une douche rapide et quitta son appartement sans s'attarder.

Dehors, les rayons du soleil qui jouaient dans les branches enneigées des arbres la réchauffèrent. Elle était décidée à en savoir plus. Rien ne l'arrêterait. Elle se dirigea vers sa Jeep d'un pas déterminé mais s'immobilisa en reconnaissant la silhouette adossée à sa voiture. Un désir intense la traversa aussitôt.

— Bonjour, lança J.D. en se redressant.

Ses yeux brillaient sous la lumière. Elle eut soudain envie de s'y noyer, même un bref instant.

— Je vais à l'hôpital de Bozeman pour voir Davey, dit-elle. Et n'essaie pas de m'en empêcher !

— Très bien. Je conduis.

Elle le regarda, interloquée.

— Comment ça ? Tu n'essaies pas de me faire changer d'avis ?

Il sourit. Un frisson la parcourut.

— Nous avons passé un accord, tous les deux, reprit-il d'une voix calme. Non ? Je me suis engagé à ne pas t'empêcher de mener l'enquête, à ne pas essayer de te dissuader, ni de te protéger.

— Exact. Alors pourquoi avais-je peur que tu ne changes d'avis ?

— Sans doute parce que tu ne me fais pas confiance.

Elle opina et il lui sourit de nouveau.

Son regard bienveillant la réchauffa au plus profond d'elle-même, brisant la glace qui enserrait son cœur. Soudain, elle n'eut plus qu'une envie : se blottir dans ses bras.

— As-tu des nouvelles de l'état de santé de Davey ? demanda-t-il.

— Non. A l'hôpital, personne n'a voulu m'en donner. Mais au moins, il y est en sécurité.

J.D. lui ouvrit la portière. Avant de s'y engouffrer, elle promena les yeux autour d'elle. Elle se sentait observée.

Adossé à un immeuble voisin, Pete avait suivi toute la scène et luttait contre les nausées qui le soulevaient à la vue de Denver et de J.D. Il étouffa un juron. Il aurait tout donné pour être celui qui prendrait Denver dans ses bras et lui ferait l'amour. Mais apparemment, elle avait jeté son dévolu sur J.D.

Il en était anéanti. Depuis des années, il vivait dans l'ombre de J.D. Garrison. Denver ne l'avait jamais vu autrement que comme un ami. Pourtant, ces derniers temps, il avait cru déceler un changement. Il avait espéré que leurs relations évolueraient vers autre chose.

Mais J.D. était revenu.

Et tant qu'il serait dans les parages, Pete n'avait aucune chance de conquérir le cœur de Denver.

Il les regarda s'installer dans le pick-up. Si jamais J.D. la quittait, Denver se tournerait automatiquement vers lui comme elle l'avait fait il y a neuf ans. Cette fois, il ne laisserait pas J.D. mettre tout en l'air. Il le chasserait de sa vie, de leurs vies, une bonne fois pour toutes.

Denver alluma la radio tandis que J.D. démarrait.

— Comment ? s'écria-t-elle avec étonnement. Tu es branché sur une chaîne de rock and roll ?

Elle tourna le bouton et passa sur une station qui diffusait de la musique country. L'un des derniers tubes de J.D. passait justement sur les ondes. « Heart Full of Misery. » Mais il coupa le son.

— Denny, j'ai des choses à te dire.

— Alors, ça fait quoi d'être une star ? l'interrompit-elle en se tournant vers lui.

J.D. lui jeta un bref coup d'œil. Elle n'avait pas envie de parler de Pete. C'était pourtant le seul sujet dont ils devaient absolument discuter. Il la regarda de nouveau. Le soleil jouait dans ses cheveux auburn. Elle sentait le printemps. Sa peau était encore rose de sa douche. Le simple fait de la voir provoquait un indicible désir au creux de ses reins.

— Une star ? répéta-t-il, tentant de se concentrer sur la question.

Il ne s'était jamais considéré comme une star. Mais comme un simple musicien, un joueur de guitare.

— Je passe des mois sur les routes, à me produire de ville en ville, des mois à composer de nouvelles chansons, des mois à les enregistrer en studio. Ma vie n'a rien à voir avec ce que les gens imaginent.

— Mais c'est la vie dont tu rêves depuis toujours.

Il s'arrêta à un feu rouge et se tourna vers elle, la caressant du regard. Il aurait voulu le faire de ses mains.

— Tu crois ?

— Oui, mais tout a un prix, lui répondit-elle.

Ne le savait-il pas ? Il planta ses yeux dans ses prunelles bleu-vert un long moment avant de détourner les siens. Il avait envie de la protéger. Il en avait toujours eu envie, depuis qu'ils étaient gosses.

Il se moqua de lui-même. Non, il ne s'agissait pas de cela.

Parce que là, il ne pensait pas à la protéger. Pourtant, elle avait bien besoin de l'être.

— Denny, dit-il en mêlant ses doigts aux siens.

Le simple fait de sentir sa peau lui donna envie de s'arrêter pour la prendre dans ses bras. Quand toute cette histoire serait terminée…

— Je dois te parler de Pete.

Elle retira aussitôt sa main et se raidit sur son siège.

— J'étais à l'enterrement de Max, hier, dit-il.

Elle se tourna vers lui, presque en colère. Il poursuivit :

— J'avais rendez-vous avec Maggie sur la colline qui surplombe le cimetière. Nous étions cachés sous les sapins.

Elle sentit l'animosité grandir en elle.

— Maggie et toi ? A l'enterrement ? Je ne comprends pas.

— Maggie est persuadée que Pete est impliqué dans le meurtre de Max.

— Pourquoi diable Maggie penserait-elle une chose pareille ? s'écria-t-elle. C'est absurde !

— Max semblait inquiet ces derniers temps. La veille de sa mort, il avait dit à Maggie qu'il tenait à voir Pete pour l'arrêter avant que quelqu'un ne soit tué.

— Cela ne signifie pas…

J.D. jugea qu'il était temps de lui parler de la photo que Maggie avait retrouvée dans la poche du manteau de Pete. Il lui expliqua ce que lui avait confié cette dernière. Denny voulut protester, mais il l'interrompit.

— Quand Maggie l'a découverte, la photo avait été déchirée pour que je ne sois plus dessus. Je sais que cela paraît dément. Mais, hier soir, après t'avoir laissée avec Pete au chalet, je suis retourné chez Max. J'avais vu un portefeuille coincé derrière un radiateur de son salon.

— Un portefeuille ? répéta Denver en se redressant.

— C'était celui de Max. Max ne l'avait donc pas sur lui le jour de sa mort.

Elle fronça les sourcils.

— Cela voudrait dire que Pete a pu s'emparer de cette photo n'importe quand. Max la lui a peut-être donnée.

J.D. opina.

— Où se trouve ce portefeuille, à présent ? reprit-elle.

— Quand je suis sorti de chez lui, hier soir, quelqu'un m'a assommé et me l'a volé, dit-il en passant la main sur sa bosse.

— Tu t'es fait assommer ? Mais ce n'est pas trop grave, dis ?

Il sourit, touché qu'elle s'en soucie.

— Je survivrai mais tu vois bien que cette histoire se révèle de plus en plus dangereuse.

Elle regarda par la vitre les sapins qui défilaient au bord de la route.

— Pete n'a tué personne et certainement pas Max.

Ils passèrent devant Grayling Pass, longèrent le cimetière. La rivière Gallatin commençait à dégeler, un autre signe annonciateur du printemps.

Maggie se mordillait les lèvres et il devina qu'elle réfléchissait.

— En tout cas, tu avais raison, reprit-elle. Le pick-up de Pete est bien allé à Horse Butte cette nuit. Tu vois ça ? ajouta-t-elle en lui montrant une tache sur son jean. C'est de la boue. Je me suis frottée par mégarde contre la carrosserie du pick-up de Pete, tout à l'heure, et cela a sali mon jean.

C'était la même boue que celle qui maculait la Jeep, songea J.D.

— Et ce n'est pas tout, poursuivit Denver. Pete a lavé son pick-up tôt ce matin. Dans sa hâte, il a négligé de nettoyer certains endroits. Il cache quelque chose, c'est certain, mais je suis sûre et certaine qu'il n'a rien à voir avec le meurtre de Max.

— Qu'en sais-tu ? demanda J.D.

Oui. Qu'en savait-elle après tout ? se dit-elle. Comment pouvait-elle continuer à défendre bec et ongles Pete avec tous ces soupçons qui s'accumulaient ?

— Je connais Pete..., soupira-t-elle.

J.D. comprit aussitôt. Ce fut comme une révélation : Denver était amoureuse de Pete et cette pensée lui fit l'effet d'un coup de poing au ventre, lui coupant le souffle. Bouleversé, il s'interrogea : n'était-ce pas la preuve qu'il était amoureux d'elle ? Il continua à rouler, s'efforçant de chasser ses sentiments. Il avait toujours aimé Denny mais pas ainsi, pas comme ça.

Maintenant, il était amoureux, voilà tout. C'était aussi simple, aussi implacable que cela. Il ne pensait qu'à la prendre dans ses bras, être contre elle, sentir un peu plus l'odeur de sa peau. Jamais, il n'avait eu envie d'embrasser quelqu'un à ce point.

Il prit conscience qu'il la buvait des yeux. Apparemment, elle ne s'en rendit pas compte.

— Et qu'en est-il de l'alibi de Pete ? reprit-elle.

A contrecœur, s'efforçant de reprendre ses esprits, il lui raconta que Maggie avait appelé la salle de concerts à Missoula.

— La serveuse ne se souvient pas de l'avoir vu, conclut-elle. Mais pourquoi Pete n'aurait-il pas joué avec les autres si son groupe se produisait là-bas ?

Songeuse, elle le fixait de ses merveilleux yeux bleus, et il les imagina brillants de désir.

— Et pour quelle raison Pete aurait-il tué Max ? ajouta-t-elle.

— Je ne dis pas que tout cela a un sens, dit-il, s'arrachant à l'enchantement de ses prunelles. Mais…

Soudain, Denver se redressa.

— Oh ! Mon Dieu ! Maggie est partie pour Missoula. Elle m'a dit qu'elle devait y aider une amie mais je suis certaine qu'elle en profitera pour vérifier l'alibi de Pete.

J.D. soupira, espérant que Maggie ne le ferait pas.

— Oui, cela peut la mettre en danger. Sais-tu où elle est descendue ?

Denver sortit de sa poche le morceau de papier sur lequel elle avait noté le numéro.

— Oui, elle m'a donné ses coordonnées là-bas.

Comme elle dépliait le feuillet, ses yeux s'écarquillèrent.

— Oh ! non ! cria-t-elle soudain. Ce n'est pas possible.

— Qu'y a-t-il ?

Elle serra les poings et pendant un moment, il craignit qu'elle ne lui dise rien.

— Quand j'étais au téléphone avec Maggie, je n'avais rien sous la main pour noter son numéro et j'ai fini par prendre un papier dans la corbeille de Pete. Et regarde ce que c'est ! La facture de location d'un semi-remorque, dit-elle en lui tendant la feuille d'une main tremblante.

— Pete a loué un semi-remorque ?

— Et tu te souviens qu'hier, un semi-remorque a failli nous envoyer dans le décor sur la route, alors que nous revenions du cimetière.

— Tu crois que Pete aurait loué ce véhicule et aurait demandé à quelqu'un de vous foncer dessus pour te faire peur ? Ça ne tient pas debout ! s'écria-t-il, surpris de s'entendre défendre Pete. Et puis, sais-tu ce que coûte la location d'un semi-remorque ?

— Je sais, cela paraît ridicule, répondit-elle en s'efforçant de sourire. D'ailleurs, il était dans le pick-up avec moi et aurait pu se faire tuer, lui aussi.

J.D. hocha la tête.

— Tu ne m'avais pas dit que Pete traînait parfois en ville ? Qu'il travaillait pour le compte de Dieu sait qui. Peut-être a-t-il eu besoin de ce camion pour ses employeurs.

— Ça doit être ça, dit-elle d'un air soulagé en remettant le papier dans sa poche. Oui, certainement. Et je suis sûre qu'il y a également une explication à la présence de son pick-up à Horse Butte.

— Peut-être. Mais ça ne nous dit pas pourquoi il a pris le temps de le laver ce matin.

Sans le regarder, elle lui lança froidement :

— Quand as-tu cessé de faire confiance aux gens, J.D. ?

Il lui jeta un regard de biais, ruminant sa question. Elle avait raison, il ne comptait plus sur personne. Et il savait très bien depuis quand.

— Je suis sûr que tu as lu dans les tabloïds que mon imprésario, en qui j'avais toute confiance, était parti avec la caisse.

Il reconnut sa façon de serrer les mâchoires.

— En l'occurrence, c'est différent. Je connais Pete.

Il hocha la tête, craignant d'apprendre à quel point elle le connaissait.

— Moi aussi, Denny, je croyais connaître mon imprésario. Les gens sont parfois décevants, même ceux que nous aimons.

Et J.D. redoutait que Pete ne les déçoive tous les deux. En tout cas, il avait bien l'intention de protéger Denver de lui.

En poussant la porte de la chambre d'hôpital, Denver et J.D. virent avec soulagement que Davey avait repris conscience. Mais l'adjoint du shérif était à son chevet.

— Je pensais bien vous voir arriver, dit-il d'un air contrarié. N'avez-vous pas du ménage ou des gâteaux à faire chez vous, mademoiselle McCallahan ?

Denver préféra ne pas relever et s'approcha de l'adolescent.

— Comment vas-tu, Davey ?

— Ça va à peu près, marmonna-t-il.

— N'avez-vous pas des chansons à enregistrer, Garrison ? insista Cline.

D'un coup d'œil, Denver supplia J.D. de laisser dire. Il lui sourit.

— Cela ne vous ennuie pas que nous passions rendre une petite visite à Davey, n'est-ce pas ? reprit Denver.

— Cette affaire relève des bureaux du shérif, mademoiselle, dit Cline en croisant les bras sur son ventre. Et au cas où vous l'auriez oublié, je suis l'adjoint du shérif. Je ne bougerai pas d'ici.

J.D. serra les mâchoires mais resta silencieux comme Denny l'en avait prié. Celle-ci prit une chaise et s'assit près de l'adolescent. Ce dernier semblait très mal à l'aise.

— As-tu envie de parler ? lui demanda-t-elle. Hier soir, tu m'as appelée et tu m'as demandé de te retrouver à la tour de guet.

Davey glissa un œil inquiet vers Cline.

— Je ne comprends pas de quoi vous parlez.

— Comment ? Tu prétends que ce n'est pas toi qui m'as téléphoné et donné rendez-vous à Horse Butte ?

— Je ne me souviens de rien, murmura Davey. D'accord ?

— Le docteur a dit qu'il souffrait de multiples contusions, intervint Cline, manifestement ravi de la tournure des événements. Peut-être a-t-il oublié ce qui s'est passé. Et sans doute ne se le rappellera-t-il jamais.

— Je suis désolée, Davey. Je ne me rendais pas compte…, reprit Denver.

Comme elle effleurait son bras, J.D. vit l'adolescent lui glisser discrètement dans la main un bout de papier.

— Ecoutez, je ne sais rien sur rien, d'accord ? insista Davey. J'ai simplement envie d'être tranquille, de me reposer, ajouta-t-il avant de se tourner vers le mur.

— Vous êtes satisfaite ? demanda Cline à Denver. Je crois qu'il est temps de vous retirer, à présent.

— J'espère que tu te rétabliras vite, dit Denver à Davey en suivant Cline à l'extérieur de la chambre.

J.D. regarda une dernière fois le gamin avant de leur emboîter le pas.

— Dommage que le gosse ne se souvienne de rien, dit Cline une fois la porte refermée. Mais j'ai une piste sérieuse. Il s'agit de l'auto-stoppeur que Max avait pris dans son véhicule et invité à déjeuner avant d'être tué…

— Eh bien ? s'enquit Denver.

— Saviez-vous que Max l'a conduit hors de la ville ? Davey l'a vu, il me l'a dit.

— Je croyais que Davey avait tout oublié, intervint J.D.

— La mémoire est sélective comme les amnésies, répliqua Cline. J'imagine qu'il ne se souviendra pas non plus d'avoir volé la voiture ou tenté de vous extorquer de l'argent en échange d'informations sur l'auto-stoppeur. Bien sûr.

— Vous pensez que c'était ce qu'il voulait me dire ? demanda Denver.

— J'en suis sûr. L'auto-stoppeur est évidemment l'assassin.

— Alors comment expliquez-vous que l'appartement et le bureau de Max aient été mis à sac ? demanda J.D., s'attirant un regard furieux de Denver.

— Ce genre de choses arrive en permanence, dit Cline. Quelqu'un tue un homme, vole ses papiers et des gosses s'introduisent chez la victime pour la cambrioler.

— Si vous pensez qu'il s'agit de gamins, pourquoi avez-vous relevé les empreintes dans l'appartement ?

— Pour respecter les procédures.

Denver regarda la porte de la chambre de Davey.

— Je suppose que vous pouvez également m'expliquer pourquoi Davey avait l'air aussi terrifié, comme s'il avait été menacé, contraint à tout oublier.

Cline plissa les yeux.

— Etes-vous en train de suggérer…

— Je n'ai pas dit que *vous* l'aviez menacé, répliqua-t-elle très vite.

Cline retira son chapeau et joua avec.

— Le gamin a peur pour une raison évidente. Il ne va pas échapper à un petit séjour à l'ombre.

J.D. réprima avec difficulté un mouvement d'agacement. Davey allait donc être incarcéré à la prison pour mineurs ? Tout semblait trop simple, trop pratique. Quand le gosse irait mieux, il serait bouclé. Et on ne parlerait plus de cette affaire. J.D. sentait la colère monter en lui. Résigné à se contrôler, il jeta un œil à Denver. Elle semblait aussi contrariée que lui.

— Vous me tiendrez au courant quand vous rattraperez cet auto-stoppeur, dit-elle.

— Comptez sur moi, vous serez la première à l'apprendre, répondit Cline.

Il les accompagna jusqu'au parking et attendit qu'ils s'en aillent. J.D. le regarda dans son rétroviseur rentrer dans l'hôpital, puis il reporta son attention sur Denver. Elle venait de sortir de sa poche le papier que Davey lui avait glissé dans la main. Il n'osa pas lui demander ce que l'adolescent avait pu écrire et se mit à rouler. Il espérait qu'elle lui dirait d'elle-même de quoi il s'agissait. Mais quand, au bout de quelques minutes, il lui jeta un regard de biais, elle s'était endormie. Il contempla son visage d'ange et les premiers accords d'une chanson lui vinrent alors à l'esprit, clairs et forts comme autrefois. Il chantonna discrètement, les enregistrant dans sa tête.

C'était toujours le même rêve. Denver entrait dans la banque en chantonnant, ses parents la suivaient. Mais les mots mouraient brusquement sur ses lèvres et elle s'immobilisait en voyant les gens étendus par terre, à plat ventre. Le silence qui régnait dans l'agence était terrifiant. Son père l'appelait. Elle courait vers lui et voyait un autre policier sur le sol. Son père l'attrapait par le bras, la jetait à terre tout en sortant son arme de son étui. Elle tombait et se retrouvait sous le bureau de la réception. De son abri, elle voyait l'homme cagoulé se retourner, sa carabine à la main. Il tirait. Elle entendait sa mère hurler. Puis tout explosait. C'était effroyable.

Denver se redressa, la gorge serrée, serrant les poings.

— Tout va bien, la rassura J.D.

Il arrêta le véhicule et prit Denver dans ses bras, lui caressant le dos, lui murmurant des mots tendres. Elle se blottit contre lui, s'efforçant de chasser de son esprit ces terribles images.

— Tu as fait un mauvais rêve ?

Sa voix était douce, comme ses mains. Elle opina.

— A propos de Max ? reprit-il.

— Non. De mes parents, le jour où ils ont été tués. Je revivais la scène, ajouta-t-elle en frissonnant. J'ai vu le bandit.

— L'homme qui les a tués ? demanda-t-il, un brin sceptique.

— Cela paraît fou mais depuis la mort de Max, ce rêve revient me hanter. Chaque fois, je me souviens de davantage de détails. A moins que je ne les imagine. Peut-être n'est-ce rien d'autre qu'une illusion. Mais cette fois, le type s'est tourné vers moi. Il portait une cagoule et il avait quelque chose à la main…

J.D. fronça les sourcils.

Il parut hésiter.

— Denny, as-tu déjà essayé de te remémorer cette histoire ? Je sais que Max t'encourageait à l'oublier mais si quelqu'un t'aidait à te souvenir de tout cela, est-ce que ça ne t'aiderait pas ?

Denver sentit son cœur s'accélérer dans sa poitrine. La perspective de revivre le drame la terrifiait.

— Quelqu'un ?

— Oui, un psychologue. Ou un hypnotiseur peut-être.

Elle regarda la route, encore plus inquiète.

— Je ne suis pas sûre d'être capable de revivre cette journée.

— Cela pourrait peut-être te libérer une bonne fois pour toutes de ce cauchemar.

— Il cessera de me torturer quand l'assassin de Max sera arrêté, soupira Denver.

Le nez contre J.D., elle sentait son odeur, réconfortante, et la douceur de sa chemise en coton.

— Je me suis toujours interrogé sur tes parents, dit-il avec précaution.

— Je ne me souviens pas de grand-chose. Max voulait que j'oublie cette partie de ma vie parce que leur mort avait été très violente et que j'avais peu de souvenirs d'avant le drame. Il avait sans doute raison.

J.D. s'écarta un peu d'elle pour pouvoir redémarrer. Denny se surprit à l'observer du coin de l'œil. A la lumière du jour, il semblait encore plus séduisant, plus fort, plus musclé. Elle se réprimanda. Etre attirée par lui était une chose, retomber amoureuse en était une autre.

— Que vas-tu faire de nos soupçons à propos de Pete ? reprit J.D. en regardant la route.

— Plus j'y pense, plus je suis persuadée de son innocence.

Il se crispa et elle l'entendit grommeler un juron. Elle colla son visage contre la vitre. Au loin, elle voyait apparaître West Yellowstone.

— Il faut pourtant que tu fasses preuve de prudence avec Pete, reprit J.D. Si tu te trompes et qu'il s'avère qu'il est…

— Je sais, l'interrompit-elle en enfonçant les mains dans ses poches et refusant de penser à Pete.

Ses doigts touchèrent le papier que Davey lui avait confié.

— Peux-tu me laisser devant le bureau de Max ? demanda-t-elle comme ils entraient dans la ville.

Il lui jeta un regard perplexe, mais il ne voulut pas la contrarier.

— J'ai vraiment besoin de me retrouver seule un petit moment, ajouta-t-elle en ouvrant la portière.

— Denny…

— On reparlera de tout cela plus tard, dit-elle en sautant à terre.

Elle s'éloigna sans un regard en arrière.

J.D. frappa son volant du poing. Pourquoi avait-il insisté alors qu'il savait bien que c'était la dernière chose à faire ? Il songea au papier que Davey avait donné discrètement à Denver. Elle n'avait pas eu assez confiance en lui pour lui en parler.

— Qu'espérais-tu ? se demanda-t-il à voix haute. Elle n'a aucune raison de te faire confiance. Elle préfère se fier à Pete. Même si les preuves s'accumulent contre lui.

Il se dirigea vers la maison de Maggie, repensant à la façon dont Denver s'était endormie contre lui et aux accords d'une nouvelle chanson qui lui étaient venus pendant qu'ils roulaient. Mais, de nouveau, la musique et les paroles lui échappaient. Comme Denny.

Tout en se garant devant chez Maggie, il regretta d'être

musicien et non inspecteur de police. Un bon inspecteur pourrait résoudre cette affaire et sauver Denny d'un chagrin inutile. Un musicien, non…

Il se souvint soudain que Maggie devait se rendre à Missoula. Sans doute était-elle déjà partie. Elle le surprit en lui ouvrant la porte.

— J'avais peur que tu ne sois déjà partie, s'écria-t-il.

— Il s'est passé quelque chose, dit-elle doucement.

Elle lui fit signe d'entrer.

— J.D., j'ai peur que Max n'ait été impliqué dans un trafic illégal. Un trafic qui lui aurait rapporté cent cinquante mille dollars !

Les mots étaient griffonnés au crayon :

« Gralin Pas. Au levé du soleil. Demin. Prené vote apareye et vos skis. »

Denver regarda ces mots avec perplexité. S'agissait-il d'un code ? Mais elle finit par comprendre que l'adolescent écrivait phonétiquement. Il avait sans doute voulu dire : « Grayling Pass. Au lever du soleil. Demain. Prenez votre appareil (de photo) et vos skis. »

Visiblement Davey adorait les rendez-vous secrets dans les endroits improbables. Peut-être Cline avait-il raison, peut-être le gamin tenterait-il de lui extorquer de l'argent. Mais s'il pensait qu'elle allait se rendre seule au diable vauvert, il se trompait lourdement. Elle jeta le mot à la poubelle. Davey allait être surpris. Elle ne voulait plus jouer à cache-cache. Cette fois, il allait lui parler, lui dire ce qu'il savait.

— Davey Matthews ? répéta l'infirmière au bout du fil.

Denver retint son souffle. Son état avait-il empiré ? Il n'était sûrement pas…

— Etes-vous de sa famille ? reprit son interlocutrice.

— Non, une amie. Sa famille ne vit pas aux Etats-Unis. Il va bien, n'est-ce pas ?

L'infirmière parut hésiter.

— M. Matthews est parti. Il a quitté l'hôpital.

— Parti ? Les médecins lui ont permis de s'en aller si vite ?

Silence.

— Pas exactement… En fait, il s'est sauvé, chuchota l'infirmière au bout de la ligne.

Denver raccrocha, les mains tremblantes. Davey ne s'était certainement pas enfui pour éviter les ennuis avec la justice, pensa-t-elle en regardant le bureau dévasté de Max. Il avait voulu sauver sa peau. Elle en était persuadée.

— Oh ! Max, sur quoi travaillais-tu ? murmura-t-elle.

Le tueur cherchait quelque chose. Mais quoi ? Le bureau était dans un état encore bien pire maintenant que Cline et son équipe étaient venus y relever les empreintes. Tout était recouvert de poudre grise.

Elle commença à ramasser les papiers qui jonchaient le parquet et à les mettre dans un sac-poubelle. Cela ne servait sans doute à rien mais elle avait besoin de s'occuper, de faire quelque chose pour cesser de penser à J.D. Il ne semblait pas aller bien. Pourtant, tout lui souriait. Le monde de la musique reconnaissait son talent, ses fans avaient fait de lui un homme riche, les femmes tombaient à ses pieds. Que lui fallait-il d'autre pour être heureux ? se demanda-t-elle.

S'efforçant de chasser J.D. de son esprit, elle s'assit au bureau et reprit la pose de Max pour réfléchir. Max avait pris un auto-stoppeur. Ils étaient allés à l'ancienne décharge. Pas très logique, mais possible.

Max aimait cet endroit avec ses sapins, ses pistes enneigées. Quelques années plus tôt, lorsque la ville y déversait encore ses déchets, il la conduisait là-bas parfois, à la nuit tombante. Ils restaient dans l'habitacle à écouter et à regarder.

Vers minuit, Max allumait les phares et ils découvraient alors une bande d'ours farfouillant dans les détritus, y cherchant quelque chose à manger. Mais le meilleur moment pour Max, c'était vers 2 heures du matin. Les ours se sauvaient. Et les grizzlis apparaissaient.

Max n'était jamais fatigué de les voir à l'œuvre. Il s'agissait d'un rituel pour lui. Et Denver devinait qu'il était fasciné de voir ces animaux en liberté alors que la plupart des gens ne les rencontraient que dans des zoos.

Lorsque la municipalité avait décidé de fermer cette déchetterie, Max l'avait mal pris. Bien sûr, voir des ours manger des cochonneries en plastique était un spectacle désolant, quelque part. Mais il regrettait de ne plus pouvoir les guetter la nuit. Denver aussi.

Non, il n'était pas curieux que Max ait voulu se rendre à l'ancienne décharge. Même pour y rencontrer quelqu'un, il n'aurait pu imaginer meilleur endroit. Cela mettait Pete hors de cause. Max n'avait aucune raison de voir Pete en secret. Elle pensa à l'auto-stoppeur. Max avait-il voulu le conduire là-bas ? Cela lui ressemblait bien. Il adorait cet endroit. Lorsque Cline retrouverait ce type, s'il y parvenait, peut-être saurait-il quelque chose sur la mort de Max.

Elle promena les yeux autour d'elle, dans le bureau de Max, pensant à tout le travail qui l'attendait. Trop de questions la travaillaient. Et ses pensées à propos de J.D. n'arrangeaient rien. Elle aimait la façon dont ses traits s'adoucissaient quand il souriait, la manière dont ses yeux brillaient, la force qui émanait de lui.

Par mégarde, elle se cogna contre le bureau. Et soudain, elle se rappela le tiroir secret. Elle l'ouvrit et y découvrit la dernière chose qu'elle pensait y trouver.

Le revolver de Max.

Maggie tendit à J.D. des relevés bancaires.

— Max a déposé cent cinquante mille dollars sur son compte la veille de sa mort, dit-elle d'une voix tremblante.

J.D. regarda les chiffres.

— Aurait-il pu épargner cet argent ?

Elle secoua la tête.

— Il mettait tout de côté pour Denver. Il n'a jamais touché à son compte. Bon sang, J.D., dit-elle en s'asseyant sur le canapé, tu dois absolument découvrir ce qui se passe. Il n'est pas possible que Max ait trafiqué. Pas Max, pitié.

Il s'assit en face d'elle.

— J'essaie, Maggie, mais cela n'a aucun sens et Denny…

Maggie essuya ses larmes.

— Il va falloir le lui dire.

— Mieux vaut que ce soit toi qui t'en charges, Maggie, vu la façon dont elle me considère, à présent.

Ses soupçons à propos de Pete avaient creusé un fossé entre eux. Il raconta à Maggie l'histoire du portefeuille.

— C'est curieux que ton agresseur ait pris le portefeuille de Max et non le tien, dit Maggie. Manifestement, il contenait quelque chose qu'il ne voulait pas qu'on trouve.

— Mais quoi ? demanda J.D., tentant de se remémorer son contenu. Je voulais que Denver y jette un coup d'œil. Peut-être y aurait-elle vu quelque chose dont l'importance m'aurait échappé. J'ai l'impression que j'ai tout gâché.

Maggie lui sourit avec gentillesse.

— Mais non. Pense à ce qui aurait pu se passer si tu n'avais pas été avec elle cette nuit à Horse Butte.

Il grimaça.

— Mais elle continue de penser que Pete est un prince et moi, un minable, dit-il en s'emparant du relevé bancaire. Quand elle va entendre parler de cette histoire, elle ne va pas être contente, Maggie.

— Voilà pourquoi il n'est certainement pas mouillé dans un trafic illégal. Max n'aurait rien fait qui puisse blesser Denver.

J.D. espérait que Maggie ne se trompait pas.

Lentement, Denver retira le revolver et les cartouches de leur cachette. Puis elle inspecta avec soin le tiroir secret. Il n'y avait rien d'autre.

Elle considéra l'arme, en colère contre Max. Pourquoi l'avait-il cachée ? S'il l'avait eue sur lui, il serait encore en vie. Elle se frotta les yeux, fatiguée. L'avait-il laissée là parce qu'il connaissait la personne qu'il devait retrouver à l'ancienne décharge et se sentait en sécurité avec elle ? Cela aurait été le cas s'il s'agissait de Pete. Ou avec l'adjoint Cline. Ou avec beaucoup d'autres personnes.

Denver continua à remettre de l'ordre dans le bureau de son oncle. Les dossiers que Max avait brûlés la tracassaient. Avait-il tenté de protéger quelqu'un ? Et qui ? La personne qui l'avait tué ? Elle repensa à la femme soupçonnant son mari d'être infidèle dont Maggie lui avait parlé et se promit d'en apprendre davantage.

Epuisée, elle finit de ranger les feuillets et nettoya la pièce. Comme elle se penchait pour ramasser un crayon, un bruit la fit sursauter et elle se cogna contre le bureau en redressant trop vivement la tête.

La porte s'ouvrit. Sheila Walker apparut.

— Je dois absolument vous parler, dit-elle. C'est une question de vie ou de mort.

8

La journaliste entra d'un pas assuré, poussa les papiers de côté et s'assit sur un coin du bureau de Max.

— J'ai effectué quelques recherches, dit-elle. J'ai un instinct très sûr, ma chère.

Denver n'avait pas la moindre idée de ce dont elle parlait.

— J'ai entendu dire que vous étiez à Horse Butte, hier soir, poursuivit Sheila Walker. L'adjoint Cline prétend qu'il s'agissait d'un accident. Vous y croyez, vous ? Moi non plus, ajouta-t-elle sans laisser à Denver la possibilité de répondre.

Elle laissa tomber son gros sac et, se levant, se mit à arpenter la pièce.

— A votre avis, que cachait votre oncle ? demanda-t-elle.

Comme Denver restait muette, elle se tourna vers elle.

— La police n'a jamais mis la main sur le braqueur de banque qui a tué vos parents. Il a pris la fuite avec un million de dollars… et du sang sur les mains. Le saviez-vous ?

Denver avait le tournis. La journaliste sautait d'un sujet à l'autre, et elle avait du mal à la suivre.

— Non.

— Entre nous, reprit Sheila sur le ton de la confidence, Max vous a-t-il parlé de l'argent ?

— Quel argent ?

— Je remonte la piste des dollars, chérie. Et j'ai bien peur qu'elle ne me mène droit à votre oncle. Le meurtre de Max et ce gamin envoyé dans le décor ne sont qu'un début…

et nul ne sait où tout cela finira. Ni combien de personnes vont mourir.

Denver la dévisagea, sidérée. Quelle piste ? Quel argent ? Cette femme ne prétendait sûrement pas que Max…

— Répondez-moi juste sur un point, reprit la journaliste. Max vous a-t-il laissé un bon petit pactole ?

— Max n'a jamais eu un sou vaillant.

— Vous ne savez donc pas où il a planqué l'argent.

— Il n'y a pas d'argent.

Sheila Walker sourit.

— Je vais vous donner un conseil, ma chère : soyez très prudente. Naïve comme vous êtes, vous avez de grandes chances d'être la prochaine victime.

Longtemps après le départ de la journaliste, Denver resta à fixer la porte. Cette femme devait être folle. Imaginait-elle Max impliqué dans le hold-up de la banque ? Il ne se trouvait même pas à Billings le jour du drame. Sheila Walker cherchait sans doute un lien entre les deux affaires, mais si elle croyait que Max était ce lien, elle se trompait.

Le revolver de Max était toujours posé sur le bureau avec la boîte de cartouches. Les avertissements de Sheila insinuant qu'elle était dans le collimateur du tueur tournaient dans sa tête. Elle s'empara de l'arme et, s'efforçant de ne pas se demander de qui elle devait avoir peur, elle la chargea.

Puis, sur une impulsion, elle appela l'hôtel de Stage Coach et demanda à parler à J.D. Garrison. Elle avait besoin d'entendre sa voix. Comme il ne répondait pas, elle laissa un message. Elle avait hâte d'en finir avec tout ça et de se retrouver au calme chez elle, au chalet, cet endroit merveilleux que Max lui avait offert quand elle était enfant.

En sortant du bureau de son oncle, elle jeta un œil craintif au ciel qui s'assombrissait. Un nouvel orage s'annonçait.

Le printemps viendrait-il un jour ? Ou les nuages continueraient-ils à s'amonceler au-dessus de sa tête ?

Dès qu'elle ouvrit la porte, Denver comprit que quelqu'un s'était introduit chez elle. La serrure avait été forcée. Elle alluma la lumière d'une main tremblante : le chalet avait été mis à sac, comme le bureau de Max. Elle fondit en larmes. Comment quelqu'un avait-il osé violer son refuge ? Pourquoi cet acharnement autour d'elle ?

Elle s'avança à l'intérieur. La porte de la lingerie était ouverte. A l'intérieur, tout était sens dessus dessous. Les produits dont elle se servait pour développer ses photos jonchaient le sol.

Que diable cherchait la personne qui s'était introduite par effraction chez elle ? Pensait-elle vraiment que Max aurait caché un dossier au milieu de son matériel photographique ? Cette éventualité la fit frissonner. Un auto-stoppeur aurait cherché dans des endroits évidents mais seul quelqu'un qui connaissait Max pouvait avoir l'idée de regarder dans un paquet de détergent.

L'ancien bureau de son oncle donnait, lui aussi, l'impression d'avoir été dévasté par une tornade. Les tiroirs de sa bibliothèque étaient à terre.

Le téléphone retentit au même moment.

— Allô ?

Pas de réponse.

— Allô ?

Elle se demanda brusquement si ce n'était pas Davey qui tentait de nouveau de la joindre. Mais elle reconnut la voix grave de Taylor.

— Denver ?

Il parut surpris de l'entendre comme s'il avait fait une erreur de numéro.

— Je cherche Maggie, reprit-il. Auriez-vous par hasard une idée de l'endroit où elle se trouve ?

Denver se sentit soulagée que ce soit Taylor au bout de la ligne.

— Elle m'a dit qu'elle se rendait à Missoula pour aider une amie dont la mère vient de mourir, mais je ne sais pas très bien quand elle devait partir.

— J'ignorais qu'elle était déjà partie, dit-il d'un air un peu vexé. Je ne lui ai même pas dit au revoir.

— Je suis sûre qu'elle reviendra bientôt.

Ils discutèrent un peu. Taylor lui demanda comment elle allait, si Cline avait avancé dans son enquête. Il semblait seul.

Tout en parlant, elle tentait de remettre un peu d'ordre dans le bureau de Max.

— Etes-vous sûre que tout va bien ? répéta-t-il.

Manifestement, maintenant que Max était mort, il se sentait l'âme d'un protecteur. Voulait-il aussi protéger Maggie ou avait-il des intentions plus romantiques à son égard ? Cette éventualité ennuyait toujours un peu Denver mais moins qu'avant : avec toutes ces histoires, ce n'était peut-être pas si mal.

— Je vais aussi bien que possible dans ces circonstances, répondit-elle, tout en balayant du regard la pièce saccagée.

Si elle lui parlait du cambriolage, il viendrait aussitôt. Et même si elle l'aimait bien, elle ne saurait pas quoi lui dire, ni quoi faire de lui. Il était si différent de Max qui lui aurait remonté le moral tout en l'aidant à ranger.

Elle raccrocha, ayant hâte de se mettre au travail. Mais soudain, un frisson la parcourut. Une porte venait de s'ouvrir derrière elle. Avant qu'elle n'ait eu la possibilité de se retourner, deux mains puissantes lui enserrèrent le cou. Elle se débattit, cherchant de l'air, mais son agresseur accentuait la pression. Des fragrances agacèrent ses narines. Elle connaissait cette eau de toilette, pensa-t-elle, tout en tentant vainement de se libérer. Elle ne parvenait plus à respirer et se mit à paniquer.

Des taches noires dansaient devant ses yeux. L'intrus voulait la tuer, cela ne faisait aucun doute. Avec l'énergie du désespoir, elle lui envoya des coups de pied et l'entendit jurer.

Puis la lumière fut coupée. Elle entendit un homme crier :

— Que se passe-t-il ici ?

Son agresseur la lâcha, la poussant devant lui. Elle s'effondra sur le bureau de Max et, après un instant d'égarement, se hâta de récupérer le revolver dans son sac. Un juron retentit. Son assaillant venait de trébucher dans le vestibule. Elle s'apprêtait à courir derrière lui quand quelqu'un se jeta sur elle. L'arme lui échappa des mains.

— Allonge-toi sans faire de bruit.

Avec un gémissement, Denver reconnut l'arrivant.

— La cavalerie arrive toujours à temps, Garrison, soupira-t-elle.

— Tais-toi, grommela J.D. Et reste ici.

Elle l'entendit traverser le salon. Il se heurta à quelque chose, jura. Puis une porte s'ouvrit et ce fut le silence.

Denver se releva et s'avança prudemment vers le living, plongé dans l'obscurité. La porte d'entrée était grande ouverte. Dehors, le vent soufflait avec rage et la neige commençait à tomber. Elle chercha la lampe de poche, posée sur la cheminée.

— J.D. ? cria-t-elle en sortant dans la tempête. J.D. ?

Un bruit de moteur déchira la nuit. Des phares perçaient le rideau de flocons, éclairant deux ombres qui se battaient près de la route. J.D. et un autre homme. Denver retourna à la hâte dans le chalet, s'empara du tisonnier et revint vers les combattants en hurlant comme une folle.

Ses cris stridents les firent tous deux sursauter. L'inconnu bondit sur ses pieds et se précipita vers la voiture qui l'attendait. Le véhicule démarra sur les chapeaux de roues. J.D. resta agenouillé, la tête entre les mains. Après un moment, il se remit lentement sur pied.

— Ça va ? cria Denver.

— Je croyais t'avoir dit de rester à l'intérieur, gronda-t-il en se dirigeant vers le chalet.

— Et rater le spectacle de ta mise à mort ? Tu plaisantes ! lança Denver, provocante.

J.D. la poussa dans la maison et claqua la porte derrière eux. Elle promena le faisceau de sa lampe sur lui mais il la lui prit des mains avant de remettre le tisonnier à sa place.

— L'as-tu vu ? Reconnu ? demanda-t-elle.

— Non. Et toi ?

— Non. Mais son eau de Cologne me disait quelque chose.

Elle entendit J.D. marcher dans le salon. N'importe qui pouvait porter l'eau de Cologne dont s'aspergeait Pete, songea-t-elle. N'importe qui. Mais elle avait l'estomac noué.

— Où est le disjoncteur ? demanda J.D. comme s'il ne l'avait pas entendue.

Il semblait très en colère et elle ne savait pas si c'était contre elle.

— Dans la lingerie, je pense, dit-elle en se dirigeant vers la pièce en désordre.

J.D. l'y rejoignit. Elle lui tint la lampe de poche tandis qu'il inspectait les fusibles. Il manipula quelques boutons. Après un moment, le courant revint.

Soulagée, elle se tourna vers J.D. et poussa un cri d'effroi en découvrant son visage.

— Seigneur !

Elle l'examina avec inquiétude.

— Tu es blessé.

Il se passa la main sur son œil gauche.

— Juste une bosse, ce n'est rien.

Mais Denver s'était déjà approchée du lavabo et faisait couler l'eau froide. Elle s'empara d'un torchon.

— Viens par ici, dit-elle en lui faisant signe de s'asseoir sur un tabouret. Tu as le visage en sang, ajouta-t-elle en tamponnant ses plaies.

— Je suis tombé sur le gravier. Aïe !

— Ne bouge pas.

Comme elle sentait une bosse sur son crâne, causée par la lampe qu'elle lui avait lancée la veille à la tête, un brusque remords l'étreignit.

— Je vais passer de l'antiseptique, dit-elle avec douceur, résistant à l'envie de lui murmurer des mots tendres.

Mais, comme s'il partageait son émotion, il l'attrapa par les poignets, et la serra contre lui.

— Tu aurais pu te faire tuer, souffla-t-elle.

— Mais je vais très bien, répliqua-t-il en lui caressant le dos.

— Que voulaient-ils, d'après toi ?

— J'aimerais le savoir parce que, tant que nous resterons dans ce brouillard, tu ne seras pas en sécurité, dit-il en repoussant une mèche de ses cheveux en arrière. Oh ! Denny ! s'écria-t-il soudain. Ta gorge !

Elle y posa la main.

— Je préfère ne pas imaginer ce qui se serait passé si tu n'étais pas arrivé, soupira-t-elle.

Il l'étreignit plus fort.

— Tout va bien, chérie. Tout va bien, à présent.

Ils restèrent un moment enlacés dans les bras l'un de l'autre. Elle sentait son cœur battre contre le sien, son souffle caresser sa peau. Un signal d'alarme s'alluma au plus profond d'elle-même. Mais elle ne pouvait bouger. Elle était incapable de se détacher de lui.

Il recula un peu. Son regard la fit rougir. Ses yeux la caressaient.

— Je devrais aller chercher l'antiseptique, dit-elle.

Mais son corps restait collé à celui de J.D.

La sonnerie du téléphone interrompit brutalement ce moment d'abandon. Elle regarda fixement l'appareil, hésitant presque à décrocher. C'était important, pourtant…

— Réponds, je vais chercher l'antiseptique, dit-il, la voix rauque d'émotion.

A contrecœur, elle obéit. Il semblait avoir aussi peu envie qu'elle de s'éloigner. Tout en se dirigeant vers le téléphone, elle tenta de se calmer.

— Allô ?

Le silence seul lui répondit. Puis son correspondant raccrocha.

— Qui était-ce ? s'enquit J.D. derrière elle.

— Personne.

— Sans doute une erreur de numéro.

Dans d'autres circonstances, Denver aurait partagé son avis, mais elle avait entendu distinctement le grincement de la cabine téléphonique. Elle ne pouvait s'empêcher de penser que celui qui l'appelait était peut-être à quelques kilomètres et venait de tenter de la tuer.

Elle prit l'antiseptique des mains de J.D. Il ne sursauta même pas quand elle tapota ses blessures avec le torchon. Il la regardait fixement.

— Merci, dit-il avec douceur.

Il était si près d'elle qu'elle sentait la chaleur de son corps.

— Je crois que je ferais mieux de remettre un peu d'ordre dans le chalet, murmura-t-elle.

Elle ramassa le revolver. Après l'avoir remis dans son sac, elle passa devant J.D.

— Qu'y avait-il là-dessus ? demanda-t-il en lui montrant des bobines de négatifs sortis de leurs boîtiers et exposés à la lumière.

— Juste des images pour un film de promotion.

— N'est-ce pas curieux que le cambrioleur les ait détruits ?

Non, cela n'avait rien de curieux, songea-t-elle. C'était seulement très ennuyeux, car elle allait devoir recommencer son travail.

— Sur quoi d'autre travaillais-tu que quelqu'un aurait pu trouver intéressant ? reprit-il.

Denver haussa les épaules.

— J'ai fait quelques photos des environs pour des écrivains. Le Montana inspire pas mal d'entre eux, tu le sais. Beaucoup de films sont également tournés dans la région.

— Oui, j'ai entendu dire ça.

— Et puis, j'ai pris des clichés pour illustrer une brochure d'agence de voyages. Je crois bien que je vais devoir tout recommencer, ajouta-t-elle en ramassant d'autres boîtiers cassés.

— Rien d'autre ? insista J.D.

— Des photos prises le jour de l'anniversaire de Max, il y a deux semaines.

— L'anniversaire de Max ? Penses-tu qu'il soit possible de récupérer certains négatifs ?

— Pas ceux qui ont été exposés à la lumière. Mais s'il en reste dans des boîtes… peut-être.

— Ce serait pas mal d'y jeter un coup d'œil.

Elle éteignit la lumière de la lingerie pour ne pas risquer d'aggraver la situation.

— Seules quelques photos ont survécu.

— Tant pis. Je trouve quand même curieux qu'ils s'en soient pris à tes négatifs.

Il y avait plusieurs clichés d'un championnat de rodéo organisé à Three Forks et des vues de Big Sky avec Lone Mountains Peak en arrière-fond. Sur un autre rouleau, trois photos de l'anniversaire de Max avaient échappé au désastre.

— Bon sang, grommela Denver. C'étaient les dernières photos de Max et la plupart ont été détruites.

— Tu peux me les montrer ?

— Que cherches-tu ? demanda-t-elle en étalant les négatifs.

J.D. s'empara d'une loupe pour examiner les clichés.

— Là, regarde. Au fond de la salle, près de la cheminée.

Elle se pencha.

— On ne voit rien ! Je vais les tirer sur papier.

Quelques instants plus tard, elle tendit à J.D. une photo prise à l'anniversaire de Max. On y voyait le salon rempli de gens. Et, en regardant bien, elle distinguait deux personnes discutant en aparté dans un coin : Pete et Cal Dalton.

— Ils ont l'air de se disputer, remarqua J.D.

— Je me demande bien à quel sujet. Je ne savais même pas qu'ils se connaissaient. Mon Dieu, regarde, ajouta-t-elle en étudiant le reste du cliché. En bas à droite.

— Bah, Max est en train de faire la vaisselle, dit J.D. sans comprendre le problème.

— Non, pas du tout. Il est en train d'emballer un verre dans un torchon. Tu sais, je l'ai souvent aidé dans le passé à recueillir des indices pour les envoyer au labo de Missoula. Manifestement, il voulait préserver des empreintes sur ce verre.

J.D. la dévisagea.

— Pourquoi Max aurait-il eu envie de faire analyser les empreintes de l'un de ses invités ?

— Je sais : cela semble insensé. Nous connaissions tous les gens venus à cette soirée. Mais cela pourrait signifier qu'il y a deux semaines, il nourrissait des soupçons envers un proche, ajouta-t-elle avec un frisson.

— Viens, dit J.D. en lui prenant la main. Je vais allumer un feu pour que tu puisses te réchauffer.

Il se mit à réunir de vieux journaux et à les mettre en boule.

— Pourquoi Max aurait-il pris les empreintes d'un de ses hôtes ? Ce n'était pas comme si la plupart des empreintes des gens étaient enregistrées dans un fichier quelque part. Qu'aurait-il bien pu trouver ?

— Rien. Sauf si cette personne avait déjà été arrêtée dans le passé ou si elle exerçait un métier dans un domaine de haute sécurité où les empreintes sont exigées, répondit Denver. Il est possible aussi que Max ait eu envie de comparer ces empreintes avec d'autres qu'il aurait recueillies sur une scène de crime.

Pendant que J.D. s'occupait du feu dans le salon, Denver s'empara du téléphone. Elle appela le laboratoire criminel de Missoula.

— Ils ont bien reçu une demande d'analyse d'empreintes de Max, annonça-t-elle après avoir raccroché. Mais ils ne peuvent pas me donner d'autres renseignements. Ils m'ont dit qu'ils avaient envoyé les résultats à Max. Encore une piste qui ne débouche sur rien. A moins que nous puissions les retrouver dans le bureau de Max.

— Tu as eu vraiment de la chance, cette fois-ci, l'interrompit J.D. La personne qui a tenté de t'étrangler avait certainement l'intention de te tuer.

— Oui, je crois bien. Sans toi…, souffla-t-elle avant de se reprendre. A propos de chance, tu as dû recevoir mon message dès que je t'ai appelé.

— Tu m'as appelé ?

Il semblait heureux de l'apprendre.

Alors qu'elle assemblait des feuilles de journaux éparses, elle s'interrompit pour le regarder.

— Si tu n'as pas reçu mon message, comment se fait-il que tu…

— Juste la chance ! dit-il avec ce petit sourire qui l'avait toujours fait fondre.

Elle détourna les yeux. Dommage qu'il ne le lui adresse que lorsqu'elle se sentait vulnérable.

— La chance est-elle vraiment avec nous dans cette histoire ? soupira-t-elle.

— En partie, mais pas seulement. Je t'ai suivie quand tu as quitté la ville, avoua-t-il avec un air gêné. Je pensais juste…

— Que je pourrais avoir de nouveau besoin d'aide.

Elle se mit à rire et secoua la tête, sidérée.

— Tu me connais bien, non ?

Il la connaissait comme aucun autre homme, pensa-t-elle. Mais elle détourna vite la tête.

— Tu disais que tu as reconnu l'eau de Cologne du gars ? reprit J.D.

Denver prit un coussin qu'elle remit en place sur le canapé. Il l'avait donc entendue. Elle ne put réprimer un frisson en levant les yeux vers lui. Son regard était si plein de gentillesse qu'elle comprit qu'elle allait fondre en larmes si elle continuait à le fixer.

— C'était celle que Pete porte, dit-elle, se rendant compte que J.D. l'avait peut-être également reconnue.

— C'est bien ce que je pensais.

Elle craignait qu'il n'ajoute « Je te l'avais bien dit » mais il ne le fit pas.

— Merci d'être venu à mon secours, murmura-t-elle.

Il se mit à rire.

— Tu me traites comme si j'étais un chevalier en armure. Mais je ne le suis pas, Denny. En fait…

Il lui caressa la joue du bout des doigts et ne finit pas sa phrase.

— En fait, tu mènes surtout ta vie comme tu l'entends, et tu te débrouillais très bien sans moi, dit-elle.

— Ne te méprends pas. J'avais besoin de toi.

Ses mots la touchèrent au cœur et brisèrent le mur de glace qu'elle avait bâti pour se protéger. Lentement, elle se tourna vers lui. Comment avait-elle pu oublier cette bouleversante profondeur dans ses yeux ?

— Tu as peur qu'il s'agisse de Pete, non ? dit-il en prenant son visage entre ses mains.

— Je refuse d'y croire. Pete est mon meilleur ami depuis des années.

— T'a-t-il demandé de l'épouser ?

Il avait posé la question malgré lui, et redoutait déjà ce qui allait suivre. Denver opina à contrecœur.

Il retira ses mains.

— Lui as-tu déjà donné une réponse ? lança-t-il.

Denver hésita. Comment pouvait-elle répondre franchement à J.D. sans lui dire en même temps qu'il avait été le seul homme à l'intéresser ?

— Evidemment que je lui ai donné une réponse ! Je ne

peux pas épouser Pete alors que j'ai donné mon cœur à un autre, il y a des années.

Elle ferma les yeux, la voix brisée. La bouche de J.D. était à un souffle de la sienne.

— Denny, murmura-t-il.

Elle resta silencieuse, s'interdisant de lui poser les questions qui la hantaient. J.D. avait-il regretté d'avoir quitté West Yellowstone ? De l'avoir quittée, elle ? Et d'être parti faire sa vie ? Là, il avait l'air d'avoir plus que tout envie de l'embrasser comme si ses lèvres ne rêvaient qu'aux siennes. Mais il recula.

— Je ne vais pas te refaire du mal, chuchota-t-il.

Etait-ce une promesse qu'il exprimait ainsi ou un simple remords ? Elle ne le savait pas. Il semblait soudain si prévenant, si attentif.

— Nous ferions mieux de monter à l'étage voir si les dégâts sont importants, déclara-t-il en se reprenant.

Oui, c'était effectivement préférable, se dit Denver et elle le suivit en silence vers l'escalier.

Manifestement, l'intrus avait commencé ses recherches à l'étage. Les armoires avaient été vidées, les tiroirs renversés. Avec l'aide de J.D., elle se mit en devoir de tout ranger et découvrit soudain sa vieille poupée de chiffon par terre. Elle la ramassa, la serra contre son cœur.

— Au moins, le chalet n'a pas été saccagé comme le bureau de Max, dit-elle.

Elle caressa sa poupée, en pensant à son oncle. Et à ses parents. Qui lui avait offert Hominy ? Probablement sa mère, pour un de ses anniversaires. Mais ce n'était pas certain.

— Tu crois que tout ça est lié à la mort de Max ? dit-elle.

— C'est fort probable, non ? Allons ranger la chambre voisine.

Lorsqu'ils eurent fini, ils redescendirent dans le salon.

Denver remit de nouveau les coussins en place. Quand elle se retourna, elle surprit le regard de J.D. fixé sur elle.

— Qu'y a-t-il ? Tu me fais peur, s'écria-t-elle.

— Désolé, ce n'était pas mon intention.

— Dis-moi ce qui ne va pas, supplia-t-elle. Tu n'es pas passé au chalet simplement parce que tu t'inquiétais pour moi, n'est-ce pas ?

Il secoua la tête.

— Regarde dans quel état est ton chalet, Denny. Regarde les marques sur ta gorge. Tu dois être sincère avec moi si tu veux que je t'aide à retrouver le meurtrier de Max.

Des flammes brûlaient dans ses yeux.

Par automatisme, Denver toucha le médaillon de sa mère qu'elle portait au cou et se rendit à la fenêtre, face au lac.

— Tu as raison de ne pas me faire confiance sur le plan sentimental, Denny, reprit J.D. Mais sois sûre que je suis ici pour t'aider.

Denver regardait obstinément dehors. Elle n'avait donc pas le droit de lui faire confiance, sentimentalement ? Ne comprenait-il pas qu'elle ne pouvait faire les choses à moitié ? Qu'il n'était pas question de compromis entre eux ? Ils ne pouvaient être de simples amis, elle s'en sentait incapable.

— J'ai vu Davey te glisser un mot, Denny.

Denver tressaillit. La douleur dans la voix de J.D. lui serrait le cœur.

Elle se tourna lentement vers lui, cherchant ses mots.

— J'avais besoin de lire son message… seule.

Elle s'interrompit un instant. Elle tremblait presque. Sa quête de la vérité l'avait poussée à écarter J.D., le seul homme dont elle avait envie d'être proche.

— Ce n'était pas à cause de toi. Mais de moi, continua-t-elle.

Elle se mit à ramasser les livres par terre sans même s'en rendre compte.

— Denny…, murmura-t-il.

Elle continuait à ranger. Mais soudain, elle sentit la main de J.D. sur son bras.

— Parle-moi, insista-t-il.

Elle leva les yeux vers lui et reconnut dans son regard certaines des peurs qui la torturaient. J.D. l'attira à lui et l'étreignit avec force.

Blottie contre lui, elle l'entendit répéter :

— Parle-moi, je t'en prie.

Elle huma son odeur.

— J'ai l'impression que mon univers explose de partout, que plus rien n'est réel, ne l'a jamais été, soupira-t-elle.

Il lui caressa les cheveux.

— Je vais t'aider à tout remettre d'aplomb, Denny. Je ne laisserai personne te faire du mal. Je te le promets. Mais tu dois me faire confiance. Plus de secrets entre nous.

Elle voulut s'abreuver de sa force mais dans ses yeux, elle vit briller un désir puissant qu'elle n'aurait jamais imaginé y voir. Il la réchauffa jusqu'au cœur.

— Ai-je anéanti toute la confiance que tu avais en moi ? demanda-t-il.

Elle secoua la tête et détourna les yeux.

— J'ai peur que ta musique t'éloigne de nouveau de moi avant que nous ayons retrouvé le meurtrier de Max.

Il lui prit le visage entre les mains.

— Je ne partirai pas, Denny, pas tant que tu auras besoin de moi.

Sa promesse la bouleversa : dans ces conditions, songea-t-elle, il ne partirait jamais plus.

9

— Tiens, dit Denver en lui tendant le bout de papier. Et je sais ce que tu penses.

J.D. lut le petit mot et leva les yeux vers elle.

— Evidemment, tout le monde penserait la même chose. Il faudrait être fou pour aller retrouver Davey là-bas. C'est encore plus isolé que la tour de guet, et rien ne dit qu'il se présentera bien au rendez-vous, et qu'il aura des informations à te communiquer. Ça peut très bien être un piège.

Il lui jeta un regard inquiet, auquel elle ne répondit pas. Elle s'était laissée tomber sur une chaise près du feu. Les événements de la journée l'avaient manifestement épuisée. Mais il sentait également la détermination sans faille qui l'animait.

— Tu vas y aller, malgré tout, non ? reprit-il.

— Tu l'as vu comme moi à l'hôpital. Il était terrifié. Pourquoi se serait-il enfui s'il ne savait pas quelque chose ?

J.D. n'avait pas le cœur de lui dire que le gamin s'était sans doute sauvé pour échapper à la prison pour mineurs.

— Je t'accompagne, lança-t-il.

Elle sourit.

— J'étais sûre que tu le proposerais.

Il plongea son regard dans le sien. Dieu, qu'elle était belle ! Les flammes de la cheminée se reflétaient dans ses cheveux. Et ses yeux étaient si lumineux, si mystérieux, qu'il avait envie de s'y noyer.

— Puisque je dois tout te dire, reprit Denver, il y a autre chose que tu dois savoir. J'ai découvert le revolver de Max et une boîte de cartouches cachés dans le tiroir secret de son bureau. S'il s'agissait d'un message pour moi, je n'ai pas réussi à le décrypter.

Lui révéler ce secret, c'était lui montrer toute la confiance qu'elle mettait en lui. Il en avait parfaitement conscience et il sentit son cœur se dilater, son désir monter encore. Elle était plus têtue et fière que jamais, mais elle y mettait une élégance qui le fascinait. Il ne voulait surtout pas la blesser. Il se promit de la protéger, de protéger sa vie, bien sûr, mais aussi son cœur.

Il songea alors à sa musique. Il était revenu dans le Montana, terrifié à l'idée d'avoir perdu l'inspiration. Plus rien ne lui semblait important. Il se sentait perdu. Jusqu'au moment où elle l'avait assommé avec cette fichue lampe.

Denver repoussa une mèche folle de son visage.

— La seule piste que j'ai est un dossier sur lequel Maggie l'a vu travailler avant sa mort. Max filait un homme dont la femme suspectait les absences nocturnes. Elle craignait qu'il ne la trompe.

— Est-il possible que Max ait interverti les dossiers ?

Elle se mit à rire.

— Tu connaissais Max.

— C'était juste une idée en l'air, répondit-il, se demandant si l'un et l'autre avaient réellement connu Max. Denny…

Il la regarda, se demandant s'il ne valait pas mieux qu'elle l'apprenne par l'adjoint Cline. Mais non.

— La veille de sa mort, Max avait déposé une importante somme d'argent sur son compte bancaire.

— Combien ?

— Cent cinquante mille dollars.

— Où aurait-il eu une telle somme ?

— J'espérais que tu le savais.

Elle secoua la tête, inquiète.

— La journaliste, qui travaille pour la *Tribune de Billings*, est passée me voir au bureau de Max tout à l'heure. Elle a insinué qu'il était mêlé au braquage à la banque.

— C'est ridicule. Tes parents ont été tués dans ce hold-up.

Denver secoua la tête.

— Cette femme ne connaissait pas Max.

Elle prit une profonde inspiration et expira lentement.

— Mais cet argent est suspect, non ?

— Oui, c'est certain.

Denver plongea le visage dans ses mains.

— Il est innocent, J.D., murmura-t-elle tristement. Mais j'aimerais croire que Pete l'est aussi.

Sans beaucoup d'enthousiasme, Denver décida de passer la nuit chez Maggie. J.D. savait qu'elle fuyait ainsi les charges qui s'accumulaient contre Max, ses cauchemars, ses inquiétudes au sujet de Davey, ses peurs à propos de Pete. Pour elle, l'éventualité que Max soit un escroc était sans doute plus terrifiante que le reste.

Il la regarda sortir ses skis pour se rendre à l'endroit où l'attendrait Davey et réunir des affaires pour dormir chez Maggie.

Le téléphone retentit.

A son visage contrarié, il comprit qu'elle n'était pas contente d'entendre ce que son correspondant lui disait au bout du fil. Il la regarda, craignant soudain qu'il ne s'agisse de Pete et que ce dernier ne soit en train de lui reprocher quelque chose. Surtout, il se faisait du souci au sujet des cent cinquante mille dollars. La journaliste soupçonnait-elle vraiment quelque chose de louche ? Ou s'était-elle contentée de répéter des ragots ?

Il se tourna vers Denver. Elle était toujours au téléphone.

— Je ne veux pas en parler pour le moment, lançait-elle, irritée. Très bien, je te verrai à ce moment-là.

Cette dernière phrase inquiéta J.D.

— Tout va bien ? demanda-t-il.

— Oh ! je ne sais pas. Pete veut que je passe à Stage Coach. Son groupe s'y produit, ce soir.

J.D. hocha la tête.

— Denny, tu ne…

— Ne t'inquiète pas, je n'ai pas oublié, dit-elle en passant la main sur son cou meurtri.

Il resta silencieux. Il aurait préféré la rassurer. Mais ce n'était pas possible.

— Tant que nous n'aurons pas démasqué l'assassin de Max, reprit-il, nous devons soupçonner tout le monde.

Elle hocha la tête et regarda par la fenêtre. Il ne neigeait plus et les premières étoiles avaient fait leur apparition dans le ciel.

Plein de sollicitude, il s'approcha d'elle.

— Tu veux toujours fouiller les dossiers de Max ? Alors, allons-y. Je vais t'aider.

Ils étalèrent les dossiers de Max par terre et commencèrent à les examiner, un à un, cherchant celui du « mari absent » et les résultats d'analyses d'empreintes du laboratoire.

Denver était contente que J.D. soit là et plus contente encore qu'il ait suggéré d'examiner de plus près les dossiers.

— J'adore les méthodes de classement de Max, dit-il en brandissant une chemise sur laquelle était noté « Mort sur la route ». Devine ce que j'ai trouvé là-dedans ?

Denver secoua la tête.

— Connaissant Max, cela peut être n'importe quoi. Regarde celui-ci. « Rock and Roll », ajouta-t-elle en riant. Il va falloir les rebaptiser.

— Nous pourrions utiliser les noms de famille, qu'en penses-tu ?

Tandis qu'ils s'échangeaient les chemises en carton, leurs

mains se frôlèrent, et elle sentit son cœur s'accélérer. Plus le temps passait et plus elle sentait le désir grandir en elle. Elle était comme affamée et la présence constante de J.D. auprès d'elle ne cessait d'attiser son appétit.

— As-tu faim ? s'enquit-il.

— Pardon ?

— N'est-ce pas ce que tu viens de dire ?

— Ah ? Vraiment ? bafouilla-t-elle.

Il se leva.

— Pourquoi je n'irais pas nous chercher quelque chose à manger ? Ne me dis pas ce que tu veux. Je te fais la surprise.

— C'est gentil, J.D. Avec plaisir, répondit-elle en souriant.

Il quitta la pièce et Denver se retrouva seule au milieu des chemises cartonnées. Elle s'efforça de maîtriser le trouble dont elle était la proie. Quand allait-elle cesser de dire à voix haute ce qu'elle pensait ? Vu ce qu'elle éprouvait pour lui, mieux valait apprendre à se contrôler.

Quelques minutes plus tard, J.D. revenait avec deux hot-dogs, deux sachets de frites et deux grands gobelets de soda.

— Tu n'as pas oublié ! s'écria Denver.

— Comment oublier ce que tu aimes ? rétorqua-t-il, moqueur.

Même si elle adorait les hot dogs, dans l'immédiat, elle avait surtout envie de J.D.

— J'ai toujours admiré ton appétit, ajouta-t-il. Comme beaucoup d'autres choses.

Il la regarda et elle baissa aussitôt les yeux. Elle aurait juré qu'il pouvait lire dans ses pensées.

A la fin de leur repas, Denver se remit à ouvrir les chemises cartonnées. Elle luttait contre le trouble dans lequel la plongeait la proximité de J.D. Mais un mot lui sauta soudain au visage : le mot « LIAISON » inscrit en lettres capitales sur une des chemises. Elle s'en empara et consulta les dates. La dernière note remontait à une semaine.

— Je l'ai ! cria-t-elle en se redressant.

J.D. s'approcha pour lire avec elle.

— Lester Wade ? Celui que je connais ?

Denver hocha la tête.

— Lester joue toujours dans ton ancien groupe, non ?

Elle lut le résumé des filatures effectuées par Max. Lester traînait dehors la nuit, bien après la fermeture des bars.

— Il devait tromper sa femme, Lila, conclut-elle. Pour quelle autre raison ne serait-il pas chez lui la nuit ?

— Et pourtant non, apparemment, fit remarquer J.D. en lui montrant du doigt la dernière note : « Pas d'autre femme. »

Ils échangèrent un regard interrogateur.

— Tu ne crois pas…

Elle regarda le dernier feuillet, rédigé de la main de Max.

« Lester n'entretient aucune liaison. Ai informé l'épouse. Règlement effectué. »

— Et, à ton avis, que signifie ce code ? demanda Denver en découvrant la notation en bas de page.

« 140669. Dossier Perle. »

— Le dossier Perle ? demanda-t-il, heurtant par mégarde sa jambe, ce qui la mit en transe. Connais-tu un dénommé Perle ?

Denver secoua la tête.

— Et le numéro te dit quoi ?

De nouveau, elle fit un geste d'ignorance. Il était si près qu'elle pensa qu'il allait l'embrasser. Il le comprit certainement car il s'écarta et se leva.

— Peut-être s'agit-il d'un code de facturation, suggéra-t-il.

— S'agissant de Max, cela peut être n'importe quoi. En tout cas, je n'ai pas vu de dossier Perle. Et toi ?

— Non plus. Il est possible que le cambrioleur l'ait trouvé et embarqué.

— Ainsi que les résultats d'analyses d'empreintes, ajouta-t-elle en consultant sa montre. Il est tard. Et j'ai promis à Pete de passer à Stage Coach.

La lueur qu'elle avait vue briller dans le regard de J.D. toute la soirée disparut d'un coup.

— Je ne pense pas que ce soit une bonne idée, Denver. Si tu lui dis quoi que ce soit…

— Je sais. Je ferai attention.

Comme ils quittaient le petit immeuble de Max, Denver ouvrit la boîte aux lettres, se reprochant de ne pas y avoir pensé plus tôt. Elle inspecta avec attention la pile d'enveloppes mêlées à des tracts publicitaires. L'une d'elles à l'effigie du laboratoire de Missoula attira son regard. Elle la tendit à J.D. d'une main tremblante. Il y jeta un coup d'œil et l'ouvrit.

— Qui ? demanda-t-elle dans un murmure.

— Je n'en sais rien. Les empreintes sont celles d'un certain William Collins. Sais-tu qui c'est ?

— J.D., je connaissais tout le monde à la soirée de Max. Qui que soit ce William Collins, je le connais. Mais sous une autre identité. Reste à savoir qui c'est.

Lorsqu'ils arrivèrent à Stage Coach, Pete les repéra immédiatement. Le groupe finissait une chanson. La simple vue de J.D. parut le mettre en colère. Denver s'en rendit compte et se tourna vers J.D.

— Pourrais-tu m'attendre au bar ?

— Tu cherches les ennuis, lui répondit-il, l'encourageant du regard à davantage de prudence. Mais si tu as besoin de moi, je ne serai pas loin.

Il s'approcha du bar où des fans l'entourèrent aussitôt pour lui demander des autographes. La vue de ces femmes qui lui tournaient autour fit l'effet d'une douche froide à Denver. Parfois, elle oubliait sa notoriété.

Pete avait quitté la scène et s'était approché d'elle. Il la prit par le bras pour l'entraîner vers les coulisses.

— Où étais-tu passée ? cria-t-il. Je t'avais demandé de m'attendre chez moi.

Denver se libéra de son emprise et le regarda en face.

— Je devais parler à Davey Matthews.

— Davey Matthews ? Mais quand cela va-t-il se terminer, Denver ?

— Quand le meurtrier de Max sera arrêté.

— J'essaie de te protéger, tu ne le vois pas ? Et pourquoi J.D. est là ? Tu continues de croire que c'est moi qui ai envoyé ce gamin dans le décor à Horse Butte ? reprit-il avec colère.

— Je ne sais plus qui croire.

Elle sentait les fragrances de son eau de Cologne, les mêmes que celles de son agresseur. Mais, même dans ses délires les plus fous, elle restait incapable d'imaginer Pete tentant de la tuer. Elle avait entendu J.D. l'exhorter à la prudence. Pourtant, elle ne put s'empêcher de retirer le foulard qu'elle avait noué à son cou pour montrer les marques à Pete.

A la vue de sa gorge meurtrie, il jura et ses yeux se remplirent d'horreur.

— Qui t'a fait ça ?

— Il y avait deux hommes. Ils ont mis mon chalet à sac.

Elle le regarda, se remémorant les mains de son assaillant sur sa gorge. N'importe qui pouvait acheter l'eau de Cologne de Pete, il suffisait d'en avoir les moyens. Et soudain, elle se demanda où Pete trouvait l'argent pour acheter cette eau de toilette de luxe ou posséder un pick-up haut de gamme. Il ne se produisait pas souvent avec son groupe. Certes, sa famille avait de l'argent. Mais quand même… Ses doutes ne cessaient de grandir, pour devenir de plus en plus insupportables.

— L'un des types a tenté de me tuer. Il portait la même

eau de Cologne que toi, ajouta-t-elle, éprouvant le besoin de se libérer de ce poids.

Pete recula comme si elle l'avait frappé.

— Qu'insinues-tu ? Que je pourrais être l'agresseur ?

Denver sentit les larmes lui brûler les paupières. Cet homme lui avait dit qu'il l'aimait, lui avait demandé de l'épouser. Tout cela semblait si loin maintenant.

— Je pense simplement que mon agresseur voulait que je le prenne pour toi, reprit-elle, le plus calmement possible.

— Pourquoi ? demanda-t-il, livide. Pourquoi quelqu'un ferait-il ça ?

— Je n'en sais rien. J'espérais que toi, tu le saurais.

Il détourna les yeux et elle eut la certitude qu'il lui cachait quelque chose.

Il changea subitement de sujet.

— Te souviens-tu quand nous étions gosses et qu'on jouait près du lac ?

Elle hocha la tête. Ils avaient toujours joué ensemble tous les trois, avec Max.

Elle aurait aimé revivre cette époque. Ils avaient été si proches, si amis.

— Oh oui, je me souviens, Pete. Et notre cabane dans les arbres, tu t'en souviens ? Nous y passions nos journées.

— La cabane dans les arbres ? Non, je l'avais oubliée.

— Nous étions inséparables, à l'époque.

— Les temps ont changé, dit-il.

— Pas tant que ça, Pete. Toi et moi sommes restés amis.

Elle se mordit la lèvre, sachant qu'elle ne devait pas en dire plus. Mais elle voulait savoir et surtout lui donner une chance de s'expliquer.

— Le jour où Max a été tué, tu étais à Missoula avec le groupe. N'est-ce pas ? ajouta-t-elle en l'observant avec attention.

Il ferma les yeux un bref moment, puis reporta son attention vers le bar. Son visage était crispé.

— Il faut que je te l'écrive en lettres de sang ? Parce que apparemment, ma parole ne suffit pas.

Elle voulut se montrer plus douce.

— Parle-moi de la photo, murmura-t-elle en plongeant les yeux dans les siens.

Il s'agissait de Pete, se rappela-t-elle, un homme en qui elle avait toujours eu confiance.

— La photo ?

Avec un soupir, il repoussa son chapeau en arrière. Sur scène, le groupe se remettait à jouer. Mais à présent, J.D. chantait à la place de Pete. Et il entonnait un des tubes qui l'avaient rendu célèbre, *Good Morning, Heartache.*

— Max m'a appelé et m'a dit qu'il voulait me voir avant que je ne parte pour Missoula, dit Pete lentement. Je savais qu'il se passait quelque chose, mais il n'avait pas voulu m'en parler.

Denver retint son souffle. Elle avait peur de ce qu'il allait lui dire.

— Quand je suis arrivé à son bureau, il ne s'y trouvait pas. La photo était posée sur son bureau.

— Tu l'as prise et tu as déchiré la tête de J.D. C'est ça, hein ?

Cela lui semblait tellement puéril comme geste.

Pete haussa les épaules.

— Et puis après ? Il a tout eu, Denver. Tout, y compris toi. J'étais d'accord pour lui laisser le succès si seulement je pouvais t'avoir, toi.

Ces mots lui firent mal. Dans la pièce voisine, J.D. chantait avec cette voix qui la hantait depuis toujours.

— Je suis désolée, dit-elle à voix basse.

Pete s'approcha d'elle et essuya une larme sur les joues de la jeune femme.

— Oui, je sais que tu es désolée. Mais tu commets une grave erreur. J.D. est revenu. Mais pour combien de temps ? Es-tu certaine que tu l'intéresseras encore quand il t'aura eue ?

Les mots de Pete touchèrent une corde ultrasensible chez Denver. J.D. n'avait pas trouvé le bonheur avec sa musique. La voyait-il comme un nouveau but à atteindre ? Cette éventualité la glaça.

— Tu t'es déjà demandé comment J.D. avait pu se lancer, il y a neuf ans ?

Denver retint son souffle.

— Max avait passé un marché avec J.D., poursuivit Pete. Il lui avait donné de l'argent contre sa promesse qu'il ne reviendrait jamais vers toi. Autrement dit, Max a acheté son départ.

Elle expira, luttant pour ne pas s'effondrer.

— Je ne te crois pas. Max n'aurait jamais fait ça et J.D…

— Tu veux savoir ce qui est arrivé à cette photo ? Eh bien, oui, je l'ai déchirée. Je voulais en ôter J.D. comme j'aimerais le retirer de ton cœur.

Comme il s'éloignait, elle sentit une sourde peur s'emparer d'elle et un froid glacé lui étreindre le cœur. Elle ne savait pas ce qui la ravageait le plus. La jalousie de Pete ou le marché que Max et J.D. avaient passé ensemble. J.D. avait-il donc été certain qu'il ne reviendrait jamais, qu'il ne pouvait l'aimer ?

Sur scène, Pete annonça qu'il allait chanter en duo avec le célèbre Garrison une chanson qu'ils avaient écrite ensemble des années plus tôt quand ils étaient adolescents. A les voir, tout le monde les aurait pris pour les meilleurs amis du monde.

Leurs voix s'unirent merveilleusement et des larmes de tristesse coulèrent sur les joues de Denver. Elle avait toujours su que Pete enviait J.D. mais elle n'avait jamais mesuré à quel point. Et cela n'avait rien à voir avec la musique.

Elle se rendit avec difficulté jusqu'aux lavabos pour se laver les mains et s'asperger le visage. Elle obtiendrait la vérité, se promit-elle en quittant la pièce.

Mais sa détermination baissa d'un cran à la vue de l'adjoint

Cline. La musique avait cessé. Cline était en grande conversation avec J.D. Ils semblaient se disputer.

— Qu'y a-t-il ? demanda-t-elle en s'approchant.

Les deux hommes cessèrent brusquement de parler. Cline recula. Il semblait fatigué.

— Denny, dit J.D., Cline a gelé les cent cinquante mille dollars que Max a déposés sur son compte.

Du regard, il lui intima de faire attention.

Elle fronça les sourcils.

— Pourquoi avez-vous fait ça ?

Cline s'efforça de lui sourire.

— Cet argent a sans doute été gagné de façon illégale.

— C'est ridicule. Manifestement quelqu'un l'a mis sur son compte pour provoquer des doutes sur Max.

— J'adorerais que quelqu'un me vire une telle somme. Qui détesterait assez votre oncle pour faire ça ? reprit Cline.

Denver secoua la tête. Max n'avait pas d'ennemis, à sa connaissance. Et encore moins d'amis riches.

— Cela pourrait être destiné à servir d'écran de fumée, remarqua J.D. Pour vous mettre sur une mauvaise piste.

Cline les regarda tour à tour.

— Bon, en attendant d'en savoir plus, cet argent restera où il est. Par ailleurs, la police de Great Falls a attrapé un auto-stoppeur qui correspond à la description de celui que Max avait rencontré. Ils le retiennent jusqu'au moment où je pourrai l'interroger.

— Vous ne pouvez pas croire sérieusement qu'un auto-stoppeur a tué mon oncle, protesta Denver. Pas avec cette histoire de cent cinquante mille dollars. A moins que vous ne pensiez que ce type les ait mis sur son compte.

Cline se gratta le cou.

— Peut-être l'auto-stoppeur n'a-t-il pas tué votre oncle. Mais il a peut-être vu qui l'a tué.

— Vous pensez que c'est une possibilité ? demanda Denver, étonnée qu'il le croie.

— Tout est possible.

— Quand allez-vous lui parler ?

— Demain matin, à la première heure.

— J'ai hâte d'apprendre ce qu'il a à dire.

Ils avaient peut-être une piste, finalement.

— Avez-vous retrouvé Davey ? ajouta-t-elle.

— Non, j'ai plus important à faire que de m'inquiéter d'un fugueur. Autre chose : la prochaine fois que vous ferez de la rétention d'informations, vous finirez en prison, mademoiselle. Compris ?

Il remit son chapeau et s'éloigna.

Denver regarda J.D. Elle était en colère.

— Tu lui as parlé de la mise à sac de mon chalet et du type qui m'a agressée ?

— Il fallait bien que quelqu'un le fasse, Denny. Il s'agit d'une enquête pour meurtre.

— Quel intérêt y a-t-il à parler de ça à Cline ? Regarde ce qu'il a fait avec le bureau saccagé de Max. Rien. Il ne va pas résoudre cette enquête, tu le sais aussi bien que moi.

— Non, nous n'en savons rien.

De nouveau, elle sentit les larmes monter. Elle aurait voulu être chez elle.

— Je ne suis sûre de rien ni de personne. Plus maintenant.

Comme elle s'éloignait, il la retint par le bras.

— Tu as parlé à Pete, je me trompe ?

Elle repoussa sa main.

— Tu ne peux pas comprendre. J'ai besoin de réponses et je refuse de mentir à Pete. C'est au-dessus de mes forces.

J.D. lança son poing contre le mur.

— Bon sang, Denny, tu viens de commettre la pire erreur de ta vie.

— Non, J.D., c'est le jour où je suis tombée amoureuse de toi que je l'ai commise.

10

Alors qu'elle sortait de la salle de concerts J.D. la rattrapa et la prit dans ses bras. Il l'embrassa passionnément, comme il en avait envie depuis qu'il l'avait revue. C'était plus fort que lui. Il l'étreignit, émerveillé de la sentir enfin si proche. Mais rien ne l'avait préparé à la délicieuse saveur de sa bouche ni au désir fou qui l'embrasa aussitôt. Il eut l'impression d'un tremblement de terre. Il n'avait jamais rien éprouvé d'aussi fort avec une femme.

Denver le dévisagea, manifestement aussi sonnée que lui.

— Et que signifie ce baiser ? dit-elle enfin, tremblant de tous ses membres.

— J'en avais juste très envie, Denny.

Elle hocha la tête comme si elle s'attendait à une autre réponse et changea brutalement de sujet.

— Où as-tu trouvé l'argent pour te lancer dans la chanson, il y a neuf ans ?

J.D. savait d'où venait cette attaque. Seul Pete était au courant de cela.

— Max t'a-t-il donné de l'argent ? insista-t-elle, le suppliant des yeux de lui affirmer le contraire.

— Oui.

— Et tu as passé un marché avec lui ? Tu t'es engagé, en échange de cet argent, à ne jamais revenir dans ma vie ?

— Denny, comprends-moi. Quand je suis parti, tu n'étais qu'une gamine.

— Je vois, dit-elle en se détournant de lui.

Mais il lui attrapa le bras pour l'attirer de nouveau à lui.

— Non, tu ne vois rien du tout. Mais je vais t'expliquer. Viens avec moi, ajouta-t-il en l'entraînant vers son pick-up. Et ne discute pas.

D'un air superbe, elle grimpa dans la cabine et en claqua la portière. Il s'installa au volant, osant à peine la regarder. Les néons du Stage Coach clignotaient. Il sentait la colère de Denver et son cœur s'accéléra sous l'effet de la peur. Il avait retrouvé sa Denny et redoutait plus que tout de la perdre de nouveau.

— J'ai pris l'argent que Max me proposait, dit-il. Il me l'avait donné pour me permettre de me lancer. Par la suite, je l'ai remboursé avec des intérêts. Il n'y a pas eu de marché.

Il posa la main sur son épaule, et sentit aussitôt son propre corps s'enflammer.

— Manifestement, Max désirait autant que toi que tu t'en ailles, soupira-t-elle.

— Denny, je n'ai promis à Max qu'une chose : ne pas te faire de mal. Ton oncle voulait que tu sois heureuse, dit-il en lui caressant les épaules. Et tu ne l'aurais pas été si tu avais lâché tes études pour me suivre. Je n'avais rien à t'offrir. Ni toit, ni argent… Et puis, surtout, j'ignorais si j'avais du talent, si je réussirais à percer. Je ne t'aurais jamais demandé de me suivre, même si tu avais été plus âgée, même si…

Elle planta ses yeux dans les siens.

— Même si tu avais été amoureux de moi ?

Il sourit piteusement.

— A l'époque, j'étais trop imbu de moi-même pour avoir des sentiments pour quelqu'un d'autre.

Le regard que lui décocha Denver fut d'une tristesse infinie.

— Ce jour-là, à la tour de guet, reprit-il, je n'étais pas conscient de ce que tu m'offrais. Maintenant, je le suis.

Ils restèrent silencieux un long moment.

— Il se fait tard, finit-elle par dire. Je ferais mieux d'aller chez Maggie.

— Je t'y conduis.

— Non.

Elle voulut ouvrir la portière mais il la retint.

— Bon sang, Denny, on peut arrêter de se disputer ?

— J'ai besoin d'être seule pour réfléchir, répondit-elle, soudain adoucie.

Il avait envie de la prendre de nouveau dans ses bras. Ses yeux brillants et ses lèvres pleines l'attiraient comme un aimant.

— Tu ferais mieux de partir avant que je ne t'embrasse de nouveau.

Elle avait ouvert la portière et se penchait vers lui. Incapable de résister plus longtemps, il l'enlaça. Leur premier baiser avait été surprenant. Celui-là lui fut encore plus intense. Il l'étreignit avec force contre lui.

Mais elle s'écarta.

— Je dois réfléchir, balbutia-t-elle en sautant sur le sol.

Il la regarda s'éloigner, surpris par l'étrange espoir qui venait de naître en lui.

Denver huma l'air de la nuit. Elle espérait recouvrer ses esprits. Mais les larmes lui brûlaient les yeux. Des images de J.D., de Pete et de Max remontaient à sa mémoire. Ils avaient toujours été liés et, avec eux trois, elle avait vécu la période la plus heureuse de sa vie. Son enfance et son adolescence sur les rives du lac avaient été un enchantement. Elle devait bien se l'avouer : elle aimait J.D. depuis toujours.

Elle se revit avec lui, l'été de ses seize ans. A l'époque, elle s'imaginait qu'il l'épouserait, qu'ils étaient destinés l'un à l'autre, qu'ils seraient heureux. Mais tout cela était bien loin maintenant et elle refusait de retomber dans la même illusion. Elle se força à se remémorer le départ de J.D. neuf ans plus tôt. Quand elle avait compris qu'il partait, sans elle, elle en avait eu le cœur brisé. Il lui avait fallu des mois pour cicatriser. Avec le temps, la douleur qui l'avait ravagée s'était peu à peu estompée. Mais les questions étaient toujours là.

Max avait-il vraiment essayé d'acheter J.D. pour qu'il s'en aille ? Ou avait-il simplement voulu l'aider à concrétiser son rêve ? Max avait toujours été fier de lui. Et il avait toujours su ce qu'elle éprouvait pour J.D. Qui fallait-il croire ?

Elle s'arrêta en bas de chez Maggie, se rappelant les baisers qu'elle avait échangés avec J.D. après le concert, la façon dont son cœur s'était emballé quand il l'avait prise dans ses bras. Le simple fait de le toucher l'avait bouleversée.

Les étoiles brillaient dans le ciel comme dans les yeux de J.D. lorsqu'il la regardait. Elle inspira profondément, voulant savourer la nuit comme elle avait savouré les baisers de J.D.

Comme autrefois, elle était amoureuse de J.D. Pourtant, il lui avait conseillé de ne pas se fier à lui sur le plan sentimental. Pourquoi ? Se remémorer le passé ne l'apaisait pas, imaginer l'avenir non plus. Et tant que le meurtrier de Max ne serait pas arrêté, elle ne trouverait pas le repos. La seule chose qu'elle savait à présent, c'est que son cœur était à J.D. pour toujours. Pour toujours.

Elle s'approcha de la maison de Maggie. Quand elle ouvrit la porte, elle la trouva au milieu du salon, affolée. La pièce était sens dessus dessous.

— Regarde ce qu'ils ont fait ! cria Maggie. Mon Dieu, à quoi donc Max était-il mêlé ?

J.D. resta dans son pick-up pour attendre Pete. Il avait du mal à maîtriser sa colère contre son ancien ami. Pourquoi avait-il menti sur les raisons pour lesquelles Max lui avait prêté de l'argent ? Etait-il donc prêt aux pires bassesses pour garder Denny ? Agissait-il par amour ? Ou tentait-il de dissimuler le rôle qu'il avait joué dans la mort de Max ? Même si au départ, l'idée lui avait paru absurde, Pete lui semblait à présent le suspect numéro un.

L'entrée des artistes s'ouvrit et Pete apparut. Il grimpa dans son pick-up, garé près de l'ancien bus scolaire, repeint en noir sur lequel était écrit le nom du groupe. J.D. se souvint avoir conduit ce véhicule lors de leurs tournées autrefois. Il se sentit brusquement coupable de son succès.

J.D. suivit Pete à distance. Il ne fut pas surpris de le voir se diriger vers le nord de la ville, vers Rainbow Point Road, vers le chalet de Denver. Pour ne pas être repéré, J.D. éteignit ses phares, comme sans doute Pete l'avait fait la nuit où il avait débouché à Horse Butte.

Il se gara non loin de l'endroit où Pete laissa son pick-up et le suivit, une lampe de poche à la main. Il lui fallut un moment pour comprendre que Pete se rendait à la cabane que tous trois avaient bâtie autrefois dans les arbres.

Pete grimpa l'échelle puis disparut dans la petite hutte. Aux bruits qu'il perçut, J.D. devina que Pete y cherchait quelque chose.

Aussi silencieusement qu'il le put, il gravit à son tour les échelons de corde. Il regretta de ne pas être armé, il se serait senti plus en sécurité.

Denver aida Maggie à ranger la maison. Elle n'était pas dans le même état que le bureau de Max mais Maggie se sentait comme violée.

— Es-tu sûre que ça va ? s'enquit Denver quand elles eurent terminé.

Maggie avait allumé un feu, avant de s'effondrer devant.

— Je suis juste en colère. J'aimerais que ces bandits soient arrêtés.

— Je te comprends parfaitement, Maggie. A ce sujet, il y a quelqu'un dont j'aimerais te parler. Lila Wade. La femme qui avait embauché Max avant sa mort.

— Oui, je me souviens. Elle craignait que son mari n'entretienne une liaison.

Denver lui expliqua ce qu'elle et J.D. avaient découvert dans le dossier, ainsi que le code gribouillé en bas de page.

— J'espère que Lila pourra nous éclairer à ce sujet, conclut-elle. Cela t'ennuie si je t'emprunte ta voiture ? J'ai laissé la Jeep au chalet.

— Bien sûr que non, répondit Maggie en lui tendant ses clés. Mais tu ne veux pas que je t'accompagne ?

Denver secoua la tête.

— Non, je ne voudrais pas lui donner l'impression que je la mets sous pression.

J.D. arriva à l'entrée de la cabane. Pete était à quelques mètres de lui, assis sur un coffre qui leur servait autrefois de banc. A l'aide de sa lampe de poche, il inspectait le contenu d'une enveloppe en papier kraft. L'odeur de bois chatouilla les narines de J.D., ravivant une myriade de souvenirs. Enfants, ils passaient leurs journées dans ce repaire.

— Intéressante lecture ? lança J.D.

Pete sursauta.

— Que fais-tu ici ? Je te croyais avec Denver.

— Vraiment ? Eh bien, non, je suis là. Pourquoi lui as-tu parlé de l'argent que Max m'avait donné ?

Les yeux de Pete se remplirent de colère.

— Tu m'y as forcé en persistant à te mêler d'une affaire qui ne te concerne en rien. Tu compliques tout.

J.D. soupira, agacé.

— Que se passe-t-il, Pete ? Je suppose que tu viens de trouver le dossier que tout le monde cherche. Que contient-il de si important ?

— Tu n'imagines pas à quel point j'avais besoin de mettre la main dessus. Quand j'ai parlé avec Denver tout à l'heure, elle m'a rappelé cette cabane.

Max l'y avait caché en pensant que Denver le découvrirait, songea J.D. Avait-il oublié Pete ? Ou lui avait-il fait confiance et en était-il mort ?

— A une époque, nous étions amis, reprit J.D.

— C'était avant que Denver ne tombe amoureuse de toi.

— Cette histoire n'a rien à voir avec ce qu'il y a entre elle et moi, assura J.D. se rendant compte qu'il avait sans doute tort de le penser. Montre-moi ce dossier.

— Je ne peux pas faire ça, tonna Pete.

Brusquement, il sortit une arme, mais J.D. demeura imperturbable, le regardant en face.

— Dis-moi que tu n'as pas tué Max.

— A quoi cela servirait-il ? répondit Pete, en haussant les épaules.

— Je ne crois pas que tu sois un meurtrier.

— Ah non ? Pourtant, tu me prends déjà pour un menteur.

— Mais pas pour un tueur, prétendit J.D. qui n'en était pas certain.

— A ta place, je n'en mettrais pas ma tête à couper, répliqua Pete en s'éloignant vers la porte, l'arme toujours pointée sur son ancien ami.

— Le nom de l'assassin de Max est dans ce dossier, non ? Qui protèges-tu, Pete ?

— Moi, peut-être.

Ils n'étaient qu'à quelques pas l'un de l'autre. J.D. sentait croître la tension entre eux. Il se demanda s'il pourrait sauter sur Pete et lui arracher son arme sans se faire tuer, ni le tuer.

Comme s'il devinait ses pensées, Pete lança :

— Ne fais pas ça, J.D. Il y a eu assez de sang répandu.

— Si tu tiens vraiment à Denver, dis-moi ce que contient ce dossier. Elle ne renoncera pas à chercher l'assassin de Max et tu le sais très bien.

— Tu ne vois pas à quel point c'est dangereux pour elle ?

— Dis-moi à quel point, Pete.

— Elle risque de se faire tuer.

J.D. secoua la tête.

— Alors remets ce dossier à Cline.

Cette éventualité parut amuser Pete.

— Cline ? Quelle idée ! Il y a bien davantage dans cette enveloppe que le nom du tueur de Max ! Reste en dehors de tout ça, vieux. Et tiens Denver à l'écart de cette histoire.

Les deux hommes se défiaient du regard, mesurant le gouffre que les années et leurs choix de vie avaient creusé entre eux.

— Ce dossier vaut-il la peine de mourir pour lui ?, lança J.D.

Pete lui sourit d'un air mauvais.

— Ou de tuer ? Oui. S'il tombait entre de mauvaises mains…

Il secoua la tête tout en se dirigeant vers la porte.

— Prends soin de Denver. Je ne peux plus la protéger. Mais ne lui brise pas le cœur une nouvelle fois, J.D.

Comme il s'apprêtait à descendre l'échelle, J.D. lui attrapa le bras.

— Je ne peux pas te laisser partir avec ce dossier, Pete.

Pete se libéra d'un mouvement sec.

— La seule façon de m'en empêcher serait de me désarmer et je ne te laisserais pas faire.

J.D. le dévisagea. Pete était-il vraiment prêt à tirer sur lui ?

— Dis-moi que je ne suis pas stupide de te faire confiance, s'emporta J.D.

Pete sourit, les yeux aussi bleus que dans sa jeunesse et aussi impénétrables qu'alors.

— Tu es stupide, J.D.

Et il acheva sa descente.

J.D. le regarda s'éloigner, priant de ne pas avoir commis une grave erreur.

Lila Wade ouvrit la porte de sa caravane, vêtue d'une robe de chambre rose et de pantoufles à pompons. Elle portait des bigoudis. Elle dévisagea Denver d'un air méfiant.

— Oui ?

Denver se présenta.

— Je sais qui vous êtes, bredouilla Lila qui venait manifestement de boire plusieurs bières. Que voulez-vous ?

— J'aimerais vous parler de mon oncle. Puis-je entrer un moment ?

A contrecœur, Lila s'effaça pour la laisser passer.

— Lester va bientôt arriver, vous savez.

Elle se laissa tomber sur le canapé et Denver s'installa sur une chaise.

— Je suis en train de répertorier les dossiers sur lesquels travaillait Max. Je crois que vous lui aviez demandé de suivre votre mari…

Lila sortit un flacon de vernis et se mit à l'appliquer sur ses ongles.

— Ne me demandez pas pourquoi j'ai fait ça. C'était idiot de ma part. Mais Clara — Clara Dinsley —, vous la connaissez…

— L'esthéticienne ?

— Voilà. Bref, j'avais l'impression que Lester cherchait l'aventure. Et Clara m'a suggéré de demander à Max de le filer. Elle-même l'avait embauché un jour pour une raison similaire. J'ai été stupide. Lester avec une autre femme ! Il n'arrive déjà pas à s'occuper de celle qu'il a.

— Mais alors où était Lester les soirs où vous pensiez qu'il était avec une autre ?

Lila se raidit.

— Il traînait avec ses copains dans la ville, à boire, à taper le carton, que sais-je ? Bon, il ne va plus tarder et je préfère qu'il ne vous trouve pas ici.

Denver hocha la tête et se leva.

— D'accord. Merci de m'avoir reçue.

— De rien, j'espère vous avoir été utile.

Tout en regagnant la voiture, Denver vit Lila l'observer à travers les rideaux. Elle se demanda à quoi Lester pouvait bien passer ses soirées. Et pourquoi Lila avait menti pour lui, car elle était certaine que Lila ne lui avait pas dit la vérité.

Désireux de joindre J.D. par tous les moyens, un membre de son groupe de musiciens de Californie avait appelé chez Maggie, espérant l'y trouver. Denver avait pris le message et le tendit à J.D. quand il arriva.

« J'espère que les choses s'arrangent, que tu composes de nouvelles chansons et que tu as changé d'avis. Reviens vite. »

J.D. lut le message, puis le jeta au feu. Denver devina sa frustration et comprit qu'il ne travaillait plus, trop occupé qu'il était à l'aider. Mais que signifiait le : « J'espère que tu as changé d'avis » ?

— Je comprendrais que tu doives repartir, soupira-t-elle.

— Tu ferais mieux de dormir, rétorqua-t-il. Nous devons être à Grayling Pass avant l'aube. Je vais passer la nuit ici, juste au cas où…

Elle hocha la tête et lui tendit des couvertures. Il était manifestement contrarié.

— Peux-tu me dire ce qui ne va pas ? s'enquit-elle.

— Tout va bien, assura-t-il en se mettant à faire le lit.

— Si tu le dis…

Elle s'en alla, renonçant à en savoir plus.

— Denny ?

Elle se retourna.

— Tu ne comprends pas, dit-il d'une voix douce.

— Non, reconnut-elle en se rapprochant de lui. Pourquoi ne me dis-tu rien ? C'est d'être ici avec moi, non ? Ta carrière est en danger ?

Il la prit par les épaules.

— Cela n'a rien à voir avec toi. J'ai perdu l'inspiration.

— Que veux-tu dire ?

— Durant des années, la musique était dans ma tête, des airs nouveaux me trottaient en permanence entre les oreilles. Mais, un jour, je me suis réveillé et la source s'était tarie. Et je m'en moquais. Jusqu'au moment où je t'ai revue.

Elle se blottit contre lui et il l'enlaça. Le feu craquait dans la cheminée.

— Va te coucher, dit-il en l'embrassant. Nous avons besoin de nous reposer.

Elle hocha la tête et s'écarta, sachant que rien de ce qu'elle pourrait dire n'atténuerait la douleur dans ses yeux.

Elle s'arrêta devant la chambre de Maggie pour lui souhaiter une bonne nuit puis monta dans la chambre d'amis. Pendant des années, le cœur brisé, elle avait ressassé sa rupture avec J.D. Maintenant, elle sentait son chagrin, sa douleur à lui. Si elle écoutait son cœur, elle savait très bien où il la mènerait. Vers un homme étendu sur le canapé, un étage plus bas. Il avait besoin d'elle. Même si elle n'était pas sûre de la manière dont elle pourrait l'aider, elle se promit que, le moment venu, elle serait là pour lui.

11

Bien avant le lever du jour, J.D. quitta la voie express pour prendre la direction de Grayling Pass. Une fois parvenu à destination, il se tourna vers Denver.

— Qu'est-ce qui ne va pas ? demanda-t-il.

Denver regarda derrière elle.

— Rien, murmura-t-elle.

— Je ne pense pas qu'on nous ait suivis, si c'est ce qui t'inquiète.

— Ce n'est rien, répéta-t-elle. J'angoisse, voilà tout.

J.D. avait passé une grande partie de la nuit à penser à Denver, à ses sentiments pour elle, à leur histoire. Tout en l'observant dans l'ombre de l'habitacle, il se demanda ce que serait leur avenir. Un étrange espoir s'emparait de nouveau de son cœur. Il en oubliait presque les menteurs, les assassins et même Pete, et toute cette histoire.

— Denny, il faut que je te confie quelque chose. Hier soir, j'ai suivi Pete jusqu'à ton chalet. Il est allé tout droit à notre vieille cabane dans les arbres.

— La cabane ?

— Il y a trouvé le dossier que Max y avait caché.

— Il y avait donc bien un dossier…, soupira Denver. Pourquoi n'ai-je pas tout de suite pensé à la cabane ? Seul Max pouvait avoir eu cette idée. Et qu'y avait-il dans ce dossier ?

— Je n'en sais rien. Pete a refusé de me le montrer.

— Quoi ?

— Il était armé. Mais ce n'est pas pour cette seule raison que je l'ai laissé faire.

Denver se mit à rire.

— Tu l'as laissé partir ? Je me demande bien qui est le plus contradictoire de nous deux !

— Nous nous valons sur ce point, répliqua-t-il en souriant. Maintenant, je préférerais que tu restes là dans le pick-up et que tu me laisses interroger Davey. D'accord ?

Elle secoua la tête d'un air entendu et sortit du véhicule. Elle n'allait pas rester là sans rien faire.

Il faisait encore nuit noire mais elle préféra ne pas allumer la lampe de poche qu'elle avait emportée. Comme J.D. lui tendait ses skis de randonnée, elle se remémora l'accident dont Davey avait été victime à la tour de guet. Les mains glacées, elle sentit un frisson la parcourir et voulut croire que c'était une simple réaction au froid.

Après avoir chaussé ses skis, elle jeta son sac à dos sur son épaule. Elle regarda J.D., penché sur ses fixations. Elle finissait par prendre l'habitude d'être en sa compagnie.

Il avait neigé pendant la nuit. La terre était gelée et recouverte d'un épais tapis blanc, immaculé. Denver s'élança la première. Parvenue au pont, elle se retourna pour attendre J.D. En le voyant descendre la pente, elle fut frappée par sa grâce, sa fluidité féline.

— On y va, Sunshine ? dit-il.

L'air frais donnait une impression de temps suspendu. Comme le fait que J.D. l'ait appelée Sunshine, ce qu'il n'avait pas fait depuis des années. Soudain, l'envie de se blottir dans ses bras la submergea. Elle mourait d'envie de sentir son souffle chaud dans son cou, de l'embrasser éperdument, de tout oublier contre lui…

Malgré la pénombre, elle eut peur qu'il ne devine ses pensées sur son visage et elle détourna rapidement la tête.

Trop tard… Il l'attrapa par les épaules et en un instant elle était dans ses bras, leurs skis emmêlés. La veille au soir, quand il l'avait embrassée, il avait fait cela dans la fièvre, l'urgence et, ensuite, quand il avait recommencé, leurs baisers avaient été plus tendres, plus aimants. Cette fois, ce fut un mélange des deux. Quand leurs lèvres se rencontrèrent, elle s'abandonna avec passion à son étreinte, à la chaleur de ses mains, de son corps, de sa bouche. Lorsque, après un long et délicieux moment, il s'écarta d'elle, ils haletaient, le souffle court. Denver sentit un frisson la parcourir.

— Oh ! J.D. !

Il lui sourit mais il avait déjà la tête ailleurs. Il lui montra un bosquet de sapins plus loin.

— Nous ferions mieux de trouver un coin où attendre Davey.

Ils grimpèrent la côte en canard pour s'asseoir à l'ombre des arbres. Denver inspecta les alentours à l'aide de ses jumelles. Il faisait trop sombre pour apercevoir quelque chose.

Espérant se réchauffer, elle frappa ses mains gantées l'une contre l'autre. Une fumée blanche s'échappait de ses lèvres.

— Tu as froid ? demanda J.D.

— Un peu.

— Moi, je suis frigorifié, dit-il en l'attirant à lui.

Elle se blottit contre lui, luttant contre le désir qui l'envahissait. Son souffle caressait ses cheveux. Elle ferma les yeux et écouta leurs cœurs qui battaient à l'unisson tout en regardant le soleil se lever. Très vite, le sommeil s'empara d'elle.

Le bruit d'un semi-remorque gravissant la montagne tira Denver de sa torpeur. Elle se redressa, heurtant sa tête à une branche. De la neige glissa le long de son cou.

Dans le silence qui suivit l'arrêt du véhicule, elle entendit le grincement d'un hayon. J.D. n'était plus là.

Avec un juron, elle s'empara des jumelles et scruta les

environs. Le ciel était plus clair mais pas assez pour qu'elle ne voie autre chose que des ombres. Mais soudain, elle distingua deux hommes, emmitouflés dans d'épais manteaux, qui déchargeaient de gros sacs d'un camion garé sur le bas-côté de la route. Il faisait trop sombre pour qu'elle puisse les reconnaître mais l'un était plus grand que l'autre. Davey était-il le petit, J.D., le grand ?

Après un moment, le camion s'en alla et elle regarda les deux hommes finir de charger les sacs sur un traîneau. Puis ils recouvrirent le tout d'une bâche et le tirèrent vers le parc national de Yellowstone.

Denver les observa de plus en plus attentivement. S'ils avaient seulement l'intention de faire une randonnée à travers la réserve d'animaux sauvages, ces skieurs étaient bien trop chargés. Même en prenant son temps, une journée suffisait amplement pour en faire le tour et rien ne justifiait un tel barda.

Elle baissa les jumelles. Peut-être comptaient-ils camper plusieurs jours. Mais à cette époque de l'année, c'était peu probable. Le froid était encore très vif et surtout, poussés par la faim, les ours commençaient à sortir de leurs longs mois d'hibernation. Ils pouvaient se révéler dangereux.

Un autre semi-remorque apparut alors que le ciel s'éclaircissait au-dessus des montagnes. Denver maudit J.D. Etait-il allé se promener ? Ce n'était vraiment pas le moment.

— J'adore ta façon de t'exprimer, entendit-elle alors dans son dos.

Des bras puissants l'enlacèrent et la jetèrent sans cérémonie par terre.

— Où étais-tu passé ? demanda-t-elle.

— Moins fort, murmura J.D. Je voulais regarder de plus près ces lascars.

— Et ?

— Et rien. Ils sont deux et Davey ne fait pas partie du lot.

Tout en récupérant ses skis, elle continua à observer les deux hommes qui s'activaient.

— J'ignore ce qu'ils fabriquent, mais je vais les suivre pour l'apprendre, dit-elle.

— Pardon ?

— Quelque chose ne colle pas et tu le sais.

— Je sais surtout qu'une tempête se prépare. Davey s'est moqué de nous en nous obligeant à nous lever tôt pour rien. Il est sans doute en train de cambrioler ton chalet. Et filer ces deux skieurs ne serait qu'une perte de temps.

— Je ne crois pas. Que font ces deux hommes ici, à cette heure ? Et à cette époque de l'année ? C'est suspect, non ?

— Je l'admets.

— Tu ne penses pas que Davey avait une idée dans la tête en me demandant d'être ici quand ces types y viendraient ?

— Je suis sûr qu'il savait que ces lascars seraient là.

Elle chaussa ses skis et lui sourit.

— Alors je tiens à apprendre où ils vont et pourquoi.

— Je n'ai jamais douté que tu le ferais.

— Alors pourquoi en avoir discuté ?

— Par habitude, sans doute, répondit-il avec un rire affectueux.

Skiant au-dessus d'eux, ils suivirent les deux hommes à distance. Denver se demandait ce qui se passerait quand ils arriveraient à destination. Elle songea au revolver de Max. Elle avait bien fait de l'avoir emporté. Devant elle, J.D. ouvrait la route. Elle espérait surtout qu'ils n'allaient pas tomber dans un piège, quand, soudain, elle se rendit compte qu'ils avaient perdu la trace des skieurs. Elle sortit les jumelles pour tenter de les retrouver. Il était facile de se perdre dans cet univers de roches et de neige, surtout dans l'aube naissante.

— Tu les vois ? demanda J.D.

— Non. Ils devraient être sur la piste. A moins que…

— A moins qu'ils ne nous aient repérés.

Denver scruta de nouveau la montagne.

— Il est impossible qu'ils nous aient vus. Et ils n'ont pas pu disparaître par enchantement.

Tout à coup, elle aperçut une petite silhouette entre les arbres, bientôt rejointe par son compagnon. Denver les montra du doigt à J.D.

— Ils sont là, murmura-t-elle, tout en regardant les deux hommes se diriger vers l'est de Yellowstone Park en slalomant entre les sapins. Ils font du hors-piste.

— A moins qu'ils ne nous aient vus, insista-t-il.

— Essaierais-tu de me faire changer d'avis ?

— Je serais bien bête d'essayer.

Elle lui lança un regard dubitatif avant de ranger les jumelles dans son sac à dos. Elle y avait mis également son appareil photo et le revolver de Max. En balançant le tout sur son épaule, elle remarqua que l'aube hésitait à se lever et que le ciel s'assombrissait. Un orage se préparait.

J.D. l'avait également remarqué.

— Il est dangereux de skier sous un orage, dit-il avec douceur. A cette époque de l'année, en particulier.

Denver acquiesça. Au printemps, les tempêtes étaient brusques et violentes. Elles pouvaient provoquer des chutes de neige très importantes en peu de temps. Tous les ans, des gens se perdaient, et finissaient par mourir d'hypothermie.

Ils étaient en train de violer les règles de sécurité de base. Ils allaient skier sous un orage et personne ne savait qu'ils se trouvaient dans la montagne, à l'exception de Davey qui n'était pas du genre fiable.

Denver sourit tout de même à J.D.

— Pourquoi s'inquiéter ? Ces deux types sont certainement plus dangereux que le mauvais temps.

Il se mit à rire.

— C'est Max qui t'a transmis cette façon de raisonner, non ? D'accord, Denny, céda-t-il en lui caressant la joue. Suivons-les.

Denver s'élança la première. Repérant les traces laissées

par les deux hommes, ils les suivirent de loin. L'air était frais et humide, le vent jouait dans leurs cheveux, la neige crissait sous leurs skis. Denver fixait J.D. qui dévalait la pente devant elle. Elle se reprochait de l'avoir entraîné dans cette histoire et s'inquiétait désormais plus pour lui que pour elle-même.

Le jour se levait lentement et, avec la lumière, il leur devenait plus difficile de filer les deux skieurs sans se faire remarquer. Ils durent mettre plus de distance entre eux. Les deux hommes avançaient vite, sans doute soucieux, eux aussi, d'échapper à la tempête qui menaçait.

— Tu sais, Denny, dit J.D., à ses côtés. Tu es vraiment devenue une femme exceptionnelle. Je suis fier de toi.

Touchée, elle lui sourit.

Mais soudain, J.D. freina brusquement.

— Allonge-toi !

Il la poussa derrière un sapin recouvert de neige mais elle eut le temps de voir les skieurs en dessous d'eux. L'un d'eux tenait un fusil à la main. Il le pointait vers eux.

— Si on doutait encore qu'il ne s'agit pas de simples promeneurs, nous voilà renseignés, soupira-t-il.

— Les armes à feu sont interdites dans ce parc, rétorqua Denver. Et ils se dirigent vers Yellowstone Park.

— Eh bien, quand nous les aurons attrapés, nous leur signalerons qu'ils sont en effraction, plaisanta J.D.

— Tu crois qu'ils nous ont repérés ?

Il l'entraîna un peu plus encore à l'abri des sapins.

— Je n'en sais rien, répondit-il d'un air inquiet. Mais il est fort probable que ces deux types soient dangereux.

— En me demandant de venir avant l'aube, Davey espérait certainement que je les voie à l'œuvre. Tu ne crois pas ?

— Tu as sans doute raison. Mais si ces types nous ont repérés, ils vont tenter de nous coincer.

— Merci de me rassurer.

— Ecoute, Denny, nous sommes vraiment en danger. Et nous n'avons aucun moyen de nous défendre.

— Mais nous avons trouvé quelque chose, tu le sens bien. Si nous abandonnons la partie maintenant, nous ne saurons jamais ce qui se passe.

Elle avait la chair de poule. Max était-il vraiment impliqué dans des activités illégales ? Suivaient-ils la bonne piste ? Elle promena les yeux dans la montagne, craignant soudain de découvrir de sombres trafics.

En bas de la pente, les deux silhouettes s'éloignèrent.

— Ils repartent. On y va ! s'écria-t-elle en se tournant vers J.D.

Mais il n'esquissa pas un mouvement.

— Qu'y a-t-il ? reprit-elle.

Il la regarda en face.

— Nous sommes seuls, en pleine montagne alors qu'une tempête se prépare, en train de suivre deux types armés. C'est de la folie, Denny !

Denver lui adressa un regard impérieux : ils se remirent en route. Mais ils avaient perdu un temps précieux et l'éventualité que les deux skieurs leur échappent tourmentait Denver.

Devant elle, elle vit soudain les limites du parc. Il lui fallut un moment pour repérer les deux hommes parce qu'ils s'étaient en partie recouverts d'un drap blanc pour mieux se fondre dans le paysage. Ils pénétrèrent dans le parc de Yellowstone.

— Tu as vu ? demanda-t-elle à J.D. en sortant l'appareil photo de son sac.

Ses doigts tremblaient tandis qu'elle réglait l'objectif. Elle avait l'intuition qu'elle allait prendre les photos de sa vie.

— J'ai l'impression qu'ils ne veulent pas qu'on remarque leur présence dans le parc, grommela J.D.

Il fronçait les sourcils d'un air soucieux. Il n'était plus possible de faire marche arrière, à présent et elle le devina à son expression. Il semblait particulièrement soucieux.

— Si les choses tournent mal, je n'aurai pas la possibilité de te protéger.

Denny remit son appareil dans son sac.

— J'ai été trop protégée dans ma vie, répliqua-t-elle en haussant les épaules. Maintenant, j'ai décidé d'assumer mes propres erreurs. Et puis, j'ai emporté le revolver de Max. Nous aussi, nous sommes dans l'illégalité.

— Merci de me mettre au courant, grogna J.D.

L'orage éclata brusquement au sommet de la montagne. Des éclairs zébrèrent le ciel redevenu noir. L'air se chargea d'électricité. Denver remit son sac sur son dos puis reprit sa course-poursuite avec J.D.

Elle sentait que les deux hommes avaient un but précis. Mais plus le temps passait, plus elle avait mal aux jambes. Elle se demandait combien de temps elle tiendrait sans s'écrouler.

Soudain, le skieur de tête s'arrêta en bas d'une colline. Denver et J.D. se dissimulèrent dans un bosquet de sapins. De nouveau, Denver sortit son appareil et tendit les jumelles à J.D. Elle vit l'un des deux hommes retirer sa cagoule. En le reconnaissant, elle poussa un juron.

— C'est Cal Dalton !

Elle le photographia à plusieurs reprises avant de s'intéresser à l'autre skieur. Il portait toujours sa cagoule, mais il lui semblait vaguement familier.

Cal tira sur une bâche qui couvrait un monticule et ce qui ressemblait à un gros tas de branches apparut.

De nouveau, elle prit plusieurs clichés. Elle finit par comprendre qu'il ne s'agissait pas de branches. Mais de bois de cerfs, de wapitis !

Elle poussa un gémissement.

— Des braconniers, dit J.D. Apparemment, ils sont arrivés à leur cache.

Comme les deux hommes chargeaient le traîneau, le second retira sa cagoule et, le cœur serré, Denver le reconnut aussi.

— Lester Wade.

12

Pete n'avait jamais aimé Earthquake Lake et ses rivages. Toute la journée, il avait été habité par un mauvais pressentiment. Midnight avait fini par accepter de le rencontrer. Désormais, Pete n'aurait plus à passer par l'intermédiaire de ce fou de Cal pour parler au « patron ».

Pourtant, même la perspective de faire enfin la connaissance de Midnight ne pouvait l'apaiser. Il promena les yeux autour de lui, essayant de comprendre ce qui le préoccupait. Le lac lui paraissait lugubre avec ces arbres nus, plantés sur ses rives comme des sentinelles. Les fantômes des victimes du tremblement de terre de 1959 hantaient peut-être encore les lieux.

Midnight ne se montrait pas et lorsque son téléphone retentit, Pete comprit qu'il l'avait une fois de plus piégé.

— Vous êtes en retard, dit la voix à travers le synthétiseur.

— Et vous, vous n'êtes pas là. Je pensais que vous étiez d'accord pour me rencontrer.

Midnight se mit à rire.

— Vous semblez tendu. S'est-il passé quelque chose ?

— Non, tout va bien, répondit Pete.

— Denver est sous votre contrôle ?

— Absolument.

Il l'aurait bien voulu, songea-t-il. Il avait tenté de la joindre toute la matinée mais elle ne répondait pas au téléphone. Où diable était-elle passée ? Et surtout dans quels sales draps s'était-elle fourrée avec J.D. ?

Au moins, il avait récupéré le dossier dans la cabane. C'était déjà ça.

— Et le gamin ? reprit Midnight. L'avez-vous retrouvé ?

— Aucun souci. Davey ne dira rien.

Il fut soulagé que Midnight ne l'interroge pas davantage sur Denver. Il avait caché Davey chez un ami, estimant qu'il y avait eu déjà assez de sang versé.

— J'ai un acheteur, reprit Midnight. Il veut des bois de wapiti et de daim. Il les paiera un bon prix. Et nous avons besoin d'ours supplémentaires. Nos clients asiatiques sont prêts à débourser de coquettes sommes pour leurs vésicules biliaires.

— Des vessies d'ours, répéta Pete, les ajoutant mentalement à sa liste.

Il se demandait d'où l'appelait Midnight. Sans doute d'un endroit sûr.

— Ils s'en servent comme aphrodisiaques, poursuivit Midnight. Pareil avec les bois de velours des wapitis : ils en font des philtres d'amour. Il paraîtrait que ces bois ont des vertus médicinales. Ils préserveraient du vieillissement et donneraient du tonus sexuel. Moi, je n'ai jamais eu besoin de quoi que ce soit pour satisfaire les dames ! Mais ces remèdes vous seraient peut-être utiles, Pete. Ou alors, essayez d'en faire discrètement ingurgiter à Denver…

Pete serra les poings. Dans des moments comme celui-ci, il regrettait de s'être mouillé dans cette sale histoire. Et d'être en contact avec ce type. Mais il devait reconnaître que Midnight était très intelligent. Voilà sans doute pourquoi personne ne l'avait encore inquiété.

— Et mon acheteur nous prendra toutes les pattes d'ours que nous pourrons lui fournir, ajouta la voix. En Asie, ils les mangent. C'est incroyable, non ?

Le ciel s'assombrissait, un orage s'annonçait. Pete avait

hâte d'en finir. Il se sentait nerveux et fatigué. Il voulait retrouver Denver.

— Quelqu'un a-t-il repéré des grizzlis dans le parc ou est-ce que c'est prématuré ? reprit Midnight.

— Cal en a aperçu un, l'autre jour.

— Alors, dites-lui de les tuer. Nous en avons besoin en quantité pour nos clients. Sacré Cal. Il est fou, vous savez.

Malheureusement, Pete le savait, oui. Et il se demandait si Midnight avait commandité l'agression dont Denver avait été victime la veille ou si Cal avait voulu faire du zèle.

— Où en est le chargement de bois de wapiti ? s'enquit Midnight. Il faut respecter la date de livraison. Sinon, le prix baissera.

— Il n'y aura aucun retard.

En tout cas, Pete l'espérait. Devinant que Midnight l'écoutait avec attention, il s'efforça de paraître enthousiaste.

— Cal m'a dit qu'ils en avaient ramassé en quantité.

— Formidable ! Les dollars vont tomber comme s'il en pleuvait. C'est plus facile que de faire sauter une banque, ajouta Midnight en éclatant de rire.

— Je ne suis pas certain que Max aurait partagé votre avis.

Son interlocuteur changea brusquement de ton.

— Peu importe ! Livrez-moi la marchandise au plus vite. Et cessez de prendre cet air sinistre à propos de l'argent que nous allons récolter. Ça m'exaspère.

— Quand vais-je vous rencontrer ? demanda Pete avant que Midnight ne raccroche. Vous ne croyez pas qu'on pourrait arrêter de jouer à cache-cache ?

Il y eut un silence.

— Nous nous rencontrerons bien assez tôt, reprit la voix. En attendant, arrangez-vous pour que Denver ne devienne pas un problème. Et à propos du dossier que vous avez retrouvé…

Pete retint son souffle.

— Oui ?

— J'ai l'impression qu'il n'est pas complet. Vous n'essayez pas de me doubler, j'espère ?

— Si vous me disiez exactement ce que vous cherchez…

Mais Midnight avait déjà raccroché. Pete jura. Il n'aimait plus du tout discuter avec cette voix synthétique. Il était temps que Midnight se dévoile.

Comme il revenait vers son pick-up, la neige se remit à tomber. Il songea au dossier et aux éléments qu'il en avait retirés. Une petite assurance-vie. Cela dit, Max avait sans doute caché ce dossier avec le même objectif : pour se protéger. Et pourtant, il avait été tué. Peut-être n'y avait-il aucun moyen de sauver sa peau avec un type comme Midnight.

Dans l'immédiat, cependant, un problème plus urgent le préoccupait : Denver. Où était-elle et que fabriquait-elle ?

Cal Dalton et Lester Wade étaient bel et bien des braconniers ! songea Denver avec colère.

Sur l'autre versant de la montagne, des wapitis broutaient tranquillement les touffes d'herbe qui sortaient ici et là de la neige. Toute cette partie du parc leur était réservée. Et il n'était pas besoin d'être Einstein pour deviner que les deux hommes étaient là pour ramasser leurs bois. Une entreprise certainement très rentable mais totalement illégale.

— Je comprends tout, à présent, dit Denver en se remémorant les notes de Max dans le dossier de Lester. « Perle » désignait les perles rares : les bois d'élan dont certains peuples se servent pour confectionner des philtres d'amour. Max faisait certainement allusion à ce braconnage organisé.

— Cela expliquerait beaucoup de choses, confirma J.D. Comme le temps qu'il passait avec Cal Dalton. Et ce que faisait Lester les nuits où il n'était pas chez lui.

— Et aussi les mensonges de Lila, ajouta Denver. Elle a dû profiter de l'argent que son mari a gagné avec ces trafics.

Elle ne veut pas trahir Lester qui lui est fidèle et enrichit le ménage.

— La plupart des gens estiment que ramasser les bois de wapiti, même dans un parc national, n'est pas un crime, soupira J.D.

Denver prit d'autres photos de Cal chargeant le traîneau de bois de wapiti.

— Davey doit avoir de bonnes raisons de penser que la mort de Max est liée à ce trafic, reprit-elle. Sinon, pourquoi m'aurait-il poussée à venir ici à cette heure-ci ?

— Il est sans doute au courant de l'existence de ce réseau de braconnage, oui. Mais cette histoire n'explique pas les cent cinquante mille dollars déposés sur le compte de Max, dit-il sans la regarder.

— Exact.

Elle glissa les bobines dans son sac et se mit à recharger son appareil. Ses mains tremblaient de rage et de peur.

— Le braconnage rapporte sûrement beaucoup d'argent. Mais pas à ce point-là. Et je suis certaine que Max n'était pas un braconnier, ajouta-t-elle en se pinçant les lèvres.

— Tu prêches un convaincu, répondit J.D. en l'enlaçant. Je n'imagine pas du tout Max mêlé à ce genre de choses.

Elle se pencha vers lui pour l'embrasser rapidement.

— Merci.

Les yeux de J.D. s'éclairèrent. Comme s'il aimait qu'elle l'embrasse, quelle qu'en soit la raison…

— Je ne comprends pas pourquoi Max se serait fait tuer pour si peu, reprit-elle. Combien ça rapporte le commerce de bois d'élan ? Dix dollars le kilo, pas plus. Le jeu n'en vaut pas la chandelle. Et puis, ce n'est pas très risqué. A cette époque de l'année, peu de gardes forestiers surveillent le parc. Ils ne sont pas assez nombreux pour empêcher le braconnage.

— Apparemment, Max a essayé.

Elle prit d'autres photos, avec la montagne en arrière-plan

pour qu'il n'y ait pas de contestation possible sur l'endroit où se trouvaient les braconniers.

— Surtout, la législation n'est pas très sévère. Même s'ils étaient rattrapés, ces types ne finiraient sans doute jamais en prison. Au pire, ils écoperaient d'une amende. Non, vraiment, j'ai du mal à croire que quelqu'un ait tué Max à cause de ces bois. Ça ne colle pas ! soupira-t-elle.

Cal et Lester avaient retiré leurs skis et escaladaient à pied le flanc de la montagne. Tous deux avaient un fusil à l'épaule. Denver continua à les photographier, pendant que J.D. observait la montagne à l'aide des jumelles.

— A mon avis, nous ne voyons qu'une partie infime d'un trafic de grande envergure. Tu ne crois pas ?

— Ce que je sais, c'est que la plupart des gens embarquent à la nuit tombée quelques bois qu'ils ont ramassés au cours de leur promenade, répondit-elle.

— Si Max enquêtait sur ce réseau de braconnage…

— Alors le dossier que Pete a trouvé dans la cabane était sans doute à ce sujet. Ce n'est peut-être pas lui-même qu'il cherche à couvrir, mais Lester, qui est un de ses musiciens.

— C'est une possibilité. Mais cela n'explique pas la présence de Pete à Horse Butte.

— Non, c'est vrai.

Pourquoi fallait-il qu'il lui rappelle cet épisode ? Sur le moment, elle lui en voulut. Quel manque de tact ! Il le comprit sans doute car il la prit dans ses bras. Elle s'accrocha à lui. Elle avait besoin de sa chaleur et de sa force, pas de ses doutes.

— Denny, je crois que nous ferions mieux de remettre tes films aux autorités.

Elle ne voulait pas quitter ses bras. Mais elle savait qu'elle avait intérêt à prendre plus de photos pour pincer Cal et Lester pour de bon.

Un coup de fusil la fit sursauter. Ils se retournèrent pour regarder ce qui se passait. Cal, armé de son fusil, venait d'abattre un petit ours brun. Lester tonna contre lui.

— Pourquoi as-tu fait ça ?

— C'est un ours, nous sommes censés les tuer, non ? lui répondit Cal.

— Pas dans le parc, pas en plein jour ! Tu cherches les ennuis ou quoi ?

Denver réarma son appareil pour prendre de nouvelles photos. Cal se tenait au-dessus de l'ours, un poignard à la main.

Puis l'orage qui menaçait s'abattit brusquement sur la montagne. Le ciel devint noir, des milliers de flocons se répandirent sur le parc. Denver n'y voyait plus rien.

Elle glissa la pellicule dans sa poche avant de ranger son appareil dans son sac.

— Prête ? demanda J.D.

Comme tous deux s'éloignaient des sapins, ils virent soudain Lester pointer un doigt dans leur direction.

— Là ! On nous observe ! cria-t-il à Cal.

J.D. poussa Denver sous les branches d'un sapin.

— Filons vite ! Il n'y a pas un instant à perdre. Chausse tes skis.

Elle hocha la tête. Les sapins ne les protégeraient pas longtemps. Dans un instant, Lester allait grimper la colline. Elle jeta le sac à dos sur son épaule et se tourna vers J.D. Comme elle le regardait dans les yeux, elle craignit que ce ne soit pour la dernière fois. Cette idée lui brisa le cœur.

— Denny, écoute-moi. Si nous sommes séparés, continue. Tu m'entends ? Tu as les bobines, tu les donneras aux gardes forestiers et… sois prudente.

Il la saisit dans ses bras et l'embrassa avec force.

Denver s'élança en avant, slalomant entre les sapins vers la vallée. Il leur fallait filer au plus vite, quitter la montagne, semer Cal et Lester.

Du coin de l'œil, elle voyait J.D. skier non loin d'elle. Dans son dos, elle entendait des éclats de voix. Heureusement, l'orage arrivait. Bientôt, ni Cal ni Lester ne pourraient plus les voir. Mais un coup de feu retentit, et la peur s'empara d'elle.

Elle fonça sur la pente. A présent, elle n'hésitait plus à prendre des risques, à aller de plus en plus vite. J.D. descendait en parallèle. Puis, il disparut, happé par le brouillard. En proie à une sourde angoisse, elle regretta une fois de plus de l'avoir entraîné dans cette folle aventure.

— Reste avec moi, J.D., supplia-t-elle à mi-voix. Je t'en prie, reste avec moi.

Il neigeait si fort qu'elle ne voyait plus rien. Elle ne distinguait qu'à grand-peine la silhouette des sapins.

Elle s'arrêta un instant, cherchant à se repérer. Le cœur battant à tout rompre dans sa poitrine, elle entendit le craquement d'une branche sur sa droite. Sans réfléchir, elle avança dans cette direction. Elle était terrifiée. Et si J.D. était tombé ? Et s'il avait été abattu ? Cette idée la glaça jusqu'aux os.

Elle sortit le revolver de Max de son sac. Le silence était total. Des milliers de flocons tourbillonnaient autour d'elle, recouvrant la terre d'un épais tapis blanc. Elle serra son arme et traversa la colline, se dirigeant vers le bruit qu'elle avait entendu.

Le vent soufflait par rafales. Elle se demanda si elle retrouverait J.D. dans cette tempête. Un crissement de bottes sur la neige la fit se retourner.

— J.D. ? J.D. ?

Cal sortit brusquement de derrière un arbre. Comme elle tentait de brandir son arme vers lui, il se jeta sur elle et la lui arracha des mains avant de ricaner.

— Mais c'est Denver McCallahan ! s'écria-t-il. Comme on se retrouve, ma mignonne ! Et sur mon terrain, cette fois.

13

Pete Williams se gara sur le bas-côté et alluma son moniteur qui lui permettait de suivre Denny à la trace. En voyant où se trouvait le petit triangle jaune qui la représentait, il commença par refuser d'y croire. Comment était-ce arrivé ? L'ampleur de la catastrophe l'ébranla et il frappa du poing son volant. Il aurait dû s'en douter. Il était plus facile d'arrêter un train en marche que Denver McCallahan. Surtout maintenant qu'elle s'était acoquinée avec J.D. Mais comment avait-elle tout découvert ? Il avait dû y avoir une fuite quelque part. Soudain, il se souvint de Davey. L'adolescent avait certainement parlé.

Pendant un moment, Pete regarda tomber la neige en se demandant quoi faire. Finalement, il descendit à la cabine téléphonique de Narrows et glissa une pièce dans la fente. Midnight n'avait pas tort. Denver était un vrai problème.

Il composa le numéro qui lui avait été confié en cas d'urgence.

— Je vais avoir besoin d'aide.

— Où ?

— Grayling Pass.

J.D. s'arrêta un instant. Il n'entendait rien, ne voyait rien, à l'exception des flocons de neige qui voltigeaient autour de lui. La montagne était plongée dans une épaisse brume blanche. Pourtant, il lui fallait absolument se repérer. Les braconniers avaient disparu, constata-t-il, soulagé. Mais il avait également perdu la trace de Denver. Peut-être avait-elle atteint Duck Creek et les chalets d'été. Denny était bonne skieuse. Elle s'en était certainement sortie.

Mais il ne parvenait pas tout à fait à s'en convaincre. La peur le submergea soudain. Il ne pouvait pas perdre Denver. Pas maintenant. Il s'élança, slalomant jusqu'au pied de la montagne, sachant qu'il parviendrait tôt ou tard à Duck Creek. Là, il la retrouverait. Il se refusait à imaginer le contraire.

Le brouillard était pourtant à couper au couteau. J.D. ne voyait plus le bout de ses skis. Des arbres surgirent sans prévenir devant lui et il les évita de justesse. Il continua sa descente, espérant sortir bientôt de cet enfer blanc.

— Denny, murmura-t-il comme une prière, Denny.

Mais, alors que la pente s'adoucissait et qu'il pensait que le pire était derrière lui, le sol se déroba soudain sous ses pieds.

— Ne criez pas ou je vous bute, grommela Cal avant de retirer sa main qui couvrait la bouche de Denver.

Denver réprima son envie de hurler. Elle savait que Cal était capable de tout. Et puis, en appelant à l'aide, elle risquait de faire venir Lester. Ou pire, J.D. Et Cal n'hésiterait pas à tirer sur lui.

— Depuis quand vous nous suivez ? bougonna Cal. Et donnez-moi votre sac. J'aimerais voir ce qu'il y a dedans.

Denver obtempéra le plus lentement possible. Elle voulait gagner du temps pour réfléchir. Cal tenait sa carabine à l'épaule. Il pouvait la tuer avant qu'elle n'ait la possibilité de lui échapper.

Au lieu de répondre, elle lui lança :

— Pourquoi ne m'expliquez-vous pas plutôt le lien entre le braconnage et le meurtre de Max ?

Cal secoua la tête tout en plantant ses skis dans la neige pour inspecter le sac à dos.

— Le braconnage ? De quoi parlez-vous ?

Denver se pinça les lèvres. Même si Cal n'avait pas inventé l'eau chaude, dès qu'il verrait l'appareil photo, il comprendrait qu'elle avait pris des clichés de lui et de Lester en train de braconner.

— Ce que vous cherchez n'est pas là, dit-elle.

Il leva les yeux et sourit.

— Non ?

— Non, répéta-t-elle le plus calmement possible.

Comme il se rapprochait, elle lui envoya un de ses bâtons de ski à la figure, espérant l'assommer. Mais il lui saisit les poignets et la fit tomber dans la neige.

— Ne me prenez pas pour un imbécile. Je suis fatigué de ces petits jeux entre nous, hurla-t-il en ouvrant son manteau. Vous allez comprendre que je suis un homme, un vrai. Et croyez-moi, vous ne le regretterez pas, ajouta-t-il d'un rire pervers.

Elle le regarda, affolée. Il allait la violer. Et qu'avait-il l'intention de faire ensuite ? La tuer ?

J.D. tomba dans le vide. Après un vol plané, il atterrit durement plusieurs mètres plus bas, sur la couche neigeuse, et glissa un long moment sur la pente verglacée. Projeté de gauche à droite, il se heurta aux rochers et aux branches basses, puis perdit rapidement toute notion de temps et d'espace. Cette chute dans ce désert blanc semblait irréelle.

Au moment où il pensait qu'il n'en verrait jamais la fin, il buta contre un tas de neige et s'arrêta. Pendant un instant, il resta étendu, le souffle court. Puis il bougea un bras, essuya maladroitement son visage et s'efforça de recouvrer ses esprits. Mais comme il tentait de se lever, une vive douleur à la cheville gauche lui arracha un cri.

Il avait réussi à échapper aux tirs des braconniers, à basculer d'une falaise sans se briser le cou. Mais maintenant, il venait de se fouler la cheville. Il poussa un gémissement. Comment allait-il quitter la montagne s'il ne parvenait pas à marcher ? Et où se trouvait Denny ? Il aurait tout donné pour voir apparaître son visage souriant, pour entendre son rire. Il ferma les yeux. Mais Denny avait certainement des ennuis, il devait se secouer.

La neige tombait autour de lui, douce et froide comme la mort. Il ne se souciait pas des bleus et des égratignures sur son visage. Son seul souci était sa cheville qui risquait de l'empêcher de retrouver Denny.

Lorsqu'il reposa le pied par terre, il eut moins mal qu'il ne l'avait craint au départ. Mais il se demandait si ce n'était pas le signe avant-coureur d'une hypothermie. Peut-être était-il en train de mourir de froid. Il retira sa botte pour tâter sa cheville. Au moins elle ne semblait pas fracturée. Si l'os s'était cassé, il souffrirait davantage.

Il se rechaussa et s'efforça de se mettre debout. Mais une vive douleur traversa sa jambe et il se laissa retomber dans la neige avec un juron. S'il ne pouvait pas se lever, comment allait-il pouvoir chercher de l'aide ? Non, il refusait d'y songer. Mieux valait penser à Denny. S'emparant de ses bâtons, il s'appuya sur eux, sautillant dans la neige pour avancer. Il n'irait pas bien loin comme ça…

Denver glissa une main sous la chemise de Cal pour lui faire croire qu'elle était consentante. Mais de l'autre, elle fouilla la neige jusqu'au moment où ses doigts se refermèrent sur une pierre.

Cal la reluqua d'un œil vicieux.

— Alors, tu en as finalement envie, non ? dit-il avec un rire gras, avant de se pencher vers elle pour l'embrasser.

Comme leurs lèvres se touchaient, elle le frappa à la tête

aussi fort qu'elle le put. Il parut sidéré et elle en profita pour lui envoyer un deuxième coup. Cette fois, il s'écroula.

Denver se redressa aussitôt d'un mouvement souple, referma son manteau et récupéra ses bâtons. Il ne fallait pas penser : elle devait agir, et vite. Elle s'empara du fusil de son agresseur mais renonça à chercher le revolver de Max, perdu quelque part dans la neige. Entendant Cal gémir, elle fut soulagée de ne pas l'avoir tué. Puis elle s'élança sur la piste, le plus vite qu'elle put.

La pente semblait moins raide. J.D. espérait qu'il ne croiserait plus d'à-pic imprévisible. Il ne pensait qu'à Denny. S'il la retrouvait, ils pourraient trouver un refuge et s'y abriter jusqu'à la fin de la tempête.

Se servant de ses bâtons comme de béquilles, il parvint à rechausser ses skis, l'un après l'autre. La douleur lui arracha un cri. Il transpirait à grosses gouttes. Il n'avait qu'une envie : s'allonger sur le sol gelé et fermer les yeux. Mais la pensée de Denny le força à continuer. Il devait absolument lui dire quelque chose.

— Denny… Denny, mon amour.

Il avançait lentement, luttant contre la neige, contre le froid, contre la fatigue et le découragement. Et soudain, il crut avoir une hallucination.

Il battit des paupières, incrédule. S'agissait-il d'un mirage ? Il ne voyait pas une oasis entourée de palmiers en plein désert, mais une cabane de bois. Il distinguait un mur de rondins à quelques centaines de mètres. Ses yeux lui jouaient-ils des tours ? Ou avait-il vraiment atteint la première des cabanes, le long de Duck Creek ?

Il progressait de plus en plus difficilement, cependant. Les éléments déchaînés semblaient se liguer contre lui. Pour oublier l'épuisement et la douleur qui menaçaient de le submerger, pour trouver le courage de continuer, il pensait à

Denny, à son sourire, à son rire, à la lueur de défi qui brillait dans ses yeux, à sa volonté de fer.

Il était tellement concentré qu'il faillit se cogner au mur de rondins. Il leva les yeux. Un chalet. Il se trouvait bien devant un chalet ! Il y serait à l'abri, y trouverait sans doute une cheminée, de quoi faire un feu. La perspective de pouvoir se mettre au sec lui donna un regain d'énergie. Plus que quelques pas.

Quand il comprit qu'il n'y avait rien d'autre qu'un pan de bois, il faillit hurler de désespoir. A une époque, il y avait bien eu un chalet, mais à présent, il était en ruine. Il s'appuya contre les planches, mais l'abri qu'elles lui offraient était trop précaire. Elles ne lui permettraient pas d'allumer un feu.

Le vent redoublait de fureur. J.D. serra les dents pour affronter sa morsure glacée. Un bref instant, il eut l'impression d'entendre Denny crier son nom, l'appeler. Mais les mugissements de la tempête étaient trompeurs. Il eut l'impression que la silhouette de deux autres chalets émergeait du brouillard mais il n'osa y croire. Sans doute s'agissait-il d'une illusion. Il avait peur d'un nouveau mirage.

Denver s'arrêta en atteignant Duck Creek et les premiers chalets, occupés en saison par les touristes. Les flocons tourbillonnaient autour d'elle. Frigorifiée et épuisée, elle avait hâte de rejoindre la voie express, d'aller chercher de l'aide. Mais d'abord, il fallait retrouver J.D.

Où était-il ? Avait-il réussi à échapper à la tempête ? Elle s'approcha du plus grand des chalets. La porte était verrouillée. Mais elle parvint à briser une lucarne et à entrer. Elle hésita à allumer un feu. La fumée pouvait conduire Cal et Lester jusqu'à elle. Mais si les deux hommes parvenaient jusqu'ici, ils la trouveraient, de toute façon. Et elle voulait que l'endroit soit chaud et accueillant pour J.D. quand elle le retrouverait. Parce qu'elle le retrouverait. Elle refusait d'imaginer le pire.

A la hâte, elle installa quelques bûches dans l'âtre, y mit le feu. Puis elle ressortit dans la tempête pour chercher J.D.

De la fumée. J.D. avait l'impression de sentir de la fumée. Il s'avança quand soudain, il aperçut une silhouette sortant du gris laiteux. Il se demanda s'il ne s'agissait pas d'un des braconniers. Transi de froid, il s'obligea à marcher, tel un pantin, sans réfléchir. Il se sentait au bout du rouleau. Tôt ou tard, il allait s'écrouler dans la neige et il ne se relèverait plus, il le savait.

Une voix cria soudain son nom et il s'arrêta.

— Denny ?

Le vent tourbillonnait autour de lui. Il ne voyait plus le chalet. Il n'entendait plus la jeune femme. Son ombre avait disparu. Sans doute n'avait-elle été qu'un mirage. Il tomba de tout son long sur l'épaisse couche neigeuse. Trop fatigué, il ferma les yeux, se remémorant la douceur de Denver.

— Denny, murmura-t-il. Je t'aime.

14

— Denny, murmura J.D. en s'affalant sur le sofa.

Elle le prit dans ses bras, pour le réchauffer autant qu'elle le pouvait. Il frissonnait, claquait des dents. Elle s'efforça de ne pas penser à ce qui se serait passé si elle ne l'avait pas retrouvé à temps.

— Je t'aime, Denny.

Elle se demanda si c'était la douleur ou le froid qui le faisait délirer. Car il ne pouvait que délirer pour se confier ainsi…

— Je t'aime aussi, J.D., murmura-t-elle, sachant qu'il ne pouvait l'entendre.

Elle observa le visage de J.D. à la lumière des flammes, en proie à une panique croissante. Et si Cal et Lester surgissaient maintenant alors que J.D. ne pouvait ni se défendre ni fuir ? Elle hésita à partir chercher de l'aide : elle n'osait pas le laisser seul. En tout cas, tant que l'orage faisait rage, ils ne risquaient pas de voir apparaître les braconniers. Mais dès que le ciel se dégagerait, Cal se mettrait à leur recherche. A sa recherche surtout.

Elle pressa ses lèvres sur le front de J.D. Si seulement sa fièvre pouvait tomber !

Il poussa un soupir.

— Je t'aime, Denny.

Des larmes montèrent à ses paupières.

— Oh ! J.D. !

Bouleversée, elle s'écarta de lui pour aller chercher d'autres couvertures. En fouillant les placards de la petite cuisine, elle finit par trouver un fond de café en poudre et mit de l'eau à chauffer sur le feu. Elle se sentait épuisée. Elle avait skié pendant des heures, affronté le brouillard, le froid, la peur. D'ailleurs, elle avait encore peur. Pour J.D., pour eux deux.

Dehors, la tempête redoublait de violence. Les éléments se déchaînaient. Bientôt, tout serait blanc. Comme elle regardait la cour à travers les vitres givrées, elle aperçut soudain un vieux hangar. Et si un véhicule y était garé ? L'espoir s'empara d'elle. Elle se couvrit chaudement, enfila ses bottes, prit le fusil et, après un regard anxieux sur J.D., elle sortit.

Elle s'enfonçait dans la poudreuse et eut du mal à atteindre la remise. La porte en était verrouillée. A l'aide de son fusil, elle fit sauter la serrure, se promettant de dédommager plus tard le propriétaire. Puis elle promena les yeux dans la pénombre. Et sourit, enfin.

Rangée dans un coin, se trouvait une motoneige. Et elle crut crier de joie à la vue d'un gros bidon rempli d'essence.

Denver eut envie de démarrer l'engin pour s'assurer qu'il était en état de fonctionner mais elle se ravisa aussitôt. Si Cal et son ami étaient dans les parages, ils risquaient de l'entendre. Mieux valait attendre la fin de l'orage et espérer que la motoneige leur permettrait de rejoindre la voie express. Maintenant, ils avaient une chance de s'en tirer.

Armée du fusil, elle repartit vers le petit chalet. Elle se retourna plusieurs fois pour scruter les environs. Elle ne se sentait pas tranquille. Elle s'attendait à tout moment à voir surgir Cal ou Lester.

Assoupi devant le feu, J.D. ne frissonnait plus. Après avoir refermé la porte à clé, elle se blottit contre lui et ne tarda pas à rejoindre à son tour les bras de Morphée.

J.D. se réveilla, surpris d'être encore en vie, à l'abri dans une maison, et de découvrir Denny endormie près de lui.

La douce chaleur qui régnait dans la pièce alourdissait ses paupières. Il se revit, perdu dans la neige et le froid, et se demanda où il était. Il se redressa pour regarder Denny. Des cheveux s'échappaient de sa natte, et elle avait le visage rosi par les flammes. Il se rendit compte qu'elle leur avait trouvé des vêtements secs. Dehors, la neige tombait toujours.

Il promena les yeux autour de lui. Le chalet était décoré de façon vieillotte. Une guitare était accrochée à une patère. Des fragrances de café chatouillaient ses narines.

Il se leva, veillant à ne pas déranger Denver. Quand il posa le pied sur le sol, une vive douleur le traversa, lui rappelant qu'il s'était foulé la cheville. Il se tourna vers Denver, ému par sa force et son courage. Et par sa tendresse envers lui. Elle lui avait toujours donné le meilleur d'elle-même alors qu'il n'avait fait que la blesser. Il boitilla jusqu'à la cuisine.

Il se servit une tasse de café et consulta sa montre, se demandant combien de temps il avait dormi. Il était 9 heures du soir. Puis il se souvint de ce qui l'avait réveillé. Une chanson dont les accords lui trottaient encore dans la tête. En farfouillant dans les tiroirs, il finit par trouver un papier et il revint vers le salon pour les noter.

Il lui fallut un moment pour accorder la vieille guitare. Quand il en pinça les cordes, l'air qui le hantait lui revint. Il l'écrivit à la hâte, craignant qu'il ne lui échappe.

Une douce musique tira Denver de son sommeil. Elle resta immobile, à écouter J.D. Lorsqu'il se mit à chanter, elle se laissa emporter. Les paroles de la ballade la troublèrent. Les pensait-il vraiment ? Donnerait-il tout, renoncerait-il à tout, juste pour être avec elle ? Elle se releva pour le regarder jouer.

— Tu as composé une nouvelle chanson, murmura-t-elle.

Il hocha la tête en posant la guitare près de lui.

— Elle t'est dédiée. Elle s'appelle « Denver ».

Le cœur battant, elle le regarda, n'osant croire à ce que cela signifiait.

— Tu te sens mieux ? Tu délirais de fièvre, tout à l'heure.

Vu la manière dont il la dévorait des yeux, elle se demanda s'il avait vraiment recouvré ses esprits.

Il se mit à rire.

— Ah bon ? Et qu'est-ce que je disais ?

— J'ai oublié.

— Je te disais que je t'aimais ? insista-t-il en prenant son visage entre ses mains. Tu sais, quand je marchais dans la tempête, j'ai soudain compris…

— Ne dis rien que tu pourrais regretter plus tard, J.D.

Il sourit tristement.

— Je t'aime. Je t'aime, Denver McCallahan. Et d'une certaine façon, je t'ai toujours aimée. Mais maintenant, je le sais…

Les larmes remplirent les yeux de Denver. Elle s'écarta et se leva pour s'approcher de la cheminée. Derrière elle, elle entendit J.D. soupirer.

— Nous avons traversé pas mal d'épreuves ces derniers jours, dit-elle. Et dans le danger, les gens…

— … prennent conscience de ce qu'ils ressentent véritablement pour quelqu'un ?

— … perdent le nord, plutôt.

Elle lui tourna le dos. Le simple fait de le regarder la rendait faible.

— Viens près de moi, Denny.

Le feu crépitait, diffusant une douce chaleur dans la pièce.

— Viens, insista-t-il.

Elle s'avança vers lui et se laissa tomber à ses pieds.

Doucement, il se pencha vers elle pour prendre son ravissant visage entre ses mains et il captura ses lèvres. Quand leurs langues se mêlèrent, il hésita. Il était fou d'elle, il avait envie de lui promettre de la rendre heureuse. Seulement, il ne le pouvait pas. Il ne savait même pas ce que l'avenir lui réservait.

Mais quand il se détacha d'elle, elle le retint, l'attirant de nouveau à elle. Il oublia alors toute raison. Son cœur s'accéléra dans sa poitrine. Il la désirait comme il n'avait jamais désiré une femme. Bientôt, il atteindrait le point de non-retour. S'il se mettait à la caresser entièrement, à embrasser sa peau nue, il ne répondrait plus de lui.

— Tu es si belle, si désirable.

Le désir miroitait dans les prunelles de Denver, l'invitant à continuer. Lentement, il retroussa son T-shirt, dévoilant son ventre plat avant de s'aventurer plus loin. Ses cheveux tombaient sur ses épaules. Il y enfouit ses mains, se noyant dans leur douceur.

Ils s'embrassèrent de nouveau, avec passion, avant de se déshabiller l'un l'autre. Quand enfin ils furent nus, il l'attira à lui, fiévreusement. Ses seins étaient doux et chauds contre son torse. Fou de plaisir, il s'écarta pour la couvrir de baisers brûlants jusqu'à ce que, frissonnante, elle se tende vers lui, suppliante.

— Je t'en prie, J.D., haleta-t-elle. Prends-moi.

Il vint en elle, lentement d'abord, puis avec force. Le corps en feu, elle s'abandonna en gémissant à son étreinte et le laissa l'entraîner vers le ciel.

Dehors, les éléments se déchaînaient toujours mais une autre tempête emportait Denny. Pour la première fois de sa vie, son corps accueillait l'homme qu'elle aimait depuis toujours. Elle l'enlaça et le serra contre elle tandis que le plaisir déferlait sur elle en vagues successives.

Lorsqu'ils eurent joui, il lui sourit, le cœur léger.

— Je n'ai jamais éprouvé quelque chose d'aussi fort de toute mon existence, murmura-t-il. Jamais. Je t'aime, Denny.

Elle lui rendit son sourire et l'embrassa avec toute la tendresse du monde.

— Te rappelles-tu ce que tu m'avais dit à la tour de guet ? dit-il en la caressant.

— Que je t'aimais et n'en aimerais jamais un autre. Oui.

— Pendant des années, j'ai cru que je n'avais besoin que

de ma musique. Mais il me manquait quelque chose. Je ne savais pas quoi, jusqu'au moment où je t'ai revue.

Elle resta blottie contre lui, plus heureuse qu'elle ne l'aurait cru possible. Elle aurait aimé passer le reste de sa vie dans ce chalet.

La neige tombait toujours. Le feu crépitait doucement. Soulevant la tête, Denver regarda J.D. Avec un sourire tentateur, il l'attira contre lui et, posant sa bouche sur la sienne, il se remit à lui faire l'amour, avec la même ardeur, le même désir foudroyant.

Plus tard, enlacés devant le feu qui s'éteignait, ils s'endormirent.

Quand J.D. se réveilla, il faisait nuit noire. Denver dormait profondément près de lui. Il essaya de ne pas penser aux dangers qui les guettaient, à ces hommes qui voulaient leur mort, dehors, quelque part. Que se passerait-il quand le soleil se lèverait de nouveau dans la montagne ?

15

Des battements sourds tirèrent Denver de son sommeil. Elle crut d'abord qu'il s'agissait du bruit de son propre cœur. Ou qu'elle rêvait toujours.

Elle redressa la tête et promena les yeux autour d'elle, se demandant où elle se trouvait. Mais elle n'avait pas oublié *avec qui* elle était. A la vue de J.D., allongé tout près d'elle, son cœur s'accéléra. La lumière des flammes jouait sur sa peau nue, lui donnant une chaude teinte cuivrée.

J.D. s'étira et lui sourit paresseusement. Puis il entendit lui aussi le bruit à l'extérieur et il se précipita à la fenêtre. Il faisait toujours nuit dehors. Mais la tempête avait cessé et la neige brillait sous le clair de lune.

J.D. poussa un juron.

— Un hélicoptère !

— Peut-être que quelqu'un nous cherche, dit-elle, encore pelotonnée sous les couvertures.

Il revint près d'elle et la prit dans ses bras.

— Qui sait que nous sommes là, Denny ? demanda-t-il.

— Davey, Cal et Lester, répondit-elle en se blottissant contre lui. Décidément, ce ne sont pas des enfants de chœur si leurs activités leur donnent les moyens de disposer d'un hélicoptère…

Le ronronnement des rotors envahissait le ciel. Il n'était plus question de se prélasser sous les couvertures. Denver se leva en hâte et se dépêcha de s'habiller.

— Ils nous ont sans doute repérés, dit-elle. J'ai trouvé une motoneige dans le hangar. Je ne suis pas sûre qu'elle marche mais elle peut nous permettre de leur échapper.

— Tu es merveilleuse ! dit-il en l'embrassant avec emportement.

Puis il s'écarta pour se vêtir à son tour. Denver essaya de se convaincre que ce n'était pas leur dernier baiser.

Quand ils sortirent du chalet pour se faufiler jusqu'au hangar, J.D. prit la pleine mesure du handicap que représentait son entorse : sa cheville le faisait souffrir à chaque pas et si la motoneige ne fonctionnait pas, il n'irait pas loin. Il devrait alors convaincre Denny de fuir sans lui. Les occupants de l'hélicoptère n'étaient certainement pas des amis.

— Pourquoi est-ce qu'ils n'atterrissent pas ? demanda Denver.

— Le pilote ne doit pas savoir où se poser en sécurité.

J.D. repéra la motoneige et tendit le fusil à Denny.

— C'est maintenant ou jamais, dit-il, le cœur serré.

L'hélicoptère tournait inlassablement au-dessus de leurs têtes. Tout à coup, un faisceau lumineux en jaillit et balaya les alentours.

— Ils ont un projecteur ! s'écria-t-elle.

Il devenait urgent de filer. J.D. tira sur la cordelette de démarrage. Sans succès. Il recommença. Une fois, deux fois.

Les ronflements des pales de l'hélicoptère devenaient énormes. Il était tout proche, à présent.

— Ils sont en train de se poser ! hurla Denver.

J.D. essaya une nouvelle fois de démarrer, de toutes ses forces. Et cette fois, le moteur se mit à ronronner. Avec un soupir de soulagement, il alluma les phares.

— Prête ?

Denver hocha la tête, un sourire triomphant aux lèvres.

J.D. se promit que s'ils sortaient vivants de cette histoire, il s'arrangerait pour qu'elle sourie ainsi sa vie durant.

Quand ils sortirent du hangar, l'hélicoptère était en train de se poser dans une clairière, tout près de là. Ils comprirent que le pilote les avait vus. Denver sauta derrière J.D., enroulant ses bras autour de sa taille. Il accéléra aussitôt.

Mais, au même moment, un homme bondit hors de l'hélicoptère, un fusil à la main. C'était Pete. Il leur cria quelque chose, sans doute de s'arrêter. Denver l'avait reconnu, elle aussi. Mais elle ne demanda pas à J.D. de revenir en arrière. Ce dernier se mit à foncer dans la nuit.

Dans le rétroviseur, J.D. guettait la réaction de Pete, craignant qu'il ne leur tire dessus. Mais Pete retournait vers l'hélicoptère.

— Je suis désolée, Denny, soupira J.D.

Sans un mot, elle l'étreignit plus fort, enfouissant son visage dans son dos.

J.D. en voulait à Pete du chagrin qu'il infligeait à Denny. Celle-ci devait avoir bien du mal à comprendre le comportement de son ami de toujours. Comment avait-il pu la menacer d'une arme ? Il espérait surtout que ce n'était pas lui qui avait tué Max. Denver ne s'en remettrait pas.

Collée derrière J.D., le serrant le plus fort qu'elle le pouvait, Denver luttait contre la colère et la déception qui l'envahissaient. Pete, armé d'un fusil, avait tenté de les arrêter. Pourquoi ? Avait-il voulu venir à son secours ? Elle aurait aimé le croire. Mais seul Cal avait pu lui dire où ils se trouvaient.

J.D. se dirigeait à toute allure vers la voie express, serpentant entre les sapins. Derrière eux, l'hélicoptère ne tarderait pas à les rattraper. Blottie contre J.D., elle sentait sa chaleur et son amour.

Soudain, l'hélicoptère apparut. J.D. cria :

— Il faut couper le phare ! Nous sommes trop visibles.

L'obscurité les cerna et ils entendirent l'hélicoptère qui tournait au-dessus de leurs têtes. A la hâte, J.D. redémarra la motoneige. Pour échapper au projecteur qui balayait les arbres, il s'efforça de zigzaguer dans la nuit.

Le cœur lourd, Denver regardait la pente enneigée défiler sous elle. Comment la vie idyllique que Max lui avait fait vivre dans ce petit paradis qu'était le Montana avait-elle pu dégénérer ainsi ? Fermant les yeux, elle se serra contre J.D.

— Qu'est-ce que c'est que ça ? rugit soudain Pete en désignant une lumière dans la nuit.

— Le phare d'une autre motoneige, répondit le pilote.

Pete jura. Ils avaient perdu de vue Denver dans le noir et maintenant, quelqu'un d'autre était à leurs trousses.

— C'est sans doute Cal, dit-il. J'aurais dû m'en douter.

— Je ferais mieux de prévenir le patron par radio.

Pete l'en empêcha.

— Non, je gère cette affaire. Contentez-vous de suivre Cal. Il va nous conduire tout droit à Denver. Et je m'occuperai alors d'elle.

Le pilote n'eut pas l'air convaincu.

— Je pense vraiment que…

— Ne pensez pas, faites ce que je vous dis. Denver aurait dû être neutralisée depuis longtemps. Je vais m'en charger. Faites-moi confiance. Et vous, vous aurez droit à une prime.

Avec un rire entendu, le pilote se mit à suivre le phare de la motoneige. Les champs couverts de poudreuse brillaient au clair de lune. Denver était quelque part sous les sapins avec J.D. Et bientôt, Cal les aurait rattrapés.

En voyant qu'un autre véhicule les poursuivait, Denver étreignit plus fort J.D. Ils n'étaient plus très loin de la voie express mais avec un hélicoptère au-dessus de leurs têtes et un nouveau poursuivant derrière eux, ils avaient peu de chances d'en réchapper. Sans doute plus puissante que la leur, l'autre motoneige gagnait du terrain. Denver devina qui la conduisait.

J.D. se tourna vers elle.

— Nous sommes trop lourds pour espérer le distancer. Je vais sauter. Toi, tu continues seule, d'accord ?

Il la suppliait des yeux. Ils n'avaient pas de temps à perdre avec des discussions. Il fallait se décider tout de suite et elle hocha la tête.

J.D. fit un roulé-boulé sur la neige mais se releva aussi prestement qu'il le pouvait. Il avait le fusil à l'épaule et s'en empara avant de s'allonger derrière un sapin. Il vit s'approcher le phare de l'autre motoneige, moteur hurlant. Il reconnut le conducteur. Cal, bien sûr. D'un geste vif, il lui lança son fusil à la tête pour le faire chuter.

Comme il l'espérait, Cal, surpris, tomba de son engin qui, sans plus personne aux commandes, zigzagua avant de s'arrêter brutalement de lui-même.

J.D. rampa vers Cal et l'attrapa par le manteau.

— Espèce de salaud. Denver m'a tout raconté. Maintenant, vous n'avez plus le choix. Si vous voulez garder la vie sauve, dites-moi qui est derrière toute cette histoire.

Au-dessus d'eux, l'hélicoptère se rapprochait.

— J'aurai Denver, gronda Cal. Et elle paiera cher ce qu'elle m'a fait.

J.D. le frappa et répéta :

— Qui a tué Max ?

Cal tenta de se débattre mais, plus fort que lui, J.D. le dominait. A moitié assommé, il finit par renoncer.

— Pete, répondit-il en fermant les yeux. Pete Williams.

A ces mots, J.D. se sentit blêmir mais le temps pressait. Les occupants de l'hélicoptère avaient rallumé le projecteur. Ils cherchaient Denny. J.D. regretta d'avoir encouragé la jeune femme à continuer seule. Elle courait à présent un grave danger. Mais alors qu'il enfourchait l'engin de Cal et s'apprêtait à la rattraper, il entendit un bruit de moteur.

La vieille motoneige surgit soudain des sapins. Pour la première fois, J.D. se félicita que Denny ne l'ait pas écouté. Il s'avança vers elle pour la prendre dans ses bras et l'embrassa avec force.

— Je suis tellement heureux de te voir !

Elle s'accrocha à lui un instant et se tourna vers Cal.

— A-t-il dit quelque chose ?

— Non.

Il détourna la tête, un peu honteux de son mensonge. Il ne voulait rien lui dire maintenant. Plus tard, lorsqu'ils seraient tirés d'affaire, il le ferait.

Il tendit l'oreille, surpris de ne plus entendre le vrombissement de l'hélicoptère. Rapidement, il ramassa le fusil dans la neige et Denny le suivit vers la nouvelle motoneige. Il la démarra. Elle était nettement plus puissante que l'autre.

Ils roulaient depuis plusieurs kilomètres quand J.D. s'arrêta. Il désigna du doigt le pont qu'il leur fallait emprunter pour rejoindre la voie express.

— Il y a un autre passage ?

Denver secoua la tête. Il la sentit trembler, et ce n'était pas de froid…

— Non, reprit-elle, à moins de traverser la rivière à la nage. Pourquoi ? Qu'est-ce qui ne va pas ?

Il ne pouvait répondre. Il avait seulement un mauvais pressentiment.

— Rien, dit-il en accélérant.

Ils avaient presque atteint le pont quand ils virent Pete surgir sur la route, leur bloquant le passage. Il tenait un pistolet à la main qu'il pointait sur J.D. et sur Denver.

Celle-ci laissa échapper un cri à la vue de l'expression

de haine qu'elle découvrait sur son visage. Un instant, elle craignit que J.D. ne fonce sur Pete, le projetant dans l'eau glacée. Ou que Pete ne se mette à tirer.

J.D. s'arrêta et Pete se précipita pour couper le moteur.

— Je savais que tu ne pourrais m'échapper, dit-il à J.D. d'une voix mauvaise.

— Laisse-nous partir, dit J.D. d'un ton glacial. C'est fini. Nous sommes au courant pour le braconnage. Nous savons qui a tué Max.

Un instant, Denver se demanda s'il bluffait. Mais non ! Cal avait dû cracher le morceau. Pete avait tué Max. Elle hurla.

— Pete, non !

Pete la regarda en face.

— Ne crois pas ça, Denver. Ce sont des mensonges.

Il se frotta le visage, manifestement épuisé, avant de continuer :

— Nous n'avons pas beaucoup de temps alors je te supplie de m'écouter, Denver. J'aimerais pouvoir tout te raconter mais je ne le peux pas. Tu dois me faire confiance. Donne-moi quelques jours, ajouta-t-il en plantant les yeux dans les siens.

— Tu n'espères quand même pas qu'on va te faire confiance, protesta Denver. Pas après tout ce qui s'est passé.

Pete se retourna vers l'hélicoptère qui l'attendait puis reporta son attention sur eux.

— Vous sauver la vie ne suffit-il pas ? Je te demande juste quelques jours. Ensuite, je t'expliquerai tout.

— Pour que tu puisses faire disparaître les preuves du braconnage ? lança Denver. Pas question. J.D. a raison. C'est fini. Rends-toi, et tu…

Pete secoua la tête.

— J'aimerais que ce soit aussi simple. Donne-moi les bobines, Denver.

— Quelles bobines ? s'enquit-elle, la gorge serrée.

— Tu ne vas jamais nulle part sans ton appareil photo et

comme Davey t'a parlé de l'opération, tu l'avais certainement emporté. Donne-moi ces photos, répéta-t-il.

Comme elle ne bougeait pas, il lui arracha le sac et, son arme toujours pointée sur eux, il s'empara des films puis ouvrit l'appareil pour voiler celui qu'il contenait.

Elle le fusilla du regard.

— J.D. m'a parlé du dossier de Max que tu as trouvé dans la cabane dans les arbres. Il s'agissait de cette histoire de braconnage, non ? Mais pourquoi avoir tué Max ? Pourquoi ?

— Donne-moi quelques jours et je t'expliquerai tout, répéta-t-il. Pour le moment, je n'en sais pas plus que toi.

— J'aimerais te croire, Pete. Mais je ne le peux plus, dit-elle, les larmes aux yeux. Tu m'as trop menti.

Il la regarda un moment avant de lui tendre le sac.

— Je t'avais dit de ne pas te mettre à la recherche du meurtrier de Max. Tu aurais dû m'écouter, Denver. Maintenant, tu ne me laisses plus le choix.

Il sortit un talkie-walkie de son manteau.

— Finissons-en, dit-il. On s'arrache.

Lentement les pales de l'hélicoptère se remirent à tourner. L'appareil se souleva au-dessus des arbres avant de se diriger vers eux.

C'est maintenant ou jamais, pensa J.D.

Il sentit les mains de Denny sur sa taille, qui tentaient de le retenir, puis il regarda le visage de Pete, y cherchant une raison d'espérer, mais il n'en trouva aucune. Ce qu'il y vit, au contraire, était très effrayant. Plus angoissant encore que le pistolet de Pete braqué sur eux. Pete était un homme en bout de course.

Prêt à tout, il démarra d'un coup et fonça vers la pente, un œil rivé sur Pete. Il le vit prendre sa décision en un éclair et appuyer sur la détente. Mais la balle se perdit dans les airs.

J.D. regarda alors droit devant lui et fonça vers le nord-ouest, vers Grayling Pass et son pick-up. L'hélicoptère ronronnait au-dessus d'eux.

Derrière les sapins, l'aube se levait enfin.

16

Lorsqu'ils parvinrent devant le pick-up, Denver était à peu près certaine qu'il ne démarrerait pas. Elle frissonna tandis que J.D. retirait rapidement la neige du pare-brise et s'installait au volant.

— Ils ont dû bousiller le moteur.

Elle regarda la montagne encore plongée dans la pénombre pour quelques minutes, se demandant où se trouvait l'hélicoptère.

J.D. tourna une nouvelle fois la clé de contact.

— Si le pick-up ne marche pas, nous prendrons la motoneige pour rejoindre la ville.

Elle hocha la tête, doutant qu'ils puissent aller loin. Pete était dans les parages. Cal aussi. Elle le sentait.

A la troisième tentative, le moteur se mit à ronronner. Mais ni ce bruit ni le sourire de J.D. ne parvinrent à la rassurer. Pourquoi Pete n'avait-il pas mis leur véhicule hors d'état de rouler ? Cela aurait été plus logique.

Elle regarda J.D. contrôler les freins. Lui aussi s'interrogeait. Si une bombe avait été dissimulée sous le châssis, aurait-elle déjà explosé ? Quand ils se mirent en route, elle se retourna à plusieurs reprises, s'attendant à tout moment à voir surgir les visages de Pete ou de Cal.

L'aube se levait lentement sur la montagne et les premiers rayons jouaient à cache-cache avec les sapins. Aucun hélicoptère ne tachait le ciel, aucun projecteur ne balayait les alentours, aucune motoneige n'approchait.

— Où sont-ils passés ? demanda Denver.

Il n'était pas possible que leurs ennemis aient soudain renoncé à les poursuivre.

— Je ne comprends pas non plus, ajouta J.D. Bon, à présent, que faisons-nous ? Nous pouvons tenter de fuir ou décider qu'il est temps d'aller trouver la police. Que décides-tu ?

Les émotions ravageaient Denver. La colère prenait le pas sur la fatigue, sur la déception et la désillusion. Elle ne pouvait admettre la culpabilité de Pete. Non, ce n'était pas possible.

— Je veux les arrêter, dit-elle. Rejoindre West Yellowstone serait sans doute risqué mais il y a des gardes forestiers à Hebgen Dam qui pourront nous entendre et nous aider.

Elle avait les larmes aux yeux et il lui prit la main pour la réconforter.

— Qui est le garde forestier en charge, là-bas ?

— Roland Marsh.

— Roland Marsh ? répéta-t-il en fronçant les sourcils. Denny, ce nom me dit quelque chose. Oui, je m'en souviens maintenant, ajouta-t-il en frappant le volant. Son numéro de téléphone était griffonné sur un papier dans le portefeuille de Max.

Denver se pinça les lèvres.

— Marsh était peut-être son contact avec le FBI.

Mais, dans ce cas, Max n'avait pas été très prudent de laisser ses coordonnées dans son portefeuille. Cela dit, Max avait du mal à se mémoriser les numéros de téléphone.

— Allons-y, reprit-elle. Nos poursuivants ne s'attendent pas à ce que nous prenions cette direction. Enfin, je l'espère.

Tandis que le pick-up gravissait la longue côte, Denver retenait son souffle. Elle ne pouvait s'empêcher d'imaginer déjà l'hélicoptère posé plus loin, leur barrant la route.

Mais lorsqu'ils atteignirent le sommet, il n'y avait rien.

Les phares se promenèrent sur les arbres nus. Ils ne virent aucun hélicoptère, aucune motoneige, aucun véhicule.

— Ils ont dû renoncer, dit J.D. Pete a récupéré les photos, il doit estimer qu'il n'a plus rien à craindre.

Denver ferma les paupières, n'y croyant pas vraiment. Et J.D. partageait certainement ses inquiétudes.

Il lui prit de nouveau la main et la serra avec force.

— Je suis désolé à propos de Pete, Denny.

— Comment a-t-il pu s'impliquer dans un trafic d'animaux sauvages, et avec Cal en plus ?

J.D. soupira.

— Je me pose les mêmes questions.

Le jour nouveau se levait, découvrant un paysage noyé de blanc. Denver s'appuya contre l'épaule de J.D. et ferma les paupières. Pete. Pete, son ami de toujours, celui qui l'avait aidée à se remettre de sa rupture avec J.D., celui qui lui avait demandé de lui faire confiance, Pete l'avait menacée d'une arme. Comment avait-elle pu se tromper à ce point sur lui ? Personne ne l'avait jamais autant déçue.

La voie express était déserte. Seuls des flocons de neige les accompagnaient. J.D. parvint enfin devant le chalet de Roland Marsh, flanqué sur la montagne, face au lac Hebgen. Les rideaux étaient tirés mais la fumée qui s'échappait de la cheminée prouvait que la petite maison était occupée. Un frisson incompréhensible parcourut Denver. Pourquoi Cal ou Pete n'avaient-ils pas tenté de les arrêter ? Sans doute parce que sans les photos, plus rien ne pouvait prouver le braconnage dont ils avaient été témoins. Cal et Pete allaient certainement cacher les bois des wapitis. Ensuite, ce serait parole contre parole.

Comme ils se dirigeaient vers la porte, elle remarqua que J.D. boitait. Sa cheville le faisait souffrir. Elle sentit son cœur se serrer. Il fallait que toute cette histoire se termine le plus vite possible.

En gravissant les marches du perron, elle eut le sentiment d'être épiée. Avaient-ils été suivis ? Comme J.D. frappait à la porte, elle enfonça les mains dans les poches de son manteau. Ses doigts effleurèrent une bobine de pellicule. Miracle ! Soudain, elle se souvint que dans sa hâte, elle y avait glissé le dernier film. Pete ne lui avait pas volé toutes ses photos des braconniers. Elle avait des preuves !

Alors qu'elle s'apprêtait à le dire à J.D., la porte du chalet s'ouvrit.

Roland Marsh apparut vêtu d'une vieille robe de chambre. Agé d'une cinquantaine d'années, mince, il arborait une moustache aussi blanche que ses cheveux.

— Nous sommes désolés de vous déranger si tôt, dit J.D. en jetant un œil derrière lui.

— Entrez. Vous êtes J.D. Garrison, si je ne m'abuse, ajouta-t-il en souriant. Ma femme fait partie de vos fans. Elle ne se pardonnera jamais son absence ce matin.

Il les introduisit dans son salon.

— Et Denver McCallahan, reprit le garde forestier. Quelle surprise !

— Je ne pensais pas que vous vous souviendriez de moi.

Elle avait pris des clichés l'année précédente pour une brochure sur le parc national.

— J'ai été désolé d'apprendre la mort de votre oncle. Il va terriblement nous manquer.

Denver se détendit. Roland Marsh avait connu Max, ce qui pouvait expliquer que Max ait ses coordonnées dans son portefeuille. Peut-être avaient-ils enfin trouvé quelqu'un qui les aiderait.

— Maintenant, que puis-je faire pour vous ? reprit Marsh en souriant comme s'il croyait à une visite de courtoisie.

— Nous avons découvert un réseau de braconniers, dit J.D., un trafic d'animaux sauvages dans le parc de Yellowstone.

— Il ne s'agit pas de promeneurs qui ramassent des bois au détour d'une promenade, poursuivit Denny. Mais d'opérations d'envergure.

Marsh parut étonné.

— Je n'ai jamais entendu parler de braconnage à Yellowstone. Etes-vous sûrs de ce que vous avancez ?

— Nous les avons vus à l'œuvre, répondit Denny, les larmes aux yeux. J'espérais que vous seriez au courant de cette histoire. J'espérais que Max…

— Max enquêtait sur cette affaire, reprit J.D. Nous nous disions qu'il le faisait peut-être en collaboration avec vous.

Le visage grave, Marsh secoua la tête.

— C'est la première fois que j'en entends parler. Et j'ai du mal à croire que…

— Il y a d'énormes caches dans le parc, expliqua Denver. Nous avons vu un des braconniers tuer un ours. Malheureusement, ils nous ont repérés.

— Et ils ont tenté de nous tuer, ajouta J.D. Sans doute pour nous empêcher de raconter aux autorités la scène dont nous avons été témoins.

Marsh les regarda tour à tour, incrédule.

— Vous ne parlez pas sérieusement ! Pardonnez-moi, mais pourquoi des braconniers voudraient-ils vous tuer ? Même s'ils étaient attrapés, ils ne risqueraient pas grand-chose. Alors, comment les imaginer vous tuer pour se protéger ?

J.D. prit la main de Denver.

— Nous avons des preuves de ce que nous avançons, dit-elle.

— Des preuves ? reprit Marsh.

— Oui, j'ai pris des photos des braconniers en train de transporter des bois de wapiti. Sur l'un des clichés, on en voit un tuer un ourson. Ces types nous ont arrêtés pour nous confisquer ces clichés mais j'ai réussi à sauver une des bobines.

Marsh regarda le film qu'elle lui tendait puis, le glissant dans sa poche, il se leva pour gagner la cuisine.

— Je vais nous préparer un café. Comme vous avez photographié ces hommes, seriez-vous en mesure de les identifier ?

Denver déglutit avec peine. Elle ne voulait pas parler de Pete mais elle savait qu'elle le devait.

— Comme vous le verrez sur le film…

Mais au moment où elle entrait dans la cuisine sur les talons de Marsh, elle vit quelque chose qui la réduisit aussitôt au silence. Lorsqu'elle retrouva l'usage de sa voix, elle mentit.

— Malheureusement, non. La tempête s'était levée, la visibilité n'était pas bonne et nous étions trop loin d'eux.

Elle sentit sur elle le regard étonné de J.D.

— Bien sûr, la tempête, dit Marsh.

Il l'observa avec une intensité qui la fit frissonner. Il devait savoir qu'elle mentait. Allait-il les empêcher de partir ?

— Vous devez être exténués, dit-il. Vous devriez rester un moment ici pour vous reposer.

— Merci de votre hospitalité mais je préfère retourner chez moi, répondit-elle.

J.D. lui enlaça les épaules pour la rassurer.

— Si vous retrouvez ces braconniers, vous nous contacterez ?

Marsh hocha la tête d'un air soulagé.

— Je vous appellerai dans l'après-midi.

— Merci de votre aide, dit J.D. tandis qu'il gagnait la porte.

— Un instant !

Denver se pétrifia, le cœur battant. Qu'allait-il faire ?

Quand elle se retourna, Marsh leur tendait un bloc de papier.

— Cela vous ennuie-t-il de me laisser un autographe pour ma femme ?

— Bien sûr que non, dit J.D. Quel est son prénom ?

— Annabelle.

J.D. griffonna quelques mots et tendit le papier à Marsh qui sourit.

— Merci. Et ne vous inquiétez pas. Je m'occupe de tout.

— J'en suis sûre, dit Denver.

Quand ils furent dans le jardin, J.D. se tourna vers elle.

— Pourquoi as-tu fait marche arrière ? Pourquoi as-tu menti ?

— Continue de marcher. Plus tôt nous serons loin d'ici, mieux cela vaudra. Si nous arrivons à partir.

— Tu crois que nous avons été suivis ? demanda-t-il, surpris.

— Non, dit-elle en grimpant dans le pick-up, nous n'avons pas été suivis. Nous nous sommes jetés dans la gueule du loup. C'était un piège, nous sommes tombés dedans. J'ai vu le chapeau de Pete sur la table de la cuisine. Pete était là, ajouta-t-elle, les larmes aux yeux.

J.D. la dévisagea, stupéfait.

— Comment a-t-il pu deviner où nous nous rendions ? Comment a-t-il fait ? Ils doivent nous surveiller. Nous devons retourner en ville, faire semblant d'aller chez toi.

— Oui. Et à Duck Creek, nous bifurquerons pour nous rendre à Bozeman, dit Denver. Mais une fois là-bas, que ferons-nous ?

Il la serra contre lui.

— Apparemment, nous devrons nous débrouiller seuls, Sunshine.

— J.D., dit-elle d'un air pensif. Comment Pete nous a-t-il trouvés dans le chalet de Duck Creek ? Et nous a-t-il devancés chez Marsh ? Penses-tu ce que je pense ?

Il jura.

— Ils ont mis un mouchard sur mon pick-up. Pour nous suivre à la trace.

— Pas *nous*, dit-elle en regardant la montre que Pete lui avait donnée le lendemain du jour où Max était mort. Moi.

17

Au moment où Pete quitta la maison de Marsh, il consulta son moniteur. Il était persuadé que Denver n'allait pas rentrer chez elle pour y attendre bien tranquillement la suite des événements. Mais le petit bip jaune lui prouva pourtant que J.D. et Denver se dirigeaient bien vers West Yellowstone.

Avec un sourire, il se détendit un peu. Peut-être tout allait-il marcher, finalement. Ils ne lui causeraient sans doute plus d'ennuis. Et dans l'immédiat, il avait d'autres problèmes, plus urgents, à régler. Sauver sa peau, par exemple. Midnight ne lui avait pas dit où ils chargeraient la dernière livraison de bois de wapiti. Peut-être se méfiait-il de lui ou, pire, essayait-il de les doubler. Pete n'aimait pas travailler avec un homme qu'il n'avait jamais vu. Il était trop facile pour Midnight de le piéger.

Denny se réveilla en larmes.

— Tu as fait un mauvais rêve, dit J.D. en se garant pour la prendre dans ses bras. Ce n'est qu'un cauchemar.

Elle se blottit contre lui.

— Cela semblait si vrai.

— Les rêves donnent souvent cette impression, dit-il en se remémorant ceux qui l'envahissaient aux petites heures du jour dans des chambres d'hôtel inconnues.

Elle se redressa et promena les yeux autour d'elle comme

si elle ne reconnaissait pas les alentours. Ils venaient de quitter le canyon de Gallatin. Le soleil se levait, inondant la montagne enneigée de lumière.

Ils s'étaient arrêtés pour prendre de l'essence non loin de Duck Creek. Denver avait vu un camion de livraison. Comme elle connaissait le chauffeur, elle lui avait demandé de prendre sa montre et de la remettre au shérif à la fin de sa tournée. Puis J.D. avait pris la direction de Bozeman. Epuisée, Denver avait fini par s'endormir.

— Ton cauchemar était lié à la mort de tes parents ? demanda-t-il.

— Oui mais cette fois, le passé et le présent se mêlaient. Tu étais là, Maggie aussi. Et Cal Dalton… Cela n'a aucun sens.

Il l'embrassa tendrement.

— Je pense qu'il est temps de faire quelque chose.

— Peut-être devrais-je essayer l'hypnose comme tu l'as suggéré, oui. Il y a quelque chose qui m'ennuie dans ce rêve et qui pourrait être lié à la mort de Max. Je n'arrive pas à mettre le doigt dessus. Le meurtrier portait une cagoule mais peut-être est-il possible de raviver mes souvenirs pour me permettre de voir plus distinctement son visage. Et puis, il tenait quelque chose de brillant dans sa main. J'imagine sans doute des choses mais…

J.D. déposa un baiser sur sa joue.

— En attendant, que dirais-tu d'un bon bain chaud, de vêtements secs et d'un solide petit déjeuner ?

— J'aimerais appeler Maggie aussi. Elle s'est sans doute rendue à Missoula malgré tout.

— Et puis Cline a dû interroger l'auto-stoppeur maintenant, reprit J.D. Nous allons peut-être progresser dans l'enquête.

Après un bon petit déjeuner, Denver téléphona de la cabine d'une station-service non loin de Bozeman. Comme

Maggie ne répondait pas au numéro à Missoula ni chez elle, elle appela Taylor aux Trois Ours.

— Maggie ? répondit-il d'un air surpris. A mon avis, elle n'est pas encore rentrée de Missoula.

Denver regarda J.D. Maggie avait donc voulu aller vérifier l'alibi de Pete. Qu'elle était donc têtue !

— Elle avait sans doute besoin de prendre le large quelques jours, reprit Taylor, confirmant ses soupçons que Maggie ne lui avait rien dit à lui non plus. Je lui demanderai de vous appeler quand je la verrai.

— Vous comptez donc prolonger votre séjour à West Yellowstone ?

— Je me demande même si je ne vais pas y acheter un commerce, répondit-il en riant.

Denver ne put s'empêcher de sourire. Au départ, elle avait mal pris les relations de Taylor et Maggie. Mais Max était mort. Et Maggie se retrouvait toute seule. Si Taylor voulait s'installer à West, ce serait formidable.

— Je vais partir quelques jours, moi aussi, dit-elle. J'appellerai Maggie à mon retour.

Puis elle composa le numéro de Cline. Mais le central lui apprit qu'il ne reviendrait pas avant la fin de la journée.

Devant le bureau du shérif, Pete fixa le moniteur un long moment avant de jurer. Denver avait compris qu'il avait mis un mouchard dans sa montre.

Dans son talkie-walkie, la voix de Cal retentit.

— Rappliquez, cow-boy. Tout de suite.

Au ton de Cal, Pete comprit qu'il avait raconté à Midnight ce qui s'était passé et que Midnight n'était pas content.

Formidable. Et qu'allait-il répondre quand Midnight lui demanderait où se trouvait Denver ?

Il aurait bien aimé avoir la réponse.

Denver dormait dans le grand lit de la chambre d'hôtel de J.D. En y entrant, ils avaient tellement eu envie l'un de l'autre qu'ils y avaient fait l'amour aussitôt. J.D. avait ensuite attendu qu'elle soit assoupie pour entrer dans la salle de bains. Là, il avait brusquement décidé de se raser. En contemplant son nouveau visage dans la glace, il s'était demandé pourquoi il avait éprouvé le besoin de se cacher si longtemps derrière cette barbe.

A son réveil, Denver lui sourit.

— J'avais presque oublié à quel point tu étais séduisant, s'écria-t-elle en l'embrassant.

Ils refirent l'amour, avec la même fougue que quelques heures plus tôt, s'oubliant dans les bras l'un de l'autre.

En début d'après-midi, ils quittèrent l'hôtel et traversèrent Bozeman, pour se rendre chez un psychologue, un spécialiste de l'hypnose dont ils avaient eu les coordonnées.

Denver avait enfin pris la décision d'affronter son cauchemar. Raviver ses souvenirs était le seul moyen de se remémorer le visage de l'homme qui avait tué ses parents. Mais si elle avait très envie d'avancer, elle avait également très peur de se replonger dans cette tragédie.

Au moment d'entrer dans le cabinet du Dr Donnley, elle fut prise de panique et J.D. mêla ses doigts aux siens.

— Je suis avec toi, lui chuchota-t-il à l'oreille.

Elle lui sourit, espérant que ce serait toujours le cas.

Le Dr Richard Donnley était chaleureux et rassurant. Il avait un bon regard. Denver prit place dans un fauteuil, J.D. à ses côtés. Elle parla au médecin de son cauchemar, lui expliquant qu'il n'avait jamais cessé de revenir la torturer depuis le drame.

Il hocha la tête.

— L'inconscient communique avec nous à travers nos rêves, dit-il.

— Pensez-vous que, sous hypnose, je me souviendrais de davantage de choses ?

— L'hypnose permet en effet d'accéder à d'autres stades de la mémoire. Mais vous allez vous rappeler *votre* perception des événements à l'époque, pas forcément l'exacte réalité.

— J'ai vu le visage du tueur quand il s'est tourné vers moi. Il portait une cagoule et avait quelque chose à la main…

— Même si vous le reconnaissez, aucun tribunal n'acceptera de considérer ce souvenir comme une preuve. Par ailleurs, peut-être ne parviendrez-vous pas à vous remémorer ses traits si vous ne les aviez pas bien vus à l'époque.

— En tout cas, j'ai le sentiment que ce rêve peut m'aider à identifier le tueur.

— Nous n'en saurons rien avant de vous avoir hypnotisée. Et si le souvenir est trop douloureux, votre inconscient vous en interdira peut-être l'accès.

— As-tu toujours envie de tenter l'expérience ? demanda J.D.

— Oui, je le dois. Je veux savoir.

Denver s'adossa au fauteuil, les yeux clos, les mains sur les genoux. Elle se sentait flotter. Cette impression n'était pas désagréable. Les mots du médecin l'entraînaient de plus en plus loin.

— Revenons à ce jour, dit-il enfin. Vous aviez cinq ans, vous accompagniez vos parents à la banque. Vous en souvenez-vous ?

Denver hocha la tête.

— Qu'avez-vous fait avant de vous rendre à la banque ? reprit le psychologue.

— Nous sommes passées prendre papa au commissariat, répondit Denver.

— Il était donc toujours en uniforme quand vous avez poussé la porte de l'agence. Dites-moi ce que vous faisiez en entrant.

— Je sautillais en chantonnant « You're my sunshine, my only sunshine… ».

— Où sont vos parents ?

— Derrière moi. Puis, on rentre à l'intérieur de la banque. Là, je m'arrête et me tais.

— Pourquoi ?

— Il y a des gens par terre, quelque chose ne va pas. Je me retourne pour le dire à papa mais je ne peux pas.

— Pourquoi ?

— Je vois l'autre policier. Il est par terre. J'entends alors mon père crier mon nom. Je cours vers lui. J'ai peur.

— Que se passe-t-il alors ?

— Papa sort son arme de service. De l'autre main, il me pousse fort en ordonnant à ma mère de s'allonger. Il me fait mal. Je tombe sur le carrelage, je me cogne contre le bureau. J'ai mal.

— Ce n'est rien, Denver, assura le médecin.

— J'ai peur !

— Tout va bien, Denver, c'est juste un souvenir. Respirez. Et dites-moi ce que vous voyez maintenant.

— Rien, je suis par terre sous le bureau, je ne vois plus rien. Maman hurle. Je lève les yeux, j'aperçois le bandit. Il est près du comptoir. Il se tourne dans ma direction. Il a un revolver et il tient quelque chose qui brille dans l'autre main. Il regarde mon père. L'autre policier par terre a un pistolet, il le braque vers papa. J'entends les coups de feu.

D'une voix douce et rassurante, le Dr Donnley poursuivit :

— Que se passe-t-il maintenant ?

— Mon père est étendu près de moi, il y a du sang partout. Les gens crient, pleurent, supplient. Je pleure aussi et puis, le bandit s'en va. Il s'arrête près de moi.

— Remarque-t-il votre présence ?

— Non, je suis sous le bureau.

— Voyez-vous ce qu'il tient à la main ?

— Non, il s'en va. Je cherche mes parents des yeux. Ils sont tous deux allongés, dans le sang.

A ces mots, Denver trembla et pleura, un long moment.

Quand elle parvint à retrouver son calme, le Dr Donnley reprit la parole avec précaution.

— Souvenez-vous, Denver. Etes-vous sûre de ne pas connaître l'homme qui portait une cagoule ?

Elle secoua la tête, se remémorant seulement quelque chose de brillant qu'il tenait à la main. Mais comme elle refermait les yeux, elle vit soudain surgir un autre visage.

— Mais je connais l'autre.

— Quel autre ?

— L'autre policier.

Elle tenta de se concentrer, de regarder avec attention les traits de cet homme. Son cœur s'accéléra dans sa poitrine.

— Je l'ai vu ! cria-t-elle. Il était plus jeune à l'époque, mais je suis sûre que c'est lui. Cal, Cal Dalton. Il était le policier étendu par terre. Mais il était mort.

J.D. serrait Denny dans ses bras. Le soleil inondait le pick-up. Elle se sentait bien contre lui, en sécurité.

— C'était Cal, répéta-t-elle. Mais il était étendu dans une mare de sang. Il était mort. Comment se fait-il qu'il était mort ?

— Je ne sais pas.

Denver sentit un frisson la parcourir. Le Dr Donnley lui avait conseillé de prendre ses souvenirs avec prudence. Comme Cal avait voulu la violer, il était possible qu'elle l'associe inconsciemment au meurtrier de ses parents.

Mais Denver était sûre qu'elle l'avait vu jeune sous hypnose. « Est-ce possible ? », lui avait-elle demandé.

Avec un gentil sourire, il lui avait dit que la science ignorait tant de choses sur l'esprit humain qu'il ne pouvait pas répondre. Il avait suggéré une autre séance d'hypnose.

J.D. croyait également que Denver avait vu Cal mais il était sceptique sur l'interprétation qu'elle donnait à cette image.

— Peut-être ce policier lui ressemblait-il. Peut-être était-ce un membre de sa famille, je ne sais pas, soupira-t-il.

— Ecoute, allons à la bibliothèque de Billings, reprit Denver. Pour consulter les archives des journaux à propos du hold-up. Peut-être apprendrons-nous quelque chose.

Un grand bâtiment de brique abritait la bibliothèque de Billings. Dès qu'ils entrèrent, les têtes se tournèrent vers eux. Denver s'en étonna avant de comprendre : tout le monde reconnaissait la star de la chanson à ses côtés.

— J'avais oublié ta notoriété, dit-elle.

J.D. regretta d'être si connu quand la femme à l'accueil lui demanda un autographe.

Il griffonna quelques mots sur le papier qu'elle lui tendit. Toute contente, elle se démena pour leur trouver les documents qu'ils cherchaient. Les journaux étaient contenus sur des microfilms et ils s'installèrent dans un coin pour consulter ceux de l'été 1969.

Le premier braquage répertorié fut le bon.

Ce matin un homme masqué a tué deux personnes et blessé une troisième au cours d'un hold-up avant de s'enfuir avec plus d'un million de dollars.

Denver retint un cri et lui prit la main.

— Quelqu'un a été blessé ?

D'après le responsable de la police, Bill Vernon, le braqueur avait le visage recouvert d'une cagoule. Il s'est introduit dans la succursale, à l'ouverture. Armé d'un revolver, il a ordonné aux clients et au personnel de s'allonger à terre pendant qu'un employé empaquetait les liasses de billets.

Le directeur de la banque a signalé qu'en général, cette agence avait peu de liquide dans ses coffres mais que la veille, un transfert de fonds aussi important qu'exceptionnel avait eu lieu en provenance d'une société exploitant des puits de pétrole.

La fusillade a commencé quand un policier, qui avait fini son service mais était encore en uniforme, est entré dans la banque avec sa famille. L'inspecteur et sa femme ont été tués et un agent chargé de la sécurité a été blessé.

— J.D., le vigile n'a donc pas été tué. N'y a-t-il pas son nom ?

Il lut la fin du papier et secoua la tête. Il s'apprêtait à passer à l'article suivant quand Denver l'arrêta.

— Regarde la date de ce premier article, dit-elle.

Un frisson le parcourut. 14 juin 1969. Ce qui correspondait au numéro que Max avait noté sur le dossier Wade.

— L'article de la *Tribune de Billings* sur le hold-up de la banque correspond. 69614 : l'année 69, le sixième mois de l'année et 14, comme 14 juin. 69614 ! Max avait déjà relié le hold-up et le braconnage ou en tout cas, il soupçonnait un lien entre les deux affaires.

J.D. poursuivit sa lecture.

Le chef de police Vernon a confirmé ce matin que les deux victimes du hold-up de la banque State Bank sont Timothy McCallahan et sa femme, Linda. Le braquage a rapporté plus d'un million de dollars à son auteur. Timothy McCallahan, inspecteur de la police de Billings, avait quitté son service mais il était encore en uniforme lorsqu'il est entré dans l'agence où il détenait un compte. Des témoins ont rapporté que, comprenant ce qui s'y passait, il s'était emparé de son arme. La fusillade a également blessé le vigile de la banque, William Collins. Ses jours ne sont pas en danger et il se rétablit à l'hôpital de la ville.

Denver laissa échapper un cri.

— William Collins ?

Mais J.D. était déjà passé à l'article suivant, illustré d'un portrait. Ils reconnurent Cal Dalton qui souriait à l'objectif de son lit d'hôpital.

— Comme nous le pensions, murmura-t-il.

— Oui. William Collins et Cal Dalton ne font qu'un ! s'exclama Denver. Je le savais !

J.D. la prit dans ses bras, heureux de voir enfin la joie sur son visage. Mais il la lâcha quand une femme d'un certain âge les fusilla du regard. Ils reportèrent leur attention sur la photo de William Collins alias Cal Dalton.

— Comprends-tu ce que cela signifie, reprit-il ? Si tu avais raison de dire que Cal était l'agent chargé de la sécurité de la banque — même si à cinq ans, tu l'avais pris pour un policier —, il y a de grandes chances que tu aies eu raison aussi en affirmant qu'il a tiré sur ton père et non sur le braqueur.

— Cela expliquerait qu'il était armé.

— Et pourquoi Max avait pris ses empreintes.

— Mais il n'a jamais reçu les résultats.

— Max avait-il compris tout cela ou avait-il juste des soupçons ?, se demanda J.D.

— De toute façon, si Cal pensait que Max était sur ses traces, cela suffisait pour lui donner envie de le tuer, conclut Denver.

Ils consultèrent d'autres journaux mais les articles concernant le drame devenaient plus rares et plus succincts. Comme ni l'argent ni le braqueur n'avaient été retrouvés, l'affaire intéressait moins les médias. Quant à William Collins alias Cal Dalton, il était sorti de l'hôpital.

— J'aimerais discuter avec ce policier, Vernon, dit Denver.

— Alors allons-y.

Au commissariat, ils apprirent que Bill Vernon avait pris sa retraite. Mais le jeune lieutenant qui les reçut accepta de leur confier son adresse.

— S'il s'agit d'une vieille affaire, il acceptera certainement de vous en parler.

Bill Vernon était un homme mince aux cheveux argentés et aux yeux gris. Il les invita à entrer.

— Le hold-up de la State Bank en 1969 ? Je m'en souviens très bien, oui. Pourquoi vous intéressez-vous à cette histoire ?

J.D. prit la main de Denver.

— Les parents de Denver ont été tués au cours de la fusillade.

Le vieil homme se tourna vers elle, le regard bienveillant.

— Vous êtes la petite fille ?

Elle hocha la tête. Vernon connaissait la réponse qu'elle était venue chercher. Il allait lui apprendre qui avait tué ses parents. Elle avait toujours cru qu'il s'agissait d'un inconnu mais à présent, elle devinait qu'elle le connaissait.

— Timothy McCallahan était un bon policier, reprit Vernon. Ce fut une terrible tragédie. J'aurais vraiment voulu aboutir. Nous avons toujours soupçonné l'existence d'un complice à l'intérieur de la banque mais nous n'avons pas pu le prouver.

— Nous pensons que William Collins était ce complice.

— Moi aussi, dit Vernon. La blessure qu'il a reçue aurait dû le prouver. Il a été blessé par une arme de policier. Il nous a dit qu'il avait été touché accidentellement par votre père.

— Je me souviens de l'agent de sécurité visant mon père et le tuant.

— Vous avez donc gardé des souvenirs du drame ?

— Oui mais il m'est difficile de savoir s'ils correspondent à une réalité.

— Nous nous doutions que le vigile de la banque était complice mais il n'était sûrement pas le cerveau de l'affaire. Il n'était pas assez intelligent, continua Vernon.

Denver acquiesça. Cela correspondait tout à fait à Cal Dalton.

— L'enquête n'a jamais abouti ? demanda J.D.

Vernon haussa les épaules.

— Malheureusement, non. Et le braqueur est toujours en liberté avec l'argent.

Denver repensa aux images qui lui étaient revenues pendant la séance d'hypnose.

— William Collins a-t-il tué mes parents ?

Vernon fit non de la tête.

— Ils ont tous les deux été tués par l'homme masqué. Les témoins comme les analyses balistiques s'accordent sur ce point.

— Et si vous pouviez prouver que William Collins était complice du hold-up ? reprit J.D.

— Il n'y a pas de prescription en matière de meurtre et j'adorerais réussir à coincer Collins.

Denver le remercia. Comme ils s'apprêtaient à partir, elle remarqua une photo posée sur une commode. Elle s'approcha et reconnut Vernon quand il était jeune. Un jeune policier se tenait près de lui. Elle sentit son cœur s'accélérer.

— Qui est cet homme ?

— Bill Cline. Nous avons suivi nos classes ensemble.

— Il ne faisait pas partie de la brigade de Billings en 1969, n'est-ce pas ? demanda-t-elle, retenant son souffle.

— Bill ? Non, il n'a jamais été en fonction ici. En 1969, il travaillait dans le privé, dans le domaine de la sécurité.

— A Billings ?

Vernon secoua la tête.

— Pour une société exploitant des gisements de pétrole. Il était alors convoyeur de fonds.

18

— Il est notre braqueur de banque, dit Denver en sortant de chez Vernon. J'en suis sûre et certaine.

— Qui ? Cline ? répondit J.D.

Il haussa les épaules et démarra le pick-up pour gagner la ville.

— Cline est un machiste, un imbécile et beaucoup d'autres choses encore, reprit-il. Mais un braqueur de banque et un tueur ? Ou le cerveau d'un hold-up ? J'ai du mal à le croire.

Denver regarda la route devant eux. En vérité, elle non plus n'aurait jamais imaginé Cline comme un cerveau. Mais peut-être l'avait-elle sous-estimé.

— Réfléchis. Cline a appelé Pete après l'accident de Davey à Horse Butte pour le prévenir. Et il était au courant du dépôt d'argent prévu à la banque le jour du hold-up.

— Comme beaucoup d'autres gens, répliqua J.D.

— Il est quand même curieux que Cline et Cal Dalton aient atterri dans la même ville, non ?

— Cline est l'adjoint du shérif de Yellowstone depuis des années. Mais depuis combien de temps y vit Cal ?

— Quelques mois. Sans doute s'y est-il installé à cause de Cline.

— N'est-il pas plus probable qu'il ait voulu se rapprocher du parc, pour y braconner ?

— Peut-être est-il venu pour ces deux raisons.

— Bon, allons dîner. Cela nous aidera à réfléchir.

Ils s'attablèrent dans un restaurant mexicain du centre-ville et commandèrent les plats du jour.

— Sheila Walker pense avoir remonté la trace de l'argent déposé sur le compte de Max, reprit Denver. Si cette somme provient du hold-up, la personne qui a effectué le virement est forcément liée au crime.

— Cela peut aussi être quelqu'un qui savait où était caché l'argent.

Denver fronça les sourcils.

— Je n'y avais pas pensé.

— A moins que l'argent ne vienne du trafic de bêtes sauvages, reprit J.D. Il a peut-être été viré sur le compte dans le seul but de mouiller Max.

J.D. jeta un œil autour de lui. Mais personne n'avait pu l'entendre. A cette heure-ci, la salle du restaurant était pratiquement vide. Pour la première fois depuis plusieurs jours, J.D. se sentait en sécurité. Il n'avait plus vraiment envie de discuter de l'affaire. Il voulait profiter de ce moment avec Denver et pressa sa jambe sous la table. Denver lui sourit mais continua à feuilleter le dossier contenant les articles qu'ils avaient photocopiés.

J.D. prit sa main et examina les lignes qui y étaient tracées, s'attardant sur sa ligne de cœur.

— Que vois-tu ? demanda-t-elle.

— Une vie pleine d'aventure et beaucoup d'enfants.

— Et y a-t-il un homme dans le paysage ?

— Bien sûr. Enfin, je l'espère.

— Il est grand, brun et séduisant, je parie ? Avec de petites fossettes au coin des lèvres quand il sourit ?

— Exactement !

— J'en étais sûre.

Comme la serveuse leur apportait leurs assiettes, elle s'empara de ses couverts et reprit :

— Je tiens à retrouver l'assassin de Max avant de songer à l'avenir, tu sais…

J.D. lui sourit. Elle voulait blanchir le nom de son oncle. Et elle avait tout à fait raison.

— Oh regarde, ajouta-t-elle en feuilletant les articles. Sheila Walker avait couvert le hold-up. Inutile de se demander pourquoi elle pense avoir trouvé l'origine de l'argent.

Dès qu'ils arrivèrent à West, Denver essaya d'appeler Maggie. En vain.

— Je n'arrive pas à la joindre, dit-elle à J.D. en raccrochant. Ce n'est pas normal. Elle devrait être revenue de Missoula, à présent. Je suis inquiète. Cela m'ennuie mais je me sens obligée de téléphoner à Cline.

L'adjoint répondit à la première sonnerie.

— Où étiez-vous ? demanda-t-il. Voilà deux jours que je cherche à vous contacter.

— Pourquoi ? Que s'est-il passé ?

— Nous avons attrapé le meurtrier de votre oncle. C'était bien l'auto-stoppeur. Il avait l'arme du crime sur lui et il a tout avoué. L'enquête est terminée. Par ailleurs, Marsh m'a contacté pour me parler de ce que vous lui aviez raconté. Pour en avoir le cœur net, nous sommes allés au parc de Yellowstone, à l'endroit que vous lui aviez indiqué. Il n'y avait rien. Ni caches, ni cornes, ni bois, ni fourrures, ni braconniers. Vous lisez trop de romans, mademoiselle, je le crains. Dernière chose, je ne suis pas votre secrétaire et j'en ai assez que tout le monde me téléphone pour vous !

— Qui vous a appelé ?

— Pete, à propos d'un concert auquel il vous avait conviée. Il veut que vous le rappeliez. Et aussi, Sheila Walker, la journaliste. Il est temps de vous acheter un répondeur, O.K. ?

Et il raccrocha.

Denver composa de nouveau le numéro de Maggie. Toujours pas de réponse. Pete non plus ne répondait pas. Elle finit par appeler Taylor.

— Je cherche Maggie, dit-elle.

— J'ai moi-même essayé de la joindre sans succès. Pete m'a dit qu'elle était revenue mais je m'inquiète à son sujet.

— Moi aussi. Je vais me renseigner. Si j'ai du nouveau, je vous rappelle.

— Attendez, où êtes-vous ?

Mais sans répondre, elle coupa la communication et composa le numéro du bureau de Max. Et si Sheila avait vraiment découvert quelque chose ?

Mais là encore, le téléphone sonna dans le vide. Denver finit par sortir de la cabine téléphonique. Elle raconta à J.D. ses échanges avec Cline et avec Taylor.

— Je suis certaine que Pete tient Maggie. Elle a dû trouver la preuve qu'il n'était pas à Missoula le jour du meurtre de Max.

— Je crois que nous devrions retourner à West Yellowstone...

19

Assise devant la cheminée, Maggie faisait mine de s'intéresser aux flammes. Mais elle réfléchissait, se demandant comment se sortir de ce mauvais pas.

— Combien de temps avez-vous l'intention de me garder ici ? lança-t-elle, s'efforçant de dissimuler sa peur.

Lester Wade était petit, trapu, mais certainement très fort. Et il avait un pistolet à la main, pointé vers elle.

Maggie s'en voulait d'avoir agi de façon si légère. A son retour de Missoula, elle s'était précipitée chez Denver pour lui apprendre que, comme elle s'en doutait depuis le début, Pete n'était pas à Missoula le jour de la mort de Max. Elle en avait à présent la preuve. Mais Lester l'attendait au chalet.

« Où est Denver ? », lui avait-il demandé. Maggie aurait bien aimé le savoir.

En la menaçant d'une arme, il lui avait ordonné de s'asseoir. Visiblement, il attendait le retour de la jeune femme.

En l'écoutant discuter au téléphone avec ses comparses, Maggie avait compris que la bande comptait quitter la ville la nuit suivante après avoir chargé une dernière « livraison ».

Comme elle se tournait vers la fenêtre, elle aperçut soudain un visage d'adolescent collé à la vitre. Il lui fit signe de se taire et disparut. Il semblait vouloir lui venir en aide.

Par chance, Lester n'avait rien remarqué et, pour faciliter la tâche de son sauveur, Maggie décida de distraire son ravisseur.

— Puis-je vous demander un verre d'eau ?

Lester se dirigea vers la cuisine, son arme toujours pointée vers elle. Elle en profita pour se lever et faire quelques pas. Elle s'approcha du feu, faisant semblant de vouloir s'y réchauffer.

Comme après lui avoir apporté de l'eau, Lester s'apprêtait à se rasseoir, il entendit un bruit dans le couloir et se redressa d'un mouvement vif. Maggie comprit qu'il avait repéré Davey. A la hâte, elle attrapa une bûche, ferma les yeux et frappa. Un coup de feu partit et quelqu'un hurla.

Du haut de Grayling Pass, J.D. contempla les lumières de Yellowstone.

— J'ai des doutes sur ton plan, dit-il en regardant Denver.

— Je t'assure que mon idée de sirop de myrtille est excellente. Plus j'y pense, plus j'en suis persuadée.

Ils s'étaient arrêtés à Bozeman pour louer une camionnette, acheter des litres de sirop et du fil métallique.

— Bon, espérons que ça marchera.

— Garde la foi, Garrison.

Il l'observa à la dérobée. Le courage dont elle faisait preuve lui donnait envie de l'aimer davantage encore. Mais il n'était pas rassuré. Ils allaient se jeter dans la gueule du loup.

J.D. klaxonna en passant sur le pont de Madison.

— En tout cas, je dois avouer que ces derniers jours en ta compagnie ont été…

— Un avant-goût du paradis ? dit-elle en riant.

— Etre pourchassé par des braconniers, frappé à la tête et servir de cible à des tueurs, me semble en effet paradisiaque, Denny.

— Et tu oublies ta chute dans la baignoire.

— Comment pourrais-je l'oublier ? Avec toi, on ne s'ennuie jamais…

Ils arrivèrent à Yellowstone à 1 heure du matin. Comme il passait par le centre-ville, Denver lui saisit soudain le bras.

— J.D., il y a de la lumière dans le bureau de Max. Sheila doit y être.

— Nous n'avons pas beaucoup de temps, dit-il en se garant. Mais arrêtons-nous au cas où elle aurait des révélations à nous faire.

Ils gravirent les marches du perron à la hâte. Ils n'entendaient aucun bruit à l'intérieur. Mais la porte était grande ouverte.

— Je n'aime pas ça, murmura Denver.

— Moi non plus.

Que se passait-il donc ? se demanda-t-elle, en proie à un mauvais pressentiment.

Il fallut un moment à Maggie pour comprendre que c'était elle qui avait hurlé.

L'adolescent qui lui faisait face parut impressionné.

— On peut dire que vous avez de la voix !

— Tu es sûrement Davey, dit-elle en souriant.

— Vous avez entendu parler de moi ? demanda-t-il en se rengorgeant. En bien, j'espère ?

Maggie regarda autour d'elle, mais Lester n'était plus là. Elle n'avait pas frappé très fort et dès qu'il avait recouvré ses esprits, il avait filé sans demander son reste.

Maggie sourit à son sauveur.

— Max m'a parlé de toi.

Il avait toujours aimé prendre des gamins sous son aile. Sans doute ressemblait-il à Davey lorsqu'il avait son âge.

— Vraiment ? Voulez-vous que je course ce type ? reprit l'adolescent.

— Non, au cas où il lui prendrait l'idée de revenir, je préfère que tu restes ici. Et que tu me dises qui a tué Max.

— Facile. Un certain Midnight.

— Midnight ?

— Oui, il avait peur que Max ne le dénonce aux flics, voilà pourquoi il l'a poignardé.

— Et comment le sais-tu ?

— J'écoute, j'observe… et Max m'avait demandé de filer Cal. Je l'ai souvent suivi la nuit. Et j'ai découvert les trafics auxquels il était mêlé.

— Tu as de la chance de ne pas t'être fait tuer. Et qu'as-tu appris sur Midnight ?

— Il est à la tête d'un énorme réseau de braconnage, il vend des peaux de bêtes sauvages, des bois et des cornes dans le monde entier. Lester et Cal braconnent pour lui dans le parc de Yellowstone.

— Je vois, dit-elle en s'emparant du téléphone.

— Vous n'allez pas appeler les flics ? demanda-t-il avec inquiétude.

— Ne t'en fais pas. Je ne parlerai pas de toi.

— D'accord, dit-il en se dirigeant vers le réfrigérateur. J'espère qu'il y a quelque chose à manger. Je meurs de faim.

Quand l'adjoint Cline prit son appel, Maggie lui livra les renseignements qu'elle venait d'obtenir de l'adolescent et ajouta que Lester l'avait séquestrée plusieurs heures chez Denver. Elle ne prononça pas le nom de Davey. Cline l'écouta sans souffler mot.

— Restez où vous êtes, dit-il quand elle eut terminé son récit. Enfermez-vous à clé et surtout, ne laissez entrer personne.

Après avoir raccroché, elle regarda l'appareil, perplexe. N'avait-elle pas eu tort d'appeler Cline ? Etrangement, il n'avait pas paru étonné par ses révélations.

Un peu désorientée, elle composa le numéro de Taylor pour lui raconter les derniers événements.

Il parut affolé.

— Etes-vous sûre que vous allez bien ? demanda-t-il avec inquiétude. Ne voulez-vous pas que je vienne ? En tout cas, vous avez eu de la chance que le jeune Davey vole à votre secours. Où se trouve Lester, à présent ?

— Je n'en sais rien. Il a filé quand Davey est intervenu. Mais si vous posez la question à l'adjoint Cline, il pourra peut-être vous renseigner. Pour tout vous dire, j'ai l'impression qu'il n'ignore rien de cette affaire.

— Vous avez mis Cline au courant ?

— Vous croyez que je n'aurais...

— Vous avez bien fait, assura-t-il sans en paraître convaincu. Je vais garder un œil sur lui. En attendant, restez où vous êtes et soyez très prudente.

Elle raccrocha, soulagée d'avoir appelé Taylor. Max lui avait dit un jour que Cline n'hésitait pas à contourner la loi lorsque cela l'arrangeait. Mais il n'irait pas jusqu'à protéger un tueur, si ? A moins d'être lui-même le meurtrier...

Comme elle finissait de verrouiller les portes, Davey sortit de la cuisine, des sandwichs à la main.

— Vous en voulez ? demanda-t-il en souriant.

Denver s'attendait à ce que le bureau de Max ait de nouveau été visité. Mais en y entrant, elle s'aperçut qu'il était dans le même état que la dernière fois qu'elle y était venue.

— Sheila ? appela-t-elle.

Un long silence glacé lui répondit. Denver et J.D. échangèrent un regard inquiet. Le cœur battant, elle le suivit dans l'escalier.

A l'étage, il s'arrêta brusquement.

— Il y a du sang sur le sol.

— Que se passe-t-il ? Mon Dieu ! Dis-moi que ce n'est pas Maggie !

— Non, il ne s'agit pas de Maggie.

Il tenta de la retenir mais elle le repoussa pour se précipiter à l'intérieur.

Sheila Walker était étendue dans une mare de sang. Elle avait été tuée d'une balle en pleine poitrine.

Bouleversée par ce qu'elle venait de voir, Denver se tenait à la fenêtre du deux-pièces de Max. Elle avait besoin de réfléchir. Derrière elle, J.D. appelait le bureau du shérif.

Lorsqu'il demanda à parler à Cline, le central l'informa que l'adjoint n'était pas là et lui proposa de prendre un message.

— Dites-lui qu'un meurtre a été perpétré chez Max McCallahan. La victime est Sheila Walker, journaliste à la *Tribune de Billings*.

Quand il raccrocha, Denver se dirigea vers la porte.

— Où allons-nous ? demanda-t-il.

— Mieux vaut ne pas être ici quand Cline arrivera. Il voudra nous interroger. Or, nous n'avons pas de temps à perdre. Nous devons poser les bidons de sirop sous le véhicule du groupe de musiciens et retrouver Maggie.

J.D. ne parvenait pas à croire qu'elle pensait toujours à son plan initial mais lorsqu'il exprima ses doutes, elle serra les lèvres.

— Il n'est pas question de renoncer maintenant !, dit-elle.

J.D. soupira. Tant que le tueur de Max n'aurait pas été arrêté, Denver ne pourrait vivre en paix. Mieux valait être à ses côtés.

Il lui prit la main et ils coururent jusqu'au pick-up. Heureusement, sa cheville le faisait moins souffrir. Comme ils démarraient, une voiture de patrouille arriva, sirènes hurlantes, et s'arrêta devant le bâtiment qu'ils venaient de quitter.

Quand J.D. se gara derrière le dépôt et coupa le moteur, la musique s'échappait de la salle de concerts.

Il était presque 2 heures du matin, constata Denver.

Comme elle ouvrait la portière, J.D. la prit dans ses bras pour l'embrasser. Ce baiser attisa son désir. Elle sentait l'amour dont il brûlait pour elle. Elle avait envie d'oublier toute cette histoire et de s'enfuir avec lui. Mais le meurtrier de Max la hanterait alors sa vie durant.

Elle s'empara de l'un des jerricans de sirop et se dirigea vers le vieux bus scolaire du groupe, garé sous les pins.

Derrière ce qui avait tout d'une blague de potache, l'enjeu était énorme, elle en était consciente. Non loin d'elle, J.D., armé lui aussi d'un bidon, s'approchait du pick-up de Pete.

La musique s'était arrêtée. Le groupe devait faire une pause. Certains fêtards sortirent pour fumer une cigarette. Mais le froid les poussa rapidement à rentrer. Denver promena une dernière fois les yeux autour d'elle et se glissa sous le bus.

De son côté, J.D. se faufila sous le pick-up de Pete. Il était tard, le concert allait bientôt se terminer. Il accrocha le bidon sous l'essieu arrière du véhicule avant de le percer. En voyant son contenu s'écouler lentement, il sourit. Au départ, l'idée de Denny l'avait fait rire mais il avait eu tort.

« Comme dans le conte d'Hansel et Gretel, avait-elle dit, nous pourrons suivre leurs traces dans la neige. »

Quand tout fut mis en place, J.D. sortit de sa cachette… et se trouva nez à nez avec le canon d'un pistolet.

Denver finit d'installer le jerrican sous le bus et chercha J.D. des yeux. Mais elle ne le vit pas et regagna le pick-up, anxieuse. Elle espérait que son plan marcherait. A présent, les hommes du FBI allaient pouvoir arrêter les braconniers en flagrant délit. Elle les avait appelés de Billings pour tout leur raconter. Mais elle leur avait demandé de ne pas tenir Cline ou Marsh au courant de leur projet et peut-être avait-elle commis une erreur.

Maintenant, elle avait hâte de retrouver J.D. Elle voulait en finir avec cette histoire. Et elle espérait que tout allait bien pour Maggie…

Quelque chose remua devant elle et elle ralentit le pas.

— J.D. ?

Mais la haute silhouette qui se dressait devant elle n'était pas J.D.

— Adjoint Cline ! Que faites-vous ici ? cria-t-elle.

— Et vous ? Que manigancez-vous, encore ? demanda-t-il en lui saisissant le bras.

— Je mène l'enquête de mon côté parce que je sais que ce n'est pas un auto-stoppeur qui a tué mon oncle, dit-elle.

— Pensez-vous que je l'ignore ? Venez avec moi.

— Vous étiez au courant ? Etes-vous derrière toute cette histoire ? Quel rôle y jouez-vous exactement ? Lâchez-moi !

Elle se débattit et parvint à se libérer de son emprise.

— Espèce de folle !

Comme elle essayait de prendre ses jambes à son cou, il la rattrapa pour lui passer les menottes. Mais alors qu'elle croyait que tout était perdu, Cline s'effondra sur le sol. Levant les yeux, elle découvrit Taylor. Il venait d'assommer l'adjoint.

Elle se jeta à son cou en pleurant.

— Il faut partir avant qu'il ne recouvre ses esprits, dit-elle.

— Je le pense aussi.

— Voilà deux fois que vous venez à mon secours, Taylor. Je ne sais pas comment vous remercier.

Mais soudain, elle vit de loin Cal qui forçait quelqu'un à sortir de sous le bus avant de le pousser à l'intérieur du véhicule.

— Mon Dieu, ils ont attrapé J.D. ! s'écria-t-elle, catastrophée.

20

— J.D. ! Je dois aider J.D. ! cria Denver en se précipitant vers le bus qui démarrait.

Taylor la rattrapa.

— N'intervenez pas, Denver. Il risque de se faire tuer. Et vous aussi.

— Vous ne comprenez pas.

— Je comprends très bien, au contraire. J'ai discuté avec Maggie et elle m'a parlé du réseau de braconnage que vous avez découvert.

A ces mots, Denver s'arrêta.

— Vous avez eu Maggie au téléphone ? Elle va bien ?

— Très bien, ne vous inquiétez pas. Davey est avec elle chez vous.

— Davey ?

— Il lui a révélé qu'un certain Midnight avait tué Max. Malheureusement, Maggie a appelé Cline et lui a tout raconté. Voilà pourquoi je le suivais quand il vous a attaquée. L'adjoint du shérif ne m'a jamais inspiré confiance.

Elle hocha la tête. Taylor n'avait donc pas adhéré non plus à la thèse de l'auto-stoppeur. Voilà évidemment pourquoi il tournait autour de Maggie. Il cherchait à la protéger. Denver tenta d'imaginer Cline avec une cagoule. Etait-il le braqueur de la banque qui avait tué ses parents à Billings ? Cela expliquerait beaucoup de choses.

— Que pouvons-nous faire ? murmura-t-elle.

— Empêchons déjà Cline de prévenir les braconniers de notre présence, lui répondit Taylor.

Il passa les menottes à l'adjoint, le poussa dans un coin, avant d'entraîner Denver vers sa voiture.

— Il faut prévenir les autorités, leur demander de l'aide, reprit-il. Mais qui appeler ? Que pensez-vous du garde forestier du comté ?

— Roland Marsh ?

J.D. fut jeté sans ménagement à l'arrière du bus. Tandis que Cal braquait une arme sur lui, Lester lui ligota les poignets et les chevilles.

— Est-ce indispensable ? protesta Pete.

— Vous, contentez-vous de conduire, rétorqua Cal. Nous savons ce que nous avons à faire.

J.D. lança un regard glacial à Pete et remarqua qu'il jetait de fréquents coups d'œil dans son rétroviseur comme s'il guettait quelqu'un.

Son manège intrigua également Cal.

— Un problème, Williams ?

— J'ai juste hâte d'en finir.

— Comme nous tous.

J.D. suivait attentivement l'échange entre les deux hommes. Avant qu'ils ne quittent le parking, Cal avait inspecté le bus avec un détecteur. Visiblement, il soupçonnait Pete d'avoir dissimulé un mouchard dans le véhicule.

J.D. tentait de comprendre. Pourquoi était-ce si tendu entre Pete et Cal ? Et que comptaient-ils faire de lui ? Et Denver ? Où était-elle passée ?

En reconnaissant la petite chapelle devant laquelle ils passèrent, il comprit qu'ils se dirigeaient vers le nord.

— Es-tu sûr que le patron va se montrer ? demanda Pete.

— Ne t'en fais pas, dit Cal. Midnight a attrapé Denver et il l'emmène au semi-remorque. Tout se déroule comme prévu. Nous allons charger la dernière livraison et prendre le large.

A ces mots, J.D. se raidit. Imaginer Denver aux mains d'un type comme Midnight raviva ses angoisses. Ce type était au mieux le chef d'un réseau de braconnage, et au pire, un tueur.

Lester et Cal semblaient se disputer mais J.D. ne saisissait pas à quel sujet. Il promena les yeux autour de lui, cherchant à se libérer de ses liens.

— Nous ne pouvons pas aller chez Marsh, dit Denver en grimpant dans la voiture de Taylor. Il est de mèche avec les braconniers.

— Vraiment ? Décidément, nous ne maîtrisons plus rien.

— Il faut suivre le bus, dit Denver. C'est notre seule chance de les coincer. Je suis sûre qu'ils ont prévu de changer de place les bois de wapiti. J'ai mis un mouchard sous leur véhicule. Il est un peu artisanal mais devrait marcher.

Taylor parut sidéré. Il tira un revolver de la boîte à gants et le posa entre eux. Il avait raison, songea-t-elle. Il valait mieux se préparer au pire et être en état de se défendre.

— Bon maintenant, racontez-moi tout, dit-il. Le mieux est de commencer par le commencement.

Tandis qu'ils roulaient, Denver lui fit le récit détaillé de leur enquête. Elle lui parla de Lila qui avait demandé à Max de filer son mari, lui détailla ce qu'ils avaient appris dans les journaux archivés et termina son compte rendu avec la découverte du cadavre de Sheila.

— Tous les gens impliqués dans cette histoire ont été tués, conclut-elle.

Taylor la regarda un long moment, les sourcils froncés.

— Et vous pensez que Pete et Marsh sont mêlés à cette histoire ?

— J'en suis certaine, à présent.

— J.D. est donc en danger de mort.

Savoir J.D. aux mains des tueurs la remplit de terreur. Comment pouvait-elle le tirer des griffes de ses ravisseurs ? Elle suivait les traces de sirop dans la neige. Devant eux, les musiciens se dirigeaient vers le nord.

— En tout cas, je comprends mieux pourquoi Cline et Pete ont tout fait pour m'empêcher d'enquêter sur le meurtre de Max, dit-elle.

— Davey vous a donc mise sur la piste des braconniers, reprit Taylor en secouant la tête. Ce gamin ne manque pas de courage, d'autant qu'il a failli se faire tuer à Horse Butte. Et, cette nuit, il a libéré Maggie que Lester retenait chez vous.

— Oui, je ne sais pas ce que nous aurions fait sans lui.

— Et vous croyez vraiment que toute cette affaire est liée au hold-up de la banque en 1969 ? reprit Taylor.

— J'en suis certaine, à présent. Cal est le lien. Il s'appelle William Collins, en réalité.

Elle lui raconta sa séance sous hypnose et leur visite à Vernon, le policier à la retraite.

Taylor esquissa une moue dubitative.

— Je n'arrive pas à me représenter Cline sous les traits de Midnight, dit-il. Cline serait le cerveau de cette affaire ? Il faudrait déjà qu'il en ait un, de cerveau !

Denver partageait son avis mais peut-être sous-estimaient-ils Cline. Peut-être se faisait-il simplement passer pour un imbécile.

Comme ils franchissaient Grayling Pass, les traces de sirop se raréfièrent et finirent par disparaître.

— Ils ont sans doute neutralisé mon stratagème, dit Denver avec inquiétude.

— Il est plus probable qu'il n'y ait plus de sirop, bougonna Taylor.

Mais bientôt, l'ancien bus scolaire s'arrêta à l'orée d'une forêt. Taylor coupa le moteur et éteignit les phares. Denver aperçut un semi-remorque garé sous les arbres. Le hayon était ouvert et elle vit qu'il était rempli de bois d'élan. Comme elle l'avait deviné, les braconniers étaient bien en train de vider une cache pour préparer une livraison.

Mais où se trouvait J.D. ? Se trouvait-il encore dans le bus ? Ils étaient trop loin pour le savoir et restèrent un moment dans la voiture, se demandant quoi faire. Tout en lui parlant, Taylor jouait avec une pièce de monnaie, la faisant glisser machinalement entre ses doigts.

Soudain, Denver se sentit blêmir.

Le bus s'était arrêté dans une clairière et par la vitre, J.D. vit Pete, Cal et Lester charger des bois d'élan dans un semi-remorque.

Il s'efforçait toujours de se libérer de ses liens en les frottant contre l'accoudoir de son siège. Mais il entendit soudain un autre véhicule arriver. S'agissait-il de Midnight et de Denver ? Il espérait que leur plan avait fonctionné et que le FBI ne tarderait plus.

— Max serait fier de vous, Denver, dit Taylor. Vous avez mené cette enquête d'une main de maître. Je suis impressionné. Et votre idée de cacher un bidon de sirop sous leur véhicule pour pouvoir les suivre à la trace était tout simplement géniale.

Denver blêmit un peu plus encore. A quelques mètres d'elle, trois hommes s'activaient à charger les bois de wapiti. Elle reconnut Pete, Cal et Lester. Elle les observa un moment, le cœur battant, avant de se tourner vers Taylor.

Elle se remémorait son cauchemar. Glacée, elle comprenait tout, à présent.

S'emparant du revolver de Taylor, elle le braqua sur lui.

— C'est vous qui avez tué mes parents, c'est vous le braqueur de banque masqué, c'est vous Midnight.

Il feignit l'incompréhension.

— Pourquoi pensez-vous une chose pareille ?

— A cause de la pièce de monnaie avec laquelle vous jouez.

— Et alors ? C'est une petite manie que j'ai, voilà tout.

— Le jour du hold-up, pendant que l'employé mettait l'argent dans des sacs, vous jouiez aussi avec une pièce.

Cette fois, il ne chercha plus à nier.

— Vous êtes très forte, Denver. Mais n'espérez pas m'arrêter. Il est trop tard. Dans une heure, la livraison sera partie et moi, je serai loin.

Elle le vit regarder dans le rétroviseur. Attendait-il quelqu'un ?

— Où est J.D. ? reprit-elle.

— Il n'est pas dans le bus si c'est ce que vous croyez. J'ai dit à Cal de le ligoter et de le laisser dans les bois.

— Vous avez pensé à tout, espèce de…

Elle se mordit la lèvre pour ne pas se laisser emporter par sa colère. Il avait tué tous ceux qui auraient pu le menacer. Il la tuerait aussi si elle lui en laissait le loisir, ainsi que J.D. A présent, il y était obligé.

— Vous n'avez jamais fait l'armée avec Max, n'est-ce pas, reprit-elle ?

Il secoua la tête.

— Tout le monde connaît les histoires de Max. Il n'a vraiment pas été difficile de vous faire croire que nous étions de la même chambrée !

— Et le hold-up ? Qu'avez-vous fait du million de dollars que vous avez volé à la banque ?

— Je l'ai dépensé, bien sûr.

Ecœurée, elle sentit les larmes lui brûler les paupières.

— Vous avez tué mes parents pour de l'argent.

A cette idée, elle eut envie de tirer. Ce serait si facile. A la façon dont le visage de Taylor se figea, elle comprit qu'il envisageait aussi cette hypothèse.

— Personne n'aurait été blessé si votre père n'était pas entré en plein milieu du hold-up.

Elle bouillait de colère.

— Et Max ? Pourquoi l'avoir assassiné ?

— Il avait découvert le réseau de braconnage. Cal a eu peur qu'il finisse par réunir les morceaux du puzzle et par comprendre qui était William Collins. Pour ne pas courir de risque, j'ai préféré supprimer Max.

— Il devait avoir sacrément confiance en vous pour vous donner rendez-vous à l'ancienne décharge.

— Je pense que Max lui-même avait fini par croire que nous avions fait l'armée ensemble.

— Et pourquoi avoir viré de l'argent sur son compte ?

Il haussa les épaules.

— Pour convaincre Cline que Max était à la tête du réseau de braconnage. J'avais aussi donné des éléments à Sheila Walker qui tendaient à prouver que votre oncle était impliqué dans le trafic d'animaux sauvages et qu'il avait également joué un rôle non négligeable dans le hold-up.

— Ça n'aurait pas marché ! Tout le monde sait que Max était un type honnête.

— Les prisons sont remplies de gens honnêtes.

Il regarda le rétroviseur. Qui attendait-il ? Marsh ? Cline ?

— Cline est de mèche avec vous, non ?

— Cline ? Non, mon organisation n'a pas besoin d'imbéciles comme lui. Vous n'imaginez pas ce que j'ai mis en place. Ce commerce me rapporte des milliers de dollars.

Avec horreur, Denver comprit soudain que si Taylor se montrait aussi peu réticent à lui révéler tous les détails de l'affaire, c'était parce qu'il comptait la tuer. Elle regarda le revolver qu'elle tenait à la main.

— Il n'est pas chargé, dit-il, confirmant ses craintes.

Il le lui prit et y glissa des balles. Profitant de son inattention, elle ouvrit la portière et s'élança. Elle devait lui échapper, coûte que coûte.

Malheureusement, elle n'alla pas loin.

Taylor cria pour prévenir ses hommes et Cal la rattrapa avant qu'elle n'atteigne le semi-remorque.

— Je l'ai ! cria-t-il.

Pete surgit alors, un fusil à la main. Il semblait très en colère.

21

Tout se déroula si vite que Denver ne comprit d'abord pas ce qui se passait.

Pete braquait son fusil sur Cal. Tous deux n'étaient donc pas de mèche ? se demanda-t-elle, perplexe.

— Lâchez-la ! cria-t-il.

Effarée, Denver vit alors Taylor apparaître, son revolver à la main. Pete lui tournait le dos et elle hurla pour le prévenir. Malheureusement, elle ne put empêcher le drame. Taylor tira sur Pete qui s'écroula.

Blessé à l'épaule, le malheureux roula sur le côté. Il saignait abondamment et Cal en profita pour le désarmer.

Grimaçant de douleur, Pete lança à Taylor :

— C'est fini, Midnight. Le FBI ne va plus tarder. J'avais dissimulé un mouchard sur le semi-remorque.

Taylor sourit.

— J'avais prévu le coup. Cal a tout nettoyé. Le FBI n'a aucune chance de nous retrouver. Où est Garrison ?

— Il est attaché dans le bus, dit Cal.

— Allez le chercher, Lester. Cal, continuez de charger.

Denver s'approcha de Pete. Il avait l'épaule en sang et semblait épuisé. Il lui sourit faiblement.

Mais Taylor la poussa de côté.

— Ecartez-vous, Denver !

— Qu'allez-vous faire de Pete ? hurla-t-elle. Vous n'avez pas l'intention de le tuer quand même !

— Il travaille pour le gouvernement. Il est en cheville avec Marsh pour me coincer.

Denver crut qu'elle allait s'effondrer.

— Oh ! Pete, je suis désolée, soupira-t-elle, se rendant compte qu'elle avait tout aggravé en parlant de Marsh à Taylor.

Pete lui sourit.

— Ne te reproche rien, tu ne pouvais pas savoir. De toute façon, il a prévu de nous tuer tous. Dès que les bois seront chargés, il nous abattra. Il n'est pas du genre à partager l'argent.

— Bien vu, dit Taylor. Une dernière volonté ?

Cal surgit alors, le souffle court.

— J.D. a réussi à s'échapper !

— Quoi ? cria Taylor. Vous êtes vraiment une bande d'incapables ! Il ne peut pas être loin. Trouvez-le.

Mais Cal ne bougeait pas. Il fixait la nuit, le visage pétrifié de peur.

— Je ne peux pas. Elle est là, elle m'attend.

— De quoi parlez-vous ?

— De la maman ourse, répondit Pete. Cal a tué son petit et blessé un autre ourson. Elle va se venger…

Taylor jura et envoya le fusil à Cal.

— Cela suffit. Retrouvez J.D. ou *je* vous tue, compris ? Il n'y a qu'un danger ici. C'est Garrison.

— Non, cette ourse est énorme, gémit Cal. Si elle m'attaque…

— Ecoutez, ramenez-moi Garrison et je vous offrirai… Denver. Elle est à vous.

Avec un mauvais sourire, Cal cessa de discuter et s'enfonça dans la nuit.

Discrètement, Pete prit la main de Denver et la posa sur le poignard qu'il avait glissé dans sa botte. Hochant la tête, elle s'en empara.

— Vous ne vous en tirerez pas, lança-t-elle à Taylor.

— Mais si, comme toujours. Et, cette fois, je ne laisserai pas de survivants derrière moi.

Un hurlement déchira la nuit. Cal courait vers eux, terrifié.

— Au secours ! Elle est là !

— C'est l'ourse, dit-elle en entendant l'animal grogner. C'est vrai qu'elle risque de tuer Cal.

— J'ai d'autres priorités, ma chère, rétorqua Taylor. Si je ne livre pas ce chargement en temps et en heure, je ne serai pas payé.

Au moment où Cal se faisait rattraper, J.D. sortit de l'ombre. Il tua l'animal de trois coups de fusil.

— J.D. ? cria Taylor en attrapant Denver pour se servir d'elle comme d'un bouclier humain. Venez gentiment, et livrez-vous sans faire d'histoires. Ne m'obligez pas à descendre votre petite amie.

Quand J.D. s'approcha, Taylor lui lança :

— Imbécile ! Vous n'aviez que trois balles dans ce fusil et vous les avez perdues avec cette ourse, ajouta-t-il en braquant son revolver sur lui. Tant pis pour vous. Vous êtes mort !

— Non ! hurla Denver.

Sortant le poignard, elle frappa Taylor à la cuisse.

Avec un cri de douleur, celui-ci tourna aussitôt son arme vers elle. Mais, avant qu'il ne puisse tirer, un coup de feu claqua dans la nuit. Touché en pleine poitrine, il découvrit avec surprise J.D., un pistolet à la main.

— Alors, c'est qui l'imbécile ? demanda J.D., un sourire méprisant sur les lèvres.

Taylor s'écroula dans la neige.

J.D. souleva Denver et la porta jusqu'à la voiture.

— Et Pete ? demanda-t-elle.

— Il va s'en sortir.

Dans le lointain, une sirène se rapprochait.

Des voitures de police envahirent bientôt la clairière. Les gyrophares coloraient les sapins de bleu et de rouge.

Marsh sortit d'un des véhicules, Cline sur les talons. Comme Denver fondait en larmes, J.D. l'étreignit contre lui.

— C'est fini. Tout va bien, tout ira bien, maintenant.

Épilogue

Quand J.D. et Denver entrèrent dans la chambre d'hôpital, ils trouvèrent le garde forestier Roland Marsh et l'adjoint Bill Cline au chevet de Pete.

— Nous parlions justement de vous, mademoiselle McCallahan, dit Marsh. Vous êtes l'héroïne du jour. Pete vous doit la vie.

— Et à toi aussi, J.D., ajouta Pete. Vous m'avez sauvé, tous les deux.

— Mais ils ont failli me tuer, *moi*, grommela Cline. Désolé de le rappeler.

Marsh se mit à rire.

— Vous avez eu de la chance de vous en tirer avec une bosse, Bill. Si Taylor n'avait pas eu peur de se trahir devant Denver, vous ne seriez plus de ce monde. Tout est bien qui finit bien. En attendant d'être jugés, Cal et Lester ont tout avoué. Quant à Taylor, il était déjà mort quand nous sommes arrivés sur les lieux.

Denver s'approcha du lit de Pete.

— Comment vas-tu ? demanda-t-elle.

— Je survivrai. Roland m'a raconté que tu avais répandu du sirop pour leur permettre de suivre notre trace. C'était très malin de ta part.

— Au départ, J.D. proposait d'utiliser de l'huile mais j'ai préféré le jus de myrtille parce qu'il est biodégradable.

— En tout cas, vous avez bien fait de contacter le FBI

avant de passer à l'action, reprit Marsh. Nous collaborions avec eux mais Taylor nous avait donné un autre lieu de chargement. Il se doutait que nous cherchions à le coincer.

— Vous étiez impliqué dans cette histoire depuis le début ? demanda J.D.

— Oui, répondit Marsh. Quand Max a découvert l'existence du réseau de braconnage, il nous en a parlé. Nous voulions démasquer le chef de la bande. Ce n'était pas Cal Dalton, nous en avions la certitude. Pour tenter d'identifier Midnight et pour mieux comprendre les rouages de cette organisation, Pete s'est infiltré dans l'équipe. Comme il connaissait Lester qui faisait partie de son groupe de musiciens, cela lui a été facile.

— Max avait suggéré cette idée à Pete ? demanda Denver.

— Non, Pete s'est porté volontaire. Max y était violemment opposé et a essayé de retenir Pete.

— Pourquoi as-tu pris ces risques, Pete ?

— J'espérais ainsi me grandir à tes yeux, Denny.

— Pendant ce temps, Max enquêtait sur Cal, reprit Marsh. J'ignorais qu'il avait fait analyser ses empreintes. Malheureusement, Cal s'est douté de quelque chose. Il a confié ses soupçons à Taylor qui a eu peur. Si Max avait appris ce qui s'était passé lors du hold-up, il aurait retourné Cal, qui est un faible, et n'aurait pas eu de difficulté à le forcer à parler, à témoigner contre Taylor. Ce dernier l'a compris. Voilà pourquoi il s'est fait passer pour un vieux copain de Max et l'a tué.

— Max avait tant de vieux copains, ajouta Pete. Taylor n'a eu aucun mal à nous berner.

— Et Pete, qui venait d'intégrer la bande, n'avait pas encore rencontré Midnight, le chef du réseau, continua Marsh. Nous ne nous doutions pas qu'il s'agissait de Taylor. Mais, sentant le danger, Max avait préféré cacher le dossier. Les éléments qu'il y avait réunis sont accablants.

— Pourquoi Max a-t-il rencontré son assassin à l'ancienne décharge sans se munir de son arme ? demanda Denver.

— D'après nos renseignements, il croyait y retrouver Pete. Taylor a été malin. Diaboliquement malin.

— Je ne comprends pas comment il espérait s'en tirer en tuant Max.

— A mon avis, il n'imaginait pas que vous étiez aussi tenace, Denver. Et puis, il s'en était tiré après le hold-up. Il se pensait invincible. D'autant que Cline était chargé de l'enquête.

— Et alors ? Je ne comprends pas, dit Cline.

Ils se mirent tous à rire. Marsh continua :

— Quand Cline a commencé à s'intéresser à l'auto-stoppeur, Taylor s'est cru sauvé. Mais, là-dessus, Denver est apparue.

— Pourquoi aucun de vous ne m'a-t-il dit la vérité ? demanda-t-elle. Vous auriez pu me retenir.

— J'ai essayé, lui rappela Pete. Mais nous ne pouvions pas te révéler toute l'affaire. Nous ne savions pas qui était Midnight et il aurait deviné que nous étions sur sa piste si *tu* n'avais pas cherché le meurtrier de Max.

— Cline était donc au courant de votre enquête.

Cline hocha la tête, souriant comme une star.

J.D. fronça les sourcils.

— Quelque chose m'échappe. Si Pete n'était pas à Horse Butte…

— C'était Cal, dit Cline. Taylor l'avait envoyé au chalet pour tenter de retrouver le fameux dossier. Cal a vu Pete endormi, a lu le mot de Denver et a appelé Taylor qui lui a dit de prendre la camionnette de Pete pour aller à la tour de guet.

— Je ne l'ai compris que plus tard, dit Pete. Désolé d'avoir voulu te droguer, Denny, mais il le fallait.

— Et l'auto-stoppeur ? reprit J.D.

— Il existe. Mais il n'est pour rien dans cette histoire.

Quand tous les détails de l'affaire furent éclaircis, Marsh

et Cline quittèrent la chambre, non sans avoir une nouvelle fois félicité Denver.

Pete se tourna alors vers J.D.

— En tout cas, je te dois des excuses, J.D. J'ai tout fait pour te tenir à l'écart et je ne t'ai pas appelé pour l'enterrement. J'espérais que Denver finirait par t'oublier. Mais j'ai enfin compris que vous étiez faits l'un pour l'autre. Sans rancune ? ajouta-t-il en lui tendant la main.

— Bien sûr, répondit ce dernier. N'en parlons plus. Je t'attends dehors, Denny.

Lorsqu'il fut sorti, Denver s'approcha de Pete.

— Merci d'avoir essayé d'aider Max.

— Je n'ai pas pu l'empêcher de se faire tuer, malheureusement. Et puis, je me suis impliqué dans cette histoire pour de mauvaises raisons. J.D. est l'homme qu'il te faut, je le sais et l'accepte, à présent.

Elle lui sourit et l'embrassa sur la joue.

— Un de ces jours, tu vas rencontrer une femme qui te fera oublier jusqu'à mon existence.

Il eut une moue dubitative.

— Cela va être difficile. Tiens, Denny, ajouta-t-il en lui tendant une enveloppe. Dans le dossier caché dans la cabane, j'ai trouvé ce pli pour toi. Max avait rédigé un testament et également une lettre. Je te souhaite beaucoup de bonheur avec J.D.

— Merci, Pete, répondit-elle, les larmes aux yeux.

J.D. la retrouva assise à l'écart sur un banc dans la cour de l'hôpital. Avant de la rejoindre, il prit le temps de la regarder en songeant à toutes les épreuves qu'ils avaient traversées. L'air sentait le printemps, et son cœur était rempli d'espérance.

— Je n'arrive pas à croire que tout est fini, dit-elle. Pete m'a donné le testament de Max. Il espère que nous serons heureux et il veut que nous appelions un de nos enfants Max.

— Pas de problème ! s'exclama J.D. en riant. Je suis sûr qu'il aurait été impressionné par la manière dont tu as mené cette enquête.

— Il me manque. Et en même temps, je le sens présent. Je crois qu'il ne nous quittera jamais complètement.

J.D. l'enlaça et ils restèrent un moment silencieux, à se remémorer Max tel qu'ils l'avaient connu et aimé.

Puis J.D. lui prit la main.

— Denny, je ne sais pas si j'ai le droit de te demander de renoncer à ta vie pour me suivre. J'en meurs d'envie mais l'existence d'un chanteur n'est pas toujours une sinécure. Il te faudra passer ton temps en tournée, sur les routes et…

— Tant que je serai avec toi, je serai heureuse, J.D.

— Rassure-toi, nous nous accorderons aussi des vacances. Je t'aime plus que tout, ma chérie. Plus encore que ma musique.

— Tant mieux, répondit-elle en souriant. Je ne me vois pas rivaliser avec une guitare.

— Et ton métier ? Et le chalet ?

— J'ai décidé de confier le chalet à Maggie qui va adopter Davey. Nous y reviendrons pour les vacances. Et désormais, je ne photographierai plus la montagne, mais nos enfants et leur père. Je veux qu'ils sachent que leur papa est une star.

— Alors, tu es d'accord pour m'épouser, Denny ?

— En doutais-tu ? répondit-elle en éclatant de rire. Je t'aime depuis toujours et voilà longtemps que je t'ai offert mon cœur et ma vie.

Emu, J.D. la prit dans ses bras. Tandis qu'il l'embrassait avec passion, des milliers de refrains commencèrent à résonner joyeusement dans sa tête, et il sut qu'avec cette femme à ses côtés il n'avait plus rien à craindre de l'avenir.

AMY FRAZIER

Sous l'identité d'une autre

Traduction française de
LISA BELLONGUES

BLACK ROSE

HARLEQUIN

Titre original :
SINGLE-DAD SHERIFF

Ce roman a déjà été publié en 2013.

1

Garrett prit appui sur la clôture neuve. C'était un grillage tendu sur des piquets de bois, correctement aligné sur le tracé établi par les géomètres. Puis, il contempla le pâturage qui provoquait le courroux de Tanner Harris.

En tant que shérif, il était de son devoir d'être à l'écoute des préoccupations de tous les citoyens du comté de Colum. Néanmoins, Tanner l'exaspérait au plus haut point : c'était un personnage sournois qui se plaignait en permanence et qui partait du principe que tout lui était dû. Cette fois, l'objet du scandale était la clôture que venait d'installer sa nouvelle voisine.

— Quand j'vous ai vu vous arrêter en haut d'chez elle, geignit Tanner, j'ai cru qu'vous alliez lui parler. Pourquoi qu'vous l'avez pas fait ?

Garrett prit le temps de réfléchir à ce qu'il allait dire. Officiellement, il répondait à la plainte de Tanner. Mieux valait ne pas signaler qu'en ce moment même, son fils passait un entretien d'embauche à Whistling Meadows, sans quoi, Tanner l'accuserait aussitôt de prendre parti pour Samantha Weston. Ce n'était pas le cas. Il ne l'avait même pas rencontrée ; il l'avait seulement aperçue à vélo dans les rues de la ville.

A moins qu'elle n'outrepasse la loi ou ne se comporte mal avec son fils, il n'avait pas de raison de s'intéresser à cette femme. Voilà comment il devait présenter la chose à Tanner.

— Je ne lui ai pas parlé, déclara-t-il, parce qu'elle n'a rien fait de mal. Rien, en tout cas, que j'aie pu constater.

— P'têt bien, reprit Tanner en jetant un regard mauvais à l'offensante clôture. N'empêche qu'elle a aucun respect pour les traditions ! Elle arrive de nulle part, s'pavane en ville, achète les terres d'ma famille. Elle m'coupe l'accès…

Garrett cessa de l'écouter. Voilà des semaines que lui et le reste des habitants d'Applegate entendaient la même diatribe, chez le coiffeur, au restaurant, et même aux assemblées municipales. Il ne voyait pas le rapport entre la tradition et cette affaire — même si, dans ce comté, les querelles concernant les limites de propriété tenaient presque du rituel. En fait, si Tanner était furieux, c'était uniquement parce que son vieil oncle Red lui avait fait l'affront de vendre ses trente hectares de terrain à une étrangère, plutôt que de les lui léguer, à lui. A aucun moment il n'avait douté qu'il en hériterait.

Et puis, Mlle Weston ne se pavanait pas en ville, c'était un mensonge. Elle était arrivée et avait installé son entreprise avec beaucoup de discrétion. Sans la nouvelle clôture et quelques panneaux signalant, ici et là dans le comté, l'existence d'une ferme proposant des randonnées à la journée avec des lamas, personne ne se serait aperçu de sa présence.

— … Sans compter qu'le vieux s'rend ridicule, poursuivait Tanner, plus remonté que jamais. Vivre avec une femme qu'a la moitié d'son âge !

— Je ne pense pas qu'on puisse dire qu'il « vit » avec elle. Vous oubliez qu'il lui a vendu sa propriété à condition de pouvoir rester dans l'ancienne baraque-dortoir, pour finir ses jours sur la terre qu'il aime. Il ne loge pas dans la ferme proprement dite. Les fermiers peuvent rarement prétendre à des retraites aussi confortables. Grâce à ce marché, votre oncle a assuré son avenir.

— C'est certain, il a pas pensé à celui d'son unique héritier… J'ai trois gosses à élever, moi !

— En effet, répliqua Garrett, frappé, une fois de plus, par l'égocentrisme forcené du bonhomme. Il ne l'a pas fait.

L'autre grommela un peu plus encore :

— Et puis, avec sa clôture, elle m'a bloqué l'accès au parc national ! Où est-ce que j'vais aller faire du quad avec les garçons, maintenant ?

— Procurez-vous une remorque pour transporter vos quads, et entraînez-vous sur les pistes autorisées, comme tout le monde.

Tanner jeta un regard mauvais en direction de la grange de Whistling Meadows, dont le toit dépassait des arbres.

— Alors, vous n'allez pas lui parler ?

Tout en se dirigeant vers son véhicule de patrouille, Garrett lança :

— Pour l'instant, je n'ai aucun reproche à lui adresser. Mais je vous suggère d'aller sonner à sa porte et de discuter entre voisins. Amicalement.

— Plutôt mourir !

Tanner fit un geste dédaigneux de la main et, traversant sa cour encombrée de détritus, regagna sa maison délabrée. Celle-ci était bâtie en bordure de terrain, en prévision, sans doute, du jour où les deux propriétés seraient réunies.

Garrett monta dans sa voiture et jeta un coup d'œil à sa montre. L'entretien de Rory avec Samantha Weston était certainement terminé, à présent. Pourvu que cela se soit bien passé ! pria-t-il en silence.

Son fils de douze ans, qui demeurait avec lui pendant les vacances d'été, avait trouvé l'offre d'emploi à temps partiel dans le journal, tout de suite après son arrivée à Applegate. Il avait appelé lui-même. La seule chose qu'il lui avait demandée, c'était de le conduire à son rendez-vous le matin même.

Garrett était plutôt fier de voir son fils prendre des initiatives, mais il aurait aimé avoir une idée un peu plus précise de ce qui se passait dans sa tête. Depuis sa dernière visite, Rory s'était fermé comme une huître.

Garrett ne le voyait déjà qu'aux vacances et craignait que son fils unique ne s'éloigne encore davantage. Cependant, s'il avait appris une chose en tant que père, c'était qu'on n'obtenait rien des enfants en les pressant de questions. La patience et l'observation étaient la clé du succès. Mais c'étaient des qualités qu'il mettait plus facilement en œuvre dans son travail que dans son rôle de père.

Percy sur ses talons, Samantha guida Rory McQuire vers les cinq autres lamas qui pataugeaient dans le ruisseau. Le garçon ne parlait pas beaucoup, mais il l'avait regardée bien en face tandis qu'elle lui expliquait en quoi consistait le travail. Et il avait laissé Percy venir à lui. Il semblait d'ailleurs plus à l'aise avec l'animal qu'avec elle.

— As-tu déjà côtoyé des lamas ? lui demanda-t-elle.

— Non, mais j'ai lu beaucoup de choses sur eux et sur d'autres animaux. Et j'adore regarder la chaîne Découverte à la télé. Je veux devenir vétérinaire.

— Quel âge as-tu ?

Il tapota sa poche.

— J'ai mon permis de travail.

S'il avait un permis de travail, c'est qu'il était très jeune, se dit-elle.

— D'ailleurs, est-ce que l'âge compte ? ajouta-t-il. Je suis fort !

— Je suppose que ce n'est pas important, non. Je me posais la question, c'est tout.

Elle était bien placée pour le comprendre : elle-même avait horreur qu'on se mêle de ses affaires. Elle orienta donc la conversation dans une autre direction.

— J'ai tout de même besoin de savoir combien de temps je pourrai compter sur toi avant que tu t'en ailles à l'école vétérinaire.

Il eut soudain l'air mal à l'aise, et elle n'insista pas.

— Mon troupeau est encore petit parce que je viens de m'installer. De toute façon, seule, je ne peux pas m'occuper de plus de six lamas et d'une douzaine de clients par jour.

Et, pour le moment du moins, cette solitude lui était nécessaire.

— Pourquoi n'y a-t-il pas de promenades aujourd'hui ? demanda-t-il.

— Le lundi est notre jour de repos. Non pas que les lamas en aient besoin… Mais si je ne fais pas une pause, le travail s'accumule dans la maison et dans la propriété. D'ailleurs, c'est pour ça que j'ai besoin de quelqu'un.

— Vous n'avez pas pensé à faire de l'élevage ? Ça vous rapporterait plus que la randonnée.

Samantha haussa les épaules. Elle se souciait peu de l'argent. Et puis, d'après le docteur, s'occuper d'une petite affaire sans envergure était exactement ce qu'il lui fallait. Elle ne connaissait que trop les pièges d'une grande entreprise.

— A ton âge, il est plutôt inhabituel de s'intéresser à l'aspect financier des choses.

— Ma mère travaille dans une banque. Alors, à force…

— Pour répondre à ta question, reprit-elle, se sentant curieusement à l'aise en sa compagnie, je préfère m'en tenir à la randonnée. Ajouter des femelles à un groupe entraîne un certain nombre de difficultés supplémentaires. Ce ne sont pas des animaux particulièrement dociles. Ils peuvent avoir mauvais caractère.

Rory parut prendre note de sa remarque, puis demanda :

— Pourquoi avez-vous besoin d'aide dans la grange, alors que les lamas restent la plupart du temps dans le pré ?

— J'y entrepose le harnachement et le matériel de randonnée. Tu seras chargé de maintenir tout cela en ordre.

Manifestement curieux, les lamas avaient commencé à s'approcher. Rory demeura immobile. A l'évidence, il n'avait pas peur ; il attendait, donnant une impression de calme et d'énergie qui le faisait paraître plus vieux que son âge.

Les trois autres garçons qu'elle avait reçus en entretien s'étaient montrés trop bavards, trop brusques ou encore trop démonstratifs avec les animaux. Les lamas, pas plus que les êtres humains, n'aimaient se sentir assaillis. Contrairement à ce que pouvait suggérer leur apparence de grosses peluches, ils n'appréciaient que modérément les câlins et les caresses. C'étaient eux, plutôt qu'elle, qui avaient décidé de ne pas retenir ces candidats.

Elle désigna les bêtes l'une après l'autre.

— Ça, c'est Percy. Tu as déjà fait sa connaissance. C'est ce qu'on appelle un « Paint ». Voici Mephisto, le bai, et Fred, le pie. M. Jinx est un Appaloosa. Le blanc se nomme Ace, et le brun et noir, Humvee.

— Ils sont faciles à reconnaître grâce à leurs robes.

— Tu verras, leurs personnalités aussi sont très différentes.

Percy choisit cet instant pour se pencher vers Rory et lui renifler le cou. Son museau, dégoulinant d'eau, devait être froid, mais le garçon ne bougea pas, se contentant de rire doucement.

— Que fait-il ?

— Il dit : « Tu es embauché ».

— C'est vrai ?

— Oui. Percy supervise tous les entretiens. Peux-tu commencer aujourd'hui ?

— Il faudra que je demande la permission à mon père quand il viendra me chercher.

— Bien sûr.

Elle n'avait pas prêté attention à la façon dont Rory était arrivé à la ferme. Il s'était simplement présenté dans la grange à l'heure convenue, alors qu'elle était occupée à nettoyer la sellerie.

— Il sera sans doute d'accord pour qu'ensuite vous me rameniez en voiture chez moi, ajouta le garçon.

Elle réprima un sursaut.

— Désolée. Je ne conduis pas.

Il lui jeta un regard incrédule.

Au même instant, deux petits coups d'avertisseur sonore retentirent, évitant à Samantha de se justifier. Une voiture de patrouille était arrêtée plus bas sur la colline, devant la grange. La portière côté conducteur s'ouvrit et le shérif mit pied à terre.

— C'est mon père, annonça Rory. Je vais lui dire que vous voulez que je commence tout de suite. Je rentrerai à pied, ce n'est pas grave… Il m'est déjà arrivé de faire des trajets plus longs. Et, les fois suivantes, je prendrai mon vélo !

Puis, il s'éloigna en direction de son père. Samantha n'avait que modérément envie de faire la connaissance du shérif — débuter sa nouvelle vie par un contact avec la police ne l'enchantait pas — mais, en tant qu'employeuse, elle se devait de saluer le père du garçon.

Redressant les épaules, elle commença à descendre la colline. Après un court échange avec son père, qu'elle ne put entendre, Rory revint vers elle, l'air abattu.

Les yeux fixés sur le sol, il lui confia :

— Je peux commencer aujourd'hui, mais… Je ne vous ai pas tout dit. Peut-être que je ne conviendrai pas pour le poste…

— Je t'écoute.

Il jeta un coup d'œil à son père, qui n'avait pas bougé.

— Je ne suis là que pour l'été. En septembre, je retournerai chez ma mère, à Charlotte. A moins que…

— A moins que ?

— Disons que je ne peux m'engager que pour deux mois. Dans l'annonce, il n'était pas précisé combien de temps cela devait durer.

Samantha ne put réprimer un léger sourire. Percy était à l'aise avec le garçon. Et elle aussi. Et puis, pour quelqu'un qui apprenait à vivre au jour le jour, comme elle, deux mois paraissaient une éternité.

— Je suis d'accord pour deux mois.

— Vous êtes sérieuse ?

— Absolument. En échange, dans quelques années, j'aurai peut-être droit à un prix d'ami quand tu viendras soigner mes bêtes. Qui sait ?

Il la récompensa d'un sourire radieux.

— Allez, présente-moi donc à ton père, dit-elle.

Elle n'avait aucune raison de s'en faire. Sa licence d'exploitation était en règle ; elle ne s'était pas assise derrière un volant depuis qu'on lui avait retiré son permis ; et elle assistait régulièrement aux réunions des Alcooliques Anonymes, comme le tribunal le lui avait ordonné. Certes, son changement d'identité n'avait pas été validé par un juge, mais elle n'utilisait son nouveau nom qu'ici, dans le comté de Colum — et seulement dans sa vie personnelle. Les transactions commerciales, elle les effectuait sous le nom de sa société, enregistrée trois mois plus tôt. En cela, elle obéissait à un ancien réflexe — preuve, peut-être, qu'elle n'avait pas totalement renié sa vie d'avant.

— Garrett McQuire. Je suis le papa de Rory, lança le shérif en lui tendant la main.

Il était grand et vigoureux ; ses muscles saillaient sous son uniforme parfaitement repassé. Mais c'était à peu près tout ce que l'on voyait de lui. Il était coiffé d'un Stetson qui cachait son front, et ses yeux étaient dissimulés derrière des lunettes de soleil Aviator. Une apparence stéréotypée, certes, mais saisissante.

— Samantha Weston. Je dirige la ferme.

Elle s'efforça de ne pas laisser transparaître sa nervosité dans sa poignée de main.

— Samantha a dit que je pouvais travailler avec elle durant l'été, annonça Rory à son père.

Il continuait à sourire, mais sa voix légèrement tendue indiquait qu'il était sur la défensive.

Le shérif s'occupait-il de sa famille comme il dirigeait ses hommes, d'une main de fer ? se demanda-t-elle.

— Maman me laissera peut-être travailler aussi aux

prochaines vacances, si elle sait que je gagne de l'argent, poursuivit Rory.

— Tu devras voir ça avec ta mère, mon garçon. Et avec Mlle Weston, bien entendu.

Samantha n'avait aucune envie d'être partie prenante dans une affaire compliquée de garde d'enfant.

— Commençons déjà par voir comment se déroulent les prochains jours, dit-elle. Il se peut que tu changes d'avis. Les tâches que je vais te confier ne sont pas particulièrement passionnantes.

— Mais les lamas sont cools, papa ! Il faut que tu les rencontres.

— Une autre fois, d'accord ? On m'attend au tribunal. Au fait, je rentrerai tard, ce soir. Geneva te préparera ton repas. Elle peut rester, si tu veux jouer aux cartes ou aux jeux vidéo.

— Je n'ai pas besoin d'une baby-sitter, marmonna Rory.

— Je sais bien. Mais tu pourrais avoir envie d'une compagnie.

Puis, il se tourna vers elle, très professionnel.

— Heureux d'avoir fait votre connaissance. Et bienvenue à Applegate.

Rory parut soulagé lorsqu'ils furent seuls de nouveau.

— Par quoi voulez-vous que je commence ? demanda-t-il.

— Allons faire la connaissance de M. Harris. C'est l'ancien propriétaire de cette ferme. Il vit maintenant dans la baraque qui servait de dortoir aux saisonniers, là-bas à flanc de coteau. Il ne travaille plus, mais il continue à garder un œil sur l'exploitation.

L'adolescent sourit.

— Je vois ce que vous voulez dire. Un peu comme Geneva. Elle ne me surveille pas. Elle garde un œil sur moi.

Installé dans un fauteuil à bascule sur le porche de sa baraque de bois, Red Harris était occupé à confectionner des leurres pour la pêche. Les voyant gravir la pente raide et rocailleuse, il lança :

— C'est la nouvelle recrue ?

— Rien ne vous échappe, répondit Samantha. Monsieur Harris, voici Rory McQuire.

L'adolescent tendit la main. Le vieil homme la prit et la garda serrée dans la sienne quelques instants.

— C'est l'occasion de remettre les pendules à l'heure, déclara-t-il en se tournant vers elle. Je ne suis pas « M. Harris ». Appelez-moi « Red ». Vous êtes assez jeune pour être ma petite-fille, et toi, gamin, tu pourrais être mon arrière-petit-fils. Alors tenons-nous-en à Sam, Rory et Red, d'accord ?

Légèrement décontenancée, Samantha hocha la tête, tandis que le vieillard secouait énergiquement la main du garçon.

— Tu sais fabriquer des leurres ?

— Monsieur Harris… Red, intervint-elle, j'ai embauché Rory pour m'aider à entretenir la propriété, effectuer quelques petites réparations le cas échéant, nettoyer l'équipement…

— Je plaisantais, la coupa Red en adressant un clin d'œil à Rory. Si quelqu'un fabriquait les leurres à ma place, je n'aurais plus de travail, et donc plus d'excuse pour rester assis sur le porche à regarder une citadine gérer le domaine !

Il pouffa de rire. Elle le regarda, étonnée. Comment savait-il qu'elle venait de la ville ? Elle ne le lui avait jamais précisé.

— Laisse-moi te dire une chose, gamin, poursuivit-il. Sam élève de drôles d'animaux, ça, c'est sûr. Mais elle se débrouille mille fois mieux que ne l'aurait fait mon neveu s'il avait réussi à mettre la main sur la propriété.

Piquée dans son amour-propre, elle était sur le point de lui faire remarquer qu'elle avait toujours été beaucoup plus à l'aise dans les écuries et les prés de son père que dans les réceptions mondaines de sa mère, mais son téléphone vibra. Le numéro du correspondant affiché sur l'écran était justement celui de sa mère.

— Il faut que je prenne cet appel, dit-elle à Rory. Tu peux

commencer par ramasser les branches d'arbres éparpillées dans l'enclos.

Il y avait eu un violent orage la veille au soir, et le sol était jonché de débris.

— Je reviens dans une minute.

Alors qu'elle s'éloignait, elle entendit Red dire à Rory :

— Il faudra peut-être que je lui trouve un autre nom. En fin de compte, Sam ne lui va pas. Elle ressemble plutôt à une duchesse…

— Maman, dit-elle d'un ton calme.

— Ma chérie, comment vas-tu ?

L'inquiétude de sa mère était sincère, elle le savait.

— Merveilleusement bien.

C'était presque la vérité.

— Dans ce cas, ton père et moi pourrions venir…

— Je t'en prie, maman, nous étions tous d'accord avec le Dr Kumar. J'ai besoin de changer complètement de vie pendant un an.

— Et nous ? fit sa mère d'un ton blessé.

— Le changement doit être complet…

— Enfin, ma chérie, nous ne sommes pas tes ennemis !

— Je sais. Mais mes vieilles habitudes, si. Je dois en prendre de nouvelles, plus saines.

— Dans la clandestinité ?

— Pas dans la clandestinité. Dans la solitude.

— Pourquoi ?

— Parce que je suis vulnérable en ce moment. Et puis, tu connais papa. Un rouleau compresseur en smoking.

Elle sourit en songeant à l'homme à qui elle vouait une adoration de fille unique.

— Si je le voyais, il réussirait aussitôt à me persuader de retourner dans cette jungle.

— Je tiens tout de même à te rappeler que les hôtels Ashley sont une jungle cinq étoiles. A propos, puisqu'on en parle :

comptes-tu assister à l'ouverture de l'Ashley Singapour ? Tu t'es donné tant de mal pour le monter et le lancer !

Que lui répondre ? se demanda Samantha. Son père et elle avaient travaillé côte à côte sur le projet, et elle savait qu'il verrait là l'occasion de présenter officiellement la future héritière de son empire hôtelier. Mais non, elle ne serait pas présente à l'inauguration de Singapour. Elle s'en sentait tout simplement incapable. Elle aurait vraiment voulu faire plaisir à ses parents. Mais qu'elle ait été immergée dans ce milieu depuis sa plus tendre enfance, ou que son père lui accorde toute sa confiance n'y changeait rien : elle n'était pas faite pour ce métier, pour ce monde. A force d'essayer d'être quelqu'un d'autre qu'elle-même, elle avait failli se détruire. C'était pour ça que, aujourd'hui, elle devait découvrir qui elle était vraiment et se trouver.

— J'ai fait en sorte, répondit-elle prudemment, que d'autres puissent prendre la relève, maman. Et ils le feront. A merveille. Avec toi et papa présents sur les lieux, ce sera un magnifique gala d'ouverture.

— J'en suis certaine, mais tu nous manqueras, ma chérie. Tu nous manques déjà. Nous souhaitons simplement ton bonheur.

— Merci. J'y travaille.

— Justin voudrait savoir s'il peut t'appeler.

— Non.

Sa réponse était sans appel. Justin Steele … L'homme avec qui elle avait failli se fiancer, mais qui n'était motivé que par l'appât du gain. Elle s'en était rendu compte juste à temps…

— Lorsqu'il m'a demandée en mariage, je lui ai clairement fait comprendre que nous n'avions pas d'avenir ensemble, dit-elle d'un ton ferme.

— Oh ! ma chérie, tu as dit cela sous le coup de l'émotion !

Non. Après avoir passé sa vie à contenter autrui, refuser l'offre de Justin avait été le premier acte sincère qu'elle ait accompli. Elle n'avait aucune intention de revenir sur le sujet.

Un silence pesant s'installa, puis sa mère tenta une autre approche.

— Peux-tu me donner un tout petit indice sur l'endroit où tu te trouves ?

— Maman !

Ses parents avaient beau lui manquer, elle avait besoin de temps. Seule. Loin de sa mère et de ses interventions bien intentionnées. Et, surtout, loin des paparazzis, qui ne lui avaient pas accordé une seconde de répit entre son arrestation et l'audience au tribunal.

— Je compte sur toi pour respecter la prescription du Dr Kumar et pour t'assurer que papa n'envoie pas Max sur mes traces. Je n'ai aucune envie de voir son fichu détective privé débarquer ici…

— Tu surestimes mes capacités, ma chérie ! Je n'ai aucun pouvoir sur ce que fait ton père. Comme tu l'as dit toi-même, c'est un rouleau compresseur en smoking.

— Je ne cherche pas à vous fuir, maman. Mais, chaque jour, je me sens plus forte et, avant de rentrer à la maison, je veux être certaine que je le suis assez pour ne plus reproduire les mêmes erreurs.

— Ce n'était qu'un malencontreux incident, Samantha. Inutile de remettre cela sur le tapis.

— Reconnaître sa responsabilité fait partie du processus de guérison.

— Chérie, tu avais bu un verre ou deux à l'occasion d'une réunion mondaine. Nous le faisons tous. Quoi qu'en dise le juge, tu n'es pas une ivrogne !

— Une alcoolique. En voie de rétablissement. Et je te rappelle que ce n'était pas seulement un verre ou deux. J'avais tellement bu à ce déjeuner que je ne me souviens même pas avoir vu le panneau « Ecole »…

— Je t'en prie ! coupa sa mère d'une voix stridente. Tu as payé ta dette. Faut-il vraiment revenir là-dessus ?

— Tu as raison, soupira-t-elle. Il vaut mieux se concentrer

sur le présent. En ce moment, le ciel est bleu, le soleil brille et je respire un air délicieusement pur !

— L'air de la mer ? Les Hamptons, peut-être ? Ce joli spa au bout de…

— Maman, tu es incorrigible !

— Le Dr Kumar t'a prescrit une année de repos, c'est vrai. Mais tu ne vas pas te cacher durant tout ce temps, n'est-ce pas ?

— Non. Mais je veux prendre le temps de m'installer.

Trois mois s'étaient écoulés depuis sa sortie de cure — une sortie qui s'était faite dans le secret, afin de tenir à distance la meute des journalistes. Au début, elle n'avait pas voulu donner sa nouvelle adresse à ses parents, de peur qu'ils ne la persuadent de revenir à son ancienne vie. Puis elle était tombée amoureuse de la beauté simple d'Applegate, jolie petite ville nichée dans les Blue Ridge Mountains, en Caroline du Nord. Et, à présent, elle craignait, s'ils venaient ici, qu'ils ne tombent aussi sous le charme de l'endroit et que son père ne décide d'acheter un bien pour en faire un complexe hôtelier cinq étoiles.

Plus tard ce soir-là, Garrett rentra chez lui avec l'agréable sensation du devoir accompli. La journée avait été plutôt tranquille. En général, c'était loin d'être le cas. Lorsqu'il était devenu shérif cinq ans plus tôt, il avait hérité d'un sacré chantier. Le comté de Colum était en pleine mutation. Des promoteurs achetaient des parcelles de montagne et transformaient ces terres jadis quasi-communales en centres de villégiature fermés ou en banlieues résidentielles de luxe, chassant les habitants de longue date et faisant grimper vertigineusement les impôts locaux. Et c'était encore un moindre mal comparé à l'apparition massive de problèmes propres aux grandes villes. Celui de la drogue en particulier. Les stupéfiants à usage récréatif avaient remplacé l'alcool de contrebande. Si le comté était toujours un paradis bucolique en apparence, de vraies difficultés couvaient sous la surface.

Le shérif Easley, son prédécesseur, avait exercé sa fonction comme son père et son grand-père avant lui : sans tenir compte du changement. L'équipement était rudimentaire, les hommes mal entraînés et parfois même corrompus. Elu grâce à son programme de réforme, Garrett était déterminé à redresser la barre et à prendre les problèmes de front. Voilà pourquoi il appréciait le calme d'une journée de routine comme celle qui s'achevait.

Il trouva Geneva, sa femme de charge, dans la cuisine, en train de gratter une casserole carbonisée. Une odeur de pop-corn brûlé flottait dans l'air.

— Ça va ? s'enquit-il.

— Ça va, grommela-t-elle en soulevant l'ustensile et en faisant le geste de le jeter par la fenêtre. Ce garçon a utilisé ma meilleure casserole pour faire son pop-corn. Il a versé l'huile, puis est parti jouer aux jeux vidéo ! J'ai senti une odeur bizarre, et quand je suis arrivée, des flammes sortaient de la casserole. Ma meilleure casserole, répéta-t-elle d'un ton bougon. Quasiment fichue !

— Je vais lui parler.

Comme il pivotait en direction de la chambre de Rory, elle le saisit par le bras. Toute sévérité l'avait quittée ; son visage n'exprimait plus qu'une sollicitude inquiète.

— Ne le grondez pas, dit-elle. Visiblement, quelque chose le tracasse. Il est resté presque toute la soirée au téléphone avec sa mère. Il n'a pas voulu me dire ce qui le chiffonnait.

Elle se remit à gratter et conclut :

— Alors ne lui parlez pas de cette stupide casserole.

— D'accord.

Depuis que Garrett et Noelle, son ex-femme, avaient divorcé trois ans plus tôt, Rory passait les vacances chez son père, conformément à ce qui avait été entendu.

Garrett était toujours impatient de voir arriver son fils,

et Rory semblait apprécier ses séjours à la montagne ; cependant, au début, la transition était toujours un peu difficile. Particulièrement cette fois-ci. A bientôt treize ans, Rory avait un pied dans l'enfance et un autre dans l'âge adulte, et il avait cessé de communiquer avec son père. Garrett commençait à craindre que son fils ne lui annonce qu'il était désormais trop âgé pour passer toutes ses vacances dans une petite ville, et qu'il voulait vivre à Charlotte à plein temps.

Décidant d'avoir une conversation avec lui, il alla frapper à sa porte. Assis devant son ordinateur, Rory était en train de jouer à un jeu vidéo qui n'était manifestement pas adapté à un garçon de douze ans. Garrett verrait cela avec lui une autre fois. Pour l'instant, la priorité était de découvrir ce qui le tourmentait.

— Comment s'est passée ta première journée de travail ? lui demanda-t-il.

A Whistling Meadows, son fils avait semblé presque heureux.

— Bien, répondit Rory sans cesser de jouer.

Garrett s'assit au bord du lit, face à lui.

— J'aimerais qu'on discute.

Avec réticence, Rory mit sa partie sur « pause » et continua à fixer obstinément l'écran, muet.

— Geneva pense que quelque chose te tracasse.

Garrett dévisagea son fils. Il semblait sur le point de pleurer, luttant contre les larmes, comme s'il tâchait de laisser derrière lui le petit garçon qu'il avait été.

— Rory, je peux t'aider…

— Non, tu ne peux pas ! cria-t-il en lui tournant le dos. Maman a déjà pris sa décision.

— A quel propos ? s'enquit Garrett, en proie à une brusque inquiétude.

Jusqu'ici, ses rapports avec Noelle avaient été cordiaux mais distants : elle lui parlait peu de sa vie à Charlotte avec Rory. Sa réussite professionnelle, par contre, était un sujet qu'elle ne se lassait jamais d'aborder — une façon, sans doute, de lui rappeler qu'elle avait eu raison de vouloir quitter une ville à l'horizon aussi limité qu'Applegate.

Que se passait-il ? Envisageait-elle de se remarier ? s'interrogea-t-il.

Puis une idée affreuse lui vint à l'esprit. Noelle était lasse de devoir caser dans son emploi du temps de plus en plus chargé les séjours de Rory chez son père et elle avait décidé de demander la garde exclusive de leur fils ! Du fait de sa position élevée dans le secteur bancaire elle ne manquait ni de contacts ni de moyens financiers.

— Alors ? insista-t-il.

Pivotant sur sa chaise d'ordinateur, Rory lui fit face. En cet instant, il avait l'air d'avoir à peine plus de cinq ans.

— Maman veut m'envoyer en pension l'année prochaine.

Voilà qui était totalement inattendu. Son fils était un élève doué et consciencieux. Un peu trop sage, même, parfois. Si Garrett avait un reproche à adresser à Noelle, c'était de vouloir transformer leur fils en un petit banquier tiré à quatre épingles.

— Pourquoi ? Ton école actuelle est très bien, non ?

— D'après maman, j'aurai plus de chances d'être admis à l'Ivy League College en passant par la prépa Harpswell. Mais moi, je veux être vétérinaire ! Et je sais qu'il existe de bonnes écoles vétérinaires où on peut entrer sans passer par un lycée prétentieux.

Garrett sentit la colère le gagner. Non à cause de la prépa, mais parce que Noelle avait omis de le consulter à propos d'une décision importante concernant la vie de leur fils. Et quelle décision ! Elle devait bien se douter que cela le mettrait hors de lui. Il n'avait pas passé son enfance en famille d'accueil pour que son propre fils, qui avait deux parents aimants, se retrouve enfermé dans un pensionnat !

— Je vais parler à ta mère, déclara-t-il en se levant.

— Tu ne réussiras pas à la joindre. Elle est dans l'avion

pour Londres. D'ailleurs, il nous faut un plan. Et j'ai déjà un plan.

Surpris, il se tourna vers son fils. Rory avait changé d'expression.

— Quel plan ?

— Je veux vivre avec toi. Je ne veux pas retourner à Charlotte. Maman passe son temps à voyager, de toute façon. On pourrait inverser le calendrier : j'irais la voir aux vacances.

— Lui en as-tu parlé ?

Son fils secoua la tête.

Garrett vit tout de suite où cela allait les mener : Noelle croirait que c'était son idée, elle le soupçonnerait de se servir de Rory pour remettre en cause ses qualités de mère et, du même coup, la décision du juge. Elle emploierait tout son argent et son influence pour le lui faire regretter ; mais, au bout du compte, ce serait Rory qui pâtirait le plus de la situation.

Et ça, c'était hors de question.

2

— Vous avez une mine épouvantable, lança Geneva à Garrett quand il entra dans la cuisine le lendemain matin.

Il s'assit sans répondre en prenant l'assiette d'œufs et de lard fumé que lui tendait sa femme de charge.

— Si je pensais qu'il y avait une chance pour que vous soyez sorti vous amuser un peu, je ne m'inquiéterais pas autant, ajouta-t-elle en soupirant.

Mais elle le connaissait trop bien pour savoir que cela ne risquait pas d'arriver.

La veille au soir, après avoir laissé un message sur le répondeur de Noelle, il était resté étendu pendant des heures sur son lit, à se demander ce que les projets de son ex-femme d'une part, et ceux de leur fils d'autre part, auraient comme conséquences sur leurs vies.

Il en avait l'estomac noué et se sentait incapable d'avaler quoi que ce soit. Noelle ne l'avait pas rappelé. Aussi décida-t-il de contacter son assistante à Charlotte. Noelle était à Londres, en réunion à huis clos, lui apprit-elle. Il devait comprendre qu'il y avait cinq heures de décalage entre la Caroline du Nord et l'Angleterre. S'agissait-il d'une urgence ? Dans le cas contraire, pouvait-il rappeler Noelle vers 11 heures, heure de la côte Est ? Elle aurait quelques instants à lui accorder avant de partir pour une autre réunion.

Il raccrocha, un brin agacé.

Puis, il casa le vieux vélo de Rory dans le coffre de la voiture, et tous deux partirent pour Whistling Meadows.

— Papa, regarde ça ! s'exclama son fils avec dégoût alors qu'ils approchaient de la ferme. Quelqu'un a jeté des ordures dans le pré ! Il va falloir que je m'occupe de ça en priorité. Sinon, Percy et les autres risquent de s'empoisonner en mangeant quelque chose de mauvais.

Il s'impliquait déjà dans son nouveau travail, constata Garrett avec fierté.

Alors qu'ils s'engageaient sur la route de la ferme, il vit six lamas attachés à la barrière de l'enclos. L'un d'eux portait une sacoche sur chaque flanc, et Samantha était en train de harnacher une seconde bête. Quatre autres besaces gisaient sur le sol. Les lamas étaient calmes et sereins, mais la jeune femme, elle, semblait à bout de nerfs.

Rory bondit à terre avant même que la voiture ne soit complètement arrêtée.

— Vous avez besoin d'aide ?

— Oui, s'il te plaît !

Elle fit le tour de l'animal brun et noir, tâchant apparemment d'équilibrer la charge.

— Ce matin, j'attends douze enfants du camp Rockbrook et leur moniteur. Ils viennent d'appeler pour confirmer leur arrivée, mais ils seront là une heure plus tôt que prévu. Ils sont déjà en chemin, et je ne suis pas prête.

De toute évidence, c'était une femme organisée qui aimait être aux commandes, se dit Garrett en les rejoignant.

Il se baissa pour ramasser l'une des sacoches.

— La courroie a l'air assez facile à attacher. Y a-t-il quelque chose de particulier à faire ?

— Le maniement est simple, dit-elle en repoussant d'un geste vif des mèches de cheveux blond pâle qui lui tombaient sur le visage. Il faut simplement veiller à ce que la charge soit identique des deux côtés, et vous n'aurez pas de problème.

— De problème ?

— Les lamas expriment leur mécontentement en crachant, mais ils le font surtout entre eux.

A moitié rassuré, il se tourna vers son fils.

— Je me charge de mettre les sacoches en place, et toi, de les attacher, OK ?

Il s'approcha prudemment d'un lama à la robe pie.

— Papa, je te présente Fred.

Fred émit un son étrange, à la grande joie de Rory, qui semblait parfaitement à son aise parmi ces drôles de créatures. De ce point de vue, son fils ne lui ressemblait pas : enfant, Garrett n'avait jamais eu l'autorisation d'avoir un animal domestique.

— Comment faites-vous pour qu'ils restent propres ? questionna Rory.

— Les lamas se nettoient en se roulant dans la poussière et, de mon côté, je les brosse soigneusement. Et puis, il y a la tonte au printemps, expliqua Samantha.

Pour la première fois, sa manière de parler, l'inflexion cultivée de sa voix frappèrent Garrett. Il nota le jean haute couture immaculé, les bottes coûteuses et le chemisier soigneusement repassé — une étoffe soyeuse dans les gris-vert : rien de tout cela n'avait été acheté dans un magasin bon marché. C'était plutôt le genre de vêtements qu'aurait choisis Noelle. Mlle Weston avait beau avoir l'air de s'y connaître en lamas, elle n'avait certainement pas l'apparence d'une fermière.

— Est-ce que j'aurai le droit de les brosser ? demanda Rory.

— Je t'apprendrai, si tu veux, mais c'est une tâche assez délicate. Les lamas sont particulièrement sensibles au contact, et leurs poils se chargent facilement en électricité statique. Et, par-dessus tout, il faut d'abord gagner leur confiance.

Le naturel avec lequel son fils discutait avec cette inconnue surprit Garrett. Rory avait prononcé plus de mots en l'espace de cinq minutes qu'il n'en avait dits en une semaine avec lui. Désireux de se mêler à la conversation, il posa la question usuelle :

— Alors, Samantha, d'où venez-vous ?

Elle le dévisagea comme s'il lui avait demandé ses numéros de sécurité sociale et de compte bancaire. Son instinct de shérif et de père fut aussitôt en alerte. Contrôler les antécédents de l'employeur de son fils ne serait sans doute pas une mauvaise idée.

S'efforçant de garder un visage neutre, Samantha servit au shérif une réponse toute prête.

— J'ai vécu dans tellement d'endroits différents que je ne pourrais même pas les compter.

Elle ne mentait pas : si sa famille possédait bien une demeure en Virginie, non loin de Washington, elle n'avait cessé de multiplier les voyages d'affaires.

— Vous êtes fille de militaire ?

Vérifiant une fois de plus l'ajustement de la sangle, elle fit semblant de ne pas avoir entendu sa question.

— Comment en êtes-vous venue à monter un centre de randonnée avec des lamas ? insista-t-il.

Elle n'avait nullement l'intention de lui parler de la cure de désintoxication qu'elle avait suivie près d'Asheville, ni de la petite arche de Noé de l'établissement, constituée d'animaux dont les résidents devaient prendre soin. Elle était tombée amoureuse de Pogo, le lama. Ou, plus exactement, elle s'était mise à aimer la femme calme et résolue qu'elle devenait en présence de l'animal.

Elle s'assura que Rory avait bien attaché la courroie.

— Bon travail, le félicita-t-elle avant de se tourner vers le shérif. Quelle personne, si elle en avait la possibilité, ne rêverait pas de faire ce travail ?

Tout en ramassant la dernière sacoche, il lui lança un regard entendu. Il avait compris qu'elle se montrait délibérément évasive. Pourtant, il ne poussa pas plus loin l'interrogatoire.

Elle lui prit la besace des mains et se dirigea vers Percy.

Au même instant, le vrombissement d'un bus leur parvint de la route, annonçant l'arrivée de la colonie de vacances. Tant mieux. Elle commençait à en avoir assez des questions du shérif McQuire et de ses regards inquisiteurs. Cet homme était un vrai détecteur de mensonges ambulant. Mieux valait ne pas être dans sa ligne de mire.

— Vous semblez avoir la situation bien en main, déclara-t-il d'un ton brusque. Fiston, on se voit au dîner.

— OK !

Rory regarda sans enthousiasme la troupe de filles qui descendaient du bus dans un concert de gloussements.

— Je vais enlever les ordures qui ont été jetées dans le pré, annonça-t-il.

Et, avant que les filles n'aient pu arriver jusqu'à eux, il déguerpit.

Samantha ne vit même pas le shérif partir. Elle avait trop à faire avec les enfants. Tout en leur donnant les instructions de base qui leur permettraient de profiter au mieux de leur randonnée, et en répondant à leurs questions parmi les doux hennissements des lamas, elle se détendit progressivement.

Ses parents ou les paparazzis risquaient à tout moment d'envahir son sanctuaire ; le père de Rory pouvait découvrir qu'elle usait d'une fausse identité ; mais rien ne l'empêcherait de profiter de sa nouvelle vie.

Peu importait à ces enfants qu'elle soit une riche héritière. Peu importait à cette terre qu'elle soit une ancienne alcoolique, ou à ses lamas qu'elle débute dans le métier. Ce qui comptait, pour eux, c'était qui elle était à présent. Ce qu'elle avait à offrir. Un mot gentil. Un toucher délicat. De l'amour. C'était le début d'une vie authentique, et elle ne laisserait pas les autres la lui gâcher.

Tout en songeant à Noelle, à Rory et à l'intrigante jeune femme qui l'employait, Garrett, au volant de sa voiture, progressait sur la piste défoncée qui traversait la propriété des Whittaker — l'un des nombreux anciens chemins d'exploitation forestière qui quadrillaient la zone. Lily Whittaker l'avait appelé, alarmée, pour lui signaler que Mack, son fils, était parti de la maison sans dire un mot, muni d'une bouteille de Jack Daniel's et d'un fusil. Et ce n'était pas encore la saison de la chasse.

Garrett aussi s'inquiétait.

Autrefois, Mack Whittaker avait été son meilleur homme, et son ami le plus proche. Ayant suivi une formation militaire, il avait cumulé avec succès son emploi au bureau du shérif et son engagement auprès des forces armées en tant que réserviste. Puis il avait été appelé en Irak. Garrett lui avait promis qu'il retrouverait son poste à son retour. Hélas ! depuis qu'il était revenu à la vie civile, Mack ne semblait plus vouloir de ce travail. Ni de l'amitié de Garrett. Ni de sa vie d'avant. Il avait rompu avec sa petite amie de longue date. D'après sa mère, il était devenu difficile à vivre — un vrai ours. Quant à son père, il disait que son regard était celui d'un homme mort.

Après une vilaine bagarre en ville, il s'était mis à éviter complètement ses anciens amis et connaissances. Plusieurs personnes l'avaient vu circuler au bord de la route, marcher dans les champs, et parfois même couché, immobile et une bouteille à la main, près du Grand Rocher. Il conduisait rarement, et ne parlait plus.

Garrett s'approcha avec précaution du refuge secret de leur enfance. Il savait ce que Lily redoutait. Cependant, si Mack avait emporté une pleine bouteille de whisky, il était peu probable qu'il attente à ses jours avant de l'avoir vidée. En revanche, s'il était soûl, il risquait de tirer sur un éventuel intrus.

Garrett n'avait pas le sentiment d'être un intrus dans cet endroit. Enfants, Mack et lui considéraient la vaste grotte comme leur forteresse personnelle. Pour Garrett, c'était un refuge. Sa famille d'accueil avait été correcte avec lui, parfois même gentille, mais il ne s'était jamais senti nulle part à sa place jusqu'à son entrée en CE2, jour où Mack l'avait défendu dans la cour de récréation. A l'âge de huit ans, ce dernier avait déjà un sens aigu de la justice et de la loyauté. A partir de cet instant, les deux garçons étaient devenus comme frères.

Pourtant, l'homme qui se tenait, titubant, devant la grotte, n'avait l'air ni fraternel ni amical. Mal rasé, hirsute, débraillé, il avait tout du vagabond mûr pour un séjour en cellule de dégrisement.

— Va-t'en d'ici ! cria-t-il en voyant Garrett descendre de voiture. Je me passerai de tes sermons ! Ou de ta pitié !

— Ai-je l'habitude de te donner des leçons de morale ?

Garrett aperçut la bouteille d'alcool à moitié vide et le fusil couché sur les galets. Hors de question de repartir sans l'arme, ou sans son ami.

— Cela fait un mois que tu es revenu, maintenant. Ne crois-tu pas qu'il serait temps de dire à quelqu'un ce qui te mine ?

Mack se laissa tomber sur le talus mousseux qui bordait l'entrée de la grotte.

— Même si je t'en parlais, tu ne comprendrais pas.

— Essaie toujours !

Garrett suspectait que le désespoir de son ami était en partie dû au fait qu'il était revenu de la guerre, alors que d'autres n'avaient pas eu cette chance — Nate Donahue, par exemple, membre de son unité et ancien camarade de lycée.

— Shérif, articula Mack avec une note de mépris inhabituelle dans la voix, tu vis dans ton petit monde parfait, et tu crois que tu peux différencier le bien du mal. Tu ne t'aperçois même pas que tu es complètement à côté de la plaque !

— Qui fait la morale à l'autre, en ce moment ?

Mack resta coi.

— Rory est à Applegate, reprit Garrett, dans une tentative désespérée pour atteindre son ami. Il te réclame.

Mack s'était toujours comporté comme un oncle pour le garçon.

— Et tu lui as dit quoi ?

— Je ne sais pas quoi lui répondre. Veux-tu le voir ?

— Non.

— OK. Je te comprends. Tu as vraiment une mine de déterré. Pourquoi ne viendrais-tu pas au poste avec moi ? Tu pourrais prendre une douche et te raser. C'est au tour de McMillan de faire la cuisine. Il nous a préparé un chili con carne. Tout le monde serait heureux de te voir.

Garrett continuait à parler, même s'il était évident que Mack ne l'écoutait plus. Il était déterminé à ne pas abandonner son ami dans cet état.

— Allez, viens !

Mack secoua la tête.

— Bon, comme tu veux. Je te laisse la bouteille, mais ton père a besoin du fusil. Un rongeur fait des dégâts dans le potager de ta mère.

Mack darda sur lui un regard méfiant.

— Il n'a pas assez de fusils de chasse dans son râtelier ?

— Apparemment, non, dit Garrett en ramassant l'arme.

Son ami n'essaya pas de l'en empêcher. Il ferma les paupières et appuya sa tête contre le talus. Lorsqu'il reprit la parole, sa voix était basse et menaçante.

— Il y a mille et une façons de détruire une vie, et aucune ne nécessite de se servir d'un fusil.

Glacé, Garrett demanda :

— Un bon chili te ferait du bien. Tu es sûr de ne pas vouloir venir ?

— Ce qui me ferait du bien, mon ami, tu ne peux pas me le donner.

— Je reviendrai quand même.

— Ne te donne pas cette peine.

— Tu sais bien que je ne te laisserai pas tomber.

— Je ne sais plus rien.

Cette déclaration, venant de quelqu'un qui avait toujours su qui il était et quelle était sa place dans le monde, fit à Garrett l'effet d'un coup de massue. Il était inutile de discuter pour le moment, mais il se battrait pour son ami jusqu'à ce que celui-ci soit redevenu l'homme qu'il était autrefois.

Le cœur lourd, il remonta en voiture. Dieu merci, il avait, quant à lui, une idée précise de son rôle. Il était shérif et père. Et, en tant que père, il y avait encore certaines choses sur lesquelles il avait son mot à dire. Il fallait qu'il rappelle Noelle. Peut-être n'avait-elle pas encore pris de décision concernant la scolarité de Rory. Les enfants prêtaient parfois une importance excessive à ce qui n'était que des propos en l'air. Son ex-femme était carriériste, certes, mais c'était aussi une mère extrêmement dévouée, souvent même trop protectrice envers son fils.

Elle voudrait d'ailleurs certainement savoir comment se déroulaient les vacances de Rory, si son travail ne présentait pas de risques et si son employeuse était fiable. Elle voudrait certainement connaître les antécédents de Mlle Weston. Il voulait être en mesure de la rassurer.

Tout en retournant au poste, il composa le numéro de son ex-femme. A sa surprise, elle décrocha immédiatement.

— Bonjour, Garrett. J'attendais ton appel. Rory va bien ?

Il choisit ses mots avec soin :

— Oui. Enfin, à peu près. Il a l'air de penser que ta décision est déjà prise concernant son envoi en pension et, apparemment, ce choix ne le ravit pas. Je ne prétendrai pas que cela m'enchante non plus. Tu aurais pu me consulter.

— J'ai suggéré Harpswell, entre autres, pour inciter Rory à voir plus grand pour son avenir.

— Plus grand que quoi ?

Noelle jugeait la vie à Applegate trop étriquée, il le savait. Elle avait commencé à ronger son frein dès les débuts de leur mariage.

— Il va entrer en quatrième, argua-t-il. Le fait qu'il ait de bons résultats, des amis et qu'il soit curieux du monde qui l'entoure — en l'occurrence des animaux — ne te suffit donc pas ? Jusqu'à quel point sa vie doit-elle être « plus grande » ?

Il l'entendit soupirer de l'autre côté de l'Atlantique.

— Elle ne doit pas se limiter à la Caroline du Nord, en tout cas.

— Tu déménages ?

— Je voulais éviter d'aborder le sujet avec toi ou Rory tant qu'il n'y avait rien de concret. Mais oui, c'est une possibilité que j'envisage. Je suis en train de passer des entretiens en vue d'obtenir un poste ici, à notre siège social de Londres.

Il dut arrêter la voiture au bord de la route. En proie à une brusque colère, il s'écria :

— Tu veux mettre notre fils en pension pour pouvoir aller travailler de l'autre côté de l'Atlantique ? Qu'est-ce qui te dérange dans l'idée de le laisser vivre avec moi ?

— Je n'ai pas éliminé cette possibilité. Mais je comptais sur toi pour essayer de le convaincre que vivre à Londres serait pour lui une expérience merveilleuse.

— Tu veux l'emmener avec toi ?

— Bien sûr. Mais j'aimerais qu'il ait envie de m'accompagner.

— Et qu'il s'éloigne encore davantage de moi.

— Il continuerait à venir te voir aux vacances d'été. Ça, ça ne changerait pas.

Mais Rory, lui, risquait de beaucoup changer en l'espace d'une année, songea Garrett. Il n'avait pas envie qu'ils deviennent des étrangers l'un pour l'autre.

— D'ailleurs, vous pourriez toujours correspondre par e-mail et par téléphone, insista Noelle. Et tu lui rendrais visite en Angleterre.

Présenté ainsi, cela paraissait si simple ! Et c'était lui qui passait pour un provincial borné parce qu'il voyait des complications là où il n'y en avait pas.

— Il faut que nous discutions de cela ensemble, déclara-t-il. Tous les trois.

— Absolument. Mais ne brûlons pas les étapes : on ne m'a pas encore offert le poste.

Talentueuse et volontaire comme elle l'était, elle l'obtiendrait, il n'en doutait pas.

— Je dois filer, dit-elle, la voix frémissante d'excitation. Souhaite-moi bonne chance.

— Bonne chance, prononça-t-il sans enthousiasme.

Vouloir entretenir une relation solide et saine avec son fils, chez lui, à Applegate, revenait-il à limiter les chances d'avenir de Rory ? se demanda-t-il avec amertume en raccrochant.

Il n'avait même pas eu le temps de dire à Noelle à quel point leur fils était heureux de travailler à Whistling Meadows.

Samantha poussa un léger soupir de satisfaction quand le bus du camp de vacances Rockbrook quitta la ferme. Au même moment, le pick-up de Red pénétra dans la cour. L'arrière du véhicule était chargé de sacs poubelles pleins à craquer. Tandis que Rory descendait de voiture, Red se pencha à la fenêtre.

— J'emporte tout cela à la décharge, dit-il.

Désignant l'adolescent d'un petit mouvement de la tête, il ajouta :

— Ce gamin ne rechigne pas à l'ouvrage.

— En effet, répondit-elle, étonnée de constater que Rory avait réussi à sortir le retraité de son désœuvrement.

— Quelqu'un a jeté ces ordures dans le pré, près de la route, fit le garçon en plissant le nez de dégoût. Qui peut faire une chose pareille ?

Red sourit.

— Comme je te l'ai expliqué, il y a quelques gosses ici qui trouvent amusant de déverser des ordures chez les autres, de casser les boîtes aux lettres ou d'envelopper les arbres de Main Street dans du papier toilette. C'est l'idée qu'ils se font des vacances.

— Et il y a autre chose, reprit Rory. En longeant la clôture, nous nous sommes aperçus que la terre avait été creusée par endroits.

Le sourire de Red s'effaça.

— Selon toute probabilité, il s'agit des chiens de Tanner.

Cela inquiéta immédiatement Samantha. Si des chiens pénétraient dans le pré, ils risquaient de semer la pagaille parmi les lamas.

— Ne sont-ils pas censés être attachés ?

— Il faut poser la question au shérif, répondit Red. S'il y a une loi spécifiant que les chiens doivent être tenus en laisse, personne ici ne la respecte. En rentrant, je ferai un saut chez Tanner pour lui demander de surveiller sa meute.

— Non, fit-elle vivement. Je lui parlerai moi-même.

Son expérience dans l'hôtellerie lui avait appris qu'il était important de se montrer franc envers les voisins qui étaient dans le quartier depuis plus longtemps que vous.

— Je ne suis pas sûr que ce soit une bonne idée, rétorqua le vieil homme. Mon neveu n'est pas ce qu'on pourrait appeler une personne ouverte à la discussion.

— Tout ira bien, Red. Ne vous inquiétez pas…

A l'hôtel Ashley de Singapour, elle avait eu affaire à toutes sortes de personnes, depuis les architectes jusqu'aux entrepreneurs, en passant par les avocats, les élus locaux et les fournisseurs. Tanner Harris ne pouvait pas être plus intraitable que ces gens-là.

— Je vais y aller à vélo tout de suite.

— Je vous accompagne, proposa Rory. Je n'ai jamais vu le neveu de Red, mais je m'y connais en chiens.

Red les considéra tous les deux.

— D'accord, mais méfiez-vous de Tanner.

Samantha s'assura que la barrière du pré était bien fermée. Les lamas, enfin libérés de leur chargement et de leurs longes, se défoulaient en s'élançant les uns contre les autres ou se roulant dans la poussière.

Elle sortit sa bicyclette de la grange.

— La randonnée s'est bien passée ? s'enquit Rory en la rejoignant.

— C'était un petit tour pour débutants. Nous sommes allés jusqu'au Grand Rocher, où nous avons fait un pique-nique de fruits secs et de boissons énergétiques. Les filles se sont bien amusées.

— Elles avaient l'air plutôt bruyantes !

— Elles se sont bien tenues durant la promenade. Je crois que leur petit numéro du début t'était en grande partie destiné.

Il rougit et, accélérant l'allure, partit devant.

Navrée de l'avoir embarrassé sans le vouloir, Samantha contourna l'angle de la clôture et pénétra à sa suite dans une cour à l'aspect désolé. Là, trois adolescents à la carrure de colosses s'employaient à construire une sorte de remorque à l'aide de planches et de pièces auto de récupération. Un quad et deux motos de cross étaient garés à proximité. Un peu plus loin, quatre énormes chiens étaient attachés à un arbre. Rory s'immobilisa et contempla la scène d'un œil prudent.

— Bonjour ! cria-t-elle. Votre père est-il là ?

— Nan, grommela l'un des garçons.

Aussitôt, les chiens bondirent sur leurs pattes et se mirent à aboyer furieusement.

Ne sachant de quelle longueur était la chaîne qui retenait les molosses, Samantha demeura immobile, tandis que Rory se rapprochait d'elle, comme s'il voulait la protéger.

— Taisez-vous ! cria l'un des garçons en brandissant sa clé anglaise en direction des chiens.

D'un même mouvement, les bêtes reculèrent.

— Je suis Samantha Weston, votre nouvelle voisine. Puis-je vous dire un mot ?

Le plus grand du trio se redressa lentement.

Samantha coucha sa bicyclette sur le bas-côté de la route et tira une carte de visite de la poche arrière de son pantalon.

— Pouvez-vous dire à votre père de m'appeler, s'il vous plaît ? Mon numéro est sur la carte.

Le garçon prit le bristol et le fourra dans sa poche sans même y jeter un coup d'œil.

— Personne ici a envie d'aller s'balader avec des lamas, dit-il d'un ton méprisant.

— Je ne suis pas venue faire du démarchage. Il est important que les chiens n'entrent pas dans le pré.

— Z'avez une clôture.

— Nous avons trouvé des trous au pied du grillage.

— Y'a beaucoup d'animaux, par ici. Les nôtres sont attachés, fit-il en désignant les chiens d'un mouvement de la tête.

— J'apprécie, déclara-t-elle d'un ton égal. Je suis pour les relations de bon voisinage, moi aussi. S'il vous plaît, dites à votre père de m'appeler.

Alors qu'elle se tournait pour partir, il marmonna entre ses dents :

— Si vous êtes pour les relations d'bon voisinage, pourquoi vous nous avez coupé l'accès à la forêt ?

— L'accès à la forêt ?

— Z'avez bien dû voir nos pistes !

Elle les avait vues : de vilaines ravines qui trahissaient un manque absolu de respect pour la terre et sa végétation.

S'efforçant de rester calme, elle répondit :

— D'après ce que j'ai compris, le comté a mis à disposition des usagers un réseau de pistes neuves pour les quads.

— On avait les nôtres chez oncle Red, intervint agressivement un deuxième garçon en se plaçant à côté de son frère. Jusqu'à ce que vous arriviez.

— Maintenant que vous en avez de meilleures, vous n'avez plus besoin de traverser ma propriété. Mais, si cela vous intéresse, je vous invite à venir voir les lamas. Cela vous donnera une idée de ce que peut être la vie sans moteurs.

Avec des ricanements, les trois adolescents lui tournèrent le dos et se replongèrent dans leur bricolage.

Elle rejoignit Rory près des vélos.

— Je t'accompagne en ville. Je dois voir Abel, le gérant du magasin d'alimentation : il me faut des compléments alimentaires pour les lamas.

— Vous n'êtes pas inquiète à propos des voisins ?

— A mon avis, ils sont inoffensifs. En colère, certes, mais inoffensifs. J'ai entendu dire que les nouvelles pistes de quad étaient très bien. Ils s'habitueront à ne plus passer chez moi.

Rory n'était visiblement pas convaincu.

— Heureusement, Red et moi sommes là pour vous défendre. Et puis, si les choses tournent mal, vous pourrez toujours demander de l'aide à mon père.

Sa sollicitude la toucha, mais elle n'avait pas besoin du shérif dans sa nouvelle vie.

— Les choses ne tourneront pas mal, le rassura-t-elle.

Elle avait des sujets de préoccupation plus urgents que les Harris et leur passion pour la mécanique. Elle devait se rendre au magasin d'alimentation animale pour les lamas mais, surtout, pour voir Abel. Il avait laissé sur sa boîte vocale un bref message l'informant qu'un homme avait posé des questions à son sujet. S'agissait-il d'un paparazzi ? Ou du détective de son père, Max ?

Aucune de ces deux éventualités ne lui plaisait.

3

Nichée au creux d'une vallée, loin des grands axes fréquentés et à mi-chemin entre Brevard et Asheville, Applegate ressemblait peu à ses voisines : la première était une ville étudiante, la seconde une destination touristique. Bien que la gentrification gagnât peu à peu du terrain, la boutique d'Abel Nash ne semblait pas du tout concernée par le phénomène.

Debout parmi les piles de sacs en toile de jute et les casiers de bois écornés emplis de céréales et de graines, Samantha attendait de pouvoir lui parler, tout en s'efforçant de maîtriser une forte envie d'éternuer causée par la fine poussière qui flottait dans l'air.

Surtout, elle regardait vers la vitrine. Pourquoi le shérif montait-il la garde devant ? se demanda-t-elle. Que faisait-il là ? Il semblait attendre quelqu'un.

— Samantha, que puis-je faire pour vous ?

Abel avait enfin fini par lui accorder son attention.

Elle tira de sa poche une liste de ce dont elle avait besoin.

— Pourriez-vous me fournir ce mélange lors de ma prochaine livraison ?

Il jeta un coup d'œil à ses notes.

— Pas de problème. Autre chose ?

— A propos du message que vous m'avez laissé…

— Oui, l'homme qui est venu fureter, répondit Abel en fronçant les sourcils.

— A-t-il donné son nom ?

— Non, il s'est montré assez évasif. D'instinct, je me suis méfié de lui.

— Pourquoi donc ?

— Il prétendait essayer de retrouver sa nièce. Il m'a montré la photo d'une femme d'affaires. Ashley quelque chose. Maintenant que j'y pense, elle n'était pas sans vous ressembler. Elle aurait pu être votre cousine, dans le genre pimbêche. Mais sa nièce ? Certainement pas ! Personne n'aurait pu croire qu'ils étaient de la même famille. Il avait l'allure d'un gangster des années quarante.

Samantha réprima un sourire. Il ne s'agissait pas d'un journaliste… mais de Max. C'était un personnage assez mal dégrossi, il est vrai, mais il avait un cœur d'or. Pour autant, elle n'avait pas envie que son « oncle » fasse intrusion dans sa nouvelle vie. Pas à ce stade délicat de sa reconversion.

Mais, comme elle n'était encore que nouvelle venue à Applegate, Abel n'éprouvait pas forcément de sentiment de loyauté à son égard.

— Que lui avez-vous dit ? s'enquit-elle avec appréhension.

— Je lui ai demandé si j'avais l'air de quelqu'un qui fréquente son milieu. Puis je lui ai dit que s'il n'avait pas besoin de semence ou de grain, d'autres clients attendaient d'être servis. Vous savez, ici, on n'aime pas trop les curieux. Vous vous apercevrez rapidement que, dans cette ville, chacun vit comme il l'entend.

C'était le moins que l'on puisse dire : depuis la guerre d'Indépendance, cette région montagneuse et reculée servait de refuge aux individualistes convaincus, aux rebelles et à ceux qui avaient quelque chose à cacher.

— Je vous remercie d'avoir protégé ma vie privée, conclut-elle.

Abel n'avait rien dit, mais Max ne s'était certainement pas adressé qu'à lui. Les autres s'étaient-ils montrés aussi circonspects ?

Elle jeta un coup d'œil au shérif, qui attendait toujours sur le trottoir. Dieu merci, Max, par souci de discrétion, ne collaborait jamais avec les forces de l'ordre. Il disposait d'autres moyens. Malheureusement, il se montrait bien plus obstiné et méthodique que ses homologues en uniforme. Elle préférait presque affronter Garrett McQuire.

Presque.

Abel s'éclaircit la gorge.

— Vous êtes une femme, et vous vivez seule. Si vous n'avez pas de fusil, vous devriez envisager de vous en procurer un.

Voyant son expression horrifiée, il ajouta avec gentillesse :

— La plupart des gens d'ici en ont un, pour se protéger contre les serpents et les coyotes, ou contre un éventuel intrus. Pensez-y.

Posséder une arme était une responsabilité qu'elle n'avait jamais eu à prendre. Dans le monde de l'hôtellerie, la sécurité était assurée par des professionnels discrets et prêts à intervenir en toute occasion. Jusqu'à cet instant, elle n'avait pas réellement mesuré à quel point les autres avaient pris en charge ses moindres besoins. Et dire qu'elle s'était considérée comme une femme indépendante !

Déconcertée, elle tourna les talons pour partir. Mais elle allait être obligée de passer devant le shérif, qui se tenait toujours devant la porte. Une perspective encore plus terrible que celle de posséder un fusil.

Pour quelle raison se sentait-elle si nerveuse en sa présence, alors qu'elle n'avait rien — ou presque — à cacher ?

Elle redressa les épaules, décidée à lui lancer un rapide « Bonjour » sans s'arrêter. Malheureusement, en quittant le magasin plongé dans la pénombre, elle fut éblouie par l'éclatant soleil de juin et dut marquer une pause le temps que ses yeux s'ajustent à la lumière.

— Puis-je vous dire un mot ?

Il lui suffit d'entendre la voix profonde du shérif, pourtant parfaitement courtoise, pour se sentir aussitôt déstabilisée.

— J'aimerais vous parler de Rory, précisa-t-il.

— Il a fini sa journée de travail. Nous sommes descendus à vélo ensemble. Il a dit qu'il allait nager avec des amis.

— Je le sais. Il est passé à mon bureau. Avez-vous déjeuné ?

Elle n'avait aucune envie de déjeuner avec cet homme. Hélas ! elle n'avait rien avalé depuis l'aube, et c'est l'instant que choisit son estomac pour le lui rappeler bruyamment.

— Je prends cela comme un non, déclara-t-il.

Elle n'eut pas le temps de protester qu'il la prit par le coude et l'entraîna de l'autre côté de la rue. A sa grande surprise, ils se dirigeaient non vers la cafétéria tenue par Rachel, mais à côté, vers les bureaux de la police.

— J'espère que vous aimez le chili con carne, dit-il en la poussant à l'intérieur. McMillan en a fait assez pour nourrir une armée entière.

Elle le regarda, songeuse. Jusqu'où devrait-elle pousser les confidences durant ce « déjeuner » ?

Garrett était déterminé à obtenir des réponses de Samantha Weston — si tel était vraiment son nom — et, pour cela, il devait être sur son propre terrain. C'était la seule façon de savoir qui était vraiment l'employeuse de son fils sans aller à l'encontre de son droit à la vie privée. L'invitation à déjeuner était censée rendre l'opération — un interrogatoire qui demandait un doigté qu'il n'était pas certain de posséder — moins menaçante. Il était shérif, mais il avait été élevé dans les valeurs du Sud. On ne terrorisait pas un nouveau venu simplement parce qu'on ignorait ce que son père, son grand-père et son arrière-grand-père avaient fait dans la vie.

— Par ici, dit-il en la guidant vers un escalier menant au premier étage.

Très calme, elle semblait protégée par une armure tandis qu'elle gravissait les marches devant lui. Manifestement, elle était sur ses gardes. Il se demanda pourquoi. Arrivée en haut, elle s'arrêta, semblant hésiter.

D'une légère poussée dans le dos, il la fit entrer dans la cuisine, sans la présenter aux agents qui mangeaient autour de la longue table centrale à tréteaux. Ils dévisagèrent la jeune femme avec intérêt, puis se tournèrent vers lui, l'air étonné. C'était inhabituel de sa part de faire monter à l'étage une personne extérieure au service. D'ordinaire, il menait ses interrogatoires en bas, selon les règles. Il ne mêlait jamais vie privée et travail. Ce n'était peut-être pas une bonne idée de l'avoir amenée ici, après tout.

En silence, il plaça assiettes, couverts et serviettes sur des plateaux, et montra du doigt le plat de chili, la salade, le pain et la carafe de thé glacé. D'un signe de tête majestueux, elle lui signifia qu'elle prendrait de tout. Il ne s'était pas senti aussi mal à l'aise depuis sa première danse avec une fille, au collège. Derrière eux, un silence assourdissant régnait.

Il lui tendit un plateau et lui fit signe de le suivre vers l'escalier. Elle parut surprise qu'ils ne s'installent pas à table avec les autres.

— Nous mangerons dans mon bureau, dit-il à voix basse.

Pas assez basse cependant car, du coin de l'œil, il surprit un sourire sur le visage de l'agent Sooner.

Une fois dans son bureau, à l'abri des oreilles indiscrètes, il posa son plateau sur une pile de papiers, fit un peu de place et indiqua une chaise à son invitée. Elle s'assit avec précaution, les yeux fixés sur un énorme piège que Ziggy Newsome avait laissé là.

Du bout du pied, il le poussa dans un coin.

— Désolé pour le désordre.

— Vous vouliez me parler de votre fils, lui rappela-t-elle, imperturbable.

Elle ne se laissait pas facilement démonter, se dit-il.

— J'ignore ce qu'il vous a raconté sur sa situation, commença-t-il, tâchant de faire preuve du même sang-froid.

— Il m'a appris qu'il passait les vacances scolaires et les congés d'été chez vous, et qu'il habitait à Charlotte avec sa mère le reste de l'année. Hormis cela, nous n'avons parlé que des animaux et de la ferme. Dans ce domaine, il m'a paru très mûr pour son âge.

— Avez-vous l'habitude des enfants ?

— Non.

— Dans ce cas, raison de plus pour discuter.

Tout en dépliant sa serviette sur ses genoux, elle lui lança un regard qui signifiait : « Si vous le dites ! »

— En tant que parents divorcés, nous sommes deux fois plus vigilants, poursuivit-il.

— Sans compter, dit-elle en grignotant délicatement une feuille de salade, que vous êtes le shérif de cette ville et que vous tenez à savoir qui pénètre sur votre territoire. Vous vous demandez ce que je fais ici.

— Vous avez deviné juste. Mais quatre-vingt-dix pour cent de la population d'Applegate se posent les mêmes questions que moi. Vous deviez vous douter que votre activité allait susciter la curiosité. C'est quelque chose d'assez inhabituel.

— Et Abel qui me disait à l'instant que, ici, on n'aimait pas les curieux, que chacun vivait comme il l'entendait !

Elle lui adressa un sourire glacial et reprit :

— Les randonnées avec des lamas sont-elles une activité suspecte à vos yeux, shérif ? J'ai fourni un descriptif lorsque j'ai demandé ma licence. N'importe qui peut le lire.

— Je l'ai lu.

La fourchette de la jeune femme s'immobilisa à mi-hauteur.

— Oh ! Vraiment ? Et aviez-vous lu celui de Rachel lorsqu'elle a acheté le restaurant ? Ou celui d'Abel lorsqu'il a hérité de son magasin d'alimentation animale ?

De façon assez inattendue, il se sentit désarçonné par ce contre-interrogatoire et par le regard pénétrant de la jeune femme.

— Vous... Vous devez comprendre que je vous parle en

tant que père. Mon attitude serait la même si mon fils allait passer une nuit chez un copain ou prenait un travail à temps partiel à…

— Donc, vous voulez savoir quel genre d'employeur je suis. Vous êtes-vous adressé à Red Harris ? Il m'observe depuis assez longtemps : il sait que je suis quelqu'un de fiable. Et à Abel ? Il pourrait vous dire que je paye toujours mes factures dans les délais, énonça-t-elle d'un ton léger.

Pourtant, elle était clairement sur la défensive. Et son attitude corporelle indiquait qu'elle n'était nullement intimidée.

— Les avez-vous interrogés ? insista-t-elle.

Qui diable conduisait cet entretien ? songea-t-il, sentant la moutarde lui monter au nez.

— Non. Mais puisque vous abordez la question des références, comment se fait-il que je n'aie pas trouvé de Samantha Weston dans les fichiers d'identité ? Il n'y a même pas de permis de conduire à ce nom.

— Vous avez donc enquêté sur mon compte !

Elle semblait presque soulagée.

— Pour votre information, reprit-elle, il n'existe pas de permis de conduire à mon nom parce que je ne conduis pas. Votre repas va être froid.

— Oui.

Décidément, cette femme ne se laissait pas facilement impressionner, quelles que soient les circonstances.

— Et pouvez-vous me faire part de vos découvertes ? s'enquit-elle avec politesse, comme s'ils étaient en train de parler du temps qu'il faisait.

Tant pis pour le doigté.

— Tout, depuis vos factures de téléphone jusqu'aux titres de propriété de Whistling Meadows, nous ramène à une société anonyme du nom d'Ashley Dreams.

— Oui, se contenta-t-elle de répondre sans offrir d'explication. Y a-t-il quelque chose de mal à cela ?

— Pas que je sache, non.

— Eh bien, j'imagine que je ne peux pas vous en vouloir de faire votre travail, dit-elle sur un ton qui suggérait l'inverse.

— Par simple curiosité : quel lien avez-vous avec Ashley Dreams ?

— Me posez-vous la question en tant que shérif ou en tant que père ?

Elle avait des yeux marron pailletés d'or, remarqua-t-il. Et ils s'assombrissaient lorsqu'elle devenait sérieuse.

— Ni l'un ni l'autre. C'est une simple question.

— Vous voulez savoir si je suis le P.-D.G. ou une simple employée, c'est ça ?

S'il était sûr d'une chose, c'est que cette femme ne pouvait être une simple employée.

— Officiellement, Whistling Meadows est la propriété d'Ashley Dreams mais, en réalité, personne ne possède ce pâturage et ce pan de montagne. Vous devriez savoir cela, shérif. Votre fils m'a dit que vous aviez grandi ici. Cette terre est si ancienne qu'aucun humain ne peut en revendiquer la propriété. Les lamas, eux, sentent d'instinct ce que les hommes ne parviennent pas à comprendre. Les animaux se contentent de vivre à la surface du globe, au jour le jour. Etre en vie au milieu de toute cette splendeur leur suffit. Que quelqu'un — individu ou société — s'imagine être maître d'une parcelle de terrain est ridicule. Personnellement, je me considère comme un simple élément du paysage. J'essaie de vivre ici sans laisser de marque trop profonde.

— Une philosophe, fit-il.

Mais le fait qu'elle ait largement éludé sa question ne lui avait pas échappé.

— C'est la chose la plus gentille qu'on m'ait dite depuis longtemps.

Elle se leva et conclut :

— Sur cette note positive, je vais vous laisser. Je dois retourner à la ferme. Merci pour le déjeuner.

Elle lui sourit, puis quitta son bureau, le laissant seul avec son repas froid, l'infime trace d'un délicat parfum flottant dans l'air, et la ferme conviction que, philosophe ou non, Samantha Weston — si elle s'appelait réellement ainsi — était une femme extrêmement indépendante.

Dehors, Samantha frissonna, glacée. Elle était furieuse.

Apparemment, ce maudit shérif se croyait autorisé à se montrer brutal et inquisiteur sans en subir les conséquences.

Pour évacuer sa colère, elle pédala comme une furie tout le long du trajet jusqu'à la ferme, malgré le chaud soleil de juin.

Elle résolut d'appliquer au shérif le traitement qu'elle réservait aux gens désagréables : l'indifférence. Le problème, c'est que tant que Rory travaillerait pour elle, le risque de tomber sur lui était grand. Elle pouvait toujours licencier le garçon, mais son père la traînerait alors en justice pour obtenir des indemnités. Lorsqu'il découvrirait sa véritable identité, il se réjouirait certainement d'être tombé sur la poule aux œufs d'or.

Non, il fallait qu'elle fasse profil bas. Avec le shérif et Max sur ses talons, c'était plus sage.

Max… Il lui était complètement sorti de l'esprit, celui-là ! Mais lui ne l'aurait pas oubliée, elle pouvait en être sûre. Qu'elle ne l'ait pas vu en ville ne pouvait signifier qu'une chose : il avait découvert ce qu'il cherchait et était retourné auprès de son père faire son rapport.

Celui-ci prendrait son temps avant de décider de la marche à suivre. On ne bâtissait pas un empire hôtelier en agissant dans la précipitation. Avec un peu de chance, l'inauguration du nouvel hôtel à Singapour l'occuperait encore pendant une semaine ou deux. Il ne dirait rien de ce qu'il savait à sa mère, puis, au dernier moment, lui annoncerait : « Fais ta valise. Nous partons en escapade. » Puis ils s'envoleraient vers le sud et, à la façon d'un ouragan, dévasteraient les fragiles fondations de sa nouvelle existence. Sa mère aurait tôt fait de refaire entièrement la décoration de sa ferme. Quant à son père… Difficile de l'imaginer sous le porche de la baraque, en train de siroter des martinis avec Red !

Malgré ses demandes, ses parents viendraient, c'était une certitude. Il était hors de son pouvoir de les en empêcher. Elle espérait seulement que la presse ne suivrait pas.

Au moins, cela donnerait du grain à moudre au shérif, songea-t-elle avec cynisme.

Lorsqu'elle tourna dans l'allée de Whistling Meadows, elle était en nage. Sa mère l'aurait vue ainsi, elle lui aurait sans doute reproché son manque d'élégance. Eh bien, il faudrait qu'elle s'y fasse. Désormais, sa fille vivait à la campagne.

De son côté, elle devait apprendre à cesser de s'inquiéter du lendemain.

Reste dans l'instant présent, s'exhorta-t-elle. *Pour le moment, ni la presse ni tes parents ne sont là. Et il n'y a pas de raison que tu croises de nouveau le shérif…*

A ce moment précis, elle vit le corps étendu sous le porche de sa maison.

Un homme.

Il ne bougeait pas.

Elle jeta un regard en direction de la baraque. Le pick-up de Red n'y était pas. Son premier réflexe fut de prévenir la sécurité de l'hôtel, avant de se rappeler que, là où elle se trouvait, il n'y avait pas de service de sécurité.

La priorité était d'appeler les secours.

Ensuite, il ne lui resterait plus qu'à prier pour que le shérif ne se mette pas également à la soupçonner de meurtre.

4

— Il est mort ?

— Ivre mort, plutôt, répondit Garrett, les yeux fixés sur Mack qui gisait, immobile, sous le porche de Samantha.

Imbibé de whisky comme il l'était, comment Mack avait-il réussi à faire à pied la route depuis chez ses parents ? s'interrogea-t-il.

— Savez-vous qui c'est ? s'enquit la jeune femme.

Elle faisait preuve encore une fois d'un extraordinaire sang-froid, songea-t-il. Dans une telle situation, nombre de femmes de sa connaissance auraient paniqué.

— Je le connais. Il s'appelle Mack Whittaker.

Par souci de confidentialité, il n'en dit pas plus.

Il tenta d'évaluer les efforts qu'il devrait déployer pour transporter son ami jusqu'à la voiture. Ils faisaient à peu près la même taille et le même poids — un mètre quatre-vingt-quinze pour quatre-vingt-dix kilos bien pesés — mais Mack était inconscient, et un poids mort était toujours plus lourd à porter.

— A-t-il des proches ?

Elle s'agenouilla près de la forme immobile sans esquisser la plus légère moue de dégoût — bien que Mack ne sentît pas précisément la rose à cet instant. Garrett se surprit à contempler les boucles blondes qui voletaient autour du visage de la jeune femme, à admirer son teint de porcelaine — si rare par ici. Le coup de soleil qui commençait à poindre sur son nez et ses joues lui causa une vague inquiétude, mais il reprit bien vite ses esprits.

Elle leva les yeux vers lui. Ils n'étaient pas marron, comme il l'avait cru au début, mais d'une douce teinte noisette. Son regard, en revanche, était pénétrant. Elle insista :

— Une épouse, peut-être ?

— N… Non. Pas d'épouse. Des parents.

Il s'obligea à retrouver une attitude professionnelle.

— Mais je ne veux pas que Lily voie son fils ainsi, décréta-t-il. Elle se fait assez de souci comme cela. Je vais appeler du renfort. Laissons-le cuver son vin en cellule. Il prendra une douche à son réveil.

— Est-il dangereux ?

— Non.

Seulement pour lui-même, ajouta-t-il en silence. Il ne voulait pas reconnaître à voix haute à quel point son vieil ami était tombé bas, combien difficile semblait le chemin de la guérison et sa propre impuissance. Il n'était pas encore prêt à jeter l'éponge.

— Dans ce cas, qu'il reste ici, dit-elle en se relevant.

Comme si c'était elle qui était aux commandes. En fait, sa façon de parler, de se tenir dénotait la personne habituée à donner des ordres. Et à être obéie.

— Vous ne le connaissez même pas.

— Mais je sais ce que c'est que d'être…

Leur conversation fut interrompue par l'arrivée de Red Harris. Dommage, songea Garrett. De toute façon, il voyait mal ce que la jeune femme pouvait avoir de commun avec le malheureux qui gisait sous son porche. Deux personnes n'auraient pu être plus différentes.

Red sauta à bas de son pick-up.

— Ziggy Newsome m'a dit qu'il avait vu Mack se diriger par ici, et qu'il ne marchait pas tellement droit.

L'air inquiet, il scruta le visage de Samantha.

— Il ne vous a pas trop effrayée, Duchesse ?

— Au début, j'ai cru qu'il était mort. Mais ça va, maintenant.

Le vieil homme se tourna vers Garrett.

— Il est en piteux état ! Vous voulez que je vous aide à l'installer dans la voiture ?

— Oui, merci.

Elle les arrêta d'un geste de la main.

— Attendez ! Je continue à penser qu'il devrait rester ici jusqu'à ce qu'il soit de nouveau sobre.

— Sans vouloir vous manquer de respect, c'est une idée complètement ridicule ! répliqua Garrett en s'accroupissant près de Mack pour l'attraper par les aisselles. C'est dans une cellule de dégrisement qu'il sera le mieux.

— Pas si ridicule que cela, si on y réfléchit, objecta Red en saisissant Mack sous les genoux. Ce serait humiliant pour lui s'il devait se réveiller devant tous ses collègues. Il vous en voudrait. Portons-le jusque chez moi. Je veillerai sur lui.

Garrett continuait à être sceptique.

— Vous n'êtes pas obligé de faire ça, Red.

— Je le sais. Mais Mack a toujours été serviable avec tout le monde. C'est un type bien. Il traverse une mauvaise passe, voilà tout.

Samantha semblait boire chacune de ses paroles, remarqua Garrett, intrigué. Autant il comprenait que Red se sente concerné par le sort de Mack, autant il voyait mal en quoi tout cela pouvait la toucher, elle.

— Duchesse, allez donc ouvrir la porte de la baraque, ordonna le vieux fermier. Garrett et moi allons essayer de porter Mack jusque-là-bas.

Même à deux, l'opération ne se fit pas sans mal.

— Pas sur mon lit ! dit Red lorsqu'ils furent à l'intérieur. Je viens juste de changer les draps. Je suis peut-être un bon samaritain, mais je ne suis pas un saint ! Mettons-le plutôt sur une couchette dans le dortoir des ouvriers.

— J'aimerais que vous m'avertissiez quand il se réveillera, lui dit Samantha une fois Mack installé sur son lit de fortune. Je veux lui parler.

— D'accord.

Elle se tourna ensuite vers Garrett. Que pouvait-elle bien avoir à raconter à son ami ? se demandait-il.

— Je vous raccompagne à votre voiture.

— Inutile.

Sans tenir compte de son refus, elle le suivit dehors.

— Si j'ai bien compris, cet homme travaille au bureau du shérif ?

— Il est en congé pour le moment.

Cela ne la regardait pas et, d'ailleurs, il n'aimait pas qu'on le questionne. Particulièrement sur des sujets qu'il ne maîtrisait pas.

— C'est surtout un très vieil ami à moi, ajouta-t-il. Mais vous… Qu'est-ce qui vous pousse donc à l'aider ?

Elle leva vers lui un regard empli de sérénité. Il devinait une grande force et beaucoup de volonté sous son apparence sophistiquée. Il suffisait de passer quelques minutes en sa compagnie pour le percevoir. Ce qui lui échappait — pour le moment —, c'était ses motivations. Déjà, pourquoi avait-elle choisi de s'installer à Applegate ? Et pour quelle raison, après être restée discrètement dans son coin jusqu'ici, choisissait-elle de s'impliquer auprès de quelqu'un, et justement auprès de Mack ?

— Souhaitez-vous qu'on vous prévienne lorsque… Mack, avez-vous dit ? … ira mieux ?

— Je repasserai dans un moment. Si vous attendez qu'il se sente assez bien pour se lever, il risque de vous brûler la politesse !

— C'est possible.

Elle semblait si sûre d'elle qu'il aurait pu croire qu'elle en savait plus long que lui-même sur son ami.

— Je repasse tout à l'heure, insista-t-il.

— Inutile. Red et moi nous nous en sortirons très bien tout seuls.

Mécontent, il monta dans sa voiture. Le matin même, il s'était fixé deux objectifs : aider Mack et en apprendre davantage sur le compte de l'employeuse de son fils. Et qu'avait-il accompli à la fin de la journée ? Pour ainsi dire rien.

Samantha regarda le shérif s'en aller. Jusqu'à présent, elle avait délibérément recherché la solitude, dans l'intention de réunir les morceaux épars de sa vie. Pourquoi s'exposait-elle maintenant ?

Peu désireuse de découvrir trop tôt la réponse à cette question, elle se rendit dans la grange afin de préparer l'équipement pour le lendemain. Au programme, une randonnée suivie d'un déjeuner arrosé de vin pour un groupe de retraités venant d'Atlanta. Elle voulait que tout soit prêt lorsqu'elle rentrerait de sa réunion AA du matin.

Elle avait commencé depuis à peine cinq minutes quand Percy passa la tête par l'ouverture de la porte qui donnait sur le pré. Depuis qu'elle l'avait soigné pour un ongle infecté, deux semaines plus tôt, l'animal avait décidé qu'il préférait sa compagnie à celle de ses congénères. Il montrait en outre une troublante propension à se comporter davantage comme un être humain que comme un lama, ainsi qu'une extrême curiosité. Aujourd'hui, il semblait décidé à lui tourner autour pour découvrir ce qui la troublait.

Qu'était-ce donc, au juste ?

Pourquoi était-elle sortie de l'ombre pour aider Mack Whittaker ? Un ami du shérif, rien moins que cela !

Elle ne se cachait pas, se justifia-t-elle en silence sous le regard scrutateur de Percy. Samantha Weston n'était pas un faux nom. Samantha était le prénom de sa grand-mère paternelle, et Weston, le nom de jeune fille de sa grand-mère maternelle, deux femmes qui avaient mené des existences riches et fécondes. Elle espérait leur rendre ainsi hommage, et suivre leur exemple.

Or, lorsqu'on était une femme de valeur, on ne laissait pas une autre personne se détruire, ainsi que Mack semblait disposé à le faire. Elle savait ce qu'il traversait. Le moment était peut-être venu d'aller chercher des forces tout au fond d'elle-même et de découvrir ce qu'elle avait à offrir. Un défi de taille.

— Occupe-toi donc de tes affaires, dit-elle à Percy, qui continuait à la dévisager de ses grands yeux perspicaces. Retourne jouer avec les autres.

Il n'en fit rien, et elle termina son ouvrage sous son regard pensif.

Fidèle à sa promesse, Garrett repassa plus tard ce soir-là, mais il se rendit directement à la baraque sans même la saluer. C'était tout aussi bien, se dit-elle.

Elle se disait beaucoup de choses, ces temps-ci. A croire qu'elle avait besoin de se justifier à ses propres yeux.

Tôt le lendemain matin, Garrett conduisit Rory en voiture à Whistling Meadows. Red vint aussitôt à leur rencontre.

— Il faut que nous allions réparer la clôture avant le retour de la duchesse, dit-il à Rory en sortant le vélo du coffre. Elle a été défoncée par un tracteur, ou peut-être un quad. J'ai ma petite idée sur l'identité des coupables, mais je m'occuperai d'eux au moment voulu. Les outils sont dans mon pick-up. Allons-y.

— Je vais voir Mack, annonça Garrett.

— Il n'est pas ici, répondit Red en appuyant le vélo contre le mur. La duchesse l'a emmené à sa réunion des Alcooliques Anomymes.

— Sa réunion des Alcooliques Anonymes ?

— Elle s'y rend tous les jours après les corvées du matin.

Cette révélation fit à Garrett l'effet d'une petite bombe.

Les Alcooliques Anonymes ? Samantha ? Mais un détail lui revint aussitôt à l'esprit.

— Pourtant, elle ne conduit pas, et Mack…

— Sa marraine vient la chercher.

Imité par Rory, Red monta dans son pick-up et conclut :

— Ne vous inquiétez pas pour Mack. Il est entre de bonnes mains. La duchesse a peut-être l'apparence d'une poupée en porcelaine, mais c'est une dure à cuire !

Regardant le pick-up s'éloigner dans un nuage de poussière, Garrett se demanda ce qui l'étonnait le plus : que l'élégante et impassible Samantha assiste aux réunions des Alcooliques Anonymes, ou qu'elle ait réussi à convaincre Mack d'accepter de l'aide — entreprise où il avait lui-même échoué.

Il avait l'impression d'être quelque peu laissé pour compte, ces temps-ci. Non seulement son meilleur ami s'en était remis entièrement à une inconnue, mais son fils, après avoir décroché seul son premier emploi, venait de partir sans même un regard en arrière. Quant à son ex-femme, elle se préparait à emmener Rory vivre de l'autre côté de l'océan. Et personne ne songeait à l'inclure dans les événements. C'était vexant, à la fin.

Non qu'il éprouvât le besoin de diriger. Mais il aurait tout de même bien aimé qu'on lui demandât son avis sur ces questions. Ce qui n'avait pas été le cas.

Au cours de la semaine qui suivit, ce sentiment qu'éprouvait Garrett ne disparut pas, bien au contraire.

Sur le parking du supermarché, il croisa un après-midi la mère de Mack. Il l'aida à charger ses courses dans son coffre de voiture, et elle lui apprit que son fils l'avait appelée pour lui dire de ne pas s'inquiéter : il se reposait à Whistling Meadows et allait régulièrement aux réunions des Alcooliques Anonymes. C'était un miracle, soupira-t-elle, les larmes aux yeux.

Manifestement, le métier de parent ne devenait pas plus facile quand les enfants grandissaient, songea Garrett avec un pincement au cœur. Quoi qu'il en soit, il n'avait pas de raison de se mêler de la vie de Mack : Red et Samantha s'occupaient déjà de lui. Et, de toute façon, son ami ne l'avait pas appelé.

Quant à Rory, il partait au travail de plus en plus tôt et rentrait toujours plus tard le soir. Il ne le voyait presque plus. Un jour, il l'avait croisé en ville, occupé avec Red à installer de nouveaux panneaux publicitaires pour la ferme. Les anciens avaient été arrachés, l'informèrent-ils. Tous deux semblaient prendre cet acte de vandalisme comme un affront personnel. A la maison, l'adolescent passait son temps dans sa chambre, le nez plongé dans des livres sur l'élevage empruntés à la bibliothèque municipale.

Garrett avait eu une nouvelle discussion avec Noelle. Son entretien professionnel s'était bien passé, mais elle ignorait encore si elle obtiendrait le poste. Elle n'était pas inquiète. Après être restée quelques jours à Londres, le temps de serrer des mains et de se faire bien voir, elle était de retour à Charlotte. Elle comptait toujours sur lui pour lui fournir des renseignements complets sur Mlle Weston.

L'ennui, c'est qu'il ne voyait plus tellement la nécessité d'enquêter sur Samantha. Celle-ci avait l'approbation pleine et entière de Red — et Red n'était pas un imbécile. Elle était membre des Alcooliques Anonymes, d'accord… Et alors ? Cela la regardait. Elle ne possédait même pas de voiture : de ce côté, Rory ne risquait rien. Toutes ses licences étaient en ordre. Que ce soit en tant que shérif ou père, avait-il besoin d'en savoir plus ?

Toutefois, en tant qu'homme…

— Etes-vous sûr que cet article est à vous, shérif ?

La voix de Kate Mulroney, l'une des caissières du supermarché, le tira de sa rêverie.

Baissant les yeux, il vit une boîte de tampons hygiéniques au milieu du lait, du pain et du café posés sur le tapis roulant.

Une main fine s'avança pour s'en emparer.

— C'est à moi.

Il pivota et se retrouva face à Samantha, ensorcelé malgré lui par la calme et si mystérieuse assurance de la jeune femme.

Kate se chargea de le rappeler à la réalité.

— Alors, c'est ce soir que le conseil municipal délibère sur le projet saugrenu de mon cousin ! dit-elle en scannant les articles. Si l'idée est adoptée, vous aurez du pain sur la planche ! Un tournoi de boules dans la rue… Qui a jamais entendu une chose pareille ?

Pouffant de rire, elle secoua la tête.

— Moi, intervint Samantha. Je crois que c'est un jeu irlandais.

— C'est ce que dit mon cousin Pat, repartit Kate, tout heureuse d'engager une conversation à trois.

Garrett, lui, ne désirait qu'une chose : prendre son ticket et s'échapper. Il devait rentrer chez lui pour dîner en vitesse avant de faire une apparition au conseil municipal.

— Il y a quelques semaines, Pat est allé à une réunion de famille en Virginie, poursuivit la caissière, nullement troublée par son impatience manifeste. Là-bas, il a joué à ce jeu. Il est revenu plus irlandais qu'irlandais. Il veut qu'on l'appelle Padraig, c'est pour vous dire !

— Kate ! la rappela à l'ordre Garrett tout en fourrant ses articles dans un sac. Mon ticket.

— Bien sûr !

Jetant un coup d'œil au ticket de caisse, elle s'exclama :

— Oh ! zut ! J'ai compté les tampons avec le reste. Je vais devoir tout annuler et recommencer.

Il s'empara du ticket.

— Laissez tomber. J'offre à Mlle Weston ses… affaires.

— Ne soyez pas ridicule. Nous allons régler cela dehors, protesta Samantha en le poussant doucement vers la sortie.

Quelle plaie ! fulmina-t-il en silence. Tout ce qu'il voulait, c'était s'éloigner d'elle au plus vite.

Dehors, elle lui prit le ticket de caisse puis plongea la main dans la poche de son jean pour en retirer de la monnaie. Une douce brise faisait danser ses boucles blondes, qui brillaient sous le soleil.

— Pour revenir à cette histoire de tournoi… De quoi s'agit-il, exactement ? s'enquit-elle.

Il contre-attaqua:

— Comment va Mack ?

— Bien.

Le regardant bien en face, elle lui tendit l'appoint.

— Et ce tournoi ?

Il n'avait aucune envie de parler de ça. C'était le genre de manifestation farfelue qui ne se rencontre que dans les petites villes, chez les « péquenauds », comme aurait dit Noelle. Il aurait préféré discuter de Mack, mais elle ne souhaitait visiblement pas aborder ce sujet.

Il empocha l'argent.

— Pour l'instant, ce n'est qu'une idée fantaisiste de Pat. Reposez-moi la question demain, lorsque le conseil aura voté.

Sur ces mots, il s'éloigna sans un regard en arrière.

Samantha le regarda s'éloigner d'un pas raide. Elle l'avait mis en colère en refusant de lui donner des nouvelles de son ami, elle l'avait bien vu. Pourtant, elle n'avait fait qu'obéir aux directives de Mack. Investie comme elle l'était désormais dans le processus de guérison de ce dernier, elle ne pouvait prendre le risque de perdre sa confiance.

Tout en pédalant en direction de Whistling Meadows, elle songea aux deux hommes. Ils étaient aussi proches que des frères : la situation était assez inconfortable pour elle.

Lorsqu'elle parvint enfin devant sa maison, elle aperçut Mack, Red et Rory assis en rond sous le porche de la baraque, un peu plus haut sur la colline. A en juger par leur expression sérieuse, ils n'étaient pas en train de jouer aux cartes. Mais que faisait encore Rory ici à cette heure ? C'était presque l'heure du dîner. Certes, ils s'étaient mis d'accord sur une certaine flexibilité des horaires mais, depuis quelque temps, le garçon habitait quasiment sur place. Non que cela la gêne : depuis le début, il semblait avoir endossé le rôle de protecteur vis-à-vis des lamas et de la terre. Quant à Red, bien qu'elle ne lui verse pas de salaire, il paraissait désormais plus résolu à l'aider à faire tourner Whistling Meadows qu'à profiter de sa retraite en pêchant. Pour quelqu'un qui comptait rester discret, elle était maintenant entourée d'une troupe singulière.

Elle n'avait pas encore faim — les repas qu'elle confectionnait elle-même ne la mettaient guère en appétit —, aussi prit-elle le chemin de la baraque, longeant le petit pré où les lamas étaient en train de se rouler dans la poussière. A son approche, les poules de Red s'égaillèrent en caquetant.

— Coucou ! lança-t-elle en s'avançant vers le porche.

Les trois compères se turent aussitôt, comme s'ils étaient en train de parler d'elle.

— Que se passe-t-il ?

— Rien, répondit Red un peu trop vite. Quoi de neuf en ville ?

— J'ai entendu parler d'un tournoi de boules. De quoi s'agit-il ?

Il était important pour elle de le savoir : tout ce qui amenait du monde dans la région était bon pour les affaires. Même si gagner de l'argent n'était plus sa priorité, les vieux réflexes avaient la vie dure.

Mack se leva et, sans même un salut, rentra dans la baraque.

— Ce doit être une idée de Pat Mulroney, répondit Red. Si elle est adoptée au conseil, je monterai peut-être une équipe.

Il regarda Rory.

— Tu en serais ?

— Une équipe ? interrogea l'adolescent, l'air intéressé.

— Si l'on peut dire.

Red s'adossa plus confortablement à son siège, tandis que Samantha s'asseyait sur la dernière marche du perron.

— Il faut être deux, reprit Red. Voici les règles : les joueurs lancent tour à tour une boule en métal, qui doit peser autour de huit cents grammes, sur une « piste » qu'on délimite au préalable. Le jeu se déroule toujours en plein air, sur la route. L'équipe qui atteint le point d'arrivée avec le moins de lancers remporte la victoire.

— C'est tout ? s'étonna Rory.

— Oui. Mais l'alcool circule en quantité et, d'après Pat, en Virginie, on n'interrompt pas la circulation pendant les tournois. Ton père a du souci à se faire. Surtout que, d'après les rumeurs, les boules des vieux canons exposés devant le tribunal pèsent exactement huit cents grammes.

Rory semblait peu intéressé par les questions de sécurité.

— Je pense que Whistling Meadows devrait avoir son équipe, déclara-t-il.

— Ne me regardez pas, prévint Samantha. Je ne sais même pas lancer un Frisbee ! Mais je peux me charger des boissons. Je distribuerai de la limonade.

— Mack pourrait tenir le stand avec vous, suggéra Red. Vous seriez l'équipe des Abstinents.

Mack et elle formeraient une paire assez improbable, songea-t-elle. L'ancien soldat constituait une énigme à ses yeux. Une fois convaincu d'assister aux réunions AA, il avait attaqué sa cure avec une volonté farouche. Il ne communiquait pas pour autant avec elle, sinon pour lui enjoindre de ne parler de lui à personne — à Garrett en particulier. En fait, quelque chose chez lui semblait éteint. Elle en était presque inquiète : malgré la thérapie, Mack avait-il réellement affronté la vraie raison de son désespoir ? Serait-il capable un jour de réintégrer l'équipe du shérif ? A plus forte raison de participer à un divertissement aussi bruyant qu'un tournoi de boules ? Pour l'instant, elle ne l'avait pas encore vu sourire.

— Il faut que je me sauve, déclara Rory. Papa dîne à la

maison, ce soir. Geneva a préparé du bœuf braisé, son plat préféré.

Du bœuf braisé, mmm… Et, cerise sur le gâteau, préparé par quelqu'un d'autre ! Samantha en avait l'eau à la bouche.

L'adolescent s'éloigna à toute allure sur son vélo, comme s'il tentait de décrocher le maillot jaune.

— C'est étrange, dit-elle. Je n'ai aucune expérience avec les enfants, et pourtant, son énergie me manque lorsqu'il n'est plus là.

Red la dévisagea avec attention.

— Les enfants sont une bénédiction.

Son regard se perdit dans le vague.

— Moi, je n'en ai pas eus. La vie en a décidé ainsi. Mais vous, par contre…

— Pour le moment, je suis célibataire. Or, pour avoir des enfants, encore faut-il avoir rencontré la bonne personne.

— Vous l'avez juste sous vos yeux.

— Seriez-vous en train de flirter avec moi, monsieur Harris ?

— Dans mes rêves ! plaisanta Red avec un petit sourire en coin. Je ne parle pas de moi. Ne me dites pas que vous ne l'avez pas remarqué !

— Vous pensez à Mack ?

— Non.

Tant mieux. Car bien que Mack et elle aient passé ensemble des moments forts au cours de la semaine qui venait de s'écouler, il n'y avait entre eux aucune alchimie, pas une once de la tension sexuelle qu'elle ressentait en présence de…

— Vous ne faites tout de même pas allusion au shérif !

— Si ! s'exclama-t-il, son visage ridé par le soleil respirant le contentement de soi. Toute la ville a remarqué les étincelles qui fusent entre vous quand vous vous croisez dans la rue !

— Mais je ne cherche personne !

— Lui non plus. Seulement, la nature ne se soucie pas de ce genre de détails.

Il se leva et conclut :

— Je ferais bien d'aller voir ce que Mack veut manger ce soir. Je crois que ce sera une boîte de bœuf haché. A plus tard, Duchesse.

Samantha resta assise sur les marches du perron, abasourdie. Il n'y avait aucune attirance entre elle et le shérif.

Menteuse !

— Comment cela s'est-il passé ? demanda Geneva à Garrett à son retour du conseil municipal.

Elle enfila son sweat-shirt et rassembla ses affaires pour partir.

— Tout le monde est d'avis que le tournoi serait une superbe publicité pour Applegate, répondit-il. Comme si notre ville était une attraction de fête foraine !

— Oh ! ce sera amusant ! J'ai entendu dire que Ziggy Newsome avait proposé d'utiliser la route de terre battue qui traverse sa propriété. Mais, même sans le problème de la circulation, vous allez être débordé de travail.

Garrett en avait bien conscience, hélas !

— Comment va Rory ?

— Il est allé se coucher tôt. Tout ce travail manuel et cet air pur l'ont épuisé.

Garrett jeta un coup d'œil à sa montre. Couché dès 9 heures ? s'étonna-t-il en silence.

— Tout cela est bon pour lui.

— Il a l'air heureux, confirma Geneva.

Garrett ne voyait pas son fils assez souvent pour le dire avec autant de certitude.

— Merci, Geneva. A demain matin.

— Bonne nuit.

Il se mit à faire les cent pas dans le salon, très agité. Ce n'était pas seulement à cause du tournoi de boules à venir et des ennuis logistiques que ce dernier occasionnerait. Il venait de passer la soirée debout au fond de la salle de réunion de la mairie et, au lieu de réfléchir à la façon dont il allait s'y prendre pour maîtriser la circulation, la foule ou la consommation d'alcool, il n'avait songé qu'au manque de sang-froid dont il faisait preuve en présence de cette femme, Samantha Weston… Seigneur, qu'elle était attirante !

Et aussi, très certainement, hors de sa portée.

Alors, comment faire pour qu'elle cesse de s'immiscer jour et nuit dans ses pensées ? S'il avait un peu de cran, il lui proposerait de sortir avec lui. Après quelques heures passées en sa compagnie, il aurait la preuve qu'ils n'étaient pas faits l'un pour l'autre, et cela mettrait fin à cette attirance insensée. Oui, c'était une idée saugrenue, mais qui pouvait marcher.

En montant à l'étage, il voulut vérifier que Rory allait bien. Il ouvrit la porte de sa chambre : son fils dormait désormais sans veilleuse et… la fenêtre ouverte ! Le petit allait se faire dévorer par les moustiques.

Il entra dans la chambre pour baisser la moustiquaire et s'approcha du lit pour contempler son fils endormi — chose que Rory ne lui aurait jamais permise en état de veille.

Les contours qui se dessinaient sous les couvertures avaient une forme étrange, songea Garrett. Et si…

Il repoussa brusquement les couvertures. Dessous, il trouva des oreillers disposés de façon à donner l'impression d'une silhouette humaine.

Où diable était Rory ?

5

Debout au milieu de la chambre de Rory, Garrett s'exhortait à penser en policier, et non en père. Lorsque des parents l'appelaient pour lui demander de lancer un avis de recherche parce que leur enfant avait fait le mur un soir d'été, il leur disait de conserver leur calme et de commencer par contacter les amis de l'enfant.

La différence, là, c'est qu'il s'agissait de son fils.

Et puis, Rory ne séjournait à Applegate que le temps des vacances, il n'y avait pas d'amis. Les seuls garçons de son âge qu'il fréquentait étaient les deux petits-fils de Geneva. Lorsqu'ils venaient en visite chez leur grand-mère, celle-ci les emmenait avec elle à son travail pour tenir compagnie à Rory. Mais Garrett ne les avait pas vus depuis deux semaines. Toutefois, par acquit de conscience, il composa sur son portable le numéro de téléphone de sa femme de charge.

— Tout va bien ? demanda-t-elle à la seconde où elle décrocha.

— Non. Rory est parti !

Il alluma la lumière et inspecta la chambre en quête d'un mot ou de tout autre signe pouvant indiquer que cette disparition était davantage qu'une innocente escapade.

— Vous a-t-il paru contrarié, excité ? lui demanda-t-il.

Son fils avait pu aller retrouver quelqu'un. Une fille, peut-être ? C'était de son âge, après tout.

— Il semblait simplement joyeux et n'a pas arrêté de me

parler de la ferme, des drôles d'animaux qu'il y a là-bas, de Mlle Weston. Il a dit qu'il voulait faire une bonne nuit de sommeil pour arriver plus tôt au travail demain matin.

Dans ce cas, pourquoi était-il sorti ? s'interrogea Garrett en silence.

— Je suis au supermarché, continua Geneva. Avant de rentrer, je ferai un tour du côté des pistes de bowling, et s'il n'y est pas, j'irai voir sur le parking de l'église. Les gamins y sont tout le temps, pour faire du skateboard.

— Merci, Geneva, mais je préfère que vous rentriez directement chez vous vous reposer. Je vais appeler le poste et demander aux agents de patrouille d'ouvrir l'œil.

— Oh ! je serai incapable de me détendre tant que vous n'aurez pas appelé pour m'annoncer que vous l'avez retrouvé sain et sau !

Regrettant de l'avoir inquiétée inutilement, Garrett raccrocha et contacta le service de police. L'opératrice qui lui répondit lui assura qu'elle transmettrait l'information. Il était inutile de s'alarmer, lui dit-elle. A cet âge, les jeunes connaissaient tous une montée de sève. Cette observation, censée le rassurer, ne fit qu'accroître son angoisse.

Il se livra à une inspection plus poussée de la chambre de son fils : son sac à dos avait disparu. En revanche, sa casquette préférée, son baladeur numérique et sa collection de jeux vidéo étaient toujours là. Or, Rory ne se déplaçait jamais sans eux. Il avait donc l'intention de revenir. Mais quand ? Et où était-il, à présent ?

Soudain, Garrett réalisa qu'au début des vacances, son fils était arrivé à Applegate avec un téléphone portable haut de gamme ultra plat, doté de toutes les options possibles et imaginables, acheté par Noelle. Sur le moment, il avait trouvé cette débauche de luxe inappropriée pour un enfant de douze ans. A présent, il était heureux de disposer d'un moyen de le joindre. Il chercha son numéro dans sa liste de contacts, puis se mit à marcher de long en large tandis que la sonnerie retentissait une fois, deux fois, trois fois… Personne ne répondit, et il fut basculé sur la boîte vocale.

Il raccrocha sans laisser de message, puis regagna le rez-de-chaussée. Un tour sur la terrasse à l'arrière de la maison lui confirma ce qu'il suspectait déjà : le vélo de Rory avait aussi disparu.

Il ne restait rien d'autre à faire que de prendre la voiture et de rouler, dans l'espoir de le retrouver. Même par une aussi douce soirée d'été, tout était fermé dans Main Street à 22 heures. Seuls, le bureau du shérif, le supermarché, le Dairy Queen et la piste de bowling en plein air étaient encore ouverts.

Il passa lentement devant cette dernière, scrutant les petits groupes de joueurs. Hélas ! Rory n'était pas parmi eux.

Brusquement, il se souvint d'une chose que Geneva avait dite : Rory n'avait cessé de parler de Whistling Meadows. Se pouvait-il qu'il soit allé là-bas ? Et si oui, pour quelle raison ? Se faisait-il du souci pour l'une des bêtes ? Un été, il avait supplié Garrett et Mack de le laisser dormir dans l'étable des Whittaker pour assister à la naissance d'un veau.

Garrett fit brutalement demi-tour et prit la direction de Whistling Meadows. En se garant dans l'allée de la ferme, il fut soulagé de voir qu'il y avait encore de la lumière au rez-de-chaussée. Il était déjà assez ennuyeux de mêler Samantha Weston à un problème personnel sans avoir, en plus, à la tirer du lit.

Il traversa la cour et monta les marches de l'entrée : le vélo de Rory n'était nulle part en vue.

— Inutile de frapper, je suis là, fit la voix de Samantha depuis l'extrémité de la terrasse. Quelque chose ne va pas, shérif ?

Enfouie dans un ample gilet, elle était pelotonnée sur la balancelle et serrait une tasse de thé entre ses mains. En la regardant, il prit subitement conscience que la température s'était rafraîchie.

— Avez-vous vu Rory ?

— Pas depuis l'heure du dîner.

Elle se leva et, sortant de l'ombre, vint à lui, le visage inquiet.

— Que se passe-t-il ?

— Il est sorti en cachette de la maison. J'ai pensé qu'il y avait peut-être un problème avec les lamas. L'un d'eux est-il malade ? Ou sur le point de mettre bas ?

— Ils sont tous en bonne santé. Et ce sont des mâles.

Les sourcils froncés, elle parut réfléchir.

— Mack et Red ont peut-être une idée de ce qui se passe. Cet après-midi, j'ai eu l'impression que je les interrompais en pleine discussion.

— A quel propos ?

— Aucune idée. Allons poser la question à Red. Mack est sorti.

Garrett sourcilla à son tour. Il se faisait déjà assez de souci comme cela pour son fils sans avoir en plus à s'inquiéter pour son ami.

Samantha sembla deviner ses pensées.

— Ça va. Il est à une réunion des Alcooliques Anonymes. Il lui arrive d'y aller deux fois par jour.

Elle descendit les marches. Il lui emboîta le pas.

— Inutile de m'accompagner, lança-t-il.

— Ne soyez pas ridicule. Vous savez ce qu'on dit : on est plus fort à deux ! Allons jeter un coup d'œil dans la grange en passant. Rory s'est-il déjà enfui par le passé ?

— Non.

Mais il avait grandi depuis, ajouta-t-il in petto.

— C'est pourtant un enfant qui semble avoir la tête sur les épaules, fit-elle remarquer.

Elle pénétra dans le bâtiment et appuya sur l'interrupteur, illuminant les harnachements de cuir luisants de propreté et les réserves d'aliments stockées dans des containers parfaitement alignés.

— Regardez cet endroit : il n'a jamais été aussi bien rangé ! C'est grâce à Rory. Sa conduite de ce soir ne lui ressemble pas.

Malgré son inquiétude, Garrett ne put s'empêcher de se sentir fier de son fils, de son application.

— Rory ? appela-t-il. Tu es là ?

Ils inspectèrent les lieux. En vain. Mais alors qu'ils sortaient de la grange, ils virent Red descendre la colline au pas de course.

— Que se passe-t-il, shérif ? lança-t-il en venant à leur rencontre.

— Rory a disparu. Vous ne sauriez pas où il a pu aller, par hasard ?

— Bon sang !

Parvenu à leur hauteur, il s'arrêta et jeta un coup d'œil penaud à la jeune femme.

— Nous ne voulions pas vous mêler à tout ça, Duchesse. Mais je ne me doutais pas que le petit chercherait à régler ça tout seul !

— De quoi parlez-vous ? interrogea-t-elle, visiblement aussi perplexe que Garrett.

— Mack, Rory et moi pensons que quelqu'un cherche à vous nuire.

— A me nuire ? Comment cela ?

— Ça a commencé avec les ordures dans le pré. Puis il y a eu la clôture abîmée, et enfin les panneaux publicitaires arrachés. Des bêtises de gosses, mais embêtantes tout de même.

Samantha serra ses bras autour d'elle comme pour réprimer un frisson.

— Qui me voudrait du mal ? Vous croyez vraiment qu'il s'agit de quelque chose de plus grave que de simples actes de malveillance ?

— Je ne suis sûr de rien, répondit Red, la mine sombre.

Mais je crois savoir qui est derrière tout ça, même si je n'en ai pas la preuve.

Garrett aussi avait une idée de l'identité du coupable. Tanner. Le bonhomme tourmentait sa voisine pour la simple raison qu'à cause d'elle, il ne pouvait plus accéder en quad aux pistes forestières.

— Mais qu'a à voir Rory là-dedans ? demanda-t-elle, visiblement inquiète.

— Chaque fois, les déprédations ont eu lieu après la tombée de la nuit. Rory a donc suggéré qu'on espionne Tanner et ses fils à ce moment-là. C'était une bonne idée, mais Mack et moi lui avons bien précisé que c'était à nous de nous en charger.

— S'il a entrepris de faire le guet, je sais où il est, affirma Samantha. Dans le vieux verger qui jouxte la maison de Tanner.

— Bingo ! s'exclama Red en se dirigeant vers son pick-up. Vous deux, passez par le pré. Mais évitez de vous faire remarquer en appelant ou en vous servant de lampes. Il ne faut pas que Tanner et ses fils découvrent Rory. Ils lui rendraient la vie impossible tout le reste de son séjour.

— Où allez-vous ? s'enquit Garrett.

— Je me charge de détourner leur attention. Je vais aller frapper chez eux et leur demander s'ils ne m'auraient pas emprunté certains outils que je ne retrouve plus.

— Mais il est 22 heures passées !

— Aucune importance ! Ils me croient sénile, de toute façon. Cela ne les surprendra pas, répliqua le vieil homme en démarrant.

Il avait l'air presque joyeux, comme s'il participait à un film d'action.

Garrett réprima une moue d'inquiétude : était-ce bien sage de laisser Rory passer ses journées en compagnie de ces trois-là ?

— Allons-y. Partons chercher votre fils, l'encouragea Samantha, semblant deviner ses réticences.

— Vous n'êtes pas obligée de venir, d'autant qu'il s'agit de Tanner.

— Bien sûr que si ! C'est ma propriété. Et mon employé. Je me sens responsable.

Samantha lui emboîta le pas. Ils firent le tour de la grange pour gagner le grand pré. La lune ne s'était pas encore levée, et ils ne voyaient pas où ils posaient les pieds.

— Nous n'allons pas tomber sur l'un de vos animaux, n'est-ce pas ? l'interrogea Garrett alors qu'elle ouvrait la barrière.

— Non. Ils sont dans le petit pré. Et, de toute façon, ils ne sont pas agressifs.

— Si vous le dites.

— J'ai l'impression que vous n'approuvez pas ce plan. Peut-être devrions-nous choisir une autre approche ? Après tout, c'est vous le policier.

— Je suis ici en tant que père, pas en tant que shérif.

Ah ! voilà donc ce qui vous chiffonne ! songea-t-elle. *Vous ne voulez pas que je me mêle de votre vie privée.*

Mais son irritation se dissipa très vite à la pensée qu'à sa place, elle éprouverait la même chose.

— Je comprends…

— Arrêtons de parler. Red a raison : il ne faut pas que Tanner se doute que Rory l'espionne depuis le verger. Si c'est réellement là qu'il se trouve.

En ce qui la concernait, elle se passait très bien de faire la conversation. De toute façon, elle devait se concentrer sur sa marche. L'herbe haute et les monticules rocheux rendaient difficile l'ascension vers la pommeraie. Les étoiles qui brillaient dans le ciel sans lune semblaient très proches, mais ne fournissaient aucune lumière. Une chouette hulula tout près de là. L'air embaumait le chèvrefeuille.

Deux fois, elle trébucha. Bien qu'il ne soit qu'à quelques pas d'elle, Garrett ne leva pas le petit doigt pour l'aider. Il était en colère, elle le sentait, mais elle n'arrivait pas à déterminer si c'était à cause du mauvais tour que lui jouait son fils, ou si son hostilité lui était destinée en particulier. Elle ne parvenait pas à comprendre. A le comprendre, lui.

Ils approchaient du sommet — elle le devina grâce à la brise qui soufflait maintenant sur sa peau. La vieille pommeraie se trouvait sur l'autre versant de la colline, dans un creux abrité.

Soudain, quelque chose passa au-dessus de sa tête avec un sifflement aigu, si près qu'elle sentit des ailes la frôler. Par crainte d'être griffée par les serres puissantes d'une chouette, elle se laissa tomber à genoux en étouffant un cri de frayeur.

Quelques secondes plus tard, elle fut hissée sur ses pieds sans ménagement.

— Bon sang, à cause de vous, nous allons finir par nous faire tirer dessus ! gronda Garrett.

Lui agrippant le poignet, il l'entraîna rapidement de l'autre côté de la colline, dans l'ombre protectrice de l'odorant vallon. Lorsque, pareils à des silhouettes fantomatiques, les premiers arbres apparurent — il y en avait deux douzaines, plantées par le grand-père de Red — Garrett s'immobilisa si brusquement qu'elle se cogna contre lui.

Il la saisit par les épaules et se pencha vers elle. Pendant un instant, elle se sentit désorientée. Désorientée par son imposante carrure, par le contact tiède de sa joue, par son odeur d'homme. Du coup, elle n'entendit qu'une partie des ordres qu'il lui chuchota à l'oreille. Elle crut comprendre les mots : « restez près de moi. » Comme il reculait, elle tendit la main vers lui. Il lui encercla de nouveau le poignet et l'entraîna à sa suite comme si elle était un de ses détenus.

Il n'y avait que trois rangées d'arbres — le vallon était étroit. Garrett marcha vers celle qui était la plus proche de la clôture entre les deux propriétés. Elle distingua l'arrière de la maison de son voisin, dont les contours délabrés se découpaient sur un faible halo lumineux qui devait provenir d'une lampe à l'avant de la bâtisse.

Le pick-up de Red était invisible, mais des voix d'hommes leur parvenaient faiblement dans l'air de la nuit.

Garrett se dirigea vers l'arbre qui offrait la meilleure vue sur la cour. Lorsque les chiens se mirent à aboyer, elle le sentit se raidir. Pourtant, il poursuivit sa progression à travers le taillis — alors qu'ils ignoraient si les bêtes étaient attachées ou non. Pour un homme de sa stature, il se déplaçait avec une aisance surprenante, presque sans bruit.

Les vieux arbres étaient bas et tordus ; certaines branches touchaient le sol. Il était facile pour un enfant d'y grimper.

Garrett s'arrêta pour écouter. La lune commençait à monter au-dessus de la colline, ce qui était un mauvais point pour eux : s'il faisait plus clair, ils risquaient d'être plus facilement repérés. Soudain, il l'attira contre lui et lui plaqua une main sur la bouche. De l'autre, il tira sur ce qui ressemblait à une branche morte.

La « branche » se révéla être une jambe, une jambe attachée à Rory, qui dégringola par terre avec un bruit sourd. En l'espace d'une seconde, Garrett la lâcha et fondit sur le garçon pour le bâillonner à son tour. Bien que personne n'ait parlé, les chiens — qui n'étaient pas attachés et couraient librement derrière la clôture à moins de six mètres de là — sentirent leur présence et se remirent à aboyer.

Des silhouettes se profilèrent à l'angle de la maison.

— Qu'est-ce que vous avez flairé, les gars ? lança Tanner d'un ton aussi menaçant que réjoui. Un puma ? J'vais lui faire la peau, moi !

— Laisse-le ! Avec les chiens, il ne viendra pas plus près.

C'était la voix de Red.

Une détonation déchira la nuit.

— Baissez-vous ! gronda Garrett en s'accroupissant et en faisant signe à Rory et Samantha de le suivre. Et courez !

Au lieu de retourner vers le sommet de la colline, où ils se découperaient sur la clarté de la lune, il leur fraya un chemin à travers les arbres, vers la dépression qui bordait le terrain de Tanner. Ils avaient beau se cacher, les chiens savaient où ils étaient et les poursuivaient le long du grillage, complètement enragés, tandis que le rire rauque de leur maître résonnait derrière eux. Samantha avait l'impression que son cœur allait exploser dans sa poitrine.

Au bout d'un moment, le vallon s'élargit et ils débouchèrent dans le pré. Hélas ! la ferme était encore loin. Garrett les poussa vers la clôture qui longeait la route. Des phares se rapprochaient à toute allure en tressautant.

— C'est sûrement Red.

— Comment le savez-vous ?

— Chut !

— Papa, ralentis !

C'étaient les premiers mots que Rory prononçait depuis qu'ils l'avaient retrouvé.

— Pas avant d'être de l'autre côté.

Son père le lança pratiquement par-dessus la clôture. Samantha vit alors de lourdes jumelles autour du cou de Rory et un sac sur son dos.

Garrett se tourna ensuite vers elle, mais elle n'avait aucune intention de se laisser manipuler comme un vulgaire sac de pommes de terre. Elle se hissa de l'autre côté du grillage au moment où Red arrêtait son pick-up sur le bas-côté.

Tous trois sautèrent en hâte sur la plate-forme, à l'arrière du véhicule. Red démarra sans attendre qu'ils se soient installés, et Samantha glissa sur toute la longueur du plateau semé de gravillons. Garrett amortit le choc final. Malgré son robuste pantalon de treillis, elle aurait sans doute de belles écorchures.

— Croyez-vous que vous et vos lamas méritiez tous ces tracas ? lâcha-t-il d'un ton sec alors qu'elle tentait de s'écarter de lui.

Elle était trop secouée et trop endolorie pour lui répondre. De toute façon, il aurait été inutile d'essayer de lui rappeler qu'elle n'était pour rien dans tout cela. A l'évidence, il n'était pas d'humeur à écouter.

Elle rampa vers Rory. Il était avachi contre une botte de foin.

— Ça va ? s'enquit-elle.

Il hocha la tête, mais garda les yeux fixés sur son père. Tous deux s'affrontaient du regard.

— Je ne sais ce que vous en dites, mais moi, j'ai besoin d'un bon verre ! déclara Red lorsqu'ils furent arrivés devant la ferme. Navré, Duchesse, mais c'est la vérité.

— Une autre fois, répondit Garrett.

Il posa une main rude sur l'épaule de son fils et le conduisit *manu militari* vers sa voiture.

— Il va passer un mauvais quart d'heure, n'est-ce pas ? demanda-t-elle à Red en regardant la voiture s'éloigner.

Soudain, elle eut, elle aussi, envie d'un remontant ; elle devrait appeler sa marraine et lui en parler, aussitôt Red parti.

— Un mauvais quart d'heure ? Et comment ! répondit celui-ci. Mais rien de physique, rassurez-vous. Garrett n'est pas ce genre de père.

— Pouvez-vous m'expliquer ce qui se passe ? Pourquoi Rory nous a-t-il joué un tour pareil ?

— Il a simplement voulu jouer les preux chevaliers !

Voyant qu'elle ne comprenait pas, il ajouta :

— Vous n'avez donc rien remarqué ? Le gamin adore les lamas, mais il est aussi fou amoureux de vous !

Elle poussa un profond soupir. Ce n'était pas précisément la petite vie tranquille et sans histoire qu'elle avait imaginée en s'installant ici.

Garrett n'attendit pas d'arriver à la maison pour entamer la discussion.

— Je t'en prie, explique-moi ce que tu faisais sur cet arbre, dans le noir, devant chez Tanner.

Les mains crispées sur le volant, il jeta un coup d'œil sur la poitrine de son fils et ajouta :

— Avec mes jumelles de vision nocturne.

Rory ne répondit pas.

— Red m'a expliqué que toi, lui et Mack soupçonniez Tanner Harris de vandaliser Whistling Meadows. Pourquoi ne m'en as-tu pas parlé ?

— Parce que nous n'avions pas de preuves, marmonna Rory.

— Et donc, tu as décidé de l'espionner ?

— Oui, pour trouver des preuves. J'aurais pris des photos avec mon téléphone portable et je les aurais envoyées par e-mail à ton bureau.

— Pas une seule seconde tu n'as pensé à qui tu t'attaquais ? Tanner Harris ! Il ne se contente pas d'avoir une arme comme tout le monde : il possède un arsenal entier ! Comme tu as pu toi-même le constater ce soir, il tire sans se poser de questions. Tu aurais pu te faire tuer.

A cette seule pensée, Garrett se sentit empli d'effroi. Rory n'était pas un banal délinquant qu'il tentait de remettre dans le droit chemin. C'était son fils, et ils n'étaient pas passés loin d'un drame.

— Qu'est-ce qui t'a pris de te lancer seul là-dedans ? poursuivit-il en s'efforçant de retrouver son empire sur lui-même. Samantha Weston est une adulte. Elle m'a l'air capable de prendre ses propres affaires en main.

En fait, elle semblait toujours vouloir être au cœur de l'action, comme la semaine précédente, avec Mack. Etait-elle de ces femmes qui ont besoin de voir les hommes tomber comme des mouches autour d'elles ?

— Red dit que les apparences sont parfois trompeuses. Il dit que nous devons veiller sur elle.

— Rory, tu touches le salaire minimum pour t'occuper des lamas. Tu n'es pas le garde du corps de Samantha Weston.

— Mais là, j'aidais les lamas, papa. Red dit que Tanner ne traite pas ses chiens comme des créatures vivantes, mais comme des objets qui lui appartiennent. Pour l'instant, il s'est contenté de vandaliser la propriété. Tu ne vois pas que la prochaine fois, c'est aux lamas qu'il risque de s'attaquer ?

— Dans ce cas, il faut qu'elle vienne porter plainte au poste, tonna Garrett en s'engageant dans l'allée de leur maison. Et tu vas te trouver un autre travail. Je ne veux pas que tu sois mêlé à une guerre de voisinage.

Jusqu'ici, Rory n'était qu'un gamin effrayé rencogné contre la portière ; soudain, il se métamorphosa en boxeur poids plume prêt à en découdre.

— Tu n'es pas sérieux ! s'écria-t-il.

— Si. Tout ce qu'il y a de plus sérieux.

Il se croyait peut-être assez mûr pour défier son père, mais ce n'était pas encore lui qui commandait. Agrippant le volant, Garrett regarda son fils bien en face.

— J'irai demain à Whistling Meadows expliquer à Mlle Weston pour quelle raison tu n'y retourneras pas.

Rory fut le premier à détourner les yeux.

— Tu dis toujours qu'il ne faut pas abandonner, protesta-t-il d'une voix enrouée.

— Mais là, c'est différent, mon bonhomme. Les choses pourraient mal tourner. Ce pourrait être dangereux.

Et tu es mon fils unique.

— A cause de toi, ma vie est fichue ! cria l'adolescent en se ruant hors de la voiture.

Il courut se réfugier dans la maison.

A cet instant, le téléphone de Garrett sonna. C'était Noelle.

— Où est Rory ?

— Nous venons de rentrer. Il est… sous la douche.

— Pourquoi n'a-t-il pas répondu à mes messages ?

— Noelle, tu sais comment c'est, ici. Nous ne sommes pas constamment pendus au téléphone.

— Je m'inquiétais.

— Ne t'en fais pas. Il va bien.

Ce n'était pas entièrement vrai, mais ça le serait quand il aurait trouvé à son fils un nouveau travail.

Loin de Whistling Meadows.

6

Le lendemain matin, Garrett conduisit Rory à Whistling Meadows. Son fils avait insisté pour l'accompagner, arguant qu'il ne pouvait démissionner sans préavis — et Garrett, son sang-froid recouvré, avait dû convenir qu'il avait raison.

Mais ils n'avaient trouvé personne à la ferme. Samantha était partie assister à sa réunion AA. Avec Mack. D'après le planning, elle avait une randonnée et un pique-nique de prévus, avait annoncé Rory, après être allé examiner l'emploi du temps affiché sur l'un des murs de la grange. En attendant le retour de sa patronne, il était parti débroussailler le petit pré avec Red. Le regard qu'il avait jeté à son père signifiait qu'il était inutile de discuter. Comme s'il était un adulte libre d'agir comme il l'entendait.

Le regardant s'éloigner, Garrett avait dû se rappeler que malgré ses fanfaronnades, ce n'était encore qu'un garçon de douze ans — même s'il en aurait bientôt treize.

Dire qu'il aurait pu recevoir une balle dans le corps la veille au soir ! Et ce, pour une femme à qui ils n'étaient liés en aucune manière.

Quelle emprise exerçait-elle donc sur Rory, sur Red et sur Mack ?

Il avait composé le numéro de Whistling Meadows et laissé un message disant qu'il reviendrait à 4 heures de l'après-midi, et qu'il serait reconnaissant à Samantha de bien vouloir lui accorder quinze minutes pour discuter d'un sujet d'importance.

A presque 16 heures, il remonta au volant de sa voiture l'allée accidentée du domaine et aperçut la jeune femme. Appuyée à la clôture du pré, elle offrait une carotte à l'un des lamas. Un peu plus haut sur la colline, Rory, Red et Mack étaient assis côte à côte sous le porche de la baraque et le regardaient approcher, les coudes sur les genoux, la mine hostile. Ils avaient l'air de trois anges exterminateurs.

Alors qu'il claquait sa portière, Samantha vint à sa rencontre en essuyant ses mains sur son jean. Vêtue d'un T-shirt et d'une chemise ordinaire en flanelle, elle paraissait ce jour-là moins sophistiquée, plus campagnarde. Comme si, peu à peu, elle s'ancrait dans le paysage.

— Rory m'a dit que vous ne vouliez plus qu'il travaille pour moi, attaqua-t-elle sans préambule. C'est un peu rude, vous ne trouvez pas ?

— Vous étiez là. Vous n'avez pas entendu le coup de feu ?

— Red et moi avons déjà parlé à Rory, riposta-t-elle. Il se rend compte qu'il a agi imprudemment et que ce qu'il a fait dépassait de loin le cadre de ses fonctions. Il a promis qu'à l'avenir, il me ferait part de toutes ses inquiétudes concernant Whistling Meadows. Red s'y est engagé aussi.

Le ton impérieux sur lequel elle s'adressait à lui le hérissa. Elle avait beau avoir endossé une tenue de travail, son comportement était très éloigné de celui d'une naïve fille de ferme.

— Vous affirmez donc que vous n'étiez pas au courant de cette combine ? lâcha-t-il, incapable de dissimuler son incrédulité.

— Oui, je l'affirme. Et je ne savais rien non plus des déprédations commises chez moi, sauf en ce qui concerne les ordures. Pour une raison ou pour une autre, Red et Rory ont cru faire preuve de galanterie en me tenant dans l'ignorance.

— Donc, vous admettez qu'il y a un souci avec Tanner Harris.

— Il est possible qu'il y en ait un. Mais rien ne prouve que ces incidents soient liés. Il s'agit peut-être simplement de bêtises de gosses qui n'ont rien trouvé de mieux à faire pour s'occuper.

— Mais si cela devait se reproduire, j'espère que vous me contacterez au lieu d'envoyer au front votre garde rapprochée.

— Je vous le répète : je ne leur ai pas donné l'ordre d'assumer mes problèmes à ma place.

Puisqu'elle le prenait sur ce ton-là, très bien. Il ne serait pas en reste.

— *Je vous le répète.* Si cela se reproduit à l'avenir, vous devrez me prévenir, moi ou toute autre personne du service de police.

Visiblement, le coup porta : elle se redressa de toute sa hauteur, rejeta ses cheveux en arrière et leva le menton, lui donnant l'impression qu'elle le regardait de haut alors qu'elle faisait une tête de moins que lui.

— Je peux très bien me débrouiller seule avec M. Harris, affirma-t-elle d'un ton de défi.

— C'est une mauvaise idée. Vous n'êtes pas d'ici, vous ne comprenez pas les mécanismes subtils qui régissent les rapports entre voisins. Les questions de limites de propriété peuvent engendrer des rancœurs tenaces.

— Mais je n'ai rien fait de mal ! J'ai acheté le domaine en toute légalité. Les Harris devront se faire à l'idée que ce n'est plus leur terrain de jeu privé.

— Dans certains cas, il est plus sage de laisser les autorités intervenir.

Elle ouvrit la bouche pour répliquer vertement, puis parut se raviser.

— Ecoutez, je n'ai rien contre le fait que vous gardiez le contrôle des opérations, enchaîna-t-il, mais j'ai grandi avec Tanner Harris, et je peux vous dire que c'est un véritable serpent. S'il vous attaque, vous ne le verrez pas venir. Je me dois de protéger vos intérêts en tant que shérif, et j'ai également à cœur la sécurité de mon fils. Je ne veux pas que Rory se retrouve pris dans une vendetta.

— Donc, pour vous, le simple fait de travailler pour moi le met en danger ?

— Je ne peux prendre aucun risque.

— Je pense qu'il est en sécurité ici. Trois adultes vivent sur le domaine, après tout.

Voilà un sujet qu'ils auraient également pu aborder, songea-t-il.

— D'ailleurs, j'ai besoin de Rory, insista-t-elle. Si vous l'obligez à démissionner, je vais me retrouver à court de bras au moment où mon affaire décolle.

— Vous vous en êtes sortie seule pendant trois mois. Vous arriverez bien à vous débrouiller sans lui le temps de lui trouver un remplaçant. Ce qui ne devrait pas poser de difficulté. Au cas où vous ne l'auriez pas remarqué, les jobs d'été pour adolescents sont une denrée rare par ici.

— Je le sais. J'ai fait passer plusieurs entretiens. Et de tous les candidats, c'est Rory que j'ai choisi.

Son ton possessif irrita Garrett. Il serra les mâchoires.

— Vous êtes décidé à ne pas céder, n'est-ce pas ? poursuivit-elle. C'est absurde ! Votre fils n'est plus un bébé. Et, de toute façon, il y a du danger partout. Si vous l'envoyiez en camp de vacances, il pourrait faire une chute de cheval, se blesser pendant un atelier de travail sur bois, se retourner sur son bateau lors d'une descente en rafting…

— J'ai compris.

Voyant qu'elle n'était pas réceptive à ses arguments, il essaya une autre approche.

— Vous êtes une femme. Vous devez donc certainement pouvoir vous mettre à la place de sa mère. Elle me l'a confié pour les vacances d'été et s'attend — assez raisonnablement — à le récupérer en un seul morceau.

— Inutile de vous montrer condescendant !

— J'essayais simplement de me montrer honnête. Cette conversation est terminée.

Il se retourna pour regarder en direction de la baraque, où les trois anges exterminateurs étaient toujours perchés, le regard fixé sur lui.

— Rory, viens ! cria-t-il. Nous partons.

— Red me ramènera en voiture ! répondit son fils sans bouger.

Garrett n'avait pas de temps pour un nouvel affrontement. Rory pouvait bien rentrer avec Red s'il le souhaitait ; l'important était qu'il ne revienne plus travailler pour Samantha.

Il monta dans sa voiture et regagna la route.

Ce fut à ce moment que l'incroyable se produisit. Jetant un coup d'œil dans le rétroviseur, il vit une espèce de folle furieuse qui le poursuivait à vélo, pédalant comme si elle espérait l'emboutir.

A chaque coup de pédale, la fureur de Samantha décuplait. Elle avait été toute disposée à discuter de l'incident de la veille, à envisager avec Garrett un moyen de convaincre Rory de ne pas recommencer ses bêtises. Mais elle ne s'était pas préparée à être rappelée à l'ordre ainsi, à être traitée comme une criminelle, une employeuse irresponsable, une manipulatrice. Ou, plus insultant encore, comme une femmelette stupide, incapable de gérer son affaire ou sa vie sans l'aide de Monsieur le Commandant en chef.

Comme si ses airs autoritaires l'impressionnaient le moins du monde !

Ecumant de rage, elle faillit percuter l'arrière de la voiture, maintenant à l'arrêt. Le shérif se pencha par la fenêtre.

— Y a-t-il une raison pour que vous me serriez d'aussi près ?

De petits plis au coin de ses yeux bleus trahissaient son

envie de rire. Eh bien, personnellement, elle ne trouvait pas cela drôle du tout !

Elle s'immobilisa près du véhicule.

— Nous n'en avons pas terminé, je crois.

L'odieux personnage eut l'incroyable culot de soupirer. Puis il mit pied à terre, non sans avoir pris soin d'actionner son gyrophare. Les sourcils froncés, elle considéra les lumières clignotantes.

— Est-ce vraiment nécessaire ?

— Oui, se contenta-t-il de répondre sans fournir d'explication.

Ah ! C'était donc cela…, songea-t-elle. Il ne voulait pas que les automobilistes qui passeraient par là puissent croire qu'il lui parlait pour des raisons autres que professionnelles. Cette attitude n'était probablement pas sans rapport avec sa décision d'obliger Rory à démissionner. Pour une raison quelconque, il voulait être perçu comme irréprochable, toujours dans le vrai, et maître de toutes les situations auxquelles il était confronté.

— Je pense que la mère de Rory n'est qu'un prétexte, déclara-t-elle.

— De quoi diable parlez-vous ?

— Vous vous en servez comme d'un écran de fumée, pour masquer vos peurs.

— Mes peurs ?

— Oui. Je le vois dans vos yeux. Vous avez peur de perdre Rory. Que ce soit à cause d'un accident, de votre ex-femme ou parce qu'il grandit. Vous avez les mêmes craintes que tous les parents. Mais vous ne voulez pas le reconnaître.

Ce fut comme si elle lui avait donné un coup de poing dans le plexus : il devint livide.

— Et enfin, vous refusez de laisser d'autres personnes vous aider à accompagner les transitions par lesquelles votre fils va nécessairement passer au cours de son existence. Comme Red ou moi, par exemple.

— Alors comme ça, vous n'êtes pas seulement experte en lamas ? Vous êtes aussi psychologue ? Pardonnez-moi, mais je ne suis guère impressionné ! lâcha-t-il.

Un coin de sa lèvre supérieure tremblait, démentant ses propos.

Une voiture passa. Le conducteur donna un coup d'avertisseur et lui fit signe de la main. Les traits du shérif se durcirent.

— Je ne cherche pas à vous impressionner, répliqua-t-elle. Je vous demande juste de lui lâcher un peu la bride et de lui permettre de continuer à travailler au domaine. Red et moi veillerons sur lui, je vous le promets. Sans parler de Mack…

— J'aimerais savoir ce que vous mettez dans leur verre pour qu'ils tombent tous comme des mouches à vos pieds !

— Je leur montre que je perçois leurs peurs et que je ne les juge pas. Je suis passée par là, moi aussi. Mais je m'en suis sortie, et aujourd'hui, je vais mieux.

Garrett esquissa un pas en arrière. Comme s'il se trouvait face à une sorcière…

— Il n'y a pas une once de peur chez Red Harris… marmonna-t-il.

— Il avait peur de perdre ses terres, de vieillir seul. Votre fils a peur de vous décevoir. Quant à M…

Elle s'interrompit brusquement. Elle en avait trop dit.

— Qu'alliez-vous dire à propos de Mack ? questionna-t-il.

— Il m'a fait promettre de ne pas parler de lui.

— Je suis son meilleur ami !

Elle le dévisagea. Il était blessé et craignait de perdre son amitié avec Mack.

— Je le sais, dit-elle. J'aimerais vous satisfaire, mais une promesse est une promesse.

Elle vit sa mâchoire se durcir. Elle venait de commettre un faux pas. Si elle restait sur ses positions à propos de Mack, il ne céderait pas non plus pour Rory.

— Mes décisions ne sont pas motivées par la peur, déclara-t-il en la fixant droit dans les yeux. Si j'agis ainsi, c'est pour le bien de mon fils. Je suis responsable de lui. Aujourd'hui est son dernier jour à Whistling Meadows.

Sur ce, il tourna les talons, remonta dans sa voiture et s'éloigna, son gyrophare toujours allumé.

Pourquoi se montrait-il aussi inflexible ? se demanda-t-elle. Et qu'est-ce qui, chez lui, l'horripilait à ce point ?

D'après Red, Garrett avait grandi dans une famille d'accueil. Et, toujours d'après le vieil homme, sa femme l'avait quitté pour chercher ailleurs des opportunités que, selon elle, une petite ville ne pouvait offrir. Cela expliquait-il pour autant la mauvaise humeur du shérif ?

Et en quoi cela la regardait ou l'intéressait ?

En fait, il lui faisait un peu penser à son père, le rouleau compresseur en smoking. De ce point de vue, ils étaient exactement pareils, sauf que chez Garrett, le smoking avait fait place à un uniforme amidonné, un Stetson et une paire d'Aviator extrêmement sexy…

Oups ! Depuis quand usait-elle du mot « sexy » pour décrire Garrett McQuire ? se morigéna-t-elle. Le soleil lui avait-il tapé sur la tête ?

— Z'avez eu un p'tit accrochage avec le shérif ?

Faisant volte-face, elle se retrouva nez à nez avec Tanner Harris. Accoudé à sa boîte aux lettres, il l'observait d'un air malveillant.

Les avait-il espionnés en cachette ? Avait-il attendu que le shérif s'en aille pour venir l'aborder ? A cette idée, elle frissonna.

— Pas du tout, mentit-elle en se frictionnant les bras. Il voulait seulement savoir si les lamas participeraient au défilé du 4 juillet.

Tanner la considéra, les yeux plissés, se demandant manifestement s'il devait la croire ou non. Elle voyait pratiquement tourner les rouages de son cerveau.

— A propos de lamas, reprit-elle, profitant de l'occasion pour le déstabiliser en sautant du coq à l'âne, j'ai eu quelques ennuis dernièrement et j'aimerais connaître votre avis sur la question. Les voisins devraient toujours s'entraider, ne trouvez-vous pas ?

— Quel genre d'ennuis ?

— Quelques petits incidents sans gravité. Je ne suis même pas sûre qu'ils soient liés entre eux. Cela a commencé avec les ordures qui ont été déversées dans mon pré, près de la route.

Tout en énumérant d'un ton détaché les actes de vandalisme dont elle avait été victime, elle observa son visage. Les yeux détournés, il se mit à se tortiller, visiblement mal à l'aise. C'était le comportement typique de ce genre de brute : courageux tant qu'il n'avait pas à affronter les gens en face.

Avec une innocence feinte, elle conclut :

— Je me demandais simplement si vous aviez eu vent de rumeurs à ce sujet.

— Non.

— Eh bien, si c'était le cas, appelez-moi, je vous en prie, recommanda-t-elle en lui tendant une carte de visite. Et vous pouvez faire savoir à tout le monde en ville que je compte bien rester ici.

Fronçant les sourcils, il baissa les yeux sur le bristol.

— Z'avez un fusil ?

— Pourquoi cette question ?

— La nuit dernière, j'ai dû tirer sur d'la vermine, du côté du verger. Un coyote, p'têt bien, ou un ours. Ou un puma. J'ai pas bien vu. Il pourrait arriver queq' chose à vos lamas.

Etait-ce une menace ? se demanda-t-elle. En tout cas, c'était la deuxième fois qu'on lui conseillait de se procurer un fusil pour assurer la sécurité de ses bêtes. Il fallait qu'elle se renseigne d'urgence sur les moyens de protéger son petit troupeau sans recourir à une arme. Des moyens plus efficaces qu'une clôture solide ou qu'une simple surveillance.

— Je vous remercie de votre attention, dit-elle en enfourchant son vélo.

— Eh ben, r'gardez-moi ça ! s'écria-t-il.

Il fixait l'abrupte route en lacets qui descendait vers la ville. Une limousine noire gravissait lentement la colline, sa calandre étincelant au soleil.

— Y'en a qui s'embêtent pas ! commenta-t-il. Qui c'est, à votre avis ?

Samantha connaissait la réponse, hélas !

Elle eut soudain besoin d'un verre bien tassé.

7

Alors qu'elle pédalait, accablée par un profond sentiment de fatalité et d'impuissance, en direction de Whistling Meadows, Samantha fut dépassée par la limousine. Celle-ci ne s'arrêta pas. Rien de plus normal : même s'ils avaient découvert où elle habitait, ses parents étaient loin d'imaginer qu'elle se déplaçait à vélo. Ils pensaient sans doute que, son permis confisqué, elle avait fait appel aux services d'un chauffeur.

La limousine tourna dans le chemin qui menait à la ferme. Là, elle ralentit considérablement : très basse, elle n'était pas conçue pour rouler sur une chaussée caillouteuse et pleine d'ornières. Le temps que ses visiteurs parviennent devant la ferme, Samantha les avait quasiment rattrapés. Ruggiero sortit de la voiture. Il regarda d'un air dégoûté la carrosserie de son « bébé », maintenant recouverte d'une pellicule de poussière, puis ouvrit la portière arrière et offrit sa main à Helena Lawrence.

Celle-ci descendit de voiture avec grâce. Comme au ralenti, elle pressa ses mains sur sa poitrine et tourna sur elle-même pour examiner les environs. Un sourire fendit son visage lorsqu'elle aperçut Samantha qui approchait sur son vélo.

— Ma chérie !

Elle ouvrit grands les bras et attendit que sa fille unique la rejoigne.

Samantha abandonna sa bicyclette au milieu du chemin et marcha vers sa mère.

— Maman, il vaut peut-être mieux que je ne t'embrasse pas.

Elle regarda son pantalon en lin immaculé et son haut en pure soie abricot, puis ses propres vêtements de travail, sales et humides de sueur.

Sa mère se pencha légèrement en avant et lui déposa un baiser aérien sur chaque joue.

— Alors, que manigances-tu, vilaine fille ?

La tête de Cameron Lawrence, avec sa crinière blanche, surgit de l'autre côté de la limousine.

— Ashley, qu'est-ce que c'est que cette blague ?

— Papa, quelle surprise ! s'exclama Samantha.

Tu parles…

Son père fit le tour de la voiture et l'écrasa entre ses bras, pendant que Ruggiero commençait à essuyer la carrosserie avec une peau de chamois.

Lorsqu'elle parvint enfin à reprendre son souffle, Samantha jeta un coup d'œil vers la route par-dessus son épaule.

— Avez-vous été suivis ?

Sa pire crainte était que ses parents aient amené avec eux une ribambelle de journalistes.

Le rire sonore de son père résonna dans la cour.

— Mais non ! Ta mère devrait être écrivain : elle a un goût prononcé pour l'intrigue. Raconte, Helena, c'est ton histoire.

— Oh ! la la ! Nous nous sommes bien amusés ! s'exclama Helena avec un geste délicat de la main. Nous savions que les journalistes continuaient à s'intéresser à… à ta situation, alors j'ai monté un petit scénario pour déjouer leurs plans.

Samantha poussa un soupir. Les « petits scénarios » étaient la spécialité de sa mère.

— Ne t'inquiète pas, roucoula cette dernière. Mon stratagème était génial. Mais je ne vais pas te raconter cela en plein soleil. Je suis assoiffée.

Samantha jeta un coup d'œil à sa montre. 17 heures. L'heure du thé dans les hôtels Ashley. Elle réussirait bien à dégoter deux ou trois sachets d'Earl Grey et quelques biscuits dans le garde-manger de la ferme.

— Allons à l'intérieur, proposa-t-elle sans enthousiasme. Je vais voir ce que je peux trouver comme rafraîchissements.

Ses parents échangèrent un regard.

— Et vous me raconterez, ajouta-t-elle en leur indiquant le porche. S'il vous plaît.

Comme ses parents montaient les marches avec précaution, elle remarqua, consternée, que la troisième marche avait besoin d'être reclouée. Elle nota également — avec soulagement — que le pick-up de Red avait disparu. Il était sans doute parti reconduire Rory. Tant mieux : elle avait besoin d'un peu de temps pour se faire à la présence de ses parents avant que tout le monde ne soit au courant de leur arrivée.

Tout en leur tenant la porte, elle vit pour la première fois son intérieur à travers le regard de quelqu'un d'autre.

Le salon était vide. Lorsqu'elle rentrait le soir, elle était si épuisée qu'elle allait tout droit au lit et qu'elle s'endormait instantanément. Si elle s'asseyait, c'était sur la balancelle du porche, pour écouter les bruits de la nuit. Red avait emporté la table de la cuisine ; il restait celle de la salle à manger, assez grande pour douze personnes. C'était là tout le mobilier du rez-de-chaussée. Sa vraie vie était à l'extérieur.

Son père ne dit rien, mais sa mère, après un instant de silence interloqué, déclara :

— Vouloir repartir de zéro est certainement une bonne idée…

Samantha les poussa vers la table.

— Asseyez-vous.

Sa mère balaya la pièce du regard d'un air dubitatif.

— Il n'y a même pas de moustiquaires, fit-elle remarquer.

— Je n'ai pas encore eu le temps de les installer. Mais le géranium odorant qui garnit le rebord des fenêtres a un effet répulsif sur les insectes. Détends-toi. Profite de la vue.

Tandis que son père tirait une chaise pour sa mère,

Samantha se souvint des framboises qu'elle avait cueillies sur les vieux buissons qui bordaient le jardin de la cuisine. Elle pourrait les servir, ainsi que les sandwichs au fromage pimenté, les biscuits au muesli et le délicieux thé glacé à la pêche que Rachel lui avait envoyés gratuitement pour lui donner un aperçu de ce que le restaurant pourrait lui fournir comme pique-nique de randonnée.

Un vrai festin ! Le cœur léger, elle se dirigea vers la cuisine. Elle n'avait pas à s'excuser de sa façon de cuisiner ou de l'apparence de sa maison. Ou encore de sa décision de rester à Applegate.

— Raconte-moi donc comment tu as réussi à semer les paparazzis, dit-elle, penchée devant le réfrigérateur ouvert. Je t'entends.

— Tu te souviens de Bitsy Cross ? fit la voix flutée de sa mère depuis la salle à manger. Les gens avaient l'habitude de dire que nous nous ressemblions comme des sœurs. J'ai proclamé un peu partout que je me rendais sur la côte Ouest pour me faire faire un lifting et que Bitsy viendrait avec moi pour me soutenir moralement. De son côté, papa a annoncé qu'il partait rencontrer des fournisseurs en Roumanie…

Samantha fouillait en vain ses placards en quête de vaisselle appropriée pour l'occasion. Puis elle s'interrompit : elle n'était pas en représentation. Les tasses en grès bleu qu'elle utilisait tous les jours feraient très bien l'affaire.

— Eh bien, Bitsy et moi sommes allées en Californie, poursuivit Helena. Bitsy a mis une grande écharpe et des lunettes noires, et est entrée à la clinique du Dr Wheaton. En se faisant passer pour moi. Enfin, pour moi sous un nom d'emprunt. Elle va réellement subir une abdominoplastie, car…

— Maman ! Peux-tu t'en tenir à l'essentiel, s'il te plaît ? protesta Samantha en disposant les mets sur des assiettes.

— Mais cela fait partie du plan, ma chérie ! Dès que Bitsy a été installée, j'ai pris l'avion pour me rendre chez les Ipswich à West Palm, où Ruggiero m'attendait. Il s'y est rendu en bus, je crois. Ton père est arrivé quelques jours plus tard. Nous avons emprunté la limousine des Ipswich — je suis d'ailleurs surprise que tu ne te sois pas rendu compte que ce n'était pas l'une des nôtres — puis nous avons quitté la Floride pour rouler jusqu'ici. Et nous voici ! Sans que la presse à scandale n'ait eu le moindre soupçon !

Ces simples mots ravivèrent l'inquiétude de Samantha.

— Ça n'a pas l'air de te faire plaisir, remarqua son père en s'encadrant sur le seuil de la cuisine.

— Oh ! Papa… Crois-tu que tu pourrais convaincre maman de ne pas répéter cette histoire ?

— Pourquoi ? C'est amusant !

Peut-être, songea-t-elle. N'empêche que ce scénario compliqué et ces dépenses inutiles, en opposition complète avec la vie simple que les gens menaient ici, risquaient d'être mal perçus. En particulier par Garrett. Tout le monde regarderait les Lawrence comme des créatures venues d'une autre planète. Helena et Cameron, eux, s'en iraient — le plus tôt serait le mieux, d'ailleurs. Mais, en ce qui la concernait, elle avait l'intention de rester. Et elle n'avait pas envie de passer pour une extraterrestre.

— Aaaaaaah !

Un cri suraigu transperça l'air.

Samantha et son père se précipitèrent en courant dans la salle à manger. Helena était aplatie contre le mur, terrorisée. La tête et le long cou de Percy, encadrés par deux pots de géraniums, étaient inclinés au-dessus de la chaise qu'elle venait de quitter.

A 22 heures ce soir-là, sur le parking des bureaux de police, Garrett remplissait à la lueur des réverbères les sacs de sable destinés à former un barrage en cas de crue du Sampson's Creek. La rivière, qui coulait derrière les bâtiments de Main Street, était réputée pour être capricieuse lors des fortes pluies, au point que, de ce côté-ci de la rue, les commerçants gardaient toujours à portée de main pelles, sacs en toile de jute et tas de sable. Non qu'il ait plu récemment ou que la météo ait annoncé des précipitations dans les prochains jours : Garrett avait simplement besoin de s'absorber dans une tâche physique qui ne lui demande aucune réflexion et qui lui fasse oublier ses soucis.

En l'occurrence, Rory.

Ce dernier refusait de lui adresser la parole, parce qu'il l'avait obligé à démissionner.

— Besoin d'aide ?

La voix familière le fit sursauter.

Pivotant sur ses talons, il se retrouva face à Mack qui, pour une fois, était propre et, apparemment, sobre. La lueur sardonique qui hantait son regard quelques jours plus tôt avait disparu, laissant place… au vide.

— Je ne refuse jamais une main secourable, dit Garrett en lui tendant une pelle.

— Ce n'est pas ce que je me suis laissé dire.

Aïe ! Mack était-il venu pour le sermonner ?

— Ah ! Et que dit-on ?

Les deux hommes se mirent au travail. C'était une bonne excuse pour éviter tout contact visuel.

— Mon filleul est très contrarié que tu l'aies obligé à quitter son emploi, répondit Mack au bout d'un instant. Et Red est déçu que tu ne laisses pas Samantha et lui t'aider à t'occuper du petit. En le traitant comme un authentique employé et comme un jeune adulte, par exemple, plutôt que comme une pauvre petite fleur fragile qu'il faut garder sous cloche.

— Tu trouves que je le surprotège ?

— Pour tout te dire, oui. Tu ne te rappelles pas les bêtises que nous faisions au même âge ?

Si Garrett s'en souvenait ! Il se surprit à sourire au souvenir de la fois où ils avaient « emprunté » la vieille camionnette de Jeb Whittaker — celle qui n'était même pas immatriculée — pour se rendre au cinéma et s'asseoir derrière Liz Humphreys et Caitlin Ford. Ils avaient treize ans, à l'époque. L'âge de Rory.

— Tu penses à cette vieille camionnette, n'est-ce pas ? interrogea Mack.

— Oui.

Ce n'était pas la seule fois où ils s'en étaient servis. En songeant aux virages en épingle à cheveux des routes du coin, il fut parcouru d'un frisson.

— Bon sang, nous aurions pu nous tuer, remarqua-t-il.

— Mais ça n'a pas été le cas.

Il se tourna vers son ami.

— Comment se fait-il qu'à l'époque, tout cela me paraissait presque normal et qu'aujourd'hui, je tremble quand je songe à ce qui pourrait arriver à mon fils ?

Une ombre passa sur les traits de Mack. Il planta brutalement sa pelle dans le sable.

— Je ne sais pas. Il faut que j'y aille, de toute façon. Mais j'aimerais que tu donnes une deuxième chance à Rory.

— Ce n'est pas seulement le fait qu'il travaille à Whistling Meadows qui me gêne ; quelque chose, chez cette femme, me met mal à l'aise.

— Samantha ? fit Mack d'un air ébahi. C'est le sel de la terre ! La droiture incarnée ! Tu n'as pas de souci à te faire en ce qui la concerne. Elle s'occupera bien de Rory.

Se retournant pour partir, il ajouta :

— Ne sois pas si prompt à condamner. Oublie un peu le point de vue du policier et concentre-toi sur ce que tu éprouves en tant qu'homme.

— Veux-tu que je te ramène chez Red ? demanda Garrett, pour changer de sujet.

— Non, merci. Mon parrain va passer me chercher. L'idée de conduire me rend nerveux. Et les nuits sont difficiles.

— Penses-tu réintégrer ton poste d'adjoint au shérif ?

— Désolé, mais je suis incapable de faire des projets à si long terme. J'ai déjà assez de mal à anticiper les quinze prochaines minutes.

Sans un regard en arrière, Mack disparut à l'angle du bâtiment, le laissant seul avec son tas de sable et la plainte lugubre d'un engoulevent.

Mieux valait rentrer, même s'il n'avait pas encore décidé s'il allait céder aux instances des uns et des autres et autoriser Rory à retourner travailler à la ferme. S'il acceptait, il ne lui resterait plus qu'à surveiller de plus près les activités de Tanner.

Son portable sonna.

— Allô ?

— C'est Noelle. J'ai oublié de te demander si tu as une idée de ce que Rory souhaiterait pour son anniversaire.

Mince ! Il avait complètement oublié que Rory allait avoir treize ans le lundi suivant.

— Je vais essayer de m'échapper pour venir fêter ça avec vous, poursuivit Noelle d'une même haleine, mais comme j'ai réussi mon premier entretien, je devrai peut-être retourner à Londres la semaine prochaine. Je risque de ne pas pouvoir être là, alors il faut que son cadeau soit exceptionnel.

— Je vais essayer de le sonder et je te rappellerai.

— L'argent n'est pas un souci, précisa-t-elle d'un ton suffisant.

— Je m'en occupe, répliqua-t-il, s'efforçant de garder à l'esprit que cet anniversaire était un passage dans la vie de leur fils, et non une compétition.

Les bienfaits thérapeutiques de l'heure qu'il venait de passer à déplacer du sable s'étaient évaporés en l'espace d'une brève conversation.

Il avait besoin d'une douche chaude et d'une bonne nuit de sommeil, décida-t-il en enfonçant sa pelle dans le sable à côté de celle de Mack.

Alors qu'il tournait au coin du bâtiment pour rejoindre

Main Street, il inspecta machinalement les environs du regard. La laverie automatique était encore ouverte — deux hommes jouaient aux dames sur un banc pendant que leurs vêtements tournaient dans le sèche-linge —, tout comme la boutique d'alcools. Jusque-là, rien d'anormal… Sauf qu'une énorme limousine noire était garée devant la boutique. Une *vraie* limousine, avec un chauffeur en livrée qui attendait debout près de la portière. Au bout d'une minute, une jeune femme sortit du magasin, une bouteille de vin à la main. Elle parut hésiter. Le chauffeur, qui était face à la rue, ne remarqua pas tout de suite sa présence.

Garrett, en revanche, ne la quittait pas du regard.

A l'évidence, cette femme était la passagère de la limousine. Elégante et sexy à la fois, elle portait une robe bustier noire qui mettait en valeur sa beauté sophistiquée. Ses cheveux blonds relevés en chignon sur le sommet de son crâne découvraient un cou pâle et des épaules à l'éclat satiné qui luisaient doucement sous la lumière des réverbères.

Le souffle coupé, il ne parvenait pas à détacher ses yeux de l'apparition. Elle paraissait si déplacée, si irréelle dans ce décor ! A croire qu'elle était tombée du ciel…

Puis elle tourna la tête vers lui.

— Samantha ? fit-il.

Ne rêvait-il pas ?

Une vive surprise se peignit aussitôt sur les traits de la jeune femme, qui cacha prestement la bouteille derrière son dos.

Se mêler de tout cela était sans doute de la folie, songea Garrett. D'un autre côté, trop de gens faisaient confiance à cette femme.

— Samantha, attendez ! cria-t-il en traversant la rue.

Par souci de discrétion, le chauffeur s'éloigna de quelques pas.

— Garrett…

Soudain, elle avait moins l'apparence d'une femme du

monde que celle d'une petite fille surprise les doigts dans le pot de confiture.

Tendant le bras, il s'empara de la bouteille.

— Ce n'est pas dans votre intérêt de faire ça.

Les épaules de la jeune femme s'affaissèrent.

— Oh ! si ! Si, si, si…, gémit-elle.

Lorsqu'il l'avait quittée à 4 heures, tout semblait normal, se dit-il, perplexe. Que lui était-il donc arrivé entre-temps ?

Samantha fixait Garrett en s'efforçant de ne pas pleurer. C'était vraiment la dernière personne sur qui elle aurait voulu tomber dans un moment pareil…

Le pire était évidemment le vin, mais le reste était également embarrassant : la limousine de son père, la robe de sa mère, le retour de l'ancienne Samantha qui, dans un souci de diplomatie, avait accepté de se métamorphoser en fille dévouée — et malheureuse — le temps d'une soirée.

— Qu'est-ce qui ne va pas ? Où allez-vous ? s'enquit-il d'une voix basse et empreinte de sollicitude.

Rien à voir avec son attitude hautaine de l'après-midi.

— D'où je viens, vous voulez dire…

Sans considération pour les sandales à talons hauts empruntées à sa mère, elle donna un coup de pied dans un bac à géraniums.

— J'arrive tout droit de l'enfer ! Ou, plus exactement, du restaurant du Grove Park Inn.

— Qui est ce type ? s'enquit-il en montrant Ruggiero d'un signe de tête. Va-t-il se transformer en souris à minuit ?

Elle se força à sourire.

— C'est le chauffeur de mes parents. Ils dorment à l'auberge. Ruggiero me ramène chez moi.

— Aviez-vous l'intention de boire ceci ? questionna-t-il en lui montrant la bouteille.

— Tout à fait.

— Pourquoi n'avez-vous pas appelé votre marraine ?

— Si c'était aussi facile que cela !

Garrett ne pouvait imaginer à quel point elle avait besoin de ce vin.

— Dans ce cas, je reste avec vous, décréta-t-il. Trouvons un endroit pour parler.

Comme il regardait autour de lui, la dernière devanture encore illuminée de la rue s'éteignit.

Ruggiero, le dos tourné, s'éclaircit la gorge.

— Parlons dans la voiture, dit-elle. Ruggiero me reconduira en premier, et vous ensuite.

Elle s'efforça de ranimer la juste colère qu'elle avait éprouvée contre lui l'après-midi. En vain. Entre-temps, son passé avait brutalement fait irruption dans sa vie, et elle ne ressentait plus qu'un intense sentiment de vulnérabilité.

— J'avoue qu'un peu de compagnie me ferait du bien.

Ruggiero lui ouvrit la portière et l'aida à s'installer sur la banquette arrière, puis s'effaça pour laisser passer Garrett. Elle s'assura que la vitre de séparation était bien remontée. Elle ne voulait pas que l'employé de ses parents aille répéter les confidences qui risquaient de lui échapper.

Tandis que la voiture démarrait en douceur dans un ronronnement de moteur, elle envoya valser ses inconfortables talons aiguilles. L'odeur entêtante du cuir et des fleurs fraîchement coupées disposées dans de petits vases fixés aux cloisons près des vitres la replongeait dans un univers qui lui était désormais étranger. Elle se sentait en proie à une curieuse impression d'irréalité. Même la présence de l'homme à ses côtés, dans cet habitacle sombre, lui semblait insolite.

Assis près d'elle, son genou touchant le sien, il ne disait rien et semblait assez mal à l'aise. Pourtant, il emplissait tout l'espace par sa présence.

— Puis-je vous offrir quelque chose à boire ? proposa-t-elle, retrouvant aussitôt ses réflexes d'hôtesse. Ma mère a pris soin d'enlever toutes les boissons alcoolisées, mais je peux vous proposer un soda ou un jus de fruits.

— Non, merci. Racontez-moi plutôt ce qui vous a bouleversée à ce point, dit-il en plantant son regard dans le sien.

— Mes parents.

Se rappelant alors que Garrett avait grandi en famille d'accueil, elle se botta mentalement le derrière.

— Je sais que cela paraît affreusement ingrat de dire ça. Je les aime tous les deux tendrement, mais je n'arrive plus à jouer le rôle qu'ils me demandent d'assumer.

— Je parie qu'ils n'approuvent pas votre idée de centre de randonnée avec des lamas au fin fond de la Caroline du Nord.

La mine fataliste, elle désigna la limousine.

— A votre avis ?

— Je ne sais pas, dit-il. Ce pourrait être une voiture de location !

Ses yeux souriaient.

— Oui, eh bien, ce n'en est pas une.

Etant donné que les Lawrence en possédaient une douzaine, voire davantage, le fait que celle-ci ait été empruntée à des amis ne comptait pas. Elle appuya sa tête au dossier molletonné et gémit :

— Comment vais-je réussir à survivre à leur présence ?

— Dites-vous que ce n'est qu'une visite. Combien de temps comptent-ils rester ?

— Oh ! Le temps qu'il leur faudra pour mettre leurs projets à exécution.

— Leurs projets ?

— Ma mère est fermement décidée à décorer la ferme. Quant à papa, il est toujours en quête de nouveaux terrains pour…

Elle le vit hausser les sourcils : elle en avait trop dit.

— Je n'ai pas envie de parler de mes parents, déclara-t-elle avec emphase.

Elle leur avait fait promettre de ne pas compromettre son

anonymat par des indiscrétions, allant même jusqu'à leur rappeler que le Dr Kumar lui avait prédit une rechute si sa paisible retraite à Applegate était menacée. Elle les avait si bien effrayés qu'avant la fin de la soirée, ils l'appelaient « Samantha ».

— Dans ce cas, parlons de la bouteille de vin que vous avez achetée, reprit Garrett. N'étiez-vous pas, par hasard, en train d'essayer de fuir vos problèmes ?

— Si. A toutes jambes !

— Avez-vous toujours envie de boire ?

— Oui, s'il vous plaît.

— Samantha…

Il ramassa la bouteille couchée à leurs pieds et la posa plus loin, hors de sa vue.

— Que vous conseillerait votre marraine ?

Il ne lui rendrait pas le vin, comprit-elle. Aussi, elle poussa un soupir résigné.

— Elle me recommanderait de chercher un moyen de me distraire.

Elle se tourna vers Garrett, qui la fixait avec une intensité troublante.

— Vous n'auriez pas de la laine et des aiguilles à tricoter sur vous, par hasard ?

— Non… Je suppose que nous allons devoir avoir recours à un autre type de distraction, dit-il, une petite lueur dansant au fond des yeux.

Etait-il en train de flirter avec elle ?

Détournant le regard, elle caressa du pouce le pétale d'une fleur.

— Pourquoi ne pas essayer l'arrangement floral ? suggéra-t-elle.

Pitoyable, Samantha, vraiment pitoyable.

Elle sentit les doigts de Garrett se poser sur son menton. D'une légère pression, il l'obligea à tourner la tête vers lui.

Le désir se lisait dans son regard. Il allait l'embrasser…

Il approcha lentement son visage du sien. Elle aurait eu amplement le temps de se dérober si elle l'avait voulu. Mais c'était la dernière chose qu'elle souhaitait faire en cet instant. Et tant pis si c'était de la folie.

Lorsque la bouche de Garrett trouva la sienne, sa respiration s'accéléra. Ses lèvres étaient si chaudes… Comment avait-elle pu imaginer que c'était quelqu'un de froid ?

Il l'attira contre lui et elle noua les bras autour de son cou, s'abandonnant à ce baiser. Un baiser brûlant, sans réserve ni hésitation. Un baiser comme elle n'en avait jamais connu du temps où elle était encore Ashley Lawrence.

Un horrible doute l'envahit brusquement. Qui Garrett désirait-il vraiment ? La Samantha Weston en jean et T-shirt, ou la femme élégante en robe bustier, reflet illusoire de sa vie passée ?

Comme la limousine s'arrêtait devant la ferme, elle se dégagea et descendit sans attendre que le chauffeur lui ouvre la portière.

— Ramenez le shérif chez lui, ordonna-t-elle à Ruggiero. Ce n'était pas une distraction, ajouta-t-elle à l'adresse de Garrett. C'était un moment d'égarement.

Furieuse contre elle-même d'avoir cédé à ses impulsions pour la seconde fois de la soirée, elle claqua la portière avant qu'il n'ait eu le temps de répliquer.

Sa guérison était décidément loin d'être assurée, songea-t-elle. Elle marchait sur la corde raide. Acheter cette bouteille ne démontrait-il pas la précarité de son équilibre ? Comment, dans ces conditions, pouvait-elle envisager de se lancer dans une aventure — même éphémère ? Le Dr Kumar avait insisté sur le fait qu'elle devait d'abord apprendre à s'aimer elle-même avant d'être capable de partager cet amour.

Tristement, elle regarda la limousine s'éloigner. Plus que jamais, elle avait besoin d'un verre. Pieds nus — elle avait oublié ses sandales dans la voiture —, elle traversa avec précaution la cour semée de cailloux et monta les marches du porche.

Il fallait qu'elle appelle sa marraine.

8

Debout sur les marches de sa maison, Garrett regarda les feux arrière de la limousine disparaître dans la nuit. Que s'était-il dit, quelques jours plus tôt seulement ? Qu'il devrait inviter Samantha à sortir avec lui, afin de se prouver qu'ils n'étaient pas faits l'un pour l'autre. Pour l'oublier.

La demi-heure qu'il venait de passer avec elle n'était pas un rendez-vous à proprement parler, mais elle avait été concluante. Et si la grosse voiture avec chauffeur n'avait pas suffi à l'en convaincre, la façon dont Samantha lui avait claqué la portière au nez avait achevé de le persuader qu'elle n'était pas celle qu'il lui fallait. Restait maintenant à accomplir le plus dur : l'oublier.

Ce qui ne risquait pas d'arriver.

Mack lui avait suggéré de mettre de côté le point de vue du policier et de se concentrer sur ce qu'il éprouvait en tant qu'homme. Eh bien, la réaction qu'il avait eue à la vue de Samantha en tenue de soirée était on ne peut plus éloignée de celle qu'on pouvait attendre d'un shérif. Ce baiser lui avait été dicté par son instinct. Alors, à quoi lui avait servi d'écouter le conseil de Mack ?

Il était seul sur les marches de sa maison. Obnubilé par une femme qu'il ne pouvait avoir. Electrisé par ce premier baiser, qui lui donnait envie de plus.

En plein désarroi, il se passa la main dans les cheveux, se secoua et entra. Rory regardait la télévision dans le séjour.

— Coucou ! lui lança-t-il depuis le hall.

Son fils l'ignora.

Décidément, ses rapports avec les autres ne s'amélioraient pas, ces temps-ci, se dit Garrett. Déterminé à sauvegarder ce qu'il avait de plus cher — sa relation avec son fils —, il s'assit à l'autre bout du canapé.

— Tu ne vas tout de même pas rester fâché contre moi éternellement… Il faut que nous parlions. Commençons par quelque chose de positif. Que souhaites-tu pour ton anniversaire ?

Rory leva les yeux vers lui.

— Je veux garder mon travail à la ferme, et je veux *aussi* que tu prennes ton lundi. Entier.

— Ta mère aimerait que tu aies un paquet à ouvrir, je crois.

Haussant les épaules, son fils reporta son attention sur l'écran de la télévision.

— C'est ça que je veux.

Que son fils cherche à négocier son retour à Whistling Meadows, Garrett s'y attendait ; ce qui le surprenait, en revanche, c'était qu'il lui demande de prendre une journée de congé. Il était shérif et pouvait organiser ses heures de travail à peu près comme il l'entendait. Cependant, dès l'instant où il était entré en poste, il avait tenu à honorer la confiance que ses électeurs avaient placée en lui. Il considérait son métier moins comme un travail que comme une mission et, pour cette raison, n'aurait jamais eu l'idée de s'absenter. Il ne se passait jamais une journée sans qu'il endosse son uniforme.

— Pourquoi as-tu besoin que je m'absente lundi ? interrogea-t-il. Qu'as-tu prévu de faire ?

— Je voudrais partir en excursion avec les lamas.

— Et si ta mère arrivait à se libérer de son travail ? Je sais qu'elle aimerait fêter ton anniversaire avec toi.

Il imaginait mal Noelle faire de la randonnée — à plus forte raison avec ces créatures à l'apparence bizarre.

— Elle n'aura qu'à nous accompagner. C'est mon anniversaire, après tout ! Elle peut me faire plaisir.

Au fond, Noelle n'était qu'un prétexte, admit-il en son for intérieur. La vérité, c'est qu'il n'avait aucune envie de passer une journée en compagnie des lamas. Ou de Samantha.

D'un autre côté, il voulait contenter son fils. Il ne le voyait qu'aux vacances : il n'était pas question qu'il gaspille ce temps précieux à se quereller avec lui. Et puis, pour être vraiment honnête, la demande de Rory n'avait rien de déraisonnable.

— D'accord, dit-il enfin.

— D'accord pour le travail ? Pour la randonnée ? Ou pour les deux ?

— Pour les deux.

Rory brandit le poing en signe de triomphe.

— Super !

Le sourire qui illuminait son visage récompensa Garrett d'avoir fait cette concession.

— On fait une partie d'échecs ?

— Volontiers. Mais, d'abord, appelle ta mère pour lui dire ce que tu as choisi comme cadeau d'anniversaire.

Noelle et lui pourraient se partager le coût de la randonnée.

Le lendemain, en fin d'après-midi, Samantha tâchait de passer des coups de fil professionnels tout en suivant sa mère dans l'unique magasin d'antiquités d'Applegate. Elles étaient en quête d'accessoires pour la ferme.

Lorsque Helena lui avait proposé de redécorer entièrement son intérieur, Samantha s'était montrée catégorique : elle avait une entreprise à faire tourner et n'avait pas de temps à consacrer à cela. Helena avait accepté en soupirant d'occuper seule ses matinées et ses après-midi pendant que sa fille emmenait ses clients en randonnée ; elle avait toutefois obtenu de Samantha qu'elle lui accorde ses fins d'après-midi et ses soirées.

Quant à Cameron, il n'avait pas besoin qu'on s'occupe de lui. Lorsqu'il ne jouait pas au golf, il disparaissait des heures durant au bureau du cadastre du comté, probablement en vue de repérer et d'acquérir des terrains à bon prix.

Surveiller d'un œil inquiet les activités de ses parents valait toujours mieux que de songer à boire. Ou que de penser au baiser magique qu'elle avait échangé avec Garrett la veille au soir…

— Allô ? fit une voix teintée d'impatience à l'autre bout du fil.

— Désolée, s'excusa-t-elle. La réception est mauvaise. Permettez que je change d'endroit.

Après avoir averti sa mère qu'elle devait prendre sans faute cet appel, elle sortit de la brocante, tout heureuse d'avoir trouvé une excuse pour s'échapper. Acheter des objets anciens pour remplacer ceux que Red venait à peine d'enlever de sa maison de famille ne l'enthousiasmait pas outre mesure.

— Vous êtes toujours là ? demanda-t-elle à sa correspondante.

Elle n'avait pu saisir le nom de la femme — si celle-ci s'était effectivement présentée.

— Vous souhaitiez réserver pour un trek ?

— Oui. Pour l'anniversaire de mon fils.

— Combien y aura-t-il de participants ?

— Deux, seulement. Mon fils et son père. Je dois me rendre à Londres demain pour affaires. Comme je ne peux pas être là, je tiens à ce que ce soit une journée exceptionnelle. Organisez-vous des expéditions de deux jours, avec nuit sous la tente ?

— Euh… D'ordinaire, non.

Elle vit Ruggiero sortir de la boutique d'antiquités, un petit banc rustique sous le bras. Il le posa dans le coffre de la limousine, à côté des échantillons de tissu qu'Helena s'était fait expédier en colis urgent par sa décoratrice d'intérieur basée en Virginie. Sa mère et ses projets de décoration… Rien que d'y songer, Samantha en avait la migraine.

— Mais c'est une possibilité tout à fait envisageable, s'entendit-elle répondre. Quand aura lieu l'anniversaire de votre fils ?

— Lundi prochain. Justement son jour de congé.

Lundi. Normalement, c'était aussi son jour de repos. Mais si elle refusait cette réservation, elle serait condamnée à suivre sa mère partout où elle déciderait d'aller. Or, Helena avait déjà demandé où se trouvait l'aéroport le plus proche : elle comptait faire venir leur jet privé pour élargir sa zone de recherche de l'objet parfait pour la ferme.

Il n'était pas question de l'accompagner.

— Nous pourrions partir dimanche après-midi, proposa-t-elle, et revenir lundi dans la journée. Ainsi, je n'aurai pas besoin de modifier mon emploi du temps.

Et cela lui offrirait vingt-quatre heures de liberté.

— Merveilleux ! Rory sera ravi !

— Rory ?

— Oh ! je pensais que vous aviez fait le lien ! Mais il est vrai que McQuire est un nom assez répandu dans la région.

— Vous êtes… ?

— Noelle McQuire. La mère de Rory. Il travaille bien pour vous, n'est-ce pas ?

— O… Oui.

Elle avait été surprise et enchantée de le voir arriver le matin même à la ferme et reprendre son poste.

— C'est un employé formidable. Un garçon remarquable, sincèrement.

— Merci, répondit Noelle d'une voix où transparaissait la fierté. Alors, nous sommes d'accord ? Ils sont inscrits pour dimanche et lundi ?

— « Ils » ? répéta Samantha, tandis que l'évidence se faisait jour dans son esprit.

— Rory et Garrett. Son père. Mon ex-mari. Je suppose que vous connaissez le shérif.

Le fait de l'avoir embrassé comptait-il ? se demanda-t-elle.

— Bien sûr. Nous sommes d'accord.

— Garrett se chargera de vous régler. A ce sujet, vos employés ont-ils droit à une remise ?

— Je suis certaine que nous trouverons un arrangement.

L'argent était le moindre de ses soucis. Elle avait seulement vu là l'occasion d'échapper à la frénésie d'achats de sa mère, et voilà qu'elle se retrouvait face à la perspective de passer vingt-quatre heures avec Garrett McQuire. Elle s'était jetée tout droit dans la gueule du loup.

Soudain, la voix de sa mère la fit sursauter.

— Ma chérie ? Veux-tu voir ce que j'ai choisi ?

Samantha fixa le téléphone dans sa main. A quel moment avait-elle raccroché ? Avait-elle au moins pris congé poliment ?

— Que… Qu'as-tu choisi ? questionna-t-elle en rangeant le portable dans sa poche et en se tournant vers sa mère.

— Regarde cette vaisselle en faïence… N'est-elle pas magnifique ? Et cette courtepointe !

Samantha fixa les articles avec inquiétude : n'étaient-ce pas ceux que Red avait mis en vente ?

— … A présent, allons boire quelque chose de frais, poursuivit sa mère. Il y a une cafétéria, là-bas. Ils y servent certainement un thé glacé acceptable.

— En effet, soupira Samantha.

Plusieurs passants se montrèrent ouvertement intéressés par la limousine. Un homme — elle crut se rappeler qu'il s'agissait de Ziggy Newsome — s'arrêta même pour demander combien la voiture consommait de litres aux cent. Un brin agacée, elle entraîna rapidement sa mère de l'autre côté de la rue pour gagner le *Rachel's Diner.* A cet instant précis, Garrett sortit du poste de police.

Peut-être ne les remarquerait-il pas, pria-t-elle en silence.

Hélas ! il vint droit vers elles.

— Bonjour.

Il toucha le bord de son chapeau, comme un vrai cow-boy. Pour une fois, il ne portait pas ses lunettes de soleil, qui dépassaient de sa poche de poitrine, et elle put librement admirer ses yeux d'un bleu éclatant, frangés de cils sombres incroyablement épais, et emplis d'interrogations muettes. Il les considéra l'une après l'autre.

— Maman, voici le shérif, Garrett McQuire. Son fils, Rory, travaille pour moi. Shérif, je vous présente ma mère, Helena Lawrence.

Il battit légèrement des paupières en entendant ce nom, mais recouvra presque aussitôt son impassibilité et serra la main de sa mère.

— Enchanté de faire votre connaissance.

— Moi de même. Vous avez une ville charmante. Je comprends qu'Ash… que Samantha l'ait choisie pour son… son congé sabbatique.

A en juger par son expression, il n'avait aucune idée de ce dont Helena parlait.

— Madame Lawrence, j'aimerais dire un mot à Samantha.

Elle l'étudia avec attention, puis se tourna vers sa fille.

— Je vais nous trouver une table. Je t'attends à l'intérieur.

Dès que sa mère fut partie, Samantha prit l'offensive.

— Vous souhaitez me parler du cadeau de Rory, je me trompe ?

— Je voulais vous en toucher un mot, en effet. Mais, apparemment, Rory m'a devancé.

— Nous n'avons pas eu l'occasion de discuter. Il est arrivé au moment où je partais en randonnée avec un groupe. En fait, c'est sa mère qui m'a appelée pour faire la réservation.

— Noelle ?

— Oui. Comme elle ne pourra pas être présente le jour de son anniversaire, elle tenait à prévoir quelque chose de spécial.

Il poussa un soupir.

— Quand mon ex-femme achète quelque chose, son choix se porte toujours sur la version de luxe. Mais je doute qu'il existe des randonnées de première classe. Mon fils est trop jeune pour boire du champagne, et il n'aime pas le caviar.

— Il existe la randonnée de deux jours.

Elle avait parlé de façon délibérément abrupte, afin d'observer sa réaction. Pour savoir s'il avait contribué à lancer cette idée, s'il considérait le baiser de la veille comme le début de quelque chose.

— Vous avez perdu la tête ? lâcha-t-il.

Apparemment, il n'était pour rien dans tout cela.

Du coin de l'œil, elle aperçut sa mère qui les observait, assise à une table.

— Vous n'étiez pas au courant ?

D'une certaine façon, elle était déçue qu'il n'ait pas cherché à trouver un moyen de passer plus de temps avec elle.

Garrett avait du mal à en croire ses oreilles. Rory avait réclamé une balade d'une journée, pas une nuit sous la tente ! Non que la compagnie de Samantha, un sac de couchage et un ciel étoilé ne soient pas tentants. C'était même *extrêmement* tentant. Mais Samantha n'avait pas l'air enthousiasmée par cette perspective. Quant à sa mère, qui le détaillait avec une expression hautaine à travers la vitrine, elle ne paraissait absolument pas favorable à l'idée que sa fille partage un sac de couchage avec un homme aussi en dessous de sa condition.

— Alors, étiez-vous au courant, oui ou non ? répéta Samantha.

— Non. Rory voulait une randonnée avec les lamas pour son anniversaire. Il m'a demandé de prendre ma journée. Je lui ai laissé le soin de s'occuper des détails avec sa mère.

Il marqua une pause, et reprit :

— Cela changerait-il quelque chose si l'idée de camper était venue de moi ?

Peut-être à cause du regard maternel posé sur eux, la jeune femme paraissait moins sûre d'elle, plus nerveuse que de coutume.

— J'imagine que non, répondit-elle. Ce qui importe, c'est que Rory soit content, n'est-ce pas ? A ce propos, je suis heureuse que vous l'ayez autorisé à revenir.

Il jugea soudain important de mettre les choses au clair. Il ne voulait pas qu'elle pense qu'il était le genre d'homme à se laisser mener par le bout du nez.

— Mack est venu me voir pour plaider la cause de son filleul. Ma décision n'a rien à voir avec ce qui s'est passé hier soir.

— Evidemment. Vous avez simplement voulu me distraire pour m'aider à passer un mauvais cap. J'ai appelé ma marraine, à propos.

— Tant mieux. Je suis content que nous ayons réussi à surmonter cette épreuve.

— Moi aussi.

— Alors, quel jour a été fixé pour le trek, finalement ?

— J'ai pensé que nous pourrions partir dimanche après-midi, longer la crête du Russert jusqu'au sommet, camper près du lac, puis redescendre le lendemain.

Il éprouva brusquement le besoin de prolonger cette conversation.

— Avez-vous déjà organisé des expéditions avec nuit sous la tente ?

Elle sourit, et il eut l'impression de voir réapparaître l'ancienne Samantha. A moins qu'il ne s'agisse de la nouvelle ?

— Non, mais ce sera une bonne occasion de me rendre compte si, à terme, il serait intéressant ou non que j'élargisse mon éventail d'activités.

De façon plutôt impérieuse, Helena Lawrence toqua à la vitre.

— Je ferais mieux d'y aller, dit Samantha.

— A dimanche alors.

Pourquoi, d'un coup, regrettait-il de ne pas la revoir plus tôt ?

A cet instant, Francis Beecham passa la tête par la porte de la cafétéria.

— Shérif ! Est-ce que vous pourriez venir ?

Francis Beecham, Douglas Atwell et Owen Kent étaient les trois papis grincheux d'Applegate. Pendant la journée, on les trouvait soit sur un banc devant le tribunal du comté, soit au comptoir de la cafétéria. Leurs chamailleries, que Garrett était souvent appelé à arbitrer, étaient la plupart du temps bruyantes et ridicules. Les trois bonhommes étaient un parfait symbole de cette Amérique profonde que Noelle détestait. Et il devait bien s'avouer que régler ce nouveau différend aujourd'hui, devant Samantha et la Reine mère, ne le réjouissait qu'à moitié.

Néanmoins, il tint la porte à la jeune femme et la suivit à l'intérieur.

— C'est à propos du tournoi de boules ! clama bien fort Francis en l'entraînant vers le bar.

Oh ! non...

Avec une certaine anxiété, Samantha se glissa sur la banquette face à sa mère. Deux grands verres de thé glacé couverts de buée, ainsi qu'une assiette de macarons faits maison attendaient déjà sur la table.

— De quoi discutent-ils ? voulut savoir Helena, les yeux rivés sur les hommes groupés devant le comptoir.

— Oh ! de rien de très important ! C'est à propos d'un tournoi qui aura lieu bientôt.

— Un tournoi avec de vraies boules de canon ? s'enquit sa mère, les yeux écarquillés. Décidément, cette ville est très, très pittoresque !

— Comment trouves-tu le thé glacé ?

— Excellent. Très rafraîchissant. Ton shérif devrait en commander un verre.

— Pourquoi ?

Samantha se mordit la lèvre. Sans le vouloir, elle venait de poser la seule question qu'il ne fallait pas.

Sa mère leva vers elle ses yeux verts semblables à ceux d'un chat.

— Je pense qu'il… Quelle est cette expression un peu vulgaire, déjà ? Qu'il craque complètement pour toi !

— Maman !

Tout le monde, dans la salle, s'arrêta de parler pour les regarder. Le sourcil levé, Helena les toisa d'un air souverain jusqu'à ce que les têtes se détournent et que les conversations reprennent. Puis elle sourit à sa fille.

— Ma chérie, il est attiré par toi, c'est évident ! Et je dois admettre qu'il dégage une sorte de sensualité brute…

Samantha faillit s'étouffer avec un glaçon.

— Mais, comparé à Justin, il ne fait pas le poids, poursuivit sa mère.

— Justin, c'est du passé.

— C'est ce que tu ne cesses de répéter. Mais je ne peux pas m'empêcher de continuer à penser que vous formeriez le couple parfait.

— Non, maman. Ce que Justin cherchait à réaliser, c'était une fusion. Pas un mariage.

— Bon, alors, oublie-le.

Baissant la voix, elle ajouta :

— Mais ne me fais pas croire que le shérif est un choix très approprié.

— Le shérif McQuire est le père du garçon qui travaille pour moi. Point final, répliqua Samantha sur le même ton.

Il fallait mettre un terme à cette discussion absurde.

— J'ai pourtant l'impression qu'il aimerait être davantage que cela.

— Si vraiment il était intéressé, et que je l'étais aussi, pour quelle raison ne pourrais-je pas sortir avec lui, dis-moi ?

— Je pensais que c'était évident ! s'exclama sa mère,

haussant le ton au fur et à mesure que montait son exaspération. Applegate n'est qu'une transition. Tu n'y resteras pas !

Tous — y compris Garrett — se retournèrent de nouveau pour les dévisager mais, cette fois, le regard impérieux d'Helena ne leur fit pas baisser les yeux.

9

Le dimanche après-midi, Garrett fit un saut au poste de police avant de partir pour Whistling Meadows, où Rory et Samantha l'attendaient. Quelques agents feignirent la surprise à la vue de sa tenue de ville.

« Pourvu que le service ne s'autodétruise pas au cours des prochaines vingt-quatre heures ! » plaisanta l'un d'eux.

Très drôle.

Plus tôt, ce matin-là, Rory lui avait énoncé la liste très précise des effets qu'il devait emporter pour le trek. Les lamas pouvaient porter chacun une charge de vingt à trente kilos, avait-il expliqué avec enthousiasme, et, étant donné qu'ils auraient déjà la nourriture et le matériel de camping sur le dos, il était autorisé à emmener le contenu d'une sacoche, pas davantage. La balade se ferait avec Percy, Humvee et M. Jinx. Et, par pitié, pouvait-il se dépêcher ? Ensuite, il avait enfourché son vélo et était parti à la ferme.

Resté seul, Garrett avait fait son bagage, se demandant s'il devait prendre ou non son revolver. Finalement, il l'avait glissé dans la poche la plus accessible de son sac, après s'être assuré que la sécurité était bien en place. Il avait beau être en civil, il n'en restait pas moins le shérif. Et il n'était jamais de repos.

Lorsqu'il se gara dans la cour de Whistling Meadows, Rory était en train de vérifier que le chargement des trois lamas attachés à la clôture était bien en place, et Samantha discutait avec Red. De toute évidence, c'était lui qui allait veiller sur les trois animaux restants pendant leur absence. Le vieux fermier n'avait pas encore dit son dernier mot.

— Salut ! lança Garrett en s'approchant de son fils, mais en se tenant à distance respectueuse des étranges créatures poilues aux yeux pensifs. Besoin d'un coup de main ?

— Non, merci.

Avec une intense concentration, Rory acheva de serrer une courroie, puis se tourna vers lui, examinant d'un regard critique sa casquette de base-ball, son T-shirt, son jean et ses chaussures de marche déjà usagées. Apparemment, l'inspection s'avéra satisfaisante.

— Tu as mis de l'écran solaire et de la lotion anti-moustiques ?

Garrett lui ébouriffa les cheveux.

— Oui, maman ! Je m'en suis enduit des pieds à la tête.

Rory baissa la tête pour éviter le contact mais, joueur, fit mine de lui décocher un coup de poing dans le bras.

Garrett lui tendit sa besace.

— Où faut-il la mettre ?

— C'est le lama que tu conduiras qui la portera.

— Que *je* conduirai ? Personne ne m'a averti que je devrais prendre en charge une de ces bestioles !

— Cela fait partie du jeu, dit Samantha en les rejoignant.

Elle portait des chaussures de marche, un large pantalon de treillis kaki et une chemise blanche toute simple qui épousait ses formes. Il s'efforça de ne pas la détailler avec trop d'insistance. Elle avait abandonné son apparence sophistiquée et semblait avoir recouvré l'assurance qui lui faisait défaut en présence de sa mère.

— Passer du temps avec les lamas vous aidera à être plus détendu, c'est certain ! affirma-t-elle.

Alors qu'il réfléchissait à une repartie bien sentie, une ombre se profila dans son dos et sa casquette s'éleva dans les airs. Pivotant sur ses talons, il découvrit un lama à robe brune tachetée de blanc, qui tenait, triomphal, la visière de la casquette entre ses dents. La tête de l'animal arrivait exactement à la hauteur de la sienne.

Rory pouffa de rire.

— Voici Percy. C'est un lama pie, et ce sera ton guide pendant la randonnée.

— Il a fallu que je tombe sur le petit comique de la troupe !

— Nous avons pensé que vous vous entendriez bien, parce qu'il a une personnalité dominante, fit Samantha d'un ton innocent en piochant une petite poignée de graines dans la poche de son pantalon.

Sans se faire prier, Percy lâcha la casquette pour déguster la friandise.

— Tenez, dit-elle en passant autour du cou de Garrett une sorte de sacoche indienne à lanière tressée. Il faut que vous ayez de quoi le nourrir, vous aussi. C'est un excellent stimulant.

Génial ! songea-t-il sombrement. A quand le sac banane autour de la taille ?

Samantha le considéra avec effronterie.

— Je vous aurais bien dit de mettre les graines dans votre poche. Le problème, c'est que votre jean est… plutôt moulant.

Elle sourit, et ajouta :

— Croyez-moi, la sacoche, c'est mieux.

Allait-elle lui décocher des piques durant toute la randonnée ?

— Bon, papa, intervint Rory, en lui prenant sa besace pour la fixer d'une main experte au reste du chargement, tu as fait la connaissance de Percy. Et tes affaires sont là, à portée de main. Moi, je conduirai Humvee, et Samantha marchera devant avec M. Jinx, l'appaloosa.

Il détacha Percy et lui tendit la longe.

Garrett posa un regard méfiant sur Percy, qui avait l'air de rire sous cape.

— Attention, pas de blagues, le mit-il en garde.

— Ce serait préférable, en effet, renchérit Samantha. Si Percy déguerpit, nous perdons les tentes.

Pour la première fois, il regarda vraiment l'équipement accroché au dos du lama. Du matériel ultraléger, instantané, high-tech et flambant neuf.

— Avez-vous acheté cela pour l'occasion ? interrogea-t-il.

— Oui.

Samantha, suivie de M. Jinx, commença à se diriger vers le point de départ de la randonnée.

— Maman était un tantinet déçue de devoir mettre en suspens ses projets de décoration pour parcourir les rayons d'un hypermarché mais, pour elle, le shopping reste le shopping. Tout est dans le maniement de la carte bleue. Je dois même reconnaître, à son crédit, qu'elle s'est bien adaptée.

Il ignora le jeu de mots.

— Ainsi, vous allez élargir vos activités et proposer des treks de plusieurs jours ?

— Je ne sais pas. Peut-être.

Elle adressa un signe d'adieu à Red, assis dans un fauteuil à bascule sous le porche de la baraque.

Ce devait être bien agréable, songea Garrett en serrant involontairement les mâchoires, de sortir faire des courses au pied levé et d'acheter tout ce qui se faisait de mieux sans se soucier de son budget. C'était là l'objectif principal de son ex-femme, qui s'était donné les moyens de réaliser ce rêve. Les gens comme Noelle ne s'attardaient pas longtemps à Applegate. Qu'avait dit — très distinctement — Helena Lawrence à sa fille, à la cafétéria ? « Applegate n'est qu'une transition. Tu ne resteras pas. »

Mener une vie simple n'était peut-être en effet pour elle qu'un caprice de riche, songea-t-il soudain, déconcerté.

— Papa ? lança Rory, l'arrachant à sa rêverie. Tu es prêt ? Tu n'as qu'à marcher derrière Samantha. Percy te suivra.

En vérité, ce fut Garrett qui dut emboîter le pas au lama.

Rory, escorté par Humvee, vint marcher à leurs côtés.

— Tu as remarqué comme ils sont silencieux ? Pas comme les chevaux. C'est parce qu'ils ont des coussinets sous les pattes au lieu de sabots. Comme ça, ils n'ont pas d'impact négatif sur l'environnement. C'est cool, non ?

— C'est vrai. A quoi servent les clochettes sur leur licol ?

Garrett était heureux de converser avec son fils, même s'il ne maîtrisait pas le sujet.

— A prévenir les animaux qu'on croisera sur notre route qu'on pénètre sur leur territoire.

Le coin abondait en chevreuils, pumas, loups et ours.

— Ne faudrait-il pas plutôt se demander comment *nous* saurons si des animaux envahissent *notre* territoire ?

— Oh ! les lamas se chargeront de nous avertir, surtout Percy !

Rory frissonna.

— J'ai entendu un lama crier, un jour où un renard traversait le pré. Ces animaux sont de vraies sirènes ambulantes ! Est-ce que tu sais qu'on s'en sert parfois comme gardiens de troupeaux ?

— Tu es une vraie mine d'informations, fiston ! fit Garrett, empli de fierté. Il faut dire que tu as de qui tenir !

Respire, se dit-il. *Oublie Samantha, et concentre-toi sur Rory.*

C'était l'anniversaire de son fils, après tout. Et puis, Samantha avait sa propre vie, et lui la sienne.

Pourtant, il avait du mal à la chasser de ses pensées. Elle marchait juste devant lui, sur le chemin qui traversait le pré et montait vers la forêt.

Trente hectares constituaient un joli terrain de jeu personnel. Bien que Red ne lui ait pas confié quelle somme il avait tiré de la vente de sa propriété, Garrett connaissait le tarif en vigueur dans la région. Il était très élevé.

Mais il devait cesser de songer à Samantha et à sa situation.

— Tu as une idée du repas qu'elle va nous préparer là-haut ? demanda-t-il à Rory.

— Aucune. Mais il y a de quoi faire. Humvee porte les glacières. Si nous n'aimons pas ce qu'elle a emporté, nous pourrons toujours pêcher !

Tournant la tête, il vit les bacs hermétiques qui contenaient la nourriture, ainsi que trois cannes à pêche neuves. A l'évidence, Samantha n'avait pas regardé à la dépense.

Il s'efforçait de garder un œil neutre, mais il devait néanmoins admettre qu'il se sentirait plus à l'aise vis-à-vis de la jeune femme s'il savait que son entreprise était le résultat d'un projet mûrement réfléchi, d'un dur labeur et de longues années d'économies, plutôt qu'un jouet offert par papa et maman, et destiné à être tout aussi vite abandonné.

Samantha sentait sur elle le regard de Garrett mais, pour une fois, cela la laissait de marbre. L'air pur, l'espace, la vue des montagnes, la présence apaisante des animaux neutralisaient la mauvaise humeur de son hôte. Garrett semblait crispé et soucieux — c'était le moins que l'on puisse dire. Mais, lorsqu'elle se promenait, rien ne pouvait altérer sa joie. La nature lui donnait le sentiment d'exister pleinement.

En comparaison, les projets de décoration de sa mère, le fait qu'elle ait failli rechuter cette semaine ou que le shérif n'apprécie pas la promenade autant qu'elle et Rory l'avaient espéré, n'avaient que peu de réalité.

Franchissant la barrière qui séparait le pré de la forêt, ils foulèrent un épais et odorant tapis d'aiguilles de pin. Des cardinaux volaient au-dessus de leurs têtes, éclairs rouges vifs sur la voûte pailletée et mouvante formée par les frondaisons des arbres.

Soudain, la voix de Garrett brisa le silence.

— Hé ! Mais que fait-il ? Il va se rendre malade ! Je vous préviens, je n'ai pas souscrit d'assurance pour lui ! Et je ne gagne pas assez d'argent pour le remplacer !

Se retournant, elle vit Percy à l'arrêt, broutant les aiguilles de pin tombées au sol.

— Tout va bien. Pour les lamas, cela revient à croquer des chips ! dit-elle en revenant sur ses pas.

Garrett parut sceptique.

— Dans ce cas, pourquoi les autres n'en mangent-ils pas, eux ?

— Je pense que Percy s'amuse à vous tester un petit peu. Voulez-vous échanger pour M. Jinx ? Il est très docile.

Il soutint son regard, comme s'il voyait là un défi à relever.

— Pas la peine.

— De toute façon, nous ne sommes pas pressés, papa, intervint Rory. Si nous n'avons pas atteint le lac avant la tombée de la nuit, nous installerons les tentes n'importe où ailleurs.

Comme M. Jinx reniflait le sol près de l'endroit où se tenait Percy, celui-ci leva la tête et lui souffla à la tête les aiguilles qu'il avait dans la bouche. En riant, Samantha fit reculer le jeune lama.

— Pourquoi a-t-il fait cela ? s'enquit Garrett.

— Pour défendre son territoire, répondit-elle, se demandant si l'irascibilité du shérif n'était pas due au fait qu'elle lui avait volé un peu de l'attention de son fils.

— C'est le fameux crachat du lama ?

— Non, répondit Rory en souriant. Là, ce n'était qu'un avertissement. Si M. Jinx n'en avait pas tenu compte, Percy l'aurait arrosé de salive.

— C'est dégoûtant !

— Peut-être, mais il y a encore plus dégoûtant. Si M. Jinx avait été assez stupide pour ignorer ce deuxième avertissement, Percy lui aurait appliqué un traitement plus sévère : le gros crachat vert. Le contenu de son estomac.

— Je préfère ne pas entendre…

— Attends, attends, ce n'est pas fini ! s'écria Rory, ravi. Les lamas peuvent atteindre leur cible à quatre mètres de distance !

Il était rassurant de le voir se comporter comme un garçon de treize ans, pour une fois, se dit-elle. Garrett aussi souriait, constata-t-elle avec plaisir.

— Est-ce vous qui lui avez appris cela ? demanda-t-il en la regardant.

— Non, monsieur. Votre fils sait regarder, c'est tout.

Rory ne se contentait pas d'observer les lamas, d'ailleurs. Il avait remarqué que son père travaillait trop et ne s'amusait pas assez. Samantha le savait : il lui avait fait part de son inquiétude.

— Il ne va pas s'attaquer à moi, tout de même ?

— Il y a peu de risques.

Plongeant la main dans sa poche, elle en tira quelques raisins secs.

— Ce sont les friandises qu'ils préfèrent. Donnez-en à Percy, et il vous suivra au bout du monde.

Elle en versa plusieurs dans la paume de Garrett, puis l'épia tandis que le lama cueillait délicatement les fruits un par un entre ses lèvres. Elle connaissait cette sensation : c'était doux, hérissé de poils et sensuel.

Une expression de surprise se peignit sur les traits rudes du shérif.

— Ce gars-là est habile de ses lèvres, pas de doute !

Dans son dos, Rory leva le pouce en signe de victoire.

— Je propose que vous passiez devant, suggéra-t-elle. Percy sera très content.

Accompagnés du doux tintement des clochettes, ils repartirent, Samantha fermant la marche. Avec un peu de chance, le shérif aurait laissé sa mauvaise humeur sur le bord du chemin. Elle savait ce que cela signifiait d'être esclave de son travail et d'être privé de toute relation humaine, de tout choix, de toute chance de bonheur. Pour elle, la cure de désintoxication n'avait pas été seulement une solution à son problème d'alcool : elle lui avait permis de commencer à découvrir qui elle était vraiment, où se situaient ses vraies priorités.

Elle s'arrêta un instant pour admirer le paysage. C'était un merveilleux après-midi. Le soleil brillait dans un ciel pur traversé de quelques nuages blancs. Au loin, elle apercevait la silhouette bleutée, tirant sur le mauve, des Blue Ridge Mountains. Au fur et à mesure qu'ils montaient, l'air fraîchissait. Elle tira un sweat-shirt de sa besace et l'enfila, savourant l'odeur fraîche du linge propre séché au soleil. Il fallait qu'elle attire l'attention de sa mère sur les joies simples de la vie à la campagne. Helena continuait en effet à penser que cette existence « à la dure » n'était pour sa fille qu'un divertissement provisoire.

Soudain, à quelque distance de là, Percy poussa un cri d'alarme. Quelques secondes après, un coup de feu retentit.

Les lamas ! Rory ! Garrett ! songea-t-elle, affolée. Dieu du ciel, que se passait-il ?

Le cœur battant à se rompre, elle entraîna M. Jinx au pas de course en direction du bruit. Comme elle contournait un rocher dressé au milieu du chemin, elle vit Rory qui courait derrière Percy, tout en tenant fermement Humvee par la bride.

Garrett, immobile, avait un revolver à la main.

Après avoir attaché rapidement M. Jinx à une branche basse, elle courut vers lui.

C'est là qu'elle aperçut le serpent — un crotale des bois. Ou plutôt, ce qu'il en restait. Avant que Garrett ne l'abatte, il avait dû mesurer un mètre cinquante de long et se dorait probablement au soleil sur le talus bordant le sentier. Son magnifique corps jaune à motifs géométriques bruns gisait maintenant, brisé et sanglant, sur le granit.

— Qu'avez-vous fait ? cria-t-elle, incapable de contenir sa fureur.

— Il était sur le point d'attaquer. Percy a décelé le danger avant moi.

Muette de colère, elle le fusilla du regard.

Dans les premiers temps de son installation, elle avait suivi des cours sur la gestion du territoire en auditeur libre à l'université. Elle croyait en l'écologie, à la protection de la diversité biologique, et ne supportait pas qu'on mette à mort certains animaux sous prétexte qu'il s'agissait de vermine. Elle s'était juré que ce genre de massacre ne se produirait jamais sur sa propriété.

Ses mains tremblaient si fort qu'elle dut les mettre dans ses poches.

— Vous… avez… emporté… *un pistolet…* ici ? bégaya-t-elle.

— C'est mon arme de service. Et je pourrais à mon tour vous demander pourquoi vous n'êtes pas armée, rétorqua-t-il. Vous auriez pu perdre votre lama.

Garrett soutint sans ciller le regard de Samantha. Elle avait peut-être le cœur tendre et de bonnes intentions, mais elle n'avait pas toujours conscience des risques encourus.

— Au lieu de jouer les cow-boys, vous auriez pu contourner l'obstacle ! Vous êtes un vrai danger public !

Là, elle allait trop loin, se dit-il.

— Les serpents à sonnette sont imprévisibles. Ma priorité est de garantir la sécurité d'autrui.

— Où avez-vous eu ce… cette chose ? dit-elle d'un air dégoûté en pointant du doigt son revolver.

— Dans mon sac.

— Sur *mon* lama ?

— J'avais mis le cran de sûreté, rassurez-vous ! Et j'ai une autorisation de port d'arme.

Alors qu'ils s'affrontaient du regard, Rory revint avec Humvee et Percy.

— Papa, comment as-tu pu emporter ton revolver ?

s'écria-t-il après avoir attaché les deux animaux à côté de M. Jinx.

Venant se planter aux côtés de Samantha, il le considéra avec indignation. Garrett sentit sa bouche s'assécher sous leurs regards accusateurs.

— Vous avez l'air d'oublier, tous les deux, que je suis le shérif du comté. Je porte un pistolet, c'est ainsi.

— Mais aujourd'hui, c'est mon anniversaire, et tu es censé être en congé ! Je me fiche du shérif. Moi, ce que je veux, c'est mon père.

Malgré sa maturité évidente, son fils n'était encore qu'un enfant. Avec des besoins d'enfant.

— Rory, je suis ton père avant tout.

Comment lui expliquer que, pour lui, son fils unique, il était prêt à affronter des ennemis bien plus dangereux qu'un crotale ? Il se battrait contre la terre entière, s'il le fallait.

— Je suis désolé d'avoir tué ce serpent, poursuivit-il. Je pensais agir au mieux. Et je suis navré si je t'ai donné l'impression de ne pas être complètement présent pour toi aujourd'hui. Je le suis.

Rory gratta le sol du bout de sa chaussure.

— D'accord.

Il jeta un regard de biais à la jeune femme.

— Ça va ?

Fixant Garrett avec des yeux étrécis, elle ne semblait pas aussi prompte à lui pardonner.

— Que comptez-vous faire de votre arme pendant le reste de la randonnée ?

— Ce qui est sûr, c'est que je ne peux pas l'abandonner sur le bord du chemin. Regardez, dit-il, prenant soin d'enclencher le cran de sûreté sous leurs yeux, je la remets dans mon sac.

Elle paraissait ne pas vouloir fléchir, mais Rory renchérit :

— Tout ira bien si c'est Percy qui la porte. Papa sait ce qu'il fait.

La confiance de son fils toucha Garrett. Samantha, en revanche, continuait à le considérer avec méfiance.

A cause de ce qu'il avait fait, l'ambiance était gâchée et le reste de l'ascension se fit dans un silence pesant.

Il en vint même à apprécier la compagnie de Percy.

10

Lorsque le petit groupe atteignit les abords du lac en fin d'après-midi, les ombres s'étaient considérablement allongées.

Samantha n'était toujours pas remise du choc que lui avait causé la démonstration de force de Garrett. Certes, c'était le shérif et, à l'évidence, son travail faisait partie de son identité. Son propre père, Cameron, était exactement pareil. Mais était-ce une raison pour emmener une arme le jour de l'anniversaire de son fils ? En rentrant à la ferme, elle reverrait la conception de ses prospectus pour y inclure certaines règles et interdictions à respecter lors des treks.

— Oh non ! Qui a pu faire une chose pareille ?

Devant elle, Rory et Humvee avaient émergé dans la clairière qui entourait le lac, où ils avaient prévu de camper.

Elle entendit ensuite Garrett pousser un juron sonore.

Lorsqu'elle parvint à leur hauteur, elle découvrit l'horrible spectacle. Une fête géante avait été organisée sur le site. On voyait encore l'énorme foyer, à présent noirci, creusé près du lac. Des canettes de bière vides et des papiers d'emballage gras traînaient un peu partout. Une chaise en aluminium, un vieux pneu et une glacière étaient visibles sous la surface de l'eau, à quelques mètres du rivage. En proie à la nausée, elle se couvrit la bouche d'une main.

Pivotant sur ses talons, elle s'aperçut alors que des mots grossiers avaient été tracés à la bombe sur les rochers.

Garrett et Rory l'entourèrent.

— Ne vous en faites pas, dit ce dernier, nous allons nettoyer. Mais d'abord, je vais attacher nos trois lamas quelque part où ils ne risquent pas de manger des déchets.

Tandis qu'il retournait avec les lamas sur le chemin, Garrett lança à Samantha :

— Avant de toucher à quoi que ce soit, il faut que j'examine les lieux pour voir si je ne trouve pas un indice qui pourrait nous apprendre qui a fait ça. Mais je serais prêt à parier que ce sont les fils Harris et leurs amis…

Il lui indiqua un amas rocheux près de l'eau.

— Allez vous asseoir. Je ne serai pas long.

— Je veux commencer à nettoyer.

Cela l'aiderait peut-être à oublier la douleur lancinante qui lui tenaillait l'estomac, songea-t-elle.

— Nous allons tous nous retrousser les manches, assura-t-il. Je vais faire un petit tour d'inspection. Reste avec Samantha, ajouta-t-il à l'adresse de son fils qui revenait.

— Bien sûr.

Rory s'assit près d'elle sur un rocher.

— Ça va aller, la consola-t-il. Demain, Red et moi, on reviendra s'occuper des graffiti. Dans mon école, à Charlotte, le personnel chargé de l'entretien se sert d'un produit spécial pour enlever la peinture. Si on n'en trouve pas au magasin de bricolage, ma mère trouvera un moyen de s'en procurer et me l'expédiera.

Son optimisme naïf, son attitude chevaleresque firent sourire Samantha malgré elle.

— Merci, bégaya-t-elle avant de fondre en larmes.

— Ne pleurez pas, dit-il en lui tapotant le dos avec maladresse. Je n'aime pas quand les filles pleurent.

— C'est un cadeau d'anniversaire complètement raté !

— Oui. Je tiens à être remboursé ! dit-il en souriant. Non, je plaisante…

Garrett revint, la mine sombre.

— Où sont les panneaux « Défense d'entrer — Propriété privée » que Red avait installés ?

— Je… Je les ai enlevés. Je les trouvais trop autoritaires.

— Ils avaient pourtant une utilité.

Il parut sur le point de lui faire la morale, puis se ravisa.

— Occupons-nous de mettre de l'ordre. Avez-vous amené des sacs-poubelle ?

— Oui.

Elle prit la main qu'il lui tendait, et il l'aida à se hisser sur ses pieds. Ils échangèrent un regard : lui aussi était attristé par la profanation du lieu.

— Mack et moi, nous campions souvent quand nous étions gosses, dit-il. La notion de propriété privée nous était étrangère, mais nous respections la nature. Ces gosses-là ne ressentent rien. J'ignore comment combattre cela.

Juste au moment où elle était décidée à ne pas lui pardonner l'incident du serpent, voilà qu'il dévoilait une autre facette de sa personnalité, et lui prouvait qu'il possédait une vraie sensibilité.

Elle partit chercher les sacs-poubelle. Les trois lamas mâchonnaient tranquillement les feuilles d'un arbre.

— Ils ont besoin de soins, je suppose. Mon fils et moi allons commencer le nettoyage sans vous.

Sursautant, elle fit volte-face. Garrett l'avait suivie, et se tenait tout près d'elle.

— Est-ce que ça va ? s'enquit-il.

— Oui. Mais je suis chagrinée de voir un si joli endroit défiguré ainsi.

— Je suis content que vous ne vous soyez pas trouvée seule dans un moment pareil.

Il fronçait les sourcils, mais son regard était empreint de sollicitude.

— Moi aussi, admit-elle.

Comme elle lui tendait le rouleau de sacs-poubelle, elle se rendit compte de l'immense pas en avant que représentait cet aveu. Lors de la construction de l'Ashley Singapour, elle avait affronté des difficultés bien plus importantes que quelques graffitis et une poignée de détritus. Bien entendu, elle avait fait appel à des professionnels pour les travaux proprement dits, mais c'était elle qui avait géré seule les complications et les imprévus. Sans consulter son père. Elle avait tenu à se prouver qu'elle était capable de tenir les rênes d'un projet. Ses efforts lui avaient valu les honneurs ; ils avaient aussi causé sa perte.

Elle contempla Garrett qui s'éloignait. Il était si fort, lui-même… La considérait-il comme quelqu'un de faible ? Ou était-il capable de voir en elle — comme elle l'avait fait pour Mack — une semblable, un être humain qui souffrait et méritait le respect ?

Dès qu'elle concentra son attention sur les lamas, elle se sentit immédiatement plus apaisée. Leur patience, leur doux hennissement, leur expression qui semblait dire : « Vous, les humains, vous vous compliquez beaucoup trop la vie », l'aidèrent à retrouver son équilibre intérieur.

Elle déchargea tentes, glacières et besaces, les plaçant hors d'atteinte des lamas, mais toutefois pas trop près de la zone du lac pour ne pas gêner Rory et Garrett. Une fois délestées de leur chargement, les bêtes se couchèrent sur le sol pour profiter d'un repos bien mérité.

Bien que la cime des arbres soit encore baignée d'or, un crépuscule précoce était tombé sur la dépression formée par le lac. Enfilant une paire de gants de travail, Samantha retourna sur le campement, où Garrett et Rory, enfoncés dans l'eau jusqu'à la taille, se débattaient avec un pneu plein d'eau. Ils avaient déjà constitué une pile de déchets en bordure de la clairière. Trempés, couverts de boue des pieds à la tête, ils avaient l'air de follement s'amuser.

— Nous avons commencé par enlever le plus encombrant ! lança Garrett, incapable de dissimuler sa fierté et sa joie, en apercevant Samantha.

Rory gérait la situation comme un homme. Garrett découvrait le bonheur de travailler à ses côtés, d'égal à égal.

— C'est bien que vous portiez des gants, fit-il remarquer à la jeune femme, qui secouait un sac plastique d'un air déterminé. Certaines de ces ordures peuvent être dangereuses pour la santé.

— Une raison supplémentaire d'étrangler ceux qui ont fait ça, affirma-t-elle avec une surprenante férocité.

Bien qu'il lui en coûtât de l'admettre, l'arrivée de Samantha l'avait quelque peu déconcentré. Il se surprit à l'observer tandis qu'elle s'activait avec énergie. Malgré son attitude combative, il la sentait atteinte, fragilisée par cette violation de propriété, qui devait certainement lui rappeler son statut d'étrangère dans la région.

— Je pense que nous en avons terminé avec le lac, déclara Rory, le rappelant brutalement à la réalité.

— Tu as fait du bon boulot, fiston ! le félicita-t-il.

Il se tourna ensuite vers Samantha.

— Etant donné que nous sommes déjà sales, nous allons ramasser les détritus autour du foyer pendant que vous installerez le campement.

Elle parut brusquement embarrassée.

— Quelque chose ne va pas ?

— Si. Tout va bien.

Sans un mot de plus, elle retourna vers le chemin, où attendaient les lamas et l'équipement.

Pendant qu'il mettait les ordures dans un sac et que Rory balayait et égalisait le sol à l'aide d'une branche de résineux, elle apporta le matériel.

— Je vais chercher du bois pour le feu, annonça Rory. Puis j'irai prendre un bain pour me rafraîchir.

— Besoin d'aide ? demanda Garrett à Samantha, qui semblait hésiter.

Elle ne répondit pas.

— Que se passe-t-il ?

Elle contemplait fixement, avec une expression perdue de petite fille, les tentes qui gisaient, encore pliées, sur le sol..

Après s'être rincé les mains dans le lac, il la rejoignit.

— Avez-vous déjà campé ?

La femme compétente et sûre d'elle qu'il connaissait réapparut aussitôt.

— Bien sûr ! répliqua-t-elle.

— Où ?

— Au Kenya. C'était un safari.

En effet, se dit-il. Ce n'était plus la même histoire.

— Aviez-vous monté vos tentes vous-mêmes ?

Il devina la réponse avant que celle-ci n'arrive.

— Non. Nous avions des… assistants, avoua-t-elle en soupirant. Mais ce ne doit pas être bien sorcier ! Celles-ci sont censées être très faciles à installer !

S'agenouillant pour examiner les tentes, il vit qu'il s'agissait de matériel haut de gamme. Rien à voir avec les cabanes de fortune que Mack et lui construisaient dans leur enfance — lorsqu'ils prenaient la peine de se fabriquer un abri. Il tira sur une languette, et la première tente se gonfla soudain comme un grain de pop-corn géant.

— Voilà, maintenant, j'ai l'air d'une idiote ! s'exclama Samantha.

Il eut envie de lui demander si elle était de ces gens qui ont besoin de toujours tout contrôler, si cette recherche de perfection était ce qui l'avait poussée à boire. Au lieu de quoi, il se pencha sur la deuxième tente.

— A vous l'honneur, dit-il quand il eut repéré la languette.

Elle tira dessus et rit quand l'abri de toile se déploya.

— C'est aussi drôle que d'éclater du papier à bulles !

— Dans ce cas, je vous laisse vous occuper de la dernière.

Elle le fascinait. Elle était à la fois forte et vulnérable, triste et gaie, naïve et réaliste. Comment parvenait-elle à être tout cela en même temps ?

S'il l'avait rencontrée en d'autres circonstances, il aurait pu tomber sous le charme.

Pff... Qui cherchait-il à abuser ? Charmé, il l'était déjà.

Le problème, c'est qu'elle risquait fort de quitter Applegate avant que les feuilles ne commencent à jaunir. En ne laissant rien d'autre derrière elle qu'un panneau « A vendre » à l'entrée du chemin de Whistling Meadows.

Esquissant une grimace, il disposa les tentes à distance raisonnable du foyer.

— Il était temps que j'arrive, on dirait ! s'exclama Rory, revenant les bras chargés de bois. Il commence à faire nuit.

— Tu pourrais t'occuper d'allumer le feu, dit Samantha en sortant d'une des glacières des paquets emballés dans du papier aluminium. Pendant ce temps, je prépare le repas.

— Qu'est-ce qu'on mange ?

— La « surprise » de Red, comme il l'appelle. C'est du poulet épicé accompagné de légumes. J'ai suivi la recette qu'il m'a donnée.

Tout en plaçant les duvets et les sacs dans les tentes, Garrett écouta son fils et cette quasi-inconnue converser tranquillement comme deux vieux amis. Elle venait seulement d'arriver en ville, et avait pourtant déjà conquis presque tout le monde. Tandis que Noelle, qui avait grandi ici, n'avait jamais paru à sa place parmi eux. Après leur mariage et la naissance de Rory, elle avait toujours refusé de partir camper en famille. Pour elle, dormir à la dure signifiait passer la nuit dans la suite d'un hôtel de luxe.

En tout cas, contre toute attente, célébrer l'anniversaire de son fils par un trek avec des lamas emplissait Garrett de félicité. Il fallait qu'il se concentre là-dessus s'il ne voulait pas se laisser ensorceler par Samantha.

— Hé..., fit-elle doucement, tout près de lui.

Il tressaillit. Il ne l'avait pas entendue approcher.

— Vous avez oublié les matelas gonflables.

— Ce n'est plus du camping, c'est le Ritz !

Il crut la voir pâlir.

— Disons simplement que c'est une randonnée « test ». Je compte d'ailleurs sur vous pour me donner vos impressions. Si j'organise des treks de deux jours, je tiens à ce que mes hôtes disposent d'un minimum de confort. Il faut qu'ils soient satisfaits de l'expérience.

Evidemment, songea-t-il. Il avait oublié que, pour elle, ces promenades étaient source de revenus. La ferme, les lamas, tout cela n'était qu'une affaire de rentabilité. Et peu importait si cela ne marchait pas : ses parents seraient toujours là pour payer.

Lui qui avait prévu de nager avec Rory tout à l'heure, il n'était plus aussi sûr d'en avoir envie après cette douche froide.

Samantha dévisagea Garrett. Pourquoi la considérait-il tout à coup avec tant de froideur ?

— Vous ne voulez pas de matelas gonflable ?

— Si, vous pouvez en mettre un sous mon duvet. Puisque cela fait partie du forfait, pourquoi pas ?

Se tournant vers Rory, qui attachait les lamas plus près du campement, il demanda :

— Alors, prêt à piquer une tête dans le lac ?

— Le dernier arrivé est une poule mouillée !

Elle n'eut même pas le temps de leur dire qu'elle avait oublié d'emporter des serviettes : ils avaient déjà ôté leurs chaussures et descendaient la berge en courant. Ils se jetèrent tout habillés dans le lac. Leurs cris résonnèrent joyeusement, réverbérés par les montagnes.

Elle les contempla, hypnotisée par la beauté primitive de leurs jeux. Enfant unique, elle avait toujours été tenue de se comporter comme « une dame ». Il fallait être *convenable.*

Les hôtels des Lawrence reflétaient le même souci des apparences. Elle voyait mal l'un des clients de l'Ashley Singapour, par exemple, se jeter dans l'eau glacée d'un lac de montagne. Aujourd'hui, elle serait incapable de retourner, ne serait-ce qu'une fois, dans l'un des hôtels de son père.

Lorsqu'elle eut fini de gonfler les matelas, elle retourna près du feu pour surveiller la cuisson du repas. Soudain, elle se figea, frappée par le spectacle qui s'offrait à elle.

Garrett venait d'émerger de l'eau. Tout en marchant sur la berge, il ôta son T-shirt, révélant un torse dur comme de la pierre et des muscles saillants qui brillaient à la lueur du feu.

Sans la moindre gêne, il suspendit son T-shirt dégoulinant à une branche basse, et commença à déboutonner son jean.

Elle émit un hoquet de stupeur. Il s'immobilisa, interdit. Au même moment, Rory, s'ébrouant comme un jeune chien, le heurta par-derrière.

— Je… Je n'ai pas amené de serviettes, dit-elle.

— Pas besoin, répondit Garrett avec un petit sourire en coin. Nous avons amené des vêtements de rechange. Ceux-ci seront à peu près secs demain matin.

Son fils inspecta chacune des tentes à la recherche de leurs sacs.

— Samantha, tournez-vous, s'il vous plaît ! implora-t-il lorsqu'il les eut trouvés.

Elle ne savait plus où poser les yeux. Si elle se détournait de Rory, c'est Garrett qui se trouvait alors dans son champ de vision. Celui-ci n'avait pas bougé, et la considérait, une lueur d'amusement, à laquelle se mêlait une émotion plus ambiguë, dans le regard.

— Je suppose que vous n'avez pas de frères.

— En effet.

Se saisissant de pinces, elle s'agenouilla devant le feu pour retourner l'une des papillotes dans les braises. Les aliments enveloppés dans le papier aluminium grésillèrent et émirent un délicieux arôme de viande et de légumes en train de cuire. Red lui avait assuré que c'était le menu parfait pour les estomacs affamés, rapide et facile à réaliser.

— Le dîner est presque prêt.

Elle perçut un bruit de tissu froissé derrière elle — indice que Garrett, lui aussi, était en train de se changer. Aussitôt, son imagination s'emballa, à sa grande confusion.

Une chauve-souris passa au-dessus de sa tête. Là-haut, dans le ciel, les étoiles commençaient à briller. Oubliant son trouble, elle sentit une paix profonde l'envahir. Ici, sur cette montagne, elle n'avait pas à être quelqu'un d'autre qu'elle-même. Elle était Samantha Weston, une femme qui possédait des lamas et savait cuisiner un bon repas au feu de bois. Elle ne savait pas encore très précisément qui elle était, mais c'était déjà un bon début.

Garrett se matérialisa tout à coup à ses côtés.

— Ça sent bon !

Elle se leva et le fixa dans les yeux — un moyen, peut-être, de conjurer la tentation.

— Etes-vous obligé de vous approcher des gens aussi furtivement ?

— J'ai beaucoup de défauts, répliqua-t-il avec un sourire narquois, mais pas celui-là.

Il lui prit les pinces des mains.

— Allez faire un plongeon, si vous voulez. Je surveille le repas.

— Je… Je ne pensais pas me baigner, dit-elle, sentant, pour une raison mystérieuse, son pouls s'accélérer. Ici, c'est moi qui suis chargée de la cuisine et de la vaisselle. Vous, vous êtes les invités.

— Je pense que nous n'en sommes plus là.

D'un geste, il désigna les sacs-poubelle pleins entassés à la lisière de la forêt, et ajouta :

— A moins que vous ne considériez que le ramassage d'ordures fasse partie du programme récréatif.

— Non. Et d'ailleurs, je vous remercie pour votre aide.

— Suis-je pardonné pour le serpent ?

Ce n'étaient probablement pas des excuses qu'il attendait ; mais il semblait s'inquiéter sincèrement de ce qu'elle pouvait ressentir.

Alors qu'elle ouvrait la bouche pour répondre, Rory s'approcha du feu, faisant rouler un morceau de tronc devant lui.

— Je meurs de faim !

— Je vois que tu as trouvé un banc, observa-t-elle en versant le contenu des papillotes dans des gamelles en fer-blanc.

Une fois servis, ils dégustèrent le poulet épicé accompagné de poivrons, d'oignons, de tomates et de maïs.

— Red ne pourra plus dire que vous êtes une mauvaise cuisinière, fit Rory, la bouche pleine, tandis qu'elle prenait place à côté de lui sur le tronc.

Elle rit.

— Il a dit ça, vraiment ? Eh bien, c'était vrai, certainement. Mais ça ne l'est plus.

Ces quelques mots résumaient parfaitement sa nouvelle philosophie.

— Poussez-vous un peu, dit Garrett.

Son assiette à la main, il se dirigea vers eux, mais au lieu de s'installer sur la place libre près de son fils, il se planta devant l'extrémité du tronc où elle était assise, alors qu'il n'y avait clairement pas assez d'espace pour lui. Elle ouvrit la bouche pour le lui faire remarquer, mais Rory se décala obligeamment, et elle se retrouva coincée entre eux deux.

— J'aimerais savoir si vous êtes toujours fâchée pour le serpent, dit Garrett.

Toute colère l'avait désertée dès l'instant où il s'était proposé pour nettoyer le site. Et même si elle ne lui avait pas encore tout à fait pardonné son geste, il aurait été difficile de continuer à lui en vouloir alors que sa cuisse touchait la sienne. Ce contact avait quelque chose de très simple et de très attrayant…

— Non, répondit-elle. Je ne suis pas fâchée contre vous. Pourquoi me posez-vous la question ?

Tournant la tête, il plongea son regard dans le sien.

— Peut-être parce qu'il m'importe que vous ayez une bonne opinion de moi.

C'était sans doute le plus joli compliment que quelqu'un lui ait jamais fait. Client ou pas, il profitait manifestement de la situation.

11

Dès l'aube, Samantha sortit de son sac de couchage pour nourrir les lamas. Remontant la fermeture Eclair de sa tente, elle vit quatre silhouettes qui se découpaient, absolument immobiles, sur le ciel traversé par un vol d'hirondelles. Garrett pêchait. Les trois lamas l'entouraient, telle une assemblée de conseillers.

Elle se mit debout et s'étira puis, pour ne pas déranger ce fascinant tableau, descendit pieds nus sur la berge. Arrivée au bord de l'eau, elle resta un instant immobile : Garrett avait déjà pris plusieurs truites, qui n'attendaient plus que d'être jetées dans la poêle pour être servies au petit déjeuner.

Percy fut le premier à s'apercevoir de sa présence. Il s'approcha en pataugeant et renifla sa poche — sa façon à lui de réclamer une friandise.

— J'ai mieux, chuchota-t-elle. Un bol de pâtée.

Garrett se retourna, le sourire aux lèvres.

— Bonjour, dit-il doucement.

Comment pouvait-on être aussi beau dès le réveil ? s'étonna-t-elle en silence. Gênée, elle ramena en arrière ses cheveux ébouriffés par une nuit de sommeil.

— J'ai pensé que les p'tits gars auraient envie d'un peu de liberté, expliqua-t-il. Je dois dire qu'ils sont plutôt de bonne compagnie. Plus silencieux que la plupart des gens, et beaucoup plus calmes que les chiens.

Il était donc tombé sous le charme des lamas, songea-t-elle avec plaisir.

Retroussant le bas de son treillis, elle entra dans l'eau froide et se mit à côté de lui, pour prolonger cet agréable moment. Percy la suivit.

— Où est Rory ? demanda-t-elle.

— Il dort encore. Vous n'auriez pas amené des bougies d'anniversaire, par hasard ?

— Si. Et aussi un gâteau, pour le retour.

— Puis-je me servir d'une des bougies ? Je voudrais la piquer sur sa truite. Ce n'est pas tous les jours qu'un garçon fête ses treize ans !

A cet instant précis, elle le sut irrémédiablement : elle était en train de tomber amoureuse de lui.

Durant son enfance, les goûters d'anniversaire donnés en son honneur, toujours très élaborés et préparés par un traiteur, lui donnaient envie de fuir et de se cacher. Elle aurait adoré avoir ses parents pour elle seule durant toute une journée. Et elle aurait échangé tous les gâteaux fantaisie du monde contre une truite au petit déjeuner.

— Vous êtes un père formidable, murmura-t-elle.

— Merci, dit-il, visiblement décontenancé par le compliment.

— Je le pense sincèrement. Rory en est la preuve.

Il ne répondit pas, se contentant de manipuler sa canne à pêche.

Les lamas étaient aussi immobiles que des statues. Des hirondelles frôlaient l'eau pour attraper des insectes. Le ciel était d'un bleu lumineux, mais les rayons du soleil n'avaient pas encore passé la barrière des hauts conifères qui encerclaient la clairière. De fines volutes de vapeur s'élevaient de la surface du lac, encore enveloppé d'une brume opalescente.

— Ne bougez pas, ordonna Garrett à voix basse. Vous avez une libellule sur la tête.

Malgré son injonction, elle se pencha pour regarder son reflet dans l'eau. Là, posé sur ses cheveux, elle vit l'insecte aux grandes ailes, pareil à une barrette fantastique. Il semblait si irréel qu'elle ne put s'empêcher de lever la main pour le toucher. Aussitôt, il s'envola.

Lorsqu'elle releva la tête, Garrett la contemplait avec tant d'intensité qu'elle frissonna.

— Parfois, on a juste envie de toucher la beauté, dit-il.

Posant sa main libre sur sa nuque, il l'attira vers lui et captura ses lèvres.

Sans même lever les bras, elle s'appuya contre lui et se laissa aller aux délicieuses sensations que ce baiser éveillait en elle. La chaleur de la bouche de Garrett et la fraîcheur de l'eau sur ses chevilles se rencontraient en tourbillonnant au centre de son corps, créant en elle un délicieux vertige.

Au bout d'un instant, ils s'écartèrent l'un de l'autre, et s'entre-regardèrent. Elle décela au fond de ses prunelles le désir d'aller plus loin, beaucoup plus loin. Ce devait être la magie de l'endroit…

Percy choisit ce moment pour glisser sa tête entre eux deux, comme pour dire : « Tout cela est très beau, mais qu'en est-il de cette pâtée que l'on m'a promise ? »

Garrett pouffa de rire.

— D'abord Ruggiero, et maintenant, Percy ! Je serais curieux de voir comment les choses évolueraient sans tous ces chaperons qui veillent sur vous !

Oh ! elle savait exactement comment elles évolueraient ! Mais il serait déraisonnable, à une période de sa vie où elle était si vulnérable sur le plan émotionnel, de céder à ce genre de tentation.

Se dégageant, elle déclara :

— Je vais nourrir les lamas. Voulez-vous vous charger de préparer le petit déjeuner ?

— Oui. Au menu, ce sera truite, puis truite et encore truite !

— Si cela vous intéresse, il y a des pommes de terre dans la glacière. Elles sont déjà cuites, il suffit de les faire frire.

— Oh ! je suis tout à fait intéressé, oui !

Elle ramassa les longes et guida les bêtes vers la berge. S'agissait-il d'un intérêt uniquement culinaire ?

Soudain, Garrett se sentit positivement affamé. Il rembobina le fil de sa canne à pêche, puis vida et écailla rapidement le poisson. Peu après son réveil, il avait relancé le feu. Celui-ci avait entre-temps beaucoup baissé, mais les braises étaient chaudes, idéales pour la cuisson.

Les poêles que Samantha avait emportées étaient, bien évidemment, ce qui se faisait de mieux en la matière. Une fois que les truites et les pommes de terre furent en train de rissoler dans l'huile, et le café, en train de passer dans la cafetière italienne, il s'autorisa à la regarder s'occuper des lamas.

Elle était en train de devenir son fantasme secret, son péché mignon.

Vêtue d'un treillis kaki et d'une chemise à carreaux comme n'importe quel randonneur, elle était tout sauf ordinaire. Sous sa délicate apparence, elle cachait une force véritable. Sa beauté était empreinte de mystère. Ses baisers exprimaient une certaine réserve, mais contenaient des promesses d'abandon…

Pourtant, une relation avec elle, dans la vraie vie, avait peu de chances de voir le jour, il en avait conscience. Il aurait voulu que cette randonnée dure toujours…

— Mmm… Ça sent bon !

Les traits gonflés de sommeil, Rory émergea de sa tente en bâillant.

— Bon anniversaire, fiston !

Garrett alluma une bougie, et la piqua dans l'une des truites dorées à point.

— Ne me demande pas de chanter.

— Merci, papa !

Avec un sourire en coin, Rory prit l'assiette qu'on lui tendait et s'assit sur le tronc d'arbre.

— C'est plus bel anniversaire de toute ma vie !

Samantha revint avec un petit paquet, qu'elle posa à côté de lui.

— Bon anniversaire ! Ce n'est qu'une petite chose, et cela attendra la fin du repas.

Tout en lui tendant une assiette pleine et une tasse de café, Garrett ne put s'empêcher de rêver. Que ressentirait-il s'il prenait tous les matins le petit déjeuner avec cette femme ?

Fourchette en l'air, elle le contemplait par-dessus le feu, les yeux écarquillés.

— C'est divin ! s'exclama-t-elle. Etes-vous toujours aussi fin cordon-bleu ?

— Seulement quand je prépare de la truite !

— Est-ce qu'il y en a encore ? fit Rory en tendant son assiette.

— Tu as un appétit d'ogre, ma parole !

Garrett partagea en deux le reste de poisson et de pommes de terre, bien qu'il n'ait pas encore été servi. Cela n'avait aucune importance. Que son fils souhaite toujours passer du temps avec lui, et apprécie encore ce qu'il avait à offrir valait bien quelques petites crampes d'estomac pendant la descente.

Samantha observait leur échange, il le sentait.

— J'aimerais ne jamais avoir à rentrer, déclara-t-elle, faisant écho à ses propres pensées.

Malheureusement, le moment était venu de lever le camp. Ensemble, ils plièrent les tentes et rassemblèrent les affaires, laissant le site parfaitement propre — à l'exception des graffiti sur les rochers. Garrett se promit en silence de revenir plus tard avec Red et Rory pour nettoyer.

Sur le chemin du retour, ils n'échangèrent pas une parole. Mais c'était un silence heureux. Lorsqu'ils dépassèrent le rocher de granit où Garrett avait abattu le crotale, Samantha n'y jeta même pas un coup d'œil. Il put s'en rendre compte, car il était juste derrière elle dans la file — la place idéale pour l'observer sans que cela paraisse suspect.

Quand le pré de Whistling Meadows fut en vue, Rory vint marcher à ses côtés.

— Qu'est-ce que Samantha t'a offert, tout à l'heure ? demanda-t-il à son fils.

Celui-ci tira de sa poche un magnifique couteau suisse qui devait valoir une fortune.

— Génial, non ? fit-il en souriant. Mais tu sais ce qui m'a fait presque autant plaisir que le canif et le trek ? Que tu aies laissé ton téléphone éteint pendant toute la promenade.

— Tu as prouvé que tu pouvais te passer de ton portable, de tes jeux vidéo et de ton baladeur. Je devais me montrer à la hauteur.

— Maman sera sûrement contrariée de ne pas avoir pu nous joindre.

Il avait hélas ! raison, songea sombrement Garrett. Sa boîte vocale serait inondée de messages.

En arrêt devant la barrière, Samantha contemplait, effarée, la ferme dans le lointain.

— Que se passe-t-il ? s'exclama-t-elle.

Garrett et Rory la rejoignirent en courant.

La cour grouillait d'activité. La limousine de ses parents était là, ainsi que plusieurs camionnettes et un gros camion de livraison. Des gens allaient et venaient entre les véhicules et la ferme. Celle-ci avait été entièrement repeinte dans un jaune qu'Helena qualifiait certainement de « pittoresque ». Pour Samantha, ce n'était rien d'autre qu'une invasion de son espace personnel.

— Oh ! Maman, tu n'as tout de même pas osé !

Elle ouvrit le portail à la volée et s'élança dans le pré, M. Jinx sur les talons.

— Rory, referme la barrière ! cria-t-elle par-dessus son épaule.

Comme elle approchait de l'enclos, Mephisto, Ace et Fred

entamèrent une sorte de danse de joie qui lui aurait paru comique si elle n'avait pas été aussi en colère.

Comme elle contournait la grange, elle tomba sur Red. Il tendit la main pour prendre la longe de M. Jinx.

— J'ai essayé de l'en empêcher, dit-il, visiblement aussi bouleversé qu'elle. Evidemment, c'est votre maison, maintenant, et ce que vous y faites ne me regarde pas. Mais quand elle m'a annoncé qu'elle vous préparait une surprise, j'ai eu comme un mauvais pressentiment.

— Vous n'auriez pas pu l'arrêter, Red. Moi, si, par contre.

— Je crains qu'il ne soit déjà trop tard… Mais je vous garde Jinxy, si vous voulez. Allez-y.

Elle ne se le fit pas dire deux fois. Elle traversa la cour, se frayant un chemin au milieu des peintres, des menuisiers, des électriciens et des livreurs qui portaient meubles et compositions florales. Des compositions florales, dans une ferme ! Helena confondait-elle sa maison avec un hôtel ?

Montant deux à deux les marches du porche, elle était de plus en plus sidérée. Les abords de la bâtisse avaient subi une complète métamorphose : une pelouse vert émeraude avait remplacé le sol de terre battue, et un lit de fleurs ornait le pied de la façade. Des meubles en osier qui auraient été davantage à leur place sur la terrasse d'une villa à la mer étaient installés sous le porche repeint à neuf.

— Non, non ! Tu n'as pas le droit d'entrer ! s'écria sa mère, hors d'haleine, en sortant de la maison et en lui barrant l'accès à la porte. Nous ne t'attendions pas si tôt !

— Qu'as-tu fait de ma ferme ?

A l'intérieur, Cameron tonnait des ordres de sa voix de stentor.

— Ton père et moi avons pensé que, puisque tu insistais pour achever ta convalescence ici, tu aurais besoin d'un minimum de confort.

— Il ne s'agit pas de ma convalescence, protesta Samantha, mais de ma vie !

— Raison de plus pour que tu sois à ton aise.

— Que se passe-t-il ? fit la voix de Garrett derrière elle.

Jamais elle n'avait été aussi heureuse d'entendre quelqu'un. Mais, pivotant pour le regarder, elle fut frappée par la sévérité de son expression.

— Shérif, peut-être pourriez-vous faire entendre raison à Samantha, dit Helena. Tout sera prêt d'ici une heure. Si elle entre maintenant, l'effet de surprise sera gâché. Vous seriez un amour si vous l'emmeniez se promener.

— Madame, avec tout le respect que je vous dois, nous arrivons déjà de promenade. Je crois que votre fille a le droit de rentrer chez elle, de prendre une douche chaude et de se reposer.

— Mais…

Garrett passa derrière elle et ouvrit la porte. Lui souriant avec gratitude, Samantha entra. Mais son sourire se figea sur ses lèvres lorsqu'elle passa le seuil. L'intérieur de la ferme était méconnaissable.

Chaque surface avait été repeinte, chaque lampe, remplacée. Au lieu du vide qu'elle appréciait tant, il y avait maintenant des meubles luxueux, des tableaux, des rideaux, et ces maudites compositions florales.

Elle retrouvait, à l'identique, l'univers qu'elle avait voulu quitter. Le bon goût régnait partout jusqu'à la nausée.

— Rappellez-moi combien de temps nous nous sommes absentés ? questionna Garrett.

De plus en plus irritée, elle se tourna vers sa mère.

— Vous aviez tout prévu, n'est-ce pas ?

— Oui. Il y avait un moment que ton père et moi songions à venir. Nous avons pris contact avec nos artisans et leur avons demandé de se tenir prêts à intervenir.

— Tout de même, comment ont-ils pu faire aussi vite ? Nous ne sommes partis que vingt-quatre heures !

— Ma chérie, tu sais que rien n'est impossible quand l'argent n'est pas un obstacle.

Elle sentit Garrett se raidir. Au même instant, son père sortit de la cuisine et l'étreignit dans ses bras puissants. Lorsque, enfin, il la lâcha, le shérif avait disparu.

Garrett respirait avec difficulté. Immobile au milieu de la coquette allée de pierre, il songeait à la somme qui avait été engloutie dans cette « surprise ». Elle devait être supérieure au budget d'une année du service de police. Mais c'était un étalage de richesse dont, personnellement, il se passait tout à fait.

Qui étaient ces gens, exactement ?

Il se dirigea vers la grange pour récupérer son sac dans lequel se trouvaient son arme et son téléphone. Red et Rory, qui avaient fini de délester les lamas de leur chargement et laissé M. Jinx, Percy et Humvee rejoindre le reste de la troupe dans l'enclos, étaient à présent en train de trier le matériel de camping.

— Rory, c'est Samantha qui est censée faire ça, je crois. Nous sommes ses clients.

Pour l'instant, ce n'était vrai qu'en théorie : il avait oublié de discuter du tarif de la randonnée avec elle, et elle n'avait pas non plus abordé le sujet.

Red lui jeta un bref regard.

— La duchesse a déjà bien assez à faire comme ça, à mon avis.

« La duchesse ». Ce surnom lui allait comme un gant, songea Garrett avec cynisme.

— Et puis, je suis content de m'en occuper, papa !

Rory paraissait être dans son élément, en effet. Que dirait Noelle — une duchesse, elle aussi — si elle voyait son fils en cet instant ? Echevelé, en sueur… et positivement heureux.

— Mais je sais que tu veux retourner à ton travail, ajouta Rory. Tu peux partir. J'ai mon vélo.

Garrett devait faire une apparition au bureau. Il voulait

aussi écouter ses messages. Mais, par-dessus tout, il éprouvait le besoin de quitter cet endroit.

— On se verra à la maison, dans ce cas.

— A tout à l'heure. Et, papa… tu sais quoi ? Je me suis bien amusé.

— Moi aussi.

Dommage que cela se soit terminé par une douche froide.

Tout en gagnant sa voiture, il sortit son téléphone. Rien que de la part de Noelle, il avait dix-sept messages en attente. Au lieu de les écouter, il l'appela directement. Elle décrocha à la première sonnerie.

— J'ai eu ma promotion !

— Félicitations, dit-il prudemment. Quand commences-tu ?

— Dès que j'aurai mis l'appartement en vente. J'ai commencé à chercher une maison à Londres cet après-midi. Rory ira à l'école américaine, ou dans un collège anglais, au choix. Quelle fantastique opportunité pour lui ! Je dois me pincer régulièrement pour vérifier que je ne rêve pas !

— Il était éventuellement question qu'il reste aux Etats-Unis, je crois.

— Oh ! Garrett, ce n'est pas sérieux ! Il serait malheureux en pension. Quant à rester à Applegate… Je sais que tu aimes cet endroit, mais… Londres ! Notre fils vivrait à Londres !

— Il se sent bien, ici, argua Garrett. Tu aurais dû le voir pendant la randonnée !

— Comment cela s'est-il passé ? Le service était-il à la hauteur du prix que nous avons payé ? Et pourquoi étiez-vous injoignables ?

— Nos téléphones étaient éteints.

— Pourquoi ?

A en juger par le ton de sa voix, elle le prenait clairement pour un fou.

— Rory est un vrai amoureux de la nature.

— Eh bien, je suis sûre que nous trouverons des coins de nature en Angleterre.

— Noelle, Rory désire que la garde soit inversée.

Voilà, il l'avait dit, enfin.

— Je ne comprends pas.

— Il veut passer les vacances chez toi, et vivre ici avec moi.

— Plutôt mourir ! s'exclama son ex-femme avant de lui raccrocher au nez.

12

Avide de calme et de solitude, Garrett n'avait d'autre envie que de s'installer sur le canapé avec la télécommande. Mais, en se garant dans l'allée de la maison, il trouva Mack assis sur le perron.

— Tu fais une de ces têtes ! lança son ami. La randonnée s'est mal passée ?

— L'arrivée, plutôt… Un cauchemar ! répondit-il en descendant de voiture.

— Tu fais allusion à la rénovation de la ferme ? J'ai dû partir, je ne pouvais pas en supporter davantage. Cette Helena est un vrai fléau ! L'idée qu'on puisse mettre autant d'argent dans une maison me donne le frisson.

Il gravit les marches et tourna la clé dans la serrure.

— Veux-tu une b…, commença-t-il, se reprenant juste à temps. As-tu envie de manger un morceau avec moi ?

— J'ai envie d'une bière, admit Mack piteusement. Mais je me contenterai d'un bon petit plat préparé par Geneva. D'un reste de poulet frit, par exemple.

Il le suivit dans la cuisine.

— Alors, comment Samantha s'en est-elle sortie avec la popote ? Je sais qu'elle s'inquiétait. Elle voulait que tout soit parfait.

Garrett fronça les sourcils. Mack n'avait pas prononcé plus de deux mots en plusieurs mois, et voilà qu'il ne tarissait plus.

— Rory a dit que c'était le plus bel anniversaire de sa vie, c'est tout ce qui compte.

— Mais… ?

— Il n'y a pas de mais.

— Dans ce cas, pourquoi es-tu de mauvaise humeur ?

— Noelle a obtenu une importante promotion, à Londres. Elle est déterminée à emmener Rory avec elle.

Mack émit un sifflement.

— Il avait seulement mentionné l'éventualité d'un départ en pension. Cette perspective ne le ravissait pas, d'ailleurs. Que vas-tu faire ?

— J'ai tout l'été pour essayer de faire entendre raison à Noelle. Ensuite, s'il le faut, je me battrai.

— Tu as intérêt à te trouver un bon avocat !

Garrett n'en était que trop conscient, hélas ! L'ennui, c'est que les bons avocats coûtaient cher. Peut-être devrait-il demander au père de Samantha de le mettre en relation avec l'un d'eux. Le bonhomme fréquentait visiblement les milieux aisés.

— Dis-moi ce que tu sais sur Samantha et sur sa famille, demanda-t-il en sortant un pichet de thé glacé et le poulet frit du réfrigérateur.

— Rien. Pourquoi cette question ?

— Elle ne porte pas le même nom que ses parents.

— Peut-être que ce type est son beau-père. Ou qu'elle était mariée avant d'arriver ici. Il pourrait y avoir plusieurs raisons, mais en quoi cela t'importe-t-il ?

Il versa le thé glacé dans des verres, puis ôta le film plastique qui recouvrait la volaille. Tous deux mangèrent debout devant le comptoir. Mack ne le quittait pas des yeux.

— Quoi ? grogna Garrett en lui lançant un regard noir. Je n'ai pas le droit de poser quelques questions ? Je viens de passer vingt-quatre heures avec cette femme, et j'en sais moins qu'hier sur son compte !

Son ami jeta un os dans la poubelle située sous l'évier.

— Je ne te crois pas. Comment était-elle pendant la promenade ?

— Agréable. Bon, c'est vrai, elle n'est pas folle des armes à feu et elle n'y connaît rien en matière de tente, mais on voit qu'elle est vraiment en accord avec la nature, les enfants et les bêtes. Et elle est vraiment à tomber par terre le matin au réveil.

— Qu'as-tu besoin de savoir d'autre ?

— D'où elle vient. Ce qu'elle fait ici. Si c'est quelqu'un d'authentique, ou si...

— Samantha est quelqu'un d'authentique, crois-moi, affirma Mack avec conviction. Même si elle n'en parle pas, on voit qu'elle a souffert. Mais il y a maintenant chez elle une sorte de... comment dire ? De sérénité. Elle possède un pouvoir. Elle est venue à moi alors que personne n'y parvenait. Elle m'a communiqué son envie de guérir. Si tu avais été là, tu comprendrais...

— Je suis heureux qu'elle ait pu t'aider. Mais j'ai besoin d'en savoir plus sur elle.

— Pourquoi ? Parce que Rory travaille avec elle ? lui demanda Mack en prenant un autre morceau de poulet.

— O... Oui.

Il releva brusquement la tête.

— Parce qu'elle te plaît ! s'exclama-t-il. Mais bien sûr ! Comment ai-je pu être aussi aveugle ?

— C'est une attirance qui ne mène nulle part.

— Cela ne mènera nulle part si tu fouilles son passé, si tu t'intéresses plus à la personne qu'elle était avant qu'à celle que tu as sous les yeux maintenant.

— Ce n'est pas si simple.

— Mais si ! Dis-moi, est-ce que tu souhaites toujours que je réintègre la police ?

— Bien sûr.

— Tu ne me demanderas pas pour quelle raison j'ai

sombré dans l'alcoolisme pendant quatre mois ? Ou ce que j'ai pu faire en Irak ?

— Non. Mais c'est différent.

— En quoi est-ce différent ?

— Mack, nous avons un passé commun. Je connais ta famille. Je te connais.

— Tu m'as connu *avant*. Tu ne sais rien de celui que je suis aujourd'hui.

— Tu n'arriveras pas à saborder notre amitié si facilement. Qui que tu sois devenu, je t'accepte comme tu es.

— J'apprécie sincèrement. Et je suis sûr que Samantha serait contente, elle aussi, si tu faisais preuve de la même confiance envers elle.

C'était un acte de foi dont Garrett se sentait incapable. Pour gagner du temps, il but une gorgée de thé.

— Et ne commence pas à entreprendre des recherches sur son compte, recommanda son ami.

— C'est déjà fait. Je n'ai rien trouvé.

— Génial. Et tu auras saboté votre relation avant même qu'elle n'ait eu le temps de naître.

Il n'y aurait pas de relation, songea Garrett. Samantha et lui étaient si différents l'un de l'autre que leurs chances de se rapprocher un jour étaient proches de zéro.

Alors, pourquoi tenait-il tant à découvrir le passé de la jeune femme ?

Fraîche et reposée après être restée longuement immergée dans la baignoire ancienne à pattes de lion — qui avait, Dieu merci, échappé au massacre perpétré par ses parents — Samantha était allongée entre des draps en coton d'Egypte si doux qu'elle aurait pu aisément se laisser glisser dans le sommeil. Hélas ! la hauteur de son lit — il fallait monter des marches pour y accéder —, l'odeur de peinture fraîche et l'irritation qu'elle éprouvait à l'égard de ses parents l'empêchaient de fermer l'œil.

Ses parents avaient pensé bien faire. Ils l'aimaient. Malheureusement, leur monde était celui du faste et des hôtels cinq étoiles, tandis que le sien se trouvait désormais à Applegate.

Ici, elle n'avait pas besoin d'une maison pouvant figurer dans les pages d'un magazine de décoration. Elle n'avait pas besoin d'une cuisine conçue pour un chef étoilé. Certes, c'était agréable d'avoir un chez-soi, mais elle avait dormi comme un bébé sur un matelas pneumatique dans une tente, et le meilleur petit déjeuner qu'elle ait jamais mangé de sa vie avait été cuit au feu de bois.

Par un homme qu'elle ne parvenait pas à chasser de ses pensées.

Garrett McQuire, qui avait tourné les talons à la vue des transformations opérées par sa mère, comme si cette débauche de luxe le dégoûtait.

Elle ne pouvait le lui reprocher.

Il devait certainement penser que c'était ce qu'elle voulait, qu'elle avait besoin de confort matériel. Or, d'après Red, l'ex-femme de Garrett se serait sentie parfaitement à son aise dans la ferme rénovée — à condition, bien sûr, qu'il ne s'agisse que de sa résidence secondaire. Noelle McQuire détestait la vie simple qu'on menait à Applegate, tandis que Garrett aurait été incapable d'y renoncer. La jolie besogne d'Helena avait dû ressusciter chez lui de mauvais souvenirs.

Toute la nuit, elle se tourna et se retourna dans son lit. Elle fut heureuse de se lever en entendant le chant du coq. Il lui restait pas mal de temps avant que sa marraine ne vienne les chercher, Mack et elle, pour leur réunion quotidienne. Elle avait absolument besoin de ce soutien, aujourd'hui. Ensuite, elle avait une randonnée et un pique-nique de prévus : cela la distrairait quelques heures de plus. C'était la fin de l'après-midi et la soirée qu'elle redoutait — en fait, le moment de la journée où sa mère la savait libre.

Pieds nus, elle descendit l'escalier en pin massif, avec la curieuse impression de se trouver à l'hôtel. Des meubles et objets anciens, dont certains avaient *réellement* appartenu à Red, se mariaient à des pièces très modernes, donnant au salon un air d'éclectisme étudié. C'était beau, mais impersonnel. Et, surtout, il y avait beaucoup trop de blanc : elle ne pourrait pas s'affaler sur ses nouveaux canapés après une dure journée de travail.

Dans la cuisine, elle trouva la glacière qui avait servi au trek de la veille. Red avait dû la rapporter de la grange. Le vieil homme et Rory avaient fait preuve d'une incroyable gentillesse, s'occupant des lamas, du matériel de camping et du harnachement, alors qu'elle essayait de digérer le choc que lui avait causé la transformation de son intérieur.

Soulevant le couvercle, elle éprouva une pointe de déception : à l'intérieur se trouvait encore le gâteau d'anniversaire soigneusement emballé qu'elle s'était promis de servir à Rory après le déjeuner. Elle l'avait complètement oublié. Il devait être encore bon : elle ferait en sorte qu'il l'ait lorsqu'il viendrait travailler. Mais ce ne serait pas tout à fait la même chose.

Pauvre petit ! Sa randonnée ne s'était pas vraiment déroulée comme prévu. Elle ne pouvait décemment pas facturer un service d'aussi piètre qualité. De toute façon, il n'avait jamais été question qu'elle fasse payer Garrett.

Après avoir transféré le contenu de la glacière dans le réfrigérateur géant en acier inoxydable, elle n'eut pas le courage de se préparer un vrai petit déjeuner. Elle se contenta d'avaler une poignée de céréales avec un verre de lait puis, attrapant ses bottes, sortit pour voir comment se portaient les lamas.

Lorsque l'heure fut venue de partir, ce ne fut pas sa

marraine, mais Mack, au volant du pick-up de Red, qui s'arrêta devant le porche.

— Monte ! lui dit-il, se penchant pour ouvrir la portière côté passager.

— Tu as le permis ?

— Oui. Mais mon pick-up est chez mes parents. Et je compte bien m'en servir de nouveau !

— Tu es de retour parmi les vivants ? s'enquit-elle en grimpant sur le siège.

— Je suppose que oui.

C'était une bonne chose qu'il envisage de retourner à la vie active, songea-t-elle tandis que le 4x4 descendait l'allée cahoteuse. Néanmoins, elle continuait d'être inquiète pour lui. Il y avait encore quelque chose qu'il continuait de taire, comme s'il ne croyait plus en sa propre humanité.

— Seras-tu là, cet après-midi ? demanda-t-elle. J'ai oublié de donner son gâteau d'anniversaire à Rory. C'est une recette de Geneva que j'avais faite spécialement pour l'occasion. Un gâteau à la carotte.

Mack lui lança un regard de biais.

— Oh ! je t'en prie, tu ne t'étoufferas pas ! Je sais ce que vous pensez de ma cuisine, tous les trois !

— A t'entendre, Red, Rory et moi formons une bande d'inséparables. Déjà que Garrett nous accuse d'être ta garde rapprochée…

— En tout cas, il est parti bien vite, hier. Tout va bien ?

— Je ne sais pas. A toi de me le dire.

— Mes parents y sont allés un peu fort avec la décoration de la ferme, répondit-elle, volontairement évasive. J'imagine qu'il me prend pour une fille à papa gâtée.

— Pourquoi ne tiens-tu pas tête à tes parents ? Pourquoi ne leur poses-tu pas de limites, quitte à les remettre à leur place s'il le faut ? Tu devrais peut-être cesser de t'inquiéter de ce que pensent les autres.

— Comme toi ?

— Je ne suis pas forcément un bon modèle.

— Et je suppose que Garrett ne me voit pas non plus comme un bon modèle pour Rory.

— Là n'est pas le problème.

— Donc, tu reconnais qu'il y a un problème ?

— Je ne sais pas. Je connais Garrett depuis l'école primaire, dit Mack en négociant un virage particulièrement serré. Il est arrivé là où il est aujourd'hui à la seule force du poignet. Mais son enfance dans des familles d'accueil lui a laissé de profondes cicatrices. Il est particulièrement chatouilleux sur la question de l'engagement.

— Beaucoup d'hommes ont la phobie de l'engagement.

— Pour Garrett, c'est tout le contraire, même s'il ne se l'avoue pas forcément. Il a profondément besoin d'une relation stable avec quelqu'un. D'une famille unie.

— Alors, il vit certainement son divorce comme un terrible échec.

— Exact. Et il ne se lancera plus jamais dans une histoire superficielle ou temporaire, dit-il en lui lançant un regard appuyé.

Garrett considérait-il son entreprise de randonnée comme temporaire, ou pire, superficielle ? s'interrogea-t-elle. Mack essayait-il de lui faire comprendre quelque chose ?

— Ah ! au fait ! s'exclama-t-il soudain. Rory m'a demandé de te parler du tournoi de boules.

— Red et lui ne devaient-ils pas former une équipe ?

— Si. Mais il souhaiterait augmenter les chances de victoire de Whistling Meadows. Il aimerait que toi et moi participions à la compétition.

— Et tu serais prêt à accepter ? demanda-t-elle, interloquée.

Elle ne connaissait pas Mack sous ce jour.

— Bien sûr. J'ai envie de faire plaisir à mon filleul.

Avec une grimace, il ajouta :

— Avec un peu de chance, ça obligera mon meilleur ami à se bouger les fesses !

Que voulait-il dire ? Samantha avait l'impression étrange d'être Alice tombée dans le terrier du Lapin blanc.

Francis, Douglas et Owen étaient assis sur un banc face au tribunal du comté, à l'ombre d'un chêne vert. Comme Garrett sortait du bâtiment, les trois retraités lui firent signe de la main.

— Vous connaissez Cameron Lawrence ? l'interrogea Douglas.

— C'est le père de Samantha Weston. Vous savez qui c'est, elle a acheté…

— Whistling Meadows, oui, oui. On est au courant. Et aussi, que sa mère a retapé la ferme du sol au plafond. Ça n'a rien d'une nouveauté !

Rien d'une nouveauté ? songea Garrett. C'était arrivé la veille !

Owen se pencha en avant.

— Et pas la peine de nous dire que Lawrence passe ses journées à rôder autour du bureau du cadastre… On est au courant de ça aussi !

— Dans ce cas, vous en savez autant que moi.

— A d'autres ! fit Francis, la mine sceptique. Alors que vous êtes allé vous balader avec elle ?

Décidément, les rumeurs circulaient vite.

— Elle a bien dû vous dire ce que son père mijotait, insista-t-il.

Garrett soupira. Les conversations qu'il avait eues avec la jeune femme ne lui avaient rien appris sur elle ou sur ses parents. Elle parlait des lamas, de la ferme, évoquait le travail exemplaire de Rory, et même Mack, mais ne livrait aucun renseignement personnel. Et dire qu'en tant que shérif, il s'était toujours cru expert dans l'art de soutirer des informations !

— Ce qu'on voudrait vraiment savoir, poursuivit Francis, c'est si Lawrence est du genre à causer beaucoup et à agir peu, ou s'il compte sérieusement investir à Applegate.

— Je l'ignore, admit Garrett.

— Eh ben, vous devriez peut-être chercher à le savoir, avant qu'il achète tous les terrains disponibles et en fasse un de ces villages privés pour retraités ! s'exclama Owen.

Garrett prit congé des trois hommes, les laissant plus remontés que jamais, et prit le temps de consulter sa messagerie vocale avant de retourner à son bureau. Il y avait sept messages de Noelle.

Bien qu'il n'ait pas tellement le cœur à se disputer avec elle au sujet de la garde de Rory, il devait l'appeler s'il voulait en apprendre plus sur le compte des Lawrence. Depuis le lycée, elle était fascinée par les gens riches et célèbres, lisant les détails de leur vie dans les tabloïds.

Non sans éprouver un vague sentiment de culpabilité, il composa le numéro de son ex-femme.

— Allô ? fit-elle d'une voix légèrement ivre.

En arrière-plan, il perçut du brouhaha et de la musique. Elle devait se trouver à une fête ou dans un bar.

— C'est toi, Garrett ? J'espère que tu n'interromps pas ma soirée pour me parler de l'avenir de Rory !

— Non. J'ai besoin d'un renseignement.

— Je t'écoute.

— Est-ce que le nom de Cameron Lawrence te dit quelque chose ?

— Bien sûr ! C'est le fondateur de la société Ashley International Hotels, baptisée ainsi en l'honneur d'Ashley, sa fille unique. Elle a été arrêtée pour conduite en état d'ivresse, et est partie suivre une cure de désintoxication — personne ne sait où. Depuis, elle a complètement disparu de la circulation. Un vrai mystère… Qui voudrait abandonner pareil train de vie ?

Apparemment, Samantha.

Garrett se sentit soudain perdu. Devait-il définitivement oublier une personne qui avait agi de façon aussi irresponsable ? Ou avait-il envie de la protéger ?

13

— Papa, dis-moi ce que toi et maman êtes réellement venus faire ici.

Samantha s'était affalée dans un fauteuil sous le porche, tandis que son père, le dos parfaitement droit, lisait le *Washington Post*. Il avait certainement envie d'un whisky glace, mais il ne s'offrirait pas ce plaisir en sa présence. Helena, elle, était dans la maison, occupée sans doute à parfaire la décoration. L'atmosphère était lourde et orageuse.

Il baissa son journal.

— Nous prenons quelques jours de vacances. Le lancement de l'Ashley Singapour a été épuisant. Mais pas aussi épuisant, je le sais, que sa construction. Tu as fait un travail remarquable.

— Merci.

— Si seulement…

— Papa, je t'en prie, évitons ce sujet.

— Je m'apprêtais seulement à dire que je suis content que tu fasses une pause, toi aussi.

— Il ne s'agit pas d'une pause. C'est ici que je veux vivre.

— Il est encore trop tôt pour le savoir, décréta son père. C'est pourquoi le Dr Kumar t'a prescrit une année de repos. Ne prends pas de décisions hâtives.

S'agissait-il d'une décision hâtive ? se demanda-t-elle. Ses sentiments — l'attirance qu'elle éprouvait envers

Garrett — étaient-ils moins valables parce que le cadre était nouveau ?

— T'ai-je dit que mon père souhaitait que je devienne chirurgien ? reprit Cameron. Il vendait des chaussures et avait de grandes ambitions pour moi. Mais je n'étais pas fait pour ce métier, et je lui ai brisé le cœur.

— Est-ce à cause de…

— Tu as de la visite, la coupa-t-il.

Se redressant, elle vit Garrett sortir de son véhicule de patrouille et fut soudain en proie au sentiment d'inconfort que l'on éprouve parfois en montant dans un canoë — un pied sur la terre ferme, l'autre sur un support instable.

— Bonjour, Samantha. Monsieur Lawrence, salua-t-il en montant les marches. Excusez-moi, mais il est tard, et Rory n'est pas rentré. Il n'a pas non plus laissé de mot.

— Ils ont dû oublier l'heure. Il est monté au lac avec Red pour nettoyer les graffitis.

— Quels graffitis ? s'enquit Cameron.

— Ce n'est rien, le rassura-t-elle, de peur qu'il ne s'en mêle. Un acte de vandalisme vraiment mineur.

— Un acte de vandalisme, sur *ta* propriété ?

Zut ! Aux yeux de son père, la propriété privée était une valeur sacrée, qu'il fallait protéger à n'importe quel prix.

— Je suppose que ma fille vous a rapporté l'incident, dit-il en se tournant vers Garrett.

— Je suis au courant, confirma ce dernier.

Elle lui aurait volontiers sauté au cou pour le remercier de ne pas s'étendre davantage sur le sujet. Néanmoins, elle connaissait son père : il ne cesserait de poser des questions tant qu'il ne connaîtrait pas toute l'histoire.

— Ecoute, papa, il se trouve simplement que mon voisin est un peu fâché que j'aie clôturé mon pré. Cela lui a coupé l'accès aux pistes que ses fils avaient l'habitude d'emprunter. Nous pensons que les garçons ont voulu venger leur père.

— Mais si ce lac est à toi et que le terrain est clôturé, comment ont-ils pu s'y rendre ?

Son père n'était pas homme à renoncer facilement.

— La clôture ne couvre pas les trente hectares, papa.

— De plus, si l'on est vraiment déterminé à accéder au sommet, il existe d'autres accès, ajouta Garrett.

— Et pourquoi ces gens sont-ils si déterminés à y monter ?

— Parce que, martela Samantha, qui se sentait peu à peu gagnée par l'exaspération, ils espèrent m'inciter à quitter Whistling Meadows avec leurs jeux idiots. Des ordures dans le pré. Des panneaux enlevés…

Percevant le haut-le-corps de son père, elle s'arrêta net. Elle en avait trop dit.

— Mais, je te le répète, ce n'est rien.

— Au contraire, rétorqua-t-il d'un ton sec. Il s'agit d'une entreprise dans laquelle tu as investi de l'argent. Et il ne faut jamais laisser qui que ce soit mettre en péril ses investissements. Ne t'ai-je donc rien appris ?

Il s'adressa ensuite à Garrett.

— Que faites-vous pour remédier au problème ?

Samantha s'interposa entre les deux hommes.

— Papa, l'enquête est en cours. Pourrais-je vous dire un mot, Garrett ? dit-elle en esquissant un pas vers l'escalier.

Malgré son envie évidente d'en découdre avec Cameron, il répondit :

— Certainement.

Elle le poussa doucement vers l'escalier et éprouva un instant de trouble en sentant sous ses doigts la chaleur de son corps musclé.

Jetant un coup d'œil par-dessus son épaule, elle vit son père les observer, les yeux plissés.

— Excusez mon père, dit-elle en prenant le bras de Garrett.

Au lieu de l'entraîner vers la voiture de police, elle fit le tour de la maison et se dirigea vers la grange, où l'on ne risquait pas de les voir.

— Il a raison, vous savez, dit-il. A propos de votre investissement.

A l'intérieur de la grange, il faisait plus frais. Par la porte, elle pouvait voir d'immenses nuages se masser à l'horizon. L'atmosphère était lourde, chargée d'électricité. Elle se passa la main sur la nuque et releva ses cheveux, espérant capter un souffle d'air sur sa peau nue.

— Je le sais. Mais je n'ai pas envie qu'il régisse la ferme à ma place. Il finira par s'en aller, alors que Tanner, lui, va rester. Je crois qu'il est plus sage de faire preuve de tact et de patience à l'égard de mon voisin. Qualités que mon père ne possède pas.

— Il aurait tué le serpent à sonnette.

— Sans l'ombre d'une hésitation.

Un roulement de tonnerre résonna dans le lointain. Garrett fronça les sourcils.

— Quand Red et Rory sont-ils partis ?

— Il y a quelques heures.

— A pied ?

— Non. Ils ont pris l'engin qu'ils ont bricolé ensemble, un croisement entre la voiturette de golf et le quad. On peut tout de même compter sur Red pour redescendre de la montagne avant l'arrivée de l'orage, n'est-ce pas ?

— Je l'espère. Il a vécu ici toute sa vie. La montagne, le climat n'ont pas de secret pour lui. Je lui fais confiance.

— Je ne suis peut-être pas Rory d'assez près. Il vient, il fait son travail, puis il va retrouver Red et Mack. En tant que patronne, je devrais le surveiller davantage.

Elle s'adossa à un box et contempla le ciel chargé de lourds nuages violets qui se découpait dans l'encadrement de la porte.

— Non. Surveiller, diriger, c'est le style de Noelle.

Tendant la main vers elle, il repoussa délicatement une mèche de son visage.

— Cela me plaît que vous le laissiez explorer, se donner à fond dans son travail, prendre des décisions.

— Vraiment ? dit-elle, le cœur battant.

— Oui. Vous ne le couvez pas.

Prenant appui sur la poutre derrière elle, il s'inclina vers sa bouche. A cet instant précis, elle sentit son téléphone vibrer. Si Rory et Red n'étaient pas partis en montagne, elle aurait laissé le répondeur se déclencher.

C'était Rory.

— Samantha ? J'ai laissé un message à papa et je voulais te prévenir que nous allons bien. Nous sommes dans la vieille cabane, sur l'autre versant de la montagne. Red dit que tu ne sais sans doute même pas qu'elle existe. Elle est un peu délabrée, mais le toit ne fuit pas. Il pleut des cordes, là-haut !

— Veux-tu parler à ton père ? Il est juste à côté de moi.

— Ce n'est pas la peine. Dis-lui juste que nous sommes en sécurité. Nous redescendrons après l'orage.

— Je transmets le message, assura-t-elle avant de raccrocher. C'était Rory. Ils sont dans une cabane…

— Qui se trouve de l'autre côté de la montagne, oui. J'avais oublié son existence. Quand Mack et moi étions gamins, nous nous y abritions par mauvais temps. Je suis content que Rory ait pensé à appeler.

— Il vous a aussi laissé un message, apparemment.

— Eh bien ! Treize ans, et en voie de devenir une personne responsable… Qui l'aurait cru ?

— Vous l'avez bien élevé.

Le regard de Garrett se voila.

Un éclair déchira le ciel juste au-dessus d'eux, suivi d'un éclat de tonnerre et, quelques secondes après, des trombes d'eau se mirent à tomber, formant un rideau devant la porte. Les gouttes frappaient le sol avec tant de violence qu'ils furent éclaboussés. Garrett l'attira vers l'intérieur de la grange.

— Où sont les lamas ?

— Ils seront allés se mettre à l'abri sous l'appentis.

— Alors, nous sommes seuls.

— Oui.

Elle n'eut pas le temps de mesurer pleinement ce que cela signifiait son téléphone vibra de nouveau. Sans réfléchir, elle décrocha.

— Rory ?

— Non, ma chérie, c'est ta mère. Où es-tu ?

— Dans la grange.

— Avec les lamas ?

— Avec le shérif.

— Penses-tu que ce soit une bonne idée ?

— Maman… Je serai de retour dès que la pluie aura cessé.

Parfois, le téléphone portable comportait plus de désagréments que d'avantages, songea-t-elle.

Garrett observa Samantha parler à sa mère. A quel point Helena était-elle contrariée que sa fille fréquente la population locale ?

— Tout va bien ? s'enquit-il lorsqu'elle raccrocha.

— Oui.

Elle remit l'appareil dans sa poche puis, croisant les bras, alla se poster près de la porte. Il pleuvait toujours autant.

L'instant de grâce où tout aurait pu être possible s'était enfui. Autant en profiter pour l'interroger, décida-t-il en son for intérieur. Elle ne pourrait pas s'échapper sous ce déluge.

— Votre vrai prénom est Ashley, n'est-ce pas ?

— Je préfère qu'on m'appelle Samantha, répondit-elle d'une voix tendue.

— Samantha est-il votre deuxième prénom ?

Elle leva vers lui son mystérieux regard noisette.

— Quelle importance ?

A ses yeux, cela en avait. Peut-être parce que son nom avait été la seule chose qu'il ait possédée étant enfant.

— J'ai fait votre connaissance quand Rory a commencé à travailler pour vous, il y a une quinzaine de jours, et je ne sais toujours rien de vous.

— Vous vous êtes renseigné sur mon compte, si je me souviens bien. Et vous n'avez rien trouvé de compromettant sur moi.

Elle était redevenue la femme froide et distante avec qui il avait déjeuné à son bureau. Il éprouva un pincement de culpabilité au souvenir du coup de fil qu'il avait passé à Noelle à propos de la famille Lawrence.

— Je n'ai rien à cacher, reprit-elle. Que voulez-vous savoir ?

— Votre père possède-t-il la société Ashley International Hotels ?

— Oui, dit-elle en détournant les yeux.

Dans la faible clarté, ses traits parurent soudain empreints de lassitude.

— J'étais censée prendre sa succession, précisa-t-elle.

Cette déclaration le surprit. Noelle avait décrit la fille de Cameron Lawrence uniquement comme une riche héritière.

Elle poussa un soupir.

— Autant tout vous dire.

Mais, soudain, Garrett n'avait plus tellement envie de connaître la vérité. Il avait la désagréable impression de lui avoir forcé la main — sans raison, car, après tout, elle n'avait commis aucun délit.

— Je n'étais pas faite pour le métier d'hôtelière, récita-t-elle d'une voix monocorde. Oh ! j'étais efficace… Je maîtrisais parfaitement toutes les situations. Mais, contrairement à mon père, cette activité ne me passionnait pas. Je la considérais comme un travail, et rien de plus. Et, surtout, je ne supportais plus la pression permanente. Cela me tuait à petit feu.

Envahi par le désir irrépressible de la protéger, il esquissa un pas vers elle, mais elle l'arrêta d'un geste.

— Dans une entreprise comme la nôtre, l'aspect relationnel est très important. J'ai pris l'habitude de boire pendant les réunions mondaines, sans me rendre compte — ou sans *vouloir* me rendre compte — que l'alcool était devenu une béquille. Cela m'aidait à avoir moins peur.

— Peur de quoi ?

— De décevoir mes parents.

Elle leva vers lui des yeux emplis de larmes.

— Je suis leur fille unique, expliqua-t-elle. Ils ont placé en moi tous leurs espoirs.

Lorsqu'il la prit dans ses bras, elle se laissa faire. La vie était étrange, songea-t-il. Personne n'avait placé en lui ni espoirs ni ambitions, tandis que Samantha avait été écrasée sous le poids des attentes de ses parents.

— Ils ont déjà réussi par eux-mêmes, remarqua-t-il, caressant ses cheveux. Vous n'avez pas besoin de réaliser leurs rêves. Ils doivent vous laisser trouver votre propre voie.

Elle s'essuya les yeux et s'écarta de lui.

— Oh ! je crois qu'hier, ils nous ont montré à quel point ils sont prêts à me laisser voler de mes propres ailes ! ironisa-t-elle, amère.

— J'ai l'impression qu'ils considèrent qu'Applegate n'est pas un endroit approprié pour une riche héritière.

Elle frissonna.

— N'employez pas ce mot affreux, par pitié !

— D'accord. Mais, dites-moi... Pourquoi avoir choisi notre ville ?

S'asseyant sur une botte de foin, elle baissa les yeux sur ses mains et reprit son récit.

— Lorsqu'il est devenu évident que ce métier ne me correspondait pas, je me suis mise à boire de plus en plus pour trouver le courage d'affronter la réalité quotidienne. Ces deux dernières années, j'ai reçu de multiples contraventions pour excès de vitesse, et j'ai eu plusieurs accrochages. Chaque fois, mon père réglait le problème...

Garrett s'efforçait de garder l'esprit ouvert, mais si quelque chose le mettait hors de ses gonds, c'était la corruption. Comme il s'agissait de Samantha, et qu'il avait appris à apprécier la jeune femme — il l'appréciait même énormément —, il se tint coi.

Les sourcils froncés, elle continua :

— Un jour, j'avais avalé plusieurs martinis pour me préparer à affronter une importante réunion qui devait avoir lieu l'après-midi. D'habitude, après avoir bu, je faisais venir une limousine, mais comme j'étais en retard, j'ai pris ma voiture et… J'ai percuté l'arrière d'un bus scolaire plein d'enfants.

Il la dévisagea. Cette fois, ses yeux étaient secs et emplis de remords.

— J'ai été la seule à être blessée, mais, encore aujourd'hui, je continue à faire des cauchemars. Quand je songe à ce qui aurait pu se produire…

Il aurait pu y avoir trente Rory dans ce bus, songea Garrett, et cette femme, cette privilégiée, avait mis en danger des vies innocentes. Pour quoi ? Une réunion d'affaires.

— Je vous dégoûte, dit-elle à mi-voix.

En effet, se dit-il. Son comportement irresponsable lui soulevait le cœur. Il était shérif et, en tant que tel, établissait une distinction très nette entre le bien et le mal, la culpabilité et l'innocence, le blanc et le noir.

Cependant, Samantha représentait à ses yeux un problème bien plus subtil et complexe. Il y avait en elle une infinité de nuances de gris. Sa personnalité alliait froideur et chaleur, spontanéité et mystère. Elle avait commis un acte blâmable, certes, mais il avait dû lui falloir beaucoup de courage pour le lui avouer. Mack, depuis son retour d'Irak, ne s'était pas montré aussi sincère avec lui.

Et puis, il devait être terriblement douloureux de devoir se conformer à une existence qu'on n'avait pas choisie, pensa-t-il. Elle avait souffert.

— Non, dit-il en tendant la main vers elle. Vous ne me dégoûtez pas.

Elle la prit et la serra comme pour lui dire au revoir.

— Vous êtes policier : vous imaginez aisément la suite. En sortant de l'hôpital, j'ai dû me présenter devant le juge.

— Qui vous a retiré votre permis…

— Oui.

— Et vous a condamnée à une peine d'intérêt général.

Frappé par une idée subite, il retira sa main.

— Ne me dites pas que Whistling Meadows est un travail d'intérêt général !

— Non. Whistling Meadows est la suite logique de ma cure de désintoxication.

La pluie avait cessé aussi abruptement qu'elle avait commencé et, comme cela arrivait souvent en montagne après l'orage, le soleil brillait maintenant parmi des nuages sombres et encore menaçants, faisant étinceler les particules de poussière qui flottaient dans l'air à l'intérieur de la grange. On n'entendait que le son des gouttes de pluie qui tombaient du toit, et l'appel des oiseaux chanteurs qui quittaient leur abri.

Garrett était abasourdi. Comment devait-il prendre cette nouvelle ? Il savait déjà que Samantha était inscrite aux Alcooliques Anonymes et qu'elle n'avait pas de permis. Mais là, cela allait beaucoup plus loin. Elle avait acheté trente hectares de terres uniquement pour parachever sa cure, pour s'occuper. Lorsqu'ils voulaient se distraire, les gens d'ici se lançaient dans la sculpture sur bois, l'escalade ou le jardinage. Samantha et lui n'appartenaient décidément pas au même monde.

Helena Lawrence apparut dans l'encadrement de la porte.

— Chérie ? Ruggiero est là avec la voiture. Dépêche-toi d'aller t'habiller. Tu n'as pas oublié que les Atwater sont venus spécialement en avion pour dîner avec nous à l'auberge.

Posant sur lui un regard dédaigneux, elle ajouta :

— J'ai réservé pour 8 h 30.

Il n'avait nul besoin qu'on vienne lui rappeler l'abîme social qui existait entre lui et Samantha.

— Je dois appeler Rory pour m'assurer que Red et lui vont bien, dit-il.

Puis, saluant les deux femmes d'un bref signe de tête, il s'en alla.

14

Regardant Garrett s'éloigner, Samantha prit sur elle pour conserver un masque impassible devant sa mère, pour ne pas trahir le profond désarroi auquel elle était en proie. Il avait prétendu ne pas être choqué par l'aveu qu'elle lui avait fait, mais son attitude démentait son propos. En tant que policier, estimait-il qu'elle méritait une punition plus sévère ? La prenait-il pour une mondaine frivole ?

Elle découvrait avec surprise que son opinion comptait beaucoup à ses yeux.

— Que se passe-t-il ? interrogea Helena, qui semblait avoir perçu son émotion. Pourquoi le shérif était-il encore là ?

A en juger par la sécheresse de son ton, il était évident qu'elle ne le considérait pas comme digne d'intégrer leur cercle.

— Red et Rory sont toujours en montagne. Nous sommes inquiets pour eux.

Ce n'était pas un mensonge.

— Eh bien, je suis sûre que le shérif saura régler cela. Il a tout un service de police sous ses ordres.

Tendant la main vers elle, elle saisit entre ses doigts une mèche de ses cheveux, que l'humidité avait transformés en une luxuriante masse bouclée.

— Ma chérie, quand as-tu cessé de lisser tes cheveux ? Ils sont si… indisciplinés ! Je vais te prendre rendez-vous avec Vivica à l'auberge.

— Maman, s'il te plaît… Je les aime comme cela, naturels.

Puisqu'elle avait eu le courage de se montrer honnête avec Garrett et de surmonter son rejet, se dit-elle, pourquoi n'arriverait-elle pas également à parler ouvertement à sa mère ?

— Et je suis désolée, mais je ne dînerai pas avec vous ce soir.

— Mais, les Atwater…

— Je ne les ai jamais aimés. Damien a les mains baladeuses.

Ecarquillant les yeux, Helena la dévisagea d'un air inquiet comme si elle craignait qu'elle ne soit au bord de la crise de nerfs.

— Nous ne voulons surtout pas te stresser, ma chérie !

— Pour tout te dire, je *suis* stressée. Et j'aimerais qu'on discute ensemble des causes de ce stress.

— C'est le shérif, bien sûr. Il n'aurait pas dû venir t'inquiéter à propos de son fils.

— Rory est aussi *mon* employé ! corrigea-t-elle.

Son jeune chevalier en armure étincelante…

— De toute façon, cela n'a rien à voir avec le shérif, trancha-t-elle. Je te parle de nous. J'ai toujours fait mon possible pour être une bonne fille…

— Tu es la meilleure fille dont on puisse rêver. Tu es notre étoile… C'est pour cette raison que ton père et moi, nous souhaitons t'aider à guérir.

— Mais vous tenez absolument à ce que je retourne à mon ancienne vie.

Sa mère la fixa, visiblement perplexe.

— Bien sûr ! Qu'y a-t-il de mal à cela ?

— Je ne suis plus la même que quand je suis entrée en cure de désintoxication. Il n'y a pas que mon nom qui ait changé.

— Ne te tracasse pas pour cela. Nous comprenons très bien que tu aies dû recourir à une identité d'emprunt pour être tranquille pendant ta convalescence.

— Tu ne comprends pas. Samantha Weston est la femme que je suis devenue. Celle que je veux être. De façon définitive.

Du bout des doigts, sa mère balaya les mèches qui lui tombaient sur le front.

— Tu as l'air fatigué, ma chérie. Tu ne cesses de courir toute la journée, alors que le Dr Kumar t'a prescrit du repos. Pour faire un travail manuel, en plus ! Tu as les moyens d'engager du personnel.

— J'aime ce travail. Il m'épuise physiquement et m'apaise l'esprit.

— D'accord. Peut-être est-il préférable que tu ne nous accompagnes pas ce soir. Tu devrais prendre un bon bain relaxant et te coucher tôt.

Elle effleura sa joue d'un baiser.

— Mais si tu as besoin de nous, n'hésite pas à appeler. Ruggiero viendra te chercher.

Samantha attendit avec impatience le départ de ses parents, tout en se faisant l'effet d'être une affreuse ingrate. Dès que la limousine eut disparu au coin de la route, elle composa le numéro de Rory — et tomba directement sur la boîte vocale. Peut-être la réception était-elle mauvaise en altitude, ou l'adolescent avait-il éteint son portable pour économiser la batterie. Mais il se pouvait aussi que lui et Red soient en difficulté, auquel cas elle se devait de partir à leur rencontre.

Elle avait promis à Garrett de veiller sur son fils lorsque ce dernier se trouverait à Whistling Meadows ; et puis, Rory ne serait pas monté là-haut s'il n'avait voulu lui rendre service en nettoyant les graffitis près du lac. *Son* lac. Elle se sentait responsable de ce qui pouvait arriver au garçon.

Elle jeta un coup d'œil à sa montre. Il restait environ deux heures avant la tombée de la nuit.

Elle fourra rapidement une trousse de premiers secours et une torche électrique puissante dans son sac à dos, enfila ses chaussures de marche, puis saisit un bâton et s'engagea d'un bon pas dans le pré, en direction de la forêt.

En passant devant chez son voisin, elle aperçut les fils Harris qui arrimaient une remorque à un pick-up. Pour la première fois, elle regretta de ne pas avoir un quad ou une moto tout terrain pour couvrir plus rapidement la distance qui la séparait de ses amis.

Heureusement, elle était bonne marcheuse, et monter en ayant un but n'était pas la même chose que se promener avec les lamas. Malgré la boue occasionnée par la pluie récente, qui, à certains moments, gênait sa progression, elle avançait rapidement le long de la crête. Néanmoins, elle commençait à s'inquiéter de ne pas voir Red et Rory venir à sa rencontre. Elle prit brusquement conscience que si elle ne les avait pas retrouvés avant d'arriver au lac, elle ne saurait pas où chercher la cabane dont Rory lui avait parlé. Avant d'acquérir le domaine, elle en avait étudié la topographie sur une carte, mais ne l'avait pas encore exploré. Quelle piètre intendante elle faisait !

Si elle tenait réellement à être Samantha Weston, elle allait devoir s'investir bien plus qu'elle ne le faisait actuellement dans son travail.

Non loin de l'endroit où Garrett avait tué le serpent à sonnette, sur une portion du chemin coincée entre un affleurement rocheux et un brusque à-pic, elle aperçut la voiturette tout terrain fabriquée par Red. Celle-ci était vide.

Le cœur battant à se rompre, elle se mit à courir.

— Rory ! Red !

— Ici ! fit la voix du vieil homme en contrebas.

— Ça va ?

— Euh… oui ! répondit Rory, lui aussi en contrebas et très pâle. On cherche mon portable. Il a glissé dans le vide !

Garrett allait être content, songea-t-elle sombrement.

Se délestant de son sac, elle s'approcha avec précaution du rebord. L'escarpement, presque vertical, n'offrait aucune prise hormis quelques rochers et deux ou trois maigres arbustes. L'adolescent et le vieil homme s'y cramponnaient de toutes leurs forces quelques mètres plus bas ; de là où elle se trouvait, elle pouvait voir le sommet de leur crâne.

Le téléphone pouvait très bien avoir rebondi jusqu'au bas de la crête. Et, même si ce n'avait pas été le cas, la lumière baissait rapidement. Il serait impossible de retrouver un objet aussi petit.

— Laissez tomber ! cria-t-elle. Cela ne vaut pas la peine de se rompre les os !

— Mais c'est ma mère qui me l'a acheté ! gémit Rory. Elle va me tuer !

— Sauf si tu la devances !

Ils n'étaient pas à l'abri d'une chute ou d'une morsure de serpent. A cette seule idée, elle sentit son sang se figer dans ses veines.

— Red, essayez de lui faire entendre raison !

— La duchesse n'a pas tort, gamin. Je ne suis pas certain de vouloir donner ma vie pour un téléphone.

— Vous n'avez pas idée du mal que je me suis donné pour convaincre maman de me faire confiance ! Elle ne voudra jamais m'en racheter un !

Le garçon s'accrochait à son arbre avec l'énergie du désespoir. Samantha s'agenouilla au bord du précipice.

— Rory, prononça-t-elle le plus calmement possible, tu as perdu ton portable alors que tu effectuais un travail difficile pour mon compte. J'appellerai ta mère pour lui expliquer que c'est ma faute. Et je t'achèterai un nouvel appareil.

— Tu ferais ça ?

— Oui.

Cela ne lui coûtait rien : ce n'était que de l'argent.

— Tu ne diras rien à mon père ?

— Je ne dirai rien, promis.

— Alors, c'est d'accord. Mais… Comment est-ce qu'on va faire pour remonter, maintenant ?

— Je me charge de t'assurer, déclara Red, et Samantha t'aidera si tu as besoin d'un coup de main. N'est-ce pas, Duchesse ?

Elle ne pesait guère plus que Rory, et il n'y avait rien à

quoi se raccrocher de ce côté du chemin, mais elle n'avait pas d'autre choix que de se montrer forte. Ce garçon avait tant fait pour elle ! Elle se coucha à plat ventre sur le sol et tendit les bras au-dessus du vide, en tentant de ne pas prêter attention aux cailloux pointus qui lui entraient dans la chair.

— Je suis prête !

De pénibles secondes s'écoulèrent tandis qu'il escaladait lentement la pente. Lorsqu'il parvint à sa hauteur, le soulagement se peignit sur ses traits ; il saisit ses mains comme si sa vie en dépendait et poussa sur ses jambes tandis qu'elle tirait en arrière. Enfin, il se hissa sur le chemin et se laissa tomber à côté d'elle, haletant.

— Surtout, ne vous inquiétez pas pour moi ! fit la voix sarcastique de Red. Ce n'est qu'une petite balade de rien du tout pour un vieil homme comme moi !

— Red ! s'écrièrent-ils en même temps.

Ils se mirent en position pour lui prêter main-forte, mais le vieux fermier, beaucoup plus habile qu'elle ne s'y serait attendue, parvint à remonter sans leur aide.

Une fois en haut, toutefois, il roula sur le dos avec un grognement.

— Ce n'est pas l'idée que je me faisais de la retraite… Rentrons. Je suis moulu !

Tous trois se levèrent.

— Je suis navrée, s'excusa Samantha en se penchant pour ramasser son sac à dos. A cause de moi, vous voilà tous les deux pleins de bleus et d'égratignures !

Red lui prit le sac des mains.

— Comment j'occuperais mon temps, autrement ? dit-il d'un ton bourru, avec toutefois une petite étincelle dans le regard. Allez, montez, il y a de la place pour trois !

Elle sortit son téléphone de sa poche et le tendit à Rory.

— Ton père doit se demander pourquoi il tombe sans arrêt sur le répondeur. Appelle-le pour le rassurer.

Le garçon inventa une excuse afin que son père ne s'étonne

pas qu'il appelle avec l'appareil de Samantha. Elle l'entendit promettre de l'attendre à la ferme.

Puis, elle monta dans la voiturette avec soulagement. Il était temps de suivre le conseil de sa mère et de prendre un long bain relaxant avant de se mettre au lit. Hélas ! lorsqu'ils arrivèrent à la ferme, la voiture de patrouille était garée près de l'enclos, mais il n'y avait pas trace du shérif. Ni des lamas. La barrière du pré était grande ouverte. Samantha se sentit gagnée par l'appréhension.

— Qu'est-ce que… ?

Red gara le véhicule près de la grange. Au même instant, Garrett apparut au coin de la maison, tenant Ace par son licou. La robe blanche du lama brillait d'un éclat fantomatique dans l'obscurité grandissante.

Sautant à bas du véhicule, elle courut vers lui.

— Que s'est-il passé ?

— Je l'ignore, répondit-il. Quand je suis arrivé ici, la barrière était ouverte. Celui-là était en train de brouter les fleurs près du porche. J'ai passé un appel radio pour qu'on retrouve les autres.

Elle inspecta Ace des pieds à la tête. Il semblait aller parfaitement bien, en dehors du fait qu'on avait interrompu son festin et qu'il en était fort contrarié. Elle poussa un soupir de soulagement.

Garrett fit mine de ramener l'animal dans le champ.

— Non, je préfère qu'il n'y retourne pas maintenant, décida-t-elle. Mettons-le plutôt dans l'enclos, près de la grange.

Si quelqu'un avait délibérément fait sortir les lamas, il se pouvait qu'il ait également commis des dégradations dans le pré ou abîmé la clôture. Tant qu'elle ne serait pas fixée, elle préférait ne pas prendre le risque.

Lorsque Ace fut en sécurité dans l'enclos, elle alla retrouver Garrett, Red et Rory qui attendaient toujours près de la grange.

— Vous allez m'aider à chercher les autres ?

— Croyiez-vous réellement qu'on allait vous laisser vous débrouiller seule ? répliqua Garrett.

Elle l'aurait volontiers embrassé.

— Rory et moi prendrons mon pick-up, proposa Red. Vous deux, vous n'avez qu'à partir en voiture.

— Si vous trouvez les lamas, ne les pourchassez pas, recommanda-t-elle d'une voix altérée par l'inquiétude.

Elle leur distribua des longes puis, se souvenant que Rory n'avait pas de téléphone, glissa le sien dans la main de Red. Il faudrait qu'elle pense à acheter des talkies-walkies pour la ferme.

— Emportez de la nourriture et, quand vous approcherez d'eux, faites comme si tout était normal. Il est important de ne pas les effrayer.

Depuis quelques minutes qu'elle se savait soutenue dans cette épreuve, elle se sentait elle-même beaucoup plus rassurée.

Garrett suivait Samantha du regard : elle accordait beaucoup de prix à ses animaux. Non en raison de leur valeur marchande, mais parce qu'ils étaient des créatures vivantes dont elle avait la responsabilité. Cet amour n'était pas feint, il le voyait bien.

— Nous allons les trouver, la rassura-t-il tandis qu'ils montaient en voiture. Portent-ils une puce électronique ?

— Oui.

Regardant droit devant elle, elle ajouta :

— Je fais pourtant toujours attention à bien refermer la barrière !

Il démarra et s'engagea dans le chemin derrière Red.

— Cessez de vous culpabiliser. Les lamas pourraient-ils l'ouvrir eux-mêmes ?

— Ils sont très intelligents et en seraient bien capables. C'est pour ça que j'ai fait poser des loquets spécialement conçus pour qu'ils ne puissent pas s'échapper.

Au bout de l'allée, les feux arrière du pick-up obliquèrent à gauche ; il prit donc la direction opposée. Ce qui signifiait qu'ils allaient passer devant chez Tanner Harris.

— Pensez-vous que… ?

— Oui, cela m'a traversé l'esprit, confia-t-elle. Quand je suis passée dans le pré tout à l'heure pour rejoindre Red et Rory, j'ai aperçu ses fils. Je sais qu'ils m'ont vue quitter la ferme.

Elle prit une profonde inspiration :

— J'espère qu'ils ne sont pas tombés si bas…

Les choses étaient allées trop loin, décida Garrett. Dès que les lamas auraient été retrouvés, il convaincrait Samantha de porter plainte.

Lorsqu'il pénétra dans la propriété de Tanner, les chiens se mirent à aboyer de toutes leurs forces. Le pick-up de Tanner, la remorque et les quads n'étaient pas là, et il n'y avait aucune lumière aux fenêtres.

— Ne bougez pas, ordonna-t-il à Samantha, qui s'apprêtait à ouvrir sa portière.

Il alluma le projecteur posé sur le tableau de bord et le braqua sur la cour. Le puissant faisceau n'éclaira qu'un fouillis de vieux objets, et les chiens attachés à leur arbre. Leurs aboiements redoublèrent d'intensité.

— Avec les chiens, je doute que mes petits gars s'aventurent par ici, observa-t-elle. Pourrions-nous revenir en arrière et longer la propriété qui se trouve en face de la mienne ?

— O.K. Je conduis, et vous, vous tenez la lampe, dit-il en faisant demi-tour.

— Les lamas sont si curieux, et tant de végétaux sont toxiques pour eux ! Le rhododendron, le symplocarpe fétide, l'asclépiade…

— Samantha, arrêtez. Il n'y a pas lieu de s'inquiéter pour l'instant.

Il roulait lentement sur le bas-côté de la route, plissant

les yeux pour tenter d'apercevoir les animaux, et priant en silence pour qu'un prédateur ne les trouve pas avant eux.

— Vous devez me trouver ridiculement sentimentale avec mes animaux.

Il se pouvait que les fermiers du coin, eux, le pensent mais, personnellement, il trouvait simplement qu'elle avait du cœur. Entre autres qualités…

— Là-bas ! cria-t-elle soudain.

Pratiquement en face de l'allée qui menait à la ferme, sur un talus en pente douce, il distingua trois silhouettes qui, sans la lampe, auraient pu passer pour des bottes de foin.

— C'est Humvee, Fred et Mephisto.

Il arrêta la voiture, et elle sortit avec précaution.

— Attendez-moi ici, dit-elle.

Tenant des graines au creux de sa paume, elle s'éloigna à travers les herbes hautes, main tendue, en émettant de petits bruits rassurants avec les lèvres. Les lamas parurent presque soulagés de la voir et acceptèrent la friandise avec gourmandise. Elle en profita pour attacher les longes à leur licou, puis revint avec eux vers la voiture.

— J'essaie d'appeler Rory, mais je tombe sans arrêt sur la boîte vocale, annonça-t-il lorsqu'elle se pencha par la fenêtre ouverte.

— Red a mon téléphone. Le numéro est le 555-6881. Je vais ramener à pied mes trois vagabonds.

Il n'appela pas immédiatement, s'offrant le plaisir de la regarder traverser la route avec les rescapés. Femme et bêtes évoluaient d'un pas ondulé, lent et sensuel, auréolés par les lucioles qui commençaient leur danse nocturne. Lorsqu'elle sortit du champ lumineux formé par ses phares, il resta songeur : le désir qui l'embrasait soudain était-il réel ? Ou l'avait-elle ensorcelé ?

Il enregistra son numéro dans son répertoire, puis appuya sur la touche « appel ». Ce fut Red qui décrocha.

— Nous avons retrouvé M. Jinx dans le jardin d'Isolde

Stone. Elle a failli mourir de frayeur ! C'est une chance qu'il n'ait pas reçu un coup de fusil. Jonathan l'a fait monter dans sa remorque à chevaux. Il le ramène à Whistling Meadows.

— Et nous, nous avons récupéré Humvee, Fred et Mephisto. Il ne manque plus que Percy.

— Nous allons continuer à chercher. Appelez-nous si vous le retrouvez.

Garrett remonta l'allée de la ferme pour apprendre la nouvelle à Samantha. Lorsqu'il se gara dans la cour, les quatre lamas étaient en sécurité dans l'enclos et la jeune femme était en train de fermer la barrière.

— Ils nous ramènent M. Jinx, annonça-t-il en descendant du véhicule.

Cette information ne la réjouit pas autant qu'il l'espérait.

— Je me demande où Percy peut bien être, répondit-elle d'un ton inquiet. Il est si casanier ! Croyez-vous… Croyez-vous que quelqu'un l'ait enlevé ? questionna-t-elle, semblant soudain se recroqueviller sur elle-même.

Il passa un bras autour de ses épaules.

— Ne commencez pas à envisager le pire. Les recherches ne sont pas terminées. Je ne sais pas pour vous, mais moi, j'ai besoin d'un verre d'eau avant de repartir.

Il était important qu'elle se réhydrate après sa marche en montagne et leur recherche des lamas. Comme elle semblait sur le point de protester, il la poussa doucement vers l'arrière de la maison. Ensemble, ils montèrent les marches de la cuisine.

Elle avait laissé la porte ouverte et il en fut très contrarié. Certes, la plupart des habitants d'Applegate faisaient pareil mais, contrairement à elle, ils n'étaient pas la cible d'actes malveillants. Passant devant elle, il ouvrit la moustiquaire, puis chercha à tâtons l'interrupteur.

Planté au milieu de la cuisine, Percy les regardait en clignant des yeux. Il avait ouvert tous les placards, éparpillé leur contenu dans toute la pièce, et achevait de vider un paquet de biscuits à la figue.

15

Pourquoi, tout à coup, ses genoux ne la soutenaient-ils plus ? Sous le regard hautain de Percy qui semblait leur reprocher d'arriver si tard à ce festin de roi, Samantha fut prise de fou rire. Elle se laissa aller contre Garrett, s'accrochant à lui sans se soucier de savoir s'il la prenait pour une folle. Elle éprouvait un tel soulagement !

Et, plus surprenant, un tel sentiment d'appartenance…

Elle était chez elle. C'était *sa* maison, *ses* lamas. Et *ses* nouveaux amis. Ils lui avaient porté secours alors qu'elle avait besoin d'aide ; elle s'attachait chaque jour davantage à eux.

Peu à peu, elle se calma et prit conscience des bras forts qui l'entouraient. Le torse de Garrett était délicieusement ferme et chaud contre sa joue. Elle fut tentée de fermer les yeux et de profiter de la joie physique que cette étreinte lui procurait. Mais il aurait été malvenu de s'abandonner : ce qu'elle ressentait à son égard était-il simplement de l'amitié ou quelque chose de plus fort ? Levant les yeux vers lui, elle croisa son regard amusé, où brillait une étincelle de désir.

— Je n'ai pas complètement perdu l'esprit, déclara-t-elle. C'est l'émotion. Depuis que Red et Rory se sont retrouvés coincés en plein orage sur cette montagne, je n'ai cessé de m'inquiéter.

— Je devrais être fâché contre vous. Vous n'auriez pas dû partir seule à leur rencontre. C'était de la folie.

Ainsi, il se faisait du souci pour elle ? Comme tout le

reste, cela lui parut absurde et infiniment drôle. Mais elle reprit son sérieux en sentant sous sa paume les battements réguliers du cœur de Garrett.

Elle jeta un coup d'œil à Percy, qui s'était agenouillé au milieu du désordre et faisait entendre des hennissements satisfaits.

— Rory, Red et… et vous, vous avez été merveilleux. Je ne sais comment vous remercier pour votre aide.

— Vous pouvez me remercier en fermant votre porte à clé la prochaine fois que vous sortirez de chez vous.

Elle lui tapota la poitrine.

— Encore le shérif qui parle !

— Pas cette fois, Samantha, prononça-t-il d'un ton bas, pressant.

Revenant brutalement à la réalité, elle s'écarta de lui. Elle le désirait avec trop d'intensité… Cela risquait de mettre en péril le fragile équilibre qui était le sien depuis qu'elle vivait ici. Brusquement, la situation n'avait plus rien de comique ; l'air était zébré d'éclairs invisibles.

Il l'attira de nouveau contre lui.

— Qu'y a-t-il entre nous ? questionna-t-il d'une voix rauque et sensuelle.

— Vous vous posez la question, vous aussi ?

— Oh ! que oui… Je ne sais pas ce que c'est, mais cela m'empêche de dormir la nuit !

Cet aveu la fit sourire.

— Moi aussi.

— Seulement, j'ai l'impression que, de votre côté, le moment est mal choisi pour entamer une relation.

Il faisait sans doute allusion aux propos qu'elle avait tenus un peu plus tôt dans la grange, songea-t-elle.

— Et ma vie n'est pas très simple non plus, poursuivit-il.

— Rory…

— Oui. Problèmes de garde. Sa mère est décidée à l'emmener à Londres avec elle.

— De façon définitive ?

— Jusqu'à ce qu'elle obtienne une nouvelle promotion.

Elle vit se durcir son regard, et s'envoler l'instant d'intimité qu'ils venaient de partager.

Vu sa situation actuelle, c'était probablement ce qu'il y avait de mieux.

— Puisqu'on parle de Rory, dit-elle, vous devriez l'appeler pour le prévenir que nous avons retrouvé Percy.

Au lieu de se détacher d'elle, comme elle s'y attendait, il posa les mains sur ses épaules et la considéra avec attention, comme s'il tentait de lire dans ses pensées.

Puis, brusquement, il lança :

— Vous avez raison.

Ce fut elle qui mit fin la première à leur étreinte.

— Je vais ramener Percy dans l'enclos.

Le temps que Red, Rory, Jonathan Stone et sa remorque arrivent, puis qu'elle enferme M. Jinx avec les autres, Garrett semblait avoir parfaitement repris le contrôle de ses émotions.

Elle remercia tout le monde avec effusion, puis leur proposa de la limonade fraîche, mais Rory fut le seul à se montrer favorable à cette idée.

— Non, merci, répondit Garrett en poussant son fils vers la voiture de patrouille. Il faut que nous y allions. J'ai des papiers à récupérer au poste avant de rentrer.

Son attitude était très professionnelle, à présent, et elle ne parvint pas une seule fois à croiser son regard.

Red fut le dernier à partir.

— Vous et le shérif êtes fâchés ?

— Pas… Pas que je sache.

Le vieil homme gloussa.

— Quoi ? fit-elle.

Elle commençait à le suspecter de considérer la vie à Whistling Meadows comme un feuilleton prodigieusement distrayant.

— Rien… Rien que je n'aurais pu prédire, en tout cas ! Bonne nuit, Duchesse.

Avec un signe de la main, il se dirigea en boitillant vers sa baraque.

Elle s'assura une dernière fois que la barrière de l'enclos était bien fermée, puis elle alla dans la grange jeter un coup d'œil à l'emploi du temps. Une courte randonnée jusqu'au Grand Rocher était prévue le lendemain avec une troupe de garçons du camp Oseegee. Ce serait une journée tranquille.

En attendant, elle avait hâte de passer sous la douche. Il était trop tard pour prendre un bain. Ses draps en coton égyptien l'attendaient. Qui sait, elle rêverait peut-être des battements de cœur du shérif contre sa joue…

Tâchant de rester réaliste, elle rangea rapidement la cuisine, puis monta. A peine était-elle sous le jet d'eau chaude que des coups violents furent frappés à la porte. Ce devait être Red ou Mack. Elle ferma le robinet, s'enveloppa dans un peignoir en éponge et descendit en hâte.

Garrett se tenait sous le porche, le visage assombri par la fureur. Il entra sans y avoir été invité.

— De quel droit vous croyez-vous autorisée à acheter un nouveau téléphone à mon fils ?

Elle resserra les pans de son peignoir.

— Il l'a perdu en montagne.

— C'est *lui* qui l'a perdu, et c'est *lui* qui s'arrangera pour le remplacer. Je vous saurais gré de ne pas encourager ses bêtises d'adolescent !

Ignorant l'insulte, elle répondit calmement :

— Il lui faudra tout l'été pour gagner cet argent. Je ne le paye que quatre heures par jour, au salaire minimum.

— Eh bien ! Il y passera tout l'été s'il le faut.

Irritée par son intransigeance, elle secoua la tête. Des gouttes d'eau volèrent sur le parquet et sur l'uniforme du shérif.

— Et, jusque-là, que fera-t-il sans téléphone ? Nous

avons eu la preuve aujourd'hui que c'était indispensable en cas de problème.

— Il n'aura qu'à réduire le champ de ses activités et rester à proximité de la ferme.

— Si j'ai bien compris, vous le punissez !

— Il n'a que ce qu'il mérite. Quand les enfants font des bêtises, les parents sont là pour les rappeler à l'ordre.

— Je vous signale, dit-elle en s'efforçant de parler lentement pour contenir son exaspération croissante, qu'il était en train de travailler lorsqu'il l'a perdu. Il était monté au lac nettoyer les graffitis. Je me suis sentie responsable de ce qui était arrivé, et donc, j'ai proposé de remplacer l'appareil.

— Lorsqu'un agent perd ou abîme le matériel de la police, il doit le rembourser.

— Mais nous parlons de votre fils, pas de vos agents !

— Autant qu'il apprenne dès maintenant à assumer la responsabilité de ses actes. Et puis, d'ailleurs, savez-vous combien coûte un appareil de ce genre ?

— C'est un détail sans importance.

A peine ces mots étaient-ils sortis de sa bouche qu'elle comprit son erreur.

Garrett inspira profondément. Samantha ne se rendait pas compte à quel point ces quelques mots — *c'est un détail sans importance* — le hérissaient. Tâchant de maîtriser sa colère, il rétorqua :

— Je crois que, sur ce point, vous et moi sommes fondamentalement opposés. Pour moi, la vie est importante jusque dans les moindres détails.

Il balaya du regard la pièce luxueusement décorée et conclut :

— Mais, évidemment, c'est quelque chose que vous n'êtes pas en mesure de comprendre.

— Que voulez-vous dire ?

La mine hostile, elle se redressa de toute sa hauteur — ce

qui, étant donné qu'elle était pieds nus et lui arrivait à peine au menton, ne l'impressionna guère.

Pour la première fois, il remarqua alors ses cheveux humides… Elle était en train de prendre une douche lorsqu'il avait fait irruption chez elle. Elle était donc nue sous son peignoir… Malgré lui, il oublia l'héritière gâtée et ne vit plus que la femme douce et séduisante qu'il avait tenue dans ses bras moins d'une heure plus tôt.

Il ne devrait pas être en train de discuter avec elle dans cette maison, et à cette heure-ci.

— Allez-vous continuer à me regarder de cet œil mauvais ? demanda-t-elle en croisant les bras sur sa poitrine. Ou allez-vous vous décider à m'expliquer ce que vous entendez par là ?

Infiniment troublé par l'échancrure de son peignoir, il détourna le regard.

— Pour vous, tout est facile, dit-il en montrant le décor d'un grand geste de la main. Vous achetez une vieille ferme, et en moins de vingt-quatre heures, vous vous retrouvez avec une demeure de millionnaire !

— C'est l'œuvre de ma mère, vous le savez très bien. Je préférais la maison telle qu'elle était avant.

— Là n'est pas le sujet. Je vous parle d'argent. Voir certaines personnes le jeter par les fenêtres me met toujours un peu mal à l'aise.

— Ah ! je vois ! Ma famille a de l'argent ? Eh bien, oui ! Vous voyez, je vous ai avoué notre honteux petit secret ! Est-ce que nous le gaspillons ? Certainement pas. Mon père a bâti sa fortune à partir de rien. Il n'est pas devenu ce qu'il est aujourd'hui en dépensant à tort et à travers.

Surpris par sa franchise, il resta muet.

— Je veux remplacer le téléphone que Rory a perdu, acheva-t-elle. M'y autorisez-vous ?

— Non.

Lorsque, les jours suivants, Samantha se rendit en ville pour faire des courses, elle s'attendait à rencontrer Garrett à chaque coin de rue. Le quatrième, elle comprit qu'il l'évitait.

C'était tout aussi bien.

Elle préférait ne pas revenir sur le sujet qu'il avait abordé dans la cuisine : celui de l'attirance qui existait entre eux. Ou, du moins, qui existait entre eux avant qu'ils ne se disputent.

Quelle dispute idiote ! Jusqu'ici, elle avait eu affaire à des prétendants qui n'en avaient qu'à son argent ; elle n'avait encore jamais rencontré d'homme que la richesse rebutait.

De toute façon, si elle appelait le Dr Kumar, il lui dirait certainement qu'il était trop tôt pour se lancer dans une relation amoureuse. Elle avait d'autres difficultés à gérer et devait avant tout éviter les situations stressantes.

Comme les contacts avec Garrett, par exemple. Ou avec ses parents.

Elle voyait de plus en plus souvent sa mère, qui mettait la « touche finale » à la maison et se plaignait que sa fille était ingrate et sans cœur parce qu'elle refusait ses cadeaux. Quant à son père, il semblait s'être évaporé de la surface de la terre. Dans les rares occasions où il partageait leurs repas, il semblait absorbé dans ses pensées. C'était mauvais signe, signe qu'il se préparait à faire une importante acquisition.

— Vous n'avez pas touché à votre tourte aux pêches, fit la voix de Rachel, la tirant de ses réflexions. Elle n'est pas bonne ?

Clignant des paupières, Samantha fixa le visage avenant de la propriétaire de la cafétéria. Elle baissa les yeux : la glace avait complètement fondu, formant une flaque autour de la pâtisserie tiède et odorante. Elle enfonça sa cuiller dans la pâte croustillante.

— Je profitais simplement de cette minute de tranquillité, fit-elle, évasive.

Ce n'était qu'un demi-mensonge : si elle était venue en ville cet après-midi, c'était pour acheter des timbres et commander douze déjeuners à emporter pour la randonnée du lendemain. Et, accessoirement, pour échapper à la manie décoratrice de sa mère.

— Mmm… Cette tourte est délicieuse !

Rachel la considéra d'un air entendu.

— Je sais ce que c'est que d'avoir chez soi des proches qui abusent de votre hospitalité. Vous n'avez pas besoin de consommer pour rester. Vous pouvez venir quand vous voulez et, si vous le souhaitez, je vous laisserai manger dans la pièce du fond.

— Vous ne nous proposez jamais la pièce du fond, à nous ! se plaignit Douglas, tout en s'installant avec Owen et Francis sur les sièges voisins de celui de Samantha.

— C'est parce que vous adorez être devant, répliqua malicieusement Rachel en leur versant à chacun un verre de thé glacé. Pour observer ce qui se passe.

— A propos…, fit Douglas en se tournant vers Samantha. Vous avez vu votre père, aujourd'hui ?

— Pas encore.

Les trois hommes se regardèrent en souriant.

— Pourquoi ? interrogea-t-elle, brusquement tendue. Vous êtes au courant de quelque chose ?

— Non, non, répondit Francis en baissant le nez sur son verre. On demandait seulement de ses nouvelles. Entre voisins, c'est normal, non ?

Mais bien sûr…, songea-t-elle. Elle avait eu son content de mauvaises surprises. Elle allait rentrer immédiatement chez elle et interroger sa mère. Elle engloutit le reste de sa tourte — Helena aurait été choquée par d'aussi vilaines manières —, paya Rachel, puis sortit.

Se dirigeant vers sa bicyclette, elle ne put s'empêcher de jeter un coup d'œil en direction du poste de police et eut la surprise de voir Garrett venir à sa rencontre. Il portait sa tenue de shérif, comme d'habitude ; pourtant, elle crut un instant que c'était l'homme qui avait émergé torse nu du lac qui s'avançait vers elle. La chaleur lui brouillait les idées.

Elle s'attendait presque à ce qu'il soulève son Stetson et passe son chemin, mais non : il s'arrêta devant elle. Ses yeux étaient cachés derrière ses lunettes de soleil.

— Puis-je vous dire un mot ?

— B… Bien sûr, balbutia-t-elle, décontenancée.

Sans plus d'explication, il la guida vers un kiosque dressé au milieu d'un petit espace vert, de l'autre côté de Main Street. On était samedi, et la circulation était intense.

— Alors ? s'enquit-elle lorsqu'ils furent seuls. De quoi vouliez-vous me parler ?

— Je m'excuse de m'être emporté l'autre soir.

— Allez-vous me laisser payer le téléphone ?

— Non. Je ne crois pas que l'argent puisse résoudre les problèmes, mais, quoi qu'il en soit, je n'aurais pas dû réagir comme je l'ai fait.

— Comme si j'étais votre ex, vous voulez dire ? Ou votre ennemie ?

— Je ne vous ai jamais confondue avec Noelle. Mais il se peut en effet que sa fascination pour les gens riches et célèbres ait influencé négativement mon jugement sur vous.

— Que me reprochez-vous, exactement ? Franchement, je ne vous comprends pas du tout.

— C'est justement là que je veux en venir.

Il avait une façon assez particulière de s'excuser, songea-t-elle. Levant la main, elle lui ôta ses lunettes afin de déchiffrer plus facilement son expression.

Raide, les mains sur les hanches, il la contemplait de son regard bleu si déconcertant.

— Nous sommes l'opposé l'un de l'autre, déclara-t-il. Nous n'avons pas la même vision de l'existence. Votre façon de régler les difficultés est totalement différente de la mienne. En fait, c'est comme si nous venions de deux univers séparés.

— Oh ! nous sommes différents, vraiment ? dit-elle, les

sourcils froncés. Vous voulez dire que je suis une alcoolique en voie de rétablissement, alors que vous êtes sobre et vertueux ? Que vous avez un enfant, et moi non ? Que vous avez des racines et une idée claire de votre identité, alors que je commence seulement à découvrir qui je suis ? Oui, nous sommes différents. Je pense que l'idée que vous cherchez à mettre en avant, c'est que l'un de nous deux est privilégié. Mais lequel, je vous le demande ?

Il eut le bon goût de paraître embarrassé.

— Je perçois chez vous une vague hostilité, enchaîna-t-elle, s'échauffant au fur et à mesure qu'elle parlait. Vous me jugez irresponsable, immature. Je vous déplais profondément. Tanner Harris, au moins, me déteste ouvertement, et il a une bonne raison pour cela.

L'éclat de rire de Garrett la fit sursauter.

— Qu'y a-t-il de si drôle ?

— Désolé, dit-il en souriant. La comparaison avec Tanner Harris est assez vexante. Mais ce qui m'amuse, c'est que vous pensiez que vous me déplaisez.

— Ce n'est pas le cas ?

— Comment pourrais-je avoir de l'aversion pour une femme qui me tient tête alors qu'elle a les cheveux trempés et ne porte rien d'autre qu'un peignoir ?

Elle sourit, se sentant soudain plus détendue. C'était peut-être le parfum des roses grimpantes qui lui montait à la tête.

— Alors, vous ne me considérez pas comme un danger public ?

— Je ne vous ai jamais vraiment considérée comme telle.

— Et comme une héritière trop gâtée ?

— Plus maintenant.

— Qu'est-ce qui vous a fait changer d'avis ?

Il lui prit les mains et les tourna de façon à voir ses paumes.

— Pour commencer, les héritières n'ont pas de corne sur les mains.

— Et moi qui croyais que vous étiez attiré par ma crinière mouillée ! plaisanta-t-elle, médusée par sa propre audace.

Il ne sourit pas. Son expression était grave, et empreinte d'un désir qu'il ne cherchait pas à dissimuler.

Brusquement, son regard se fixa sur un point situé derrière elle. Retirant prestement ses mains, elle se retourna et vit la limousine de ses parents qui se garait devant le square. Son père en descendit et s'approcha d'eux.

— Je suis content de vous trouver ici tous les deux, déclara-t-il en montant les marches du kiosque, une liasse de feuillets dans les mains.

Elle connaissait bien cet éclat dans son regard.

— Papa, qu'as-tu encore manigancé ?

Il lui tendit les documents.

— Je me suis chargé de ton problème, puisque ni toi ni le shérif ne sembliez vouloir agir, dit-il en lançant à Garrett un regard appuyé.

Avec une appréhension grandissante, elle prit connaissance du papier qu'elle avait sous les yeux. C'était un acte de vente signé et certifié par le notaire.

— Oh non ! Qu'as-tu fait ?

— J'ai fait à ton voisin une offre qu'il ne pouvait pas refuser, répliqua-t-il, l'air réjoui et très content de lui. Tanner Harris et sa famille seront partis avant la fin de la semaine prochaine. Tu utiliseras le terrain comme bon te semble. Quand le Dr Kumar te donnera l'autorisation de quitter Whistling Meadows, tu pourras faire don de l'ensemble à la municipalité pour qu'on y aménage un parc. Cela nous permettrait d'obtenir une jolie déduction d'impôts !

L'expression de Garrett était indéchiffrable. Mais, à en juger par le tic qui agitait les muscles de sa mâchoire, il n'approuvait pas ce qu'il venait d'entendre.

16

L'envie démangeait Garrett d'écraser son poing sur le nez de Cameron Lawrence et d'effacer son expression suffisante.

Puis l'image de Samantha en robe de soirée, vulnérable, et cachant derrière son dos une bouteille de vin, lui revint à la mémoire. Il devait la protéger, l'aider à se détacher de parents dominateurs. La violence physique ne rendrait certainement pas service à la jeune femme.

— Voilà, ma chérie, dit Cameron en serrant sa fille à l'étouffer, nous avons accompli notre mission. Les bagages sont dans la limousine. Je dois passer à la ferme prendre ta mère. Il ne nous reste plus qu'à te dire au revoir. Veux-tu que je t'emmène ?

Samantha semblait abasourdie et secoua la tête.

— Ne tarde pas, alors ! Nous t'attendons.

Après avoir gratifié Garrett d'un regard satisfait de propriétaire, il tourna les talons et regagna sa voiture.

La jeune femme tremblait de rage. Pourtant, le désespoir se lisait au fond de ses yeux. Elle leva les mains au ciel, lâchant les papiers qui s'éparpillèrent sur le sol.

— Quel âge ai-je donc l'air d'avoir ? cria-t-elle, sans s'adresser à personne en particulier. Y a-t-il écrit « mineure impotente » sur mon front ?

Les joues en feu, elle se mit à parcourir le kiosque de long en large.

— Que vais-je pouvoir faire d'eux ?

— Ne les laissez pas vous atteindre. D'ailleurs, ils s'en vont.

— Oui, après avoir fait de beaux dégâts ! Pouvez-vous me certifier que Tanner n'ira pas raconter autour de lui la bonne affaire qu'il a conclue avec mon père ? Qu'après les exploits de mes parents, les gens ne me considèreront pas différemment ?

Il n'aurait pu l'affirmer sans mentir. En revanche, il pouvait lui offrir son soutien.

— Rentrez à la ferme. Je vous ramènerais volontiers, mais je pense que l'exercice vous aidera à vous calmer. Dites au revoir à vos parents. Puis annulez toutes vos randonnées de demain.

Les yeux de Samantha lancèrent des éclairs.

— Allez-vous vous mettre à me donner des ordres, vous aussi ?

— Non, c'est promis. Je vous expliquerai plus tard.

— L'explication a intérêt à être valable. Je suis tellement en colère que j'ai envie de hurler. En fait, je ne devrais pas m'en priver. Puisque je dois m'attendre à ce que les gens parlent, autant qu'ils s'y mettent tout de suite !

— Vous ne devriez pas vous préoccuper de ce que pensent les gens. Passez-moi un coup de fil quand vos parents seront partis. Je vous informerai du programme de demain.

— Faut-il que je compose le numéro de la police ? demanda-t-elle, sarcastique.

Elle enregistra son numéro personnel dans ses contacts, puis lui tourna le dos et se dirigea en courant vers sa bicyclette, abandonnant au milieu du kiosque les feuilles éparses de son titre de propriété.

Samantha était si lasse, maîtriser sa colère lui avait coûté tant d'énergie, qu'elle hésita à appeler Garrett après le départ de ses parents. En quoi aurait-il pu l'aider ?

En revanche, elle contacta sa marraine, car elle était tenaillée par l'envie de boire. Cette dernière lui suggéra d'écouter ce que Garrett avait à lui proposer, puis, si la sensation de manque persistait, de la rappeler pour qu'elle la conduise à la réunion AA du soir, à Brevard.

Samantha téléphona donc au shérif. Il lui demanda de se munir d'affaires de rechange et d'un sac de couchage, et de se tenir prête.

Lorsque la voiture de patrouille entra dans la cour, elle était assise sur la plus haute marche du perron, et regardait les oiseaux mouches voleter au-dessus du jasmin de Virginie, en s'efforçant de respirer et de savourer l'instant présent. Au bruit du moteur, elle leva les yeux : le véhicule remorquait un quad.

Garrett se gara au bout de l'allée de pierre et mit pied à terre. Il était vêtu d'un jean et d'un T-shirt, et tenait à la main un rouleau de la taille d'un poster.

Avec un manque d'enthousiasme certain, elle ramassa son sac et marcha vers lui.

— Alors, pourquoi a-t-il fallu que j'annule mes rendez-vous de demain ?

Il déroula le papier et le déploya sur le capot de la voiture.

— J'ai pensé qu'à cause des travaux de décoration de votre mère, vous risquiez de ne pas pouvoir remettre la main sur votre propre exemplaire, alors j'ai emprunté celui-ci au bureau du cadastre. Je me suis dit que vous aviez peut-être envie de vous rappeler qui est la vraie Samantha Weston.

Elle baissa les yeux : il s'agissait d'une carte. Non d'une carte ordinaire, mais du plan topographique de sa propriété — incluant Whistling Meadows et le mont Russert.

— Je sais que de ce côté, vous avez entretenu les pistes qui vont au Grand Rocher et au lac, poursuivit-il, mais je n'étais pas sûr que vous ayez déjà exploré les anciennes routes forestières sur le versant est. Ou que vous ayez eu l'occasion de pousser jusqu'à la cabane où Red et Rory se sont abrités.

— Non, pas encore.

— C'est là que nous allons.

Elle ne s'attendait pas à cela. Elle avait imaginé qu'il lui tiendrait la main pendant qu'elle déverserait ce qu'elle avait sur le cœur. Ou qu'il l'emmènerait au cinéma à Asheville pour la distraire. Mais une excursion en montagne … Ce bout de terre était l'essence même de sa nouvelle identité. Elle y était chez elle.

Quelle délicate attention de sa part !

— Alors, qu'en dites-vous ?

— Je vais devoir apprêter au moins un des lamas, répondit-elle, impatiente de se mettre en chemin.

— Ah non ! Cette fois, nous faisons les choses à ma façon.

Il lui indiqua le quad.

— Je me sens le devoir de réparer une injustice. Tous les conducteurs de quad ne sont pas des brutes épaisses sans considération pour l'environnement.

— Dans ce cas, il faut que je demande à Red s'il est d'accord pour surveiller ma petite troupe.

— C'est déjà réglé.

— Et Rory ?

— Geneva reste avec lui cette nuit. Hé, hé ! dit-il en souriant jusqu'aux oreilles, votre père n'est pas le seul à savoir organiser des surprises !

Elle ne put se contenir plus longtemps : elle lui sauta au cou. Elle s'agrippa à ses épaules, enroula ses jambes autour de sa taille et l'embrassa à pleine bouche. Il répondit à son baiser avec ardeur.

Enfin, au bout d'une longue minute, ils se séparèrent, haletants.

— Ce genre de comportement, observa-t-il, le sourcil levé, risque de nous empêcher d'aller bien loin.

— Partons, trancha-t-elle. J'ai besoin de quitter la civilisation quelque temps.

Il fit rapidement descendre le quad de la remorque. Un

étroit plateau à l'arrière supportait une glacière et ses affaires. Il y arrima le sac qu'elle lui tendit, puis enfourcha l'engin.

— Montez, ordonna-t-il en montrant d'un signe de tête la place qui se trouvait derrière lui.

Elle obtempéra, et découvrit rapidement la meilleure position : il était plus confortable de se nicher contre lui que de s'adosser à la glacière.

L'après-midi était déjà avancé et le soleil commençait à décliner à l'ouest. Lui tournant le dos, Garrett prit la direction de la ferme des Stone. Au bout d'un moment, ils rejoignirent une route en terre battue qui séparait les deux propriétés.

— C'est l'ancienne piste forestière, expliqua-t-il en ralentissant. Elle va nous mener pratiquement jusqu'au chalet.

— Quand a-t-elle été créée ?

— Du temps du père de Red, je crois, dit-il avant de repartir.

Il conduisait avec prudence, s'arrêtant fréquemment pour lui montrer une famille de daims paissant dans une clairière, un gigantesque bosquet de lauriers d'Amérique en fleur, ou encore un grand pic à tête rouge qui ressemblait étrangement à un ptérodactyle.

Elle souriait de bonheur : tout cela, il le faisait pour elle…

Le corps de Samantha pressé contre le sien procurait à Garrett un plaisir auquel, il s'en rendait compte, il risquait de prendre goût rapidement. Il se sentait irrésistiblement attiré par elle. Pas par la puissante femme d'affaires qui serait probablement en mesure d'acheter et de revendre tout Applegate si elle le décidait, mais par la fermière passionnée de lamas et de nature, qui admirait d'un œil émerveillé le spectacle qui s'offrait à eux.

Il avait peut-être commis une folie en lui proposant cette escapade, mais il n'en pouvait plus de devoir contenir et dissimuler ce qu'il éprouvait. Il aurait été bien incapable de prédire ce que le lendemain leur réservait ; en tout cas, pour l'instant, il était décidé à profiter de sa chaleur et de cette proximité physique.

Bien que la nuit soit encore loin, le soleil avait disparu derrière la cime des arbres lorsqu'ils parvinrent au bout de la piste, au pied de la montagne. De ce côté-ci, le mont Russert était défiguré par la déforestation. L'écoulement des eaux avait entraîné une érosion massive des sols, où ne poussaient plus que quelques maigres broussailles.

Il éteignit le moteur et indiqua à Samantha un passage dans la montagne.

— Nous allons emprunter ce chemin pour arriver à la cabane. Ce n'est pas loin.

Il la vit frissonner.

— J'espère que c'est plus joli là-bas, soupira-t-elle.

— Ça l'est. Leurs tracteurs et leurs camions étaient trop gros pour passer dans la brèche. De l'autre côté, la forêt est intacte.

Il mit son sac sur ses épaules, aida Samantha à endosser le sien, puis ils se mirent en chemin, tenant la glacière chacun d'un côté. Elle n'était pas particulièrement lourde ; cependant, le simple fait de la porter à deux, de partager cet effort donna à Garrett l'impression d'être soudain libéré du poids des responsabilités qu'il portait seul depuis plusieurs années. Jusqu'à quel point, s'interrogea-t-il, avait-il créé sa propre solitude ?

Quand ils atteignirent la petite cabane nichée au cœur de la forêt centenaire, et qui semblait tout droit sortie d'un conte de fées, il fut ravi : Red et Rory y avaient fait un peu de ménage pendant leur bref séjour. Ce n'était pas un cinq étoiles comme les hôtels Ashley, mais le sol avait été balayé et du bois fraîchement coupé était empilé près de la cheminée. Il n'y avait pas de meubles, car l'endroit avait seulement été conçu pour servir d'abri aux chasseurs en cas de mauvais temps. Peu importait : ils n'étaient là que pour une nuit, et n'auraient besoin que du matériel qu'ils avaient emporté.

— Alors, que pensez-vous de votre cabane ? demanda-t-il en posant la glacière et en se débarrassant de son sac à dos.

Les yeux emplis d'étoiles, un grand sourire aux lèvres, elle se tenait au milieu de la pièce et tournait lentement sur elle-même pour admirer la charpente apparente.

— C'est absolument merveilleux ! Si j'avais su qu'elle existait, j'aurais pris le maquis à la seconde où j'ai vu apparaître la limousine de mes parents.

— Eh bien, vous le savez, maintenant ! Bien entendu, si vous songez à en faire un point de chute pour vos randonnées, vous devrez créer un autre itinéraire pour éviter de passer devant le vilain paysage que nous avons vu plus bas.

— Je ne vais pas m'en servir pour les randonnées, répondit-elle en passant sa main sur les larges pierres brutes de la cheminée. Ce sera mon refuge secret.

— Etes-vous en train de m'annoncer que vous allez devoir m'assassiner ?

Le rire de Samantha résonna gaiement dans la pièce.

— Oh, non ! Pour accomplir ce que j'ai en tête, il faut que vous soyez vivant…

Cet endroit la rendait audacieuse, constata-t-il non sans plaisir.

— Et qu'avez-vous en tête ?

Il emprisonna sa main, qui reposait sur le manteau de pierre, et se pencha vers elle jusqu'à ce que leurs bouches se frôlent.

— Il va faire froid, ce soir, souffla-t-elle.

La température corporelle de Garrett augmenta brutalement de plusieurs degrés. Elle poursuivit sur le même ton :

— Pour me réchauffer, j'aurais besoin que vous… alliez couper du bois !

Vive comme un farfadet, elle lui échappa, courut vers la porte et se mit à danser autour de la cabane en chantant :

— Cet endroit est à moi, à moi, à moi !

Il s'appuya contre le chambranle et la regarda en souriant.

— Venez ! cria-t-il. Si vous aimez la cabane, vous allez adorer la source.

Elle s'arrêta net et le fixa, les yeux écarquillés, le visage auréolé d'un désordre de boucles blondes.

— Une source ? J'ai ma propre source ?

Il lui tendit la main, l'entraîna plus loin derrière la cabane, jusqu'à un escarpement tapissé de plantes grimpantes. Un filet d'eau clair, mince mais régulier, jaillissait d'une crevasse et coulait le long de la paroi rocheuse avant de disparaître dans un épais tapis de mousse.

Il n'était pas venu ici depuis de nombreuses années mais, dès qu'il entendit le doux murmure du ruisseau, il eut l'impression de sentir le froid minéral de l'eau sur sa langue, se sentit ramené aux étés de son enfance avec Mack. Comme Samantha, il avait ressenti alors le pouvoir apaisant de ce lieu.

— Puis-je la boire ? demanda-t-elle en apercevant une vieille tasse de bois suspendue à une branche.

— Bien sûr, mais elle n'a pas le même goût que l'eau en bouteille que l'on trouve au supermarché.

Elle remplit le récipient, ferma les yeux et prit une petite gorgée du liquide, comme si elle dégustait un grand vin.

— Mmm… Elle est glacée. Et elle a le goût… des éclairs et du tonnerre.

Il rit.

— J'ai du mal à vous imaginer en costume tailleur. Quel est le contraire d'une femme d'affaires ? Une poétesse ?

— Je suis contente que vous pensiez cela.

Elle lui tendit la tasse et ajouta :

— Ici, je me sens plus libre. C'est grâce à cet endroit. Nous sommes si loin des soucis quotidiens ! Et aussi grâce à vous… Parce que vous avez compris que cela me ferait du bien.

— J'éprouvais le besoin de vous emmener ici.

Il la fixa du regard. Avec cette femme si douce, dans cet endroit si particulier, il pourrait parvenir à défaire le nœud douloureux qui logeait au centre de son être depuis toujours. Une perspective assez effrayante…

— C'est drôle, je ne vous vois pas comme quelqu'un qui a des besoins, remarqua-t-elle. Vous avez un tel contrôle sur vous-même !

Baisser sa garde était-il une si bonne idée que cela ? se demanda-t-il soudain.

— Il commence à faire frais. Rassemblons un peu de bois pour le feu, puis j'essaierai de vous répondre pendant que nous préparerons le dîner.

Tout en ramassant des branches mortes, Samantha observait Garrett. Il avait été sur le point de dire quelque chose… Pourquoi s'était-il ravisé ?

Depuis son arrivée à Applegate, jamais elle n'avait entendu qui que ce soit parler en mal du shérif. Il devait être un symbole de réussite dans le pays. Rachel, Red, Mack, tous semblaient éprouver le besoin de le protéger. Pourtant, elle ne connaissait personne de moins vulnérable que lui.

La voix de Garrett la fit sursauter.

— Il faudrait peut-être que vous songiez à poser votre bois dans la cheminée.

Debout dans l'encadrement de la porte, il était extrêmement séduisant : hâlé, musclé, solide… et elle était seule avec lui.

— Que… Qu'allons-nous manger, ce soir ? demanda-t-elle en le rejoignant à l'intérieur.

— Mon deuxième plat le plus célèbre après la truite : saucisses et flageolets.

— Nous pourrions piquer les saucisses sur une broche et les faire griller sur le feu, qu'en dites-vous ?

— Ah ! Donc, vous réclamez la version gourmande ?

— Absolument.

— Dans ce cas, je vais devoir vous mettre au travail

dit-il en la délestant de son fagot. Je me charge de lancer le feu. Pendant ce temps, occupez-vous de tailler les broches.

— Avez-vous apporté un couteau suisse ?

— Dans ma poche, dit-il en lui présentant sa hanche.

Hésitante, elle sentit ses joues s'embraser.

— Je ne mords pas, susurra-t-il, une lueur de malice dans le regard.

Lentement, elle glissa la main dans sa poche et sentit la chaleur de sa cuisse à travers l'étoffe. Comme ses doigts se refermaient sur le couteau, il se pencha vers elle et saisit le lobe de son oreille entre ses dents. C'était comme être prisonnière d'un piège délicieux… Un frisson d'excitation la parcourut. Presque aussitôt, il lâcha prise.

— Je… Je ferais mieux d'enfiler un sweat-shirt avant de sortir, balbutia-t-elle, même si, en cet instant, elle trouvait plus tentant de se déshabiller que l'inverse.

— Ne soyez pas trop longue… J'ai faim.

Elle aussi, et pas seulement de nourriture. Tout en passant son sweat-shirt, elle se hâta de sortir. Ayant trouvé deux branches fines, elle les effeuilla et les tailla en pointe, puis gravit en quelques bonds joyeux les marches de la cabane.

A l'intérieur, le feu crépitait, et les haricots étaient déjà en train de mijoter dans une marmite suspendue à un crochet. Garrett disposait devant la cheminée les sacs de couchage, qu'il avait ouverts et assemblés à l'aide des fermetures Eclair, de façon à créer une couche commune.

Il leva les yeux à son entrée.

— Tu savais que nous en viendrions là, n'est-ce pas ?

— Oui, dit-elle.

Oubliant le repas, elle marcha vers lui et lui tendit ses lèvres.

Et là, protégés par l'obscurité grandissante qui enserrait la cabane, célébrés par le chant des oiseaux, ils firent l'amour. Sans hâte, tendrement, comme si chacun attendait depuis longtemps cet instant. Comme s'ils savaient que ce qu'ils partageaient était fragile et, peut-être, fugace.

Un long moment plus tard, nichée au creux du bras de Garrett, la joue appuyée contre son torse, elle chuchota :

— Est-ce pour cela que tu as ressenti le besoin de m'emmener ici ?

— Je mentirais si je prétendais que je n'y ai pas pensé.

Il ramena le duvet sur ses épaules, passa son autre bras autour d'elle et l'embrassa sur les cheveux.

— Mais j'avais aussi envie de voir comment tu réagirais dans un endroit qui… Comment dire ? Qui était ma source de réconfort quand j'étais enfant.

Elle se haussa sur un coude pour le regarder.

— Que veux-tu dire ?

— Je sais que Red t'a révélé que j'avais grandi en famille d'accueil. Et Mack a dû te raconter nos vagabondages dans ces collines. Ici, je n'étais plus simplement un marginal, un gosse sans famille. J'étais moi.

Elle posa un baiser au coin de ses lèvres.

— Je comprends, dit-elle, les larmes aux yeux.

— J'ai arrêté le bivouac et la chasse après mon mariage. Noelle détestait cela, et de mon côté, je me disais que c'était la famille, et non la forêt, qui devait définir ma personnalité.

— Mais, par la suite, tu as eu l'impression d'avoir tiré un trait sur une partie importante de toi, poursuivit-elle.

— Oui, c'est exactement ça, dit-il, les traits crispés par la souffrance.

— Après ton divorce, n'as-tu jamais songé à t'échapper de temps à autre avec Mack ?

— Les choses avaient changé : nous avions vieilli. En plus, Mack s'était engagé dans la réserve. J'ai pensé que je devais enterrer ces souvenirs et aller de l'avant.

— On a tous besoin de s'isoler de temps en temps, et de sortir du rôle qu'on s'est choisi. Ou qu'on a été forcé de jouer, dit-elle.

Elle s'interrompit un instant, puis ajouta, taquine :
— Alors, ai-je réussi le test ?
— Le test ?
— Suis-je à ma place ici ?
Il la fit basculer sur lui.
— Tu es à ta place *avec moi*, déclara-t-il d'une voix rauque.
Puis, de nouveau, ils firent l'amour, tendrement …

17

Le lendemain, alors que les premiers rayons du soleil pénétraient dans la cabane, Garrett préparait le petit déjeuner — café, œufs brouillés et lard frit —, tout en admirant la femme qui dormait paisiblement à quelques mètres de lui. Le bras plié au-dessus de la tête, elle souriait mystérieusement, une cascade d'or blond encadrant son visage.

L'effet qu'elle avait sur lui, en revanche, n'avait rien de mystérieux : avec elle, il avait l'impression d'être vivant, pleinement lui. Comme si elle avait versé un baume apaisant sur son âme.

Lentement, sensuellement, elle ouvrit les yeux.

— Bonjour… Ça sent bon. Je meurs de faim !

— Tu veux dire que les haricots et les saucisses que nous avons mangés à minuit ne t'ont pas repue ?

Elle s'étira avec volupté.

— Je pense que nous avons dépensé toutes les calories que nous avons absorbées, et même davantage.

— Le petit déjeuner sera bientôt prêt. Pour les toilettes, il faut…

— Je sais, j'ai l'habitude de camper, dit-elle en lui adressant un clin d'œil.

Elle se glissa hors du sac de couchage et se leva, totalement nue. Lui décochant un sourire par-dessus son épaule, elle marcha vers la porte. Avec un parfait naturel.

Il faillit lâcher la poêle à frire qu'il tenait. Si elle ne se méfiait pas plus, ils ne prendraient pas leur petit déjeuner avant midi.

Lorsqu'elle revint, elle enfila un short et un T-shirt, tandis qu'il servait la nourriture dans les assiettes.

Tout en mangeant, elle fit remarquer d'un air grave :

— Etant donné la façon dont tu as grandi, tu dois avoir du mal à te satisfaire de la décision qui a été prise concernant la garde de Rory.

— En effet. Ce n'est pas une vie de devoir faire la navette entre ses deux parents.

— C'est surtout pour toi que c'est dur. Rory est l'un des enfants les plus équilibrés qu'il m'ait été donné de rencontrer.

Elle avait sans doute raison, songea-t-il. Jusqu'ici, il ne lui était pas venu à l'idée de considérer la situation autrement que du point de vue de son fils.

— Je n'ai pas envie qu'il parte à Londres.

Elle posa sur lui son doux regard noisette.

— Pourquoi ? Il y a des vols pour l'Angleterre tous les jours.

— Et le téléphone. Et les e-mails. Je sais. Tu parles comme Noelle.

— Et alors, en quoi est-ce une mauvaise chose ? Je te rappelle que c'est aussi grâce à elle que Rory est ce qu'il est !

Il vola un morceau de lard fumé dans son assiette.

— Qu'est-ce qui te rend si charitable, ce matin ?

— Cet endroit. Toi. Je viens de passer une nuit de rêve.

Comme il mordait dans le bacon, elle se pencha et attrapa l'autre extrémité entre ses dents, la grignotant jusqu'à ce que leurs lèvres se touchent.

Ils ne quittèrent la cabane qu'en fin de matinée.

Sur le chemin du retour, alors qu'ils passaient devant la ferme des Stone, Samantha, les bras noués autour de la taille de Garrett, remarqua une activité inhabituelle sur la route du comté. Plusieurs fourgonnettes surmontées d'objets évoquant des paraboles de télévision étaient garées le long du fossé.

— Non ! s'exclama-t-elle d'une voix étranglée.

Pourvu qu'ils ne l'aient pas trouvée !

Garrett arrêta le moteur et tira son portable de sa poche. Bien qu'elle n'entende pas ce que disait son interlocuteur, il appelait certainement le poste de police. Lorsqu'il raccrocha, son expression était sombre.

— Nous allons couper par ta propriété, déclara-t-il sans plus d'explication.

— Y a-t-il eu un accident ? demanda-t-elle sans y croire.

— Je suppose qu'on peut appeler ça comme ça.

En un instant, Garrett, l'homme, avait disparu, pour laisser de nouveau place au shérif.

Une fois dans la cour, au lieu de se garer derrière la remorque, il se rendit directement à l'arrière de la maison. Aussitôt le moteur arrêté, il la prit par la main et l'entraîna rapidement vers l'escalier.

— Où est la télévision ? demanda-t-il dès qu'ils furent à l'intérieur.

— Dans ma chambre.

Il monta les marches quatre à quatre. Lorsqu'elle le rejoignit à l'étage, il avait allumé le poste et regardait les informations. Un présentateur débitait les dernières nouvelles d'un ton mécanique. Les yeux rivés sur Garrett, elle perçut les mots à travers une sorte de brouillard. « Héritière en fuite… alcoolique… en cure de désintoxication… une petite ville de Caroline du Nord… »

Puis sa photo s'afficha sur l'écran.

Sa photo.

— Oh ! mon Dieu !

Elle courut à la fenêtre et écarta les stores. Un véhicule de police bloquait l'entrée de son allée. A côté, deux silhouettes armées de fusils tenaient à distance un groupe de reporters et de caméramen. Il s'agissait de Mack et de Red.

La gorge sèche, les mains moites, elle fit volte-face et s'écria :

— Qu'est-ce qui me rend donc si intéressante à leurs yeux ? Je n'ai jamais réussi à comprendre !

Elle se mit à marcher de long en large. Avec douceur, Garrett posa la main sur son épaule pour l'obliger à s'arrêter.

— Les foules se passionnent pour la vie des riches et des…

— Je n'ai jamais été une mondaine avide de célébrité ! le coupa-t-elle sèchement. Ma famille est riche, certes. Mais nous ne sommes pas des oisifs. Mon grand-père était vendeur de chaussures. Mon père a bâti seul sa fortune. Quant à moi, je travaillais d'arrache-pied. Tout ça pour que le premier idiot venu puisse se rengorger devant son écran dès que je fais un faux pas ?

Il tenta de l'attirer dans ses bras, mais elle le repoussa.

— Qui a pu avertir les journalistes ?

— En tout cas, ce n'est pas moi, grommela-t-il, les dents serrées. Mais, crois-moi, je découvrirai le coupable.

Tandis qu'il éteignait la télévision, elle se laissa tomber sur le lit.

— Pourquoi s'en prennent-ils à moi ?

— A quoi bon poser la question ? Nous sommes dans l'ère de l'info-spectacle. Le public lit la presse à scandale parce qu'il a besoin de rêver à une existence dorée, et de se rassurer en se repaissant du malheur des autres. Je suis désolé que tu sois victime de cette curiosité malsaine.

— Que vais-je faire ?

— Rien. Tu vas rester ici, dit-il en sortant de nouveau son téléphone.

— Qui appelles-tu ?

— Geneva. Elle te tiendra compagnie.

— Je n'ai pas besoin d'une baby-sitter !

— Non. Mais il faut que tu puisses compter sur une personne de confiance.

— Pourquoi pas toi ?

— Je dois retourner au travail. J'ai l'impression qu'il va y avoir du mouvement… Pourquoi n'irais-tu pas prendre une douche ? Je vais attendre en bas l'arrivée de Geneva.

Elle se rendit dans la salle de bains, ferma la porte, s'assit sur le rebord de la baignoire et composa le numéro de sa mère.

— Tu ne devineras jamais ce qu'il se passe ici, dit-elle lorsque Helena décrocha.

— Si. Je suis devant les informations en ce moment même. Quelle horreur ! Les Prescott nous ont appelés pour nous prévenir alors que nous étions encore sur la route. Tu devrais rentrer chez nous. Ici, nous avons le personnel compétent pour te protéger. Ton père t'enverra le jet.

C'était extrêmement tentant. Pourtant, Samantha répondit :

— Non. Ce tapage ne durera probablement pas plus de vingt-quatre heures.

— Ma chérie, tu sous-estimes l'intérêt que cette affaire suscite. Pour commencer, tu t'es enfuie…

— Je ne me suis pas *enfuie* !

— Ne jouons pas sur les mots, trancha sa mère d'une voix dure. Ce qui compte, c'est ce que tu *as l'air* d'avoir fait. Ensuite, tu as changé de nom. Ces fouineurs de journalistes vont penser qu'il s'agit de la partie émergée de l'iceberg, et ils vont continuer à creuser. Nous devons être ensemble, en famille, et leur opposer un front uni. S'il le faut, nous ferons une déclaration officielle à la presse. Heureusement qu'Ashley International n'est pas cotée en Bourse !

Les apparences, les affaires… Samantha était fatiguée d'écouter ce discours.

— Maman, ne crois-tu pas que papa et toi avez quelque chose à voir avec tout ceci ?

— Que veux-tu dire ?

— Vous êtes arrivés en limousine. Pourquoi ne pas avoir loué une voiture normale, je te le demande ? Ensuite, tu as effectué en un temps record des travaux de rénovation extrêmement coûteux et voyants sur ma ferme, pendant que papa achetait le terrain du voisin, histoire de m'isoler du reste des habitants. Je suis venue ici pour récupérer dans le calme, pour me fondre dans le décor, pour m'in-té-grer !

— Ma chérie, calme-toi. Peu importent les causes de ce désastre. Ce qui compte, c'est la façon dont nous allons t'aider à t'en sortir.

Non. Elle était venue ici pour apprendre à voler de ses propres ailes. Si elle tenait à prouver qu'elle était forte, elle devait affronter cette épreuve sans sa famille.

— Maman, je raccroche.

Ce qu'elle fit. Hélas ! cela ne lui procura aucun soulagement.

Elle prit une longue douche puis descendit se préparer une tasse de thé. En bas, elle trouva Geneva ; Garrett était parti. Mack et Red continuaient à monter la garde à l'entrée du domaine. Elle avait la désagréable sensation d'être prise en otage. Mais, surtout, sa nouvelle vie ne lui semblait plus qu'une réplique légèrement différente de l'ancienne.

Trois jours plus tard, Garrett contemplait la rue principale depuis la fenêtre de son bureau. Les « vautours » — c'est en ces termes qu'il faisait référence, désormais, aux journalistes et à leurs équipes — étaient toujours là, bien que la majorité des habitants aient refusé de leur accorder une interview.

Son téléphone sonna. C'était Noelle. Il ne décrocha pas. Il avait aisément reconstitué le fil des événements : la semaine précédente, Noelle avait contacté une cousine à Asheville pour lui demander si, par hasard, les Lawrence, fondateurs de la société Ashley International, n'étaient pas en vacances à Applegate. Cette cousine avait appelé une tante qui, à son tour, avait parlé à une amie qui se trouvait être la rédactrice en chef de la rubrique « Actualité » du *Western Carolina Sun*. La suite de l'histoire n'était pas difficile à deviner.

Cependant, il aurait été trop facile de faire porter le chapeau à son ex-femme. Il était à l'origine de la fuite. Jamais il n'aurait dû appeler Noelle pour essayer de lui soutirer des renseignements sur Samantha. Et lui qui s'était permis de juger malsaine la curiosité d'autrui !

A présent, bien sûr, Noelle demandait à ce que leur fils soit tenu à l'écart de cette pagaille — exigence que Samantha approuvait largement. Rory occupait donc ses journées à jouer les commis pour la police et à prendre des nouvelles auprès de Geneva, Red ou Mack. Ne voulant bénéficier d'aucun traitement de faveur, Samantha avait également insisté pour qu'on ne poste pas d'agent chez elle. Garrett avait cédé, mais s'était toutefois assuré que ses équipes patrouillent en permanence dans cette zone. Depuis leur escapade, il ne lui avait parlé qu'une fois au téléphone et ne l'avait pas revue.

Elle lui manquait.

Rory entra dans son bureau.

— Rachel te demande à la cafétéria.

— T'a-t-elle dit pourquoi ?

Il secoua la tête.

— Red a besoin que je lui rende un service. Je dois aller acheter deux douzaines de panneaux « Défense d'entrer » au magasin de bricolage. Est-ce que tu m'autorises à les livrer à la ferme ?

— Non. Je les ferai porter par un de mes agents.

— Papa… Es-tu fâché contre Samantha ?

— Pourquoi me demandes-tu cela ?

— Tu ne vas plus là-bas, et tu ne me laisses plus la voir.

— J'essaie simplement de ne pas prêter le flanc aux racontars. Les médias surveillent tout ce qui se passe à Whistling Meadows.

La vérité, c'est que Garrett et Samantha avaient été photographiés au téléobjectif sur le quad. Le cliché avait paru dans la presse à scandale sous le titre : « Le Shérif et la Jet-Setteuse ». En dessous était écrit en plus petit : « Leur nid d'amour découvert ».

— Mais tu as l'air fâché, insista Rory.

Effectivement, il l'était. Mais contre lui-même.

— Parce qu'elle n'est pas celle que tu croyais ?

Si quelqu'un avait déçu Garrett, c'était lui-même. Il ne se pardonnait pas d'avoir fouillé dans la vie privée de la jeune femme.

— Je sais que tu n'aimes pas les menteurs, poursuivit son fils, fronçant les sourcils comme s'il s'efforçait de trouver les mots justes. Mais sa vie d'avant avait l'air franchement pas terrible. C'est normal qu'elle ait voulu s'échapper pour tout recommencer à zéro, avec un nouveau nom, et tout. Non ?

Si elle était partie pour se recréer une nouvelle vie lorsque les choses étaient devenues trop difficiles, il était possible qu'elle le fasse de nouveau, songea Garrett avec tristesse.

— Papa ?

Il passa un bras autour des épaules de son fils.

— En ce qui me concerne, tout cela est déjà oublié. Pour l'instant, ma mission est de veiller à ce qu'il n'arrive rien à personne. Y compris à toi. Allez, tu as tes panneaux à acheter. Moi, je vais voir ce que me veut Rachel.

Dehors, sur le trottoir, un journaliste lui planta un micro sous le nez.

— Shérif MacQuire, qu'avez-vous à dire concernant la photo de vous qui circule dans les tabloïds ? Pensez-vous que cela aura une incidence sur le vote des électeurs du comté aux prochaines élections ?

— Pas de commentaire.

Pour entrer dans la cafétéria, il dut se frayer un chemin parmi les reporters et les cameramen. Toutes les têtes se tournèrent à son entrée, mais Rachel l'intercepta aussitôt.

— Il faut que je te parle en privé, dit-elle en l'entraînant dans la cuisine.

Là, elle ouvrit la porte de la réserve et le poussa à l'intérieur. Debout sous l'ampoule nue qui dispensait une faible clarté, il découvrit Samantha. Elle portait des vêtements trop grands appartenant à Geneva et semblait fatiguée.

— Comment es-tu venue ici ? questionna-t-il.

— Je me suis rendue à la ferme des Stone en coupant par le pré. Isolde m'a emmenée.

— Tu veux que je te ramène à Whistling Meadows, c'est ça ? demanda-t-il, songeant aux « vautours » qui attendaient dehors.

— Non. Je ne retourne pas là-bas. La fille de Geneva viendra me chercher d'ici une demi-heure pour me conduire à Atlanta.

Un nœud douloureux se forma au creux de son estomac.

— Qui va prendre soin des lamas ? S'occuper de la ferme ?

— Red et Mack.

— J'imagine que tu te rends à Atlanta pour prendre un avion. Où vas-tu ?

Elle poussa un soupir.

— Je ne sais pas encore.

— Si tu le savais, me le dirais-tu ?

— Non. Je ne veux pas que tu aies à mentir pour moi.

Il fit un pas vers elle pour la prendre dans ses bras, mais elle l'arrêta d'un geste.

— Je suis désolée.

— Combien de temps pars-tu ?

— Je l'ignore également. Le temps qu'il faudra pour que les choses se calment et que les médias lèvent le camp, je suppose. Je ne pensais pas que cela durerait autant. Il est injuste que la vie de tout le monde ici soit bouleversée à cause de moi.

— Peut-être avions-nous besoin de ce bouleversement.

Elle ne répondit pas.

— Une fois rentrée, resteras-tu ?

— Je ne sais pas, dit-elle en passant près de lui pour sortir. Je voulais simplement te dire au revoir.

— Alors, c'est tout ?

— Oui.

Comme elle tendait la main vers la poignée, il lui agrippa le bras.

— Reste, Samantha. Tu sais qui tu es, à présent. Qui tu veux être. Les habitants de cette ville sont derrière toi.

— Si ce cirque médiatique ne prend pas fin bientôt, je crains qu'ils ne finissent par être fatigués de me soutenir.

— Ne les sous-estime pas. Ne te sous-estime pas, toi. Si tu tiens à être un membre à part entière d'Applegate, tu n'as qu'à rester là.

— Ce n'est pas aussi simple.

Il perçut de l'angoisse dans son regard.

— Parce que tu n'as jamais eu l'intention de rester, dit-il d'un ton amer.

— C'était mon intention, mais… Je n'étais pas sûre d'en être capable. Quand je suis arrivée, j'étais vulnérable. Je ne me doutais pas que les gens, la ferme, m'aideraient à aller mieux. Je ne savais pas si j'aurais la force de me faire une place ici.

— Et moi, là-dedans ? Quel a été mon rôle ?

— Tu es en colère…

— Oui, je suis en colère ! Parce que tu fiches tout en l'air ! Tu me fiches en l'air, moi.

Elle posa un doigt sur ses lèvres.

— Ne dis rien que tu puisses regretter.

Il songea à la façon dont il s'était ouvert à elle dans la cabane. Physiquement, et émotionnellement. Il regrettait ce moment d'abandon.

Rachel passa la tête par la porte.

— La fille de Geneva est là.

Et, aussi rapidement que cela, Samantha disparut de sa vie.

18

Durant la semaine qui suivit le départ de Samantha, Garrett fut très occupé à contenir la horde des médias. Heureusement, celle-ci devint petit à petit moins nombreuse. Les « vautours » mirent deux ou trois jours à s'apercevoir que leur proie s'était échappée ; et il leur en fallut deux de plus pour partir en quête du prochain scoop.

Après quoi les choses revinrent à la normale. Les habitants d'Applegate purent enfin respirer et retourner à leurs activités. Quant à Garrett, il avait l'impression d'être tombé dans un gouffre.

La semaine suivante, Rory le supplia de le laisser aller aider Red à Whistling Meadows. Le vieux fermier assura à Garrett que le petit serait payé ; Samantha lui avait donné toute latitude pour embaucher le personnel nécessaire à l'entretien de la ferme et des lamas pendant son absence. Mack y travaillait déjà — à la grande contrariété de Garrett, qui manquait d'hommes et aurait apprécié que son ami réintègre le poste qu'il lui réservait depuis plusieurs mois.

Il accéda néanmoins à la demande de Rory, qui faisait, tous les jours, le trajet à vélo jusqu'à la propriété. Garrett, en ce qui le concernait, préférait éviter de passer dans les parages.

Au bout de trois semaines, les gens commencèrent discrètement à l'inviter pour qu'il fasse d'autres rencontres. Il refusait toutes les propositions.

Il en voulait toujours à Samantha d'être partie, mais sa

colère était aussi dirigée contre lui-même car, en rompant son anonymat, il l'avait forcée à s'en aller.

Il n'avait aucune nouvelle de la jeune femme.

Alors qu'un mois s'était presque écoulé, Jonathan Stone s'assit un jour près de lui au comptoir de la cafétéria.

— Puis-je vous dire un mot, shérif ?

— Cela dépend. Si c'est pour m'annoncer que votre petite-nièce célibataire est de passage en ville et aimerait me rencontrer, cette conversation est déjà terminée.

— Chatouilleux, remarqua Jonathan en souriant. Etant donné que j'en suis à mon troisième mariage, je me garde bien de me mêler des affaires sentimentales des autres. Non, je viens vous voir en ma qualité de sélectionneur. Nous avons fixé la date du tournoi de boules : il aura lieu le deuxième dimanche d'août, c'est-à-dire le 9. Cela vous laisse deux semaines pour vous organiser.

— Sur quelle route jouerez-vous ?

— Red Harris a proposé de débuter la compétition sur l'ancienne piste forestière qui sépare Whistling Meadows de ma propriété, puis de finir sur la route nationale, juste avant Main Street.

— La pente est assez raide.

— Justement, tout l'intérêt est là !

— Combien y aura-t-il de participants ?

— Etant donné que c'est notre première année, nous avons limité les inscriptions à vingt équipes. Chacune d'elles se verra attribuer un arbitre chargé de noter les scores, et tiré au sort le matin même afin de garantir sa neutralité.

— Soixante illuminés lâchés sur les routes du comté, se lamenta Garrett. J'ai hâte d'y être !

Rachel vint vers eux et posa devant lui une part de tarte à la cerise accompagnée d'une boule de glace à la vanille.

— Cadeau de la maison. Prenez des forces, shérif, vous avez l'air d'en avoir besoin !

Il allait tout à fait bien ; il fallait seulement qu'il parvienne à passer de nouveau en « pilotage automatique » — un mode de fonctionnement qui lui avait plutôt réussi jusqu'à l'arrivée de Samantha.

— Coucou, papa ! lança Rory en entrant dans le restaurant.

Ses cheveux avaient blondi au soleil, et les muscles devenaient visibles sur ses bras hâlés.

— Maman n'est pas encore là ?

— Elle a dit qu'elle arriverait à l'heure du dîner. Et il n'est que 1 heure, répondit Garrett en jetant un coup d'œil à sa montre.

Noelle avait finalement accepté de discuter en tête à tête de la garde de leur fils. La conversation risquait d'être animée.

— Que fais-tu en ville ? Ne devais-tu pas travailler jusqu'à 16 heures ?

— Je travaille, déclara Rory en se servant dans son assiette. Je suis venu acheter des panneaux « A vendre ».

— Pour qui ?

— Pour Red. Ce matin, il a reçu une lettre de Samantha, dans laquelle elle lui demande de vendre tout ce qu'il y a dans la maison.

Garrett eut l'impression d'être frappé par la foudre.

— Elle compte se défaire de Whistling Meadows ?

— Elle n'a pas précisé.

Qu'elle se débarrasse des meubles signifiait certainement qu'elle allait mettre en vente la propriété. Pourquoi, un mois après, cette nouvelle le blessait-elle à ce point ?

— Papa, je sais que tu m'as dit de ne pas me mêler de ça, mais… Je trouve que tu devrais demander ses coordonnées à Red. Elle ne peut pas quitter Applegate comme ça, en laissant ses lamas. Et en nous abandonnant, nous.

Comme s'il avait le pouvoir de la convaincre de rester ! Comme si la décision de Samantha n'était pas déjà prise !

— Bon, je sais que tu feras ce qu'il faut, ajouta l'adolescent entre deux bouchées de tarte à la cerise. Il faut que je file.

Garrett se sentait trahi. De quel droit, d'ailleurs ? Samantha ne lui avait pas certifié qu'elle reviendrait. Ils ne s'étaient fait aucune promesse. Bien qu'elle ne soit plus réapparue dans les médias — il suivait les nouvelles de près dans l'espoir de l'apercevoir —, et qu'il n'ait pas la moindre idée de l'endroit où elle se trouvait à présent, elle avait certainement repris son ancienne vie.

Au grand dam de ses hommes, il fut de mauvaise humeur tout le reste de l'après-midi et, lorsque, le soir venu, la Lexus de Noelle se gara dans l'allée de sa maison, il avait un mal de crâne épouvantable.

Il fit néanmoins l'effort de se composer un visage avenant pour accueillir son ex-femme.

— Rory est dans sa chambre, les informa Geneva en enfilant sa veste. Il a ses écouteurs sur les oreilles. Vous allez devoir crier pour qu'il vous entende.

Une fois seule avec lui, Noelle garda un silence embarrassé. Depuis la réaction en chaîne qui avait plongé Applegate dans la tourmente, elle faisait montre d'une remarquable humilité.

— Nous pourrions peut-être profiter de ce que Rory est en haut pour discuter, suggéra-t-elle.

— Non. Il tient à être présent. Je crois même qu'il a mis sur pied une présentation PowerPoint pour mieux plaider sa cause.

A sa surprise, Noelle sourit.

— Ses e-mails ressemblent à une véritable campagne, renchérit-elle.

Garrett se rappela soudain de ce que Samantha avait dit : si Rory était un garçon équilibré, c'était aussi grâce à son ex-femme.

— Tu l'as bien élevé, dit-il.

Une expression de surprise se peignit sur les traits de Noelle.

— Oh… m… merci !

— Veux-tu du thé glacé à la pêche ? C'est Geneva qui l'a préparé.

— Je veux bien.

Elle le suivit dans la cuisine.

— En fait, je ne suis pas seulement venue pour te parler de la garde de Rory. Je tenais aussi à m'excuser d'avoir causé des problèmes à ta petite amie.

— Ma petite amie ?

— Ashley Lawrence, enfin, Samantha Weston… J'ai appelé ma cousine parce que je voulais satisfaire ma curiosité. C'était très indiscret de ma part.

— Samantha n'est pas ma petite amie.

— Ce n'est pas ce que laisse entendre Rory.

— Et que laisse-t-il entendre ?

— D'après lui, si elle ne revient pas, c'est uniquement parce que tu ne lui as pas dit ce que tu éprouvais pour elle.

— Mais je ne sais pas ce qu'*elle*, elle éprouve.

— Bien sûr que si !

Elle sortit le pichet de thé glacé du réfrigérateur et en versa trois verres.

— Garrett, les femmes n'aiment pas rester dans l'incertitude. Elles préfèrent que les hommes expriment leurs sentiments.

— C'est drôle, parce que quand je t'ai dit que je voulais que tu restes à Applegate, tu m'as envoyé sur les roses.

— Cela n'a rien à voir. Contrairement à moi, ton amie aime vivre ici.

— Si elle s'installait ici, qu'est-ce qui empêcherait les journalistes de revenir ?

— Oh ! quelques obstinés s'attarderaient sans doute quelque temps dans le coin ! Mais les habitants ont l'air de n'avoir aucun mal à les tenir à distance. Et puis, imaginons que Samantha vienne vivre à la ferme, qu'elle s'engage dans une relation sérieuse avec un homme, qu'elle se marie, mène une vie ordinaire… Cela n'intéresserait plus grand monde. Les journalistes auraient tôt fait de se détourner d'elle pour trouver des sujets plus croustillants.

— Maman !

Rory fit irruption dans la pièce et serra sa mère dans ses bras, la soulevant presque de terre.

Garrett écarquilla les yeux : combien son fils, tout comme son ex-femme, avait grandi pendant l'été !

Très nerveuse, Samantha faisait les cent pas devant le bureau du shérif, en tâchant d'ignorer les regards intrigués des agents qui passaient dans le couloir. Après plus de quatre semaines d'absence, elle ignorait à quoi s'attendre. Mieux valait ne pas se faire d'illusions : Garrett ne s'était pas engagé vis-à-vis d'elle. En fait, quand elle l'avait laissé après leur conversation dans la réserve de Rachel, il paraissait fâché — avec raison.

Elle se mordilla un ongle, tâchant de maîtriser son impatience. Mack ne tarderait plus à sortir. Pendant le trajet entre la ferme et le poste de police, il lui avait annoncé qu'il était temps pour lui d'arrêter de se cacher et d'assumer de nouveau ses responsabilités. Il l'avait dit d'un ton morne, comme si réendosser ses fonctions d'adjoint au shérif était un acte de pénitence. A moins qu'il n'ait voulu la mettre en garde et lui faire comprendre qu'elle devait elle aussi y mettre du sien et prendre ses responsabilités.

C'était exactement ce qu'elle s'apprêtait à faire.

La porte du bureau s'ouvrit.

Mack apparut sur le seuil, puis lança par-dessus son épaule :

— Au fait, j'aimerais te présenter quelqu'un. Elle vient d'arriver en ville, et…

— Ah ! tu ne vas pas t'y mettre aussi ! rugit Garrett, tel un ours dans sa tanière. J'en ai assez des entremetteurs !

— N'insulte pas cette jeune femme avant de savoir à qui tu as affaire.

Mack poussa Samantha à l'intérieur.

— Garrett McQuire, je te présente Samantha Weston.

C'est ainsi que tu t'appelles officiellement, maintenant, n'est-ce pas ?

— Ou… oui, prononça-t-elle avec difficulté tandis que Garrett se levait, les sourcils froncés.

Ses prunelles avaient pris une nuance d'orage, mais son expression était indéchiffrable.

Elle n'entendit pas Mack quitter la pièce ; lorsqu'elle recouvra un peu ses esprits, elle et Garrett étaient seuls.

Très raide, il semblait ne pas savoir quoi dire.

— Quand es-tu rentrée ? demanda-t-il enfin.

— Tôt ce matin. Red est venu me chercher à l'aéroport.

— Je suppose tu tenais à être présente demain pour ton vide-grenier géant.

— Red, Rory et Mack auraient pu s'en charger seuls. Mais oui, j'avoue que j'avais envie de voir tous ces objets partir. Ils ne me ressemblaient pas.

— Alors, comme ça, tu as décidé de devenir Samantha Weston pour de bon ?

— Je l'étais déjà. Mais il n'a pas été facile de convaincre mes parents que je n'avais pas changé d'identité simplement pour garder l'anonymat.

Il se percha sur le coin de son bureau. Il ne lui offrit pas de s'asseoir. Il semblait attendre une ouverture ou un signe quelconque de sa part.

— Tu es rentrée chez toi, alors.

— Je ne suis pas allée en Virginie, car la propriété de mes parents était prise d'assaut par les journalistes. Nous nous sommes tous retrouvés à l'Ashley Fidji.

Il lui répondit d'une moue vaguement intéressée.

— Quoi qu'il en soit, ajouta-t-elle, après avoir fini de régler mes affaires, je suis rentrée ici. Mais, et toi ? As-tu réussi à conclure un arrangement avec Noelle ?

Les traits de Garrett se détendirent.

— Oui. C'est surprenant, mais nous y sommes arrivés.

— Pourquoi « surprenant » ?

— Je me suis souvenu du conseil que… qu'une amie m'avait donné. J'ai tâché de laisser derrière moi la colère, de faire abstraction de la blessure d'amour-propre qu'elle m'avait infligée en partant, et de me concentrer sur le positif : Rory, et l'amour qu'il nous porte à tous les deux.

Elle en était heureuse pour lui et lui sourit.

— Et comment cela s'est-il terminé ?

— Noelle est une bonne mère. Elle souhaite ce qu'il y a de meilleur pour son fils. Moi, je n'ai rien dit, c'est Rory qui s'est chargé de la convaincre qu'il serait heureux d'aller en Angleterre aux vacances, mais qu'il était fait pour vivre ici.

— Je comprends tout à fait ce qu'il ressent.

Une lueur d'espoir brilla dans les yeux de Garrett.

— Vraiment ? Alors… Tu n'es pas seulement revenue pour superviser le vide-grenier ?

— Bien sûr que non ! Mack nous a inscrits au tournoi la semaine prochaine. Etant donné que Red et Rory y participent aussi, Whistling Meadows a de bonnes chances de remporter le trophée ! Et puis, les lamas n'ont pas fait de vraie randonnée depuis trop longtemps. Red les a honteusement gâtés. Percy vit pratiquement dans la baraque !

Un sourire illumina ses traits.

— C'est vrai, tu restes ?

— Oui, pour de bon. Mais tu ne m'as pas laissé le temps de te dire pour quelle raison, principalement, j'ai décidé de m'installer à Applegate.

Il se leva et fit un pas vers elle.

— Laquelle ?

Le cœur de Samantha battait si fort que ses mains tremblaient.

— Manger de la truite au petit déjeuner me manquait.

Il la souleva et la fit tournoyer dans les airs.

— Bon sang, je t'aime…

— C'est vrai ? Tu aurais pu me le dire.

La reposant avec douceur, il enfouit son visage dans son cou.

— J'ai été stupide. Je laissais le passé me ronger. Je me demandais sans cesse ce que je pouvais t'offrir.

— *Toi*, idiot ! En te montrant ouvert et honnête, comme tu l'as fait à la cabane.

— Eh bien, tu m'as. Et aussi la cabane. Un motel très économique quand on s'aventurera hors d'Applegate.

— Je crois que tu pousses le bouchon un peu loin ! dit-elle en riant. Je ne travaille plus dans l'hôtellerie, d'accord, mais je crois que nous pouvons tout de même faire un peu mieux que ça !

Il s'empara de sa bouche avec fougue. Un délicieux vertige lui tourna alors la tête et la seule pensée qui lui traversa l'esprit fut : *Je suis enfin à ma place.*

Épilogue

Quatre mois plus tard, Garrett était dans le hall de l'aéroport d'Atlanta avec Samantha et Rory. Celui-ci s'apprêtait à s'envoler pour Londres, où il retrouvait sa mère pour les vacances de Noël. Après avoir vécu quotidiennement avec son fils depuis le début de l'été, il avait le cœur serré à l'idée de ne pas le voir pendant deux semaines. Par le passé, Noelle avait-elle éprouvé le même déchirement au moment de laisser son fils partir chez lui ?

Comme si elle percevait son désarroi, Samantha glissa sa main dans la sienne et la serra. Cela ne devrait plus le surprendre, se dit-il. C'était comme si cette femme extraordinaire faisait partie de lui.

— Tu devrais embarquer, conseilla-t-il à Rory, d'une voix étreinte pas l'émotion. Tu n'as rien oublié ?

— J'espère que non. Et toi, répliqua son fils en lui lançant un regard appuyé, tu n'as rien oublié ?

— Non.

La petite boîte reposait bien au fond de la poche intérieure de sa veste.

Rory jeta un coup d'œil à la file des passagers qui commençaient à embarquer.

— Je peux rester quelques minutes de plus, si tu as besoin d'aide.

— Il y a certaines choses qu'un homme doit faire seul, fiston.

— De quoi parlez-vous ? s'enquit Samantha.

— De rien, répondit l'adolescent d'un air innocent.

Il ferait un très mauvais joueur de poker, songea Garrett.

Agitant la main en signe d'adieu, son fils s'éloigna en trottinant vers la porte d'embarquement.

— A bientôt !

— N'oublie pas de nous écrire ! cria Garrett.

Ils restèrent près de la vitre jusqu'à ce que l'avion ait décollé. Lorsque celui-ci fut hors de vue, il se tourna vers Samantha. Des larmes coulaient sur les joues de la jeune femme.

— Ça va, ça va, le rassura-t-elle en s'essuyant les yeux. J'ai seulement tendance à devenir un peu sentimentale au moment des vacances.

— Dans ce cas, peut-être qu'un cadeau te consolerait.

— Je n'ai pas besoin de cadeaux. Je t'ai, toi, dit-elle en se serrant contre lui. Est-ce que je t'ai dit que je t'aimais, dernièrement ?

— Oui, mais je ne me lasse pas de l'entendre. Je suis vraiment un homme comblé et heureux.

Il effleura d'un baiser le bout de son nez, puis sortit l'écrin de sa poche.

— Samantha Weston, déclara-t-il, je sais que tu as récemment changé de nom… Mais pourrais-tu envisager d'en porter un nouveau ? Ou, du moins, d'en avoir deux ?

— Que veux-tu dire ?

Il ouvrit la boîte, révélant un anneau en platine incrusté de quatre petits diamants. Un pour elle. Un pour lui. Un pour Rory. Et un pour l'avenir.

— Veux-tu m'épouser ?

— Oh ! Oui ! Bien sûr ! s'écria-t-elle en jetant ses bras autour de son cou.

— Il y a seulement une condition.

Elle haussa les sourcils.

— Des conditions, déjà ?

— Rory souhaite être notre témoin. Il faut donc que nous choisissions une date où il sera présent.

— Hum… Que dirais-tu des vacances de printemps ?

— Mais, il sera à…

— A Londres, oui, je sais. Et l'Ashley Londres est la figure de proue de notre société. J'y ai mes entrées…

— Tes parents ne demanderont pas à la femme de chambre de faire le lit en portefeuille ?

Elle éclata d'un rire cristallin. Se penchant sur ses lèvres pour s'abreuver à cette source de joie, il se sentit inondé d'un bonheur immense.

Retrouvez en février 2021,
dans votre collection

BLACK ROSE

Un protecteur aux yeux bleus, de Marie Ferrarella - N°628

Qui voudrait être suivi par un garde du corps vingt-quatre heures sur vingt-quatre ? Pas Janelle. Jeune femme forte et indépendante, assistante de procureur et fille de policiers, elle n'est pas du genre à céder à la panique. Et, même si on lui a tiré dessus à la sortie du tribunal, elle n'a pas besoin d'un Sawyer Boone pour assurer sa protection, aussi séduisant soit-il...

Une mère prise au piège, de Cassie Miles

Suspecte ! Fiona contient avec peine sa colère depuis que la police l'a accusée de complicité dans l'enlèvement de sa richissime voisine. Pour prouver son innocence, mais surtout parce qu'elle veut préserver Abby, sa fille de quatre ans, elle fait appel à Jesse Longbridge, un privé qui la rassure et la trouble tout à la fois...